Senhor da Luz

Roger Zelazny

TRADUÇÃO
Ana Ban

Aleph

Senhor da Luz

TÍTULO ORIGINAL:
Lord of Light

COPIDESQUE:
Mariana Gonçalves
Renato Ritto

ILUSTRAÇÃO DE CAPA:
Pedro Corrêa

REVISÃO:
João Rodrigues
Bruno Alves
Karina Macedo

DESIGN DE CAPA:
Giovanna Cianelli

DADOS INTERNACIONAIS DE CATALOGAÇÃO NA PUBLICAÇÃO (CIP)
DE ACORDO COM ISBD

Z49s Zelazny, Roger
Senhor da Luz / Roger Zelazny ; traduzido por Ana Ban. – São Paulo, SP : Editora Aleph, 2025.
408 p. ; 14cm x 21cm.

Tradução de: Lord of Light
ISBN: 978-85-7657-658-7

1. Literatura americana. 2. Ficção. 3. Ficção científica. 4. Religião. I. Ban, Ana. II. Título.

	CDD 833
2024-1527	CDU 821.112.2-3

ELABORADO POR VAGNER RODOLFO DA SILVA - CRB-8/9410

ÍNDICES PARA CATÁLOGO SISTEMÁTICO:
1. Literatura americana : Ficção 833
2. Literatura americana : Ficção 821.112.2-3

COPYRIGHT © ROGER ZELAZNY, 1967
COPYRIGHT INTRODUÇÃO © ADAM ROBERTS, 2009
COPYRIGHT POSFÁCIO © GEORGE R. R. MARTIN, 2009
COPYRIGHT © EDITORA ALEPH, 2025

PUBLICADO EM ACORDO COM ZENO AGENCY E MB AGENCIA LITERARIA.

TODOS OS DIREITOS RESERVADOS. PROIBIDA A REPRODUÇÃO, NO TODO
OU EM PARTE, ATRAVÉS DE QUAISQUER MEIOS
SEM A DEVIDA AUTORIZAÇÃO.

Rua Bento Freitas, 306 - Conj. 71 - São Paulo/SP
CEP 01220-000 • TEL 11 3743-3202
www.editoraaleph.com.br

◎ @editoraaleph
♪ @editora_aleph

*Para Dannie Plachta, de amizade,
sabedoria, soma.*

SUMÁRIO

Introdução, por Adam Roberts 9

Senhor da Luz 13

Posfácio, por George R. R. Martin 397

Sobre o autor 405

INTRODUÇÃO

Uma dinâmica fundamental na escrita de ficção especulativa é a tensão entre fantasia e ficção científica. Claro, para alguns a distinção entre esses dois termos é bem óbvia: fantasia, como Tolkien, inclui magia; ficção científica, como Arthur C. Clarke, tecnologia. Mas Clarke fez a notória observação de que qualquer tecnologia avançada o suficiente vai parecer mágica; e os melhores exemplos do gênero demonstram que a linha tênue entre essas duas coisas está bem longe de ser definida. *Senhor da Luz*, de Roger Zelazny, é uma demonstração brilhante disso: um livro que, de uma só vez e ao mesmo tempo, é tanto uma excelente história ficcional que envolve ciência, em que todas as coisas fabulosas e fantásticas que acontecem são racionalizadas em termos tecnológicos, quanto um exemplo excelente de alta fantasia, em que deuses e demônios se misturam entre os mortais e uma poderosa magia corre livre pelo mundo. De fato, uma chave de leitura de *Senhor da Luz* é a da alteração do famoso apotegma de Clarke: qualquer tecnologia avançada o suficiente, diz Zelazny, não se distingue do mito religioso.

A mitologia, neste caso, é hinduísta; e isso basta para situar o livro em sua era. O ano em que foi publicado foi o mesmo em que os Beatles lançaram *Sgt. Pepper's Lonely Hearts Club Band*, depois de uma breve estadia na Índia em que absorveram uma boa quantidade de cultura do país. A década de 1960 registrou a primeira onda de fascinação do Ocidente por tudo que a Índia representa; e o livro de Zelazny é um desdobramento disso.

De fato, ao que me parece, o ponto de comparação mais pertinente é com *Duna* (1965), de Frank Herbert, outro livro de ficção científica vencedor do prêmio Hugo que mistura habilmente fantasia e ficção científica por meio de um fascínio pelo "oriente"; apesar de, é lógico, a ópera espacial de Herbert pender para o lado da "Arábia" (mais especificamente, penso, *Lawrence da Arábia*), ao passo que o livro de Zelazny segue ainda mais para o leste. Os acadêmicos têm um termo técnico para os escritores ocidentais que se apropriam da cultura oriental dessa maneira: chamam de "orientalismo", e a palavra não tem conotação positiva. Está um tanto embrenhada à longa sombra do imperialismo ocidental em que o "oriental" usado na arte passa a significar, *grosso modo*, crueldade luxuriante e sensual, uma barbárie rude e exótica: orgias, ópio, assassinatos e gênios. Zelazny não está totalmente livre dessa caricatura distorcida, apesar de cheia de camadas; o mundo dele tem uma hierarquia tão rígida, tão cheia de crueldade e sensualidade quanto qualquer texto "orientalizado". Mas o livro de Zelazny é muito mais do que isso.

Com certeza, colocar *Senhor da Luz* e *Duna* lado a lado suscita a dúvida de por que o livro de Herbert ter recebido muito mais atenção entre os dois — afinal, apesar de ambos terem força e beleza notáveis, o de Zelazny com certeza é o mais bem-escrito. Em parte, essa disparidade de fama pode refletir a natureza mais ampla de *Duna*: sua infinidade de sequências e de prólogos, seus filmes e videogames. Eu me pergunto, no entanto, se não há algo mais em questão aqui. *Duna* é um texto cheio de espaço, de final aberto e convidativo. *Senhor da Luz* é muito mais denso; exuberante onde o livro de Herbert é parco, tem uma narrativa complexa onde a de Herbert é linear e direta. Assim, o início da história de Zelazny indica o caminho errado de maneira deliberada aos leitores, e muitos deles (inclusive eu, quando li o livro pela primeira vez) não percebem que o primeiro capítulo reconta acontecimentos relatados mais para a frente na narrativa e que o segundo capítulo não segue uma ordem cronológica a partir do primeiro.

Mahasamatman ("Sam") é ressuscitado, ou reincorporado, da vida após a morte (aspecto fantástico) ou das tecnologias (aspecto da ficção científica) de realidade virtual de alcance mundial no planeta pelo artífice Yama, o ser mais habilidoso em reencarnar à forma humana, auxiliado por uma deusa transmorfa, Ratri, e outro deus em forma de símio, Tak. Eles tiram Sam de seu refúgio paradisíaco para ajudá-los a confrontar os outros deuses que controlam o mundo e a população mortal que o habita. A narrativa que se desenvolve a partir disso toma a forma de uma série de histórias mais curtas conectadas que explicam como Sam chegou à posição que alcançou e contextualizam as batalhas entre os deuses. Pois, apesar de essas entidades divinas terem assumido os nomes e as características do panteão hinduísta, são de fato os primeiros colonizadores que chegaram da Terra milhares de anos antes. Essa casta dominante manteve a população humana (ao que parece, toda formada por descendentes mortais desses colonos originais) em um estado de estase social e de atraso tecnológico. Invenções e avanços científicos são duramente reprimidos. A justificativa dos deuses para isso — que, ao agir assim, poupam a humanidade das desgraças e das mortes em massa que a tecnologia avançada traz consigo — é bastante comprometida pelo fato de que esse estado das coisas também se dá para garantir o estilo de vida cheio de poder, imortal e hedonista dos próprios deuses. Sam lidera um grupo fora da lei conhecido como Aceleracionistas, que tem o objetivo de fazer com que o mundo passe por uma revolução científica e tecnológica.

E aceleração é decerto uma característica do enredo deste livro, ornamentado quase que com ouropel, com reviravoltas elegantes que funcionam de maneira cumulativa para criar um efeito totalmente extraordinário. A experiência de muitos leitores é, durante o primeiro terço de leitura, a de uma obra de ficção desafiadora que exige atenção mais aguçada do que o normal, mas que se torna, a partir de um ponto de virada, imersiva e cativante para além do comum. Começa-se então a perceber que "Sam", como seu nome ocidental sugere, é, mais do que tudo, um agente da ocidentalização desse reino oriental: não apenas em termos da adoção do avanço tecnológico, mas em sua perspicácia sagaz e seu "presente", ao demônio que possui seu corpo por algum tempo, daquela invenção psicológica ocidental tão peculiar chamada "culpa". Mas a balança não pende tanto assim para o lado de Sam ou do ocidente; o próprio encanto e a magia exótica do mundo e do panteão contra os quais ele luta conquistam o leitor tanto quanto a energia progressiva. Este é o livro de ficção científica com o equilíbrio mais refinado e a maior beleza já escrito.

Adam Roberts

SENHOR DA LUZ

1

Dizem que, 53 anos após sua libertação, ele retornou da Nuvem Dourada para mais uma vez enfrentar a contenda Celestial, para se opor à Ordem da Vida e aos deuses que determinaram que assim fosse. Os seguidores dele tinham orado por seu retorno, apesar das preces que faziam serem pecado. Orações não devem incomodar aquele que foi para o Nirvana, sejam quais forem as circunstâncias de sua partida. No entanto, aqueles que usam vestes cor de açafrão oraram para que Ele, o da Espada, Manjusri, retornasse para estar entre eles. Acredita-se que o Bodisatva tenha escutado...

> Para aqueles cujos desejos foram eliminados,
> com a completa indiferença ao alimento;
> sua permanência é a liberdade no vazio e na
> [transitoriedade —
> tal como pássaros atravessando os céus,
> cujo rastro é difícil de traçar.

Dhammapada (93)

Os seguidores dele o chamavam de Mahasamatman e diziam que era um deus. No entanto, ele preferia deixar de lado o "Maha" e o "atman" e dizia que se chamava Sam. Nunca afirmou ser um deus. Mas, ora, tampouco afirmou não ser um. Devido às circunstâncias, nenhuma das possibilidades poderia trazer qualquer vantagem. O silêncio, por sua vez, poderia.

Assim sendo, ele estava envolto por mistério.

A estação das chuvas havia chegado...

O período da intensa umidade já seguia, bem avançado...

Foi no período das chuvas que as rezas deles se elevaram, não do manuseio dos cordões de orações cheios de nós nem do giro das rodas de oração, mas da grande máquina de orações do mosteiro de Ratri, a deusa da Noite.

As orações de alta frequência foram encaminhadas para o alto através da atmosfera e além dela, atravessando aquela nuvem dourada que engloba o mundo inteiro chamada Ponte dos Deuses, vista como um arco-íris cor de bronze à noite, o lugar onde o sol vermelho fica alaranjado ao meio-dia.

Alguns monges duvidavam da ortodoxia dessa técnica de orar, mas a máquina tinha sido construída e era operada por Yama-Darma, caído, da Cidade Celestial; dizia-se que, eras antes, ele tinha construído a carruagem de lorde Shiva, poderosa como o trovão: aquele aparelho tinha cruzado os céus cuspindo bolas de fogo em seu rastro.

Apesar de ter caído em desgraça, Yama continuava sendo considerado o mais poderoso dos artífices, ainda que não houvesse dúvidas de que os Deuses da Cidade fariam com que ele padecesse da morte verdadeira caso tomassem conhecimento da máquina de orações. Então, por isso, se Yama acabasse preso por esses deuses, não havia dúvidas de que fariam com que padecesse da morte verdadeira, mesmo sem a desculpa da máquina de orações. O modo como ele resolveria a questão com os Senhores do Carma era apenas da conta dele, mas ninguém duvidava de que, quando chegasse a hora, ele daria um jeito. Tinha metade da idade da própria Cidade Celestial, e não mais que uma dezena de deuses se lembrava da fundação daquela morada. Sabia-se que era ainda mais erudito do que lorde Kubera no que dizia respeito à sabedoria relativa ao Fogo Universal. Mas esses eram seus menores Atributos. Era mais conhecido por outro aspecto, apesar de poucos homens comentarem sobre isso. Alto, mas não em demasia; grande, mas não pesado; seus movimentos eram lentos e fluidos. Ele se vestia de vermelho e falava pouco.

Cuidava da máquina de orações, e a gigantesca flor de lótus metálica que havia instalado no alto do telhado do mosteiro girava e girava em seus soquetes.

Caía uma chuva leve sobre a construção, a flor de lótus e a selva ao sopé das montanhas. Durante seis dias, ele tinha oferecido muitos quilowatts de orações, mas a estática impedia que fosse ouvido nas Alturas. Sussurrava súplicas às mais notáveis entre as atuais deidades da fertilidade, invocando-as nos termos de seus Atributos mais proeminentes.

Um rugido de trovão respondeu à petição, e o pequeno símio que o ajudava soltou uma risadinha.

— As suas orações e as suas maldições dão na mesma, lorde Yama — comentou o símio. — Ou seja, em nada.

— Demorou dezessete encarnações para você chegar a essa verdade? — perguntou Yama. — Dá para ver por que ainda passa a vida em forma de símio.

— Não é bem assim — respondeu o símio, que se chamava Tak. — A minha queda, apesar de menos espetacular do que a sua, ainda envolveu elementos de malícia pessoal da parte de...

— Basta! — disse Yama, e lhe deu as costas.

Tak, então, percebeu que talvez tivesse colocado o dedo na ferida. Na tentativa de encontrar outro tópico para conversa, foi até a janela, pulou para o parapeito largo e olhou para cima.

— Há uma abertura na cobertura de nuvens, a oeste — disse.

Yama se aproximou, seguiu a direção do olhar dele, franziu a testa e assentiu.

— É mesmo — concordou. — Fique onde está e me mantenha informado.

Deslocou-se até um painel de controle.

Lá no alto, a flor de lótus parou de girar e apontou para o pedaço de céu aberto.

— Muito bem — disse ele. — Estamos recebendo algo.

Passou uma das mãos em outro painel de controle, ativou vários interruptores e ajustou dois botões.

Abaixo, nos porões cavernosos do mosteiro, o sinal foi recebido e outras preparações se iniciaram: o hospedeiro ficou pronto.

— As nuvens estão voltando a se fechar! — exclamou Tak.

— Agora não faz diferença — disse o outro. — Nosso peixe já foi fisgado pelo anzol. Para fora do Nirvana e para dentro da flor de lótus, lá vem ele.

Ouviram-se mais trovoadas e a chuva caiu, fazendo um barulho de granizo sobre a flor de lótus. Serpentinas de relâmpagos azuis se enrolavam e chiavam perto do topo das montanhas.

Yama selou um último circuito.

— Como acha que ele vai se portar ao voltar a vestir a carne? — perguntou Tak.

— Vá descascar bananas com os pés!

Tak preferiu considerar isso como uma dispensa e se retirou do recinto, deixando Yama para fechar o maquinário. Percorreu um corredor e desceu um lance de escadas largo. Chegou ao patamar e, ali parado, escutou o som de vozes e o arrastar de sandálias se aproximando, vindos de um corredor lateral.

Sem hesitar, subiu pela parede com o auxílio de uma série de panteras entalhadas e uma fileira oposta de elefantes para se apoiar. Postou-se em cima de uma viga, recuou para a sombra e esperou, imóvel.

Dois monges com vestes escuras surgiram atravessando o arco.

— Então por que ela não pode limpar o céu para eles? — disse o primeiro.

O segundo, mais velho, de constituição mais robusta, deu de ombros.

— Não sou nenhum sábio para responder a uma pergunta dessas. O fato de que ela está ansiosa é óbvio; caso contrário, jamais teria lhes concedido este santuário, nem o uso a Yama. Mas quem é capaz de demarcar os limites da noite?

— Ou os humores de uma mulher? Ouvi dizer que nem os sacerdotes sabiam que ela viria — falou o primeiro.

— Pode ser. Seja qual for o caso, parece um bom augúrio.

— Parece, de fato.

Atravessaram outro arco, e Tak escutou o som deles se afastando até que só restasse silêncio.

Mesmo assim, não abandonou seu posto.

Essa "ela" a que os monges haviam se referido só poderia ser a própria deusa Ratri, adorada pela ordem e que tinha oferecido santuário aos seguidores do Grande Compassivo Sam, o Iluminado. Agora, Ratri também seria contabilizada entre aqueles que tinham caído da Cidade Celestial e vestiam a pele de um mortal. Ela tinha todos os motivos para se amargurar com a situação; e Tak se deu conta do risco que ela corria ao conceder um espaço como santuário, sem mencionar o fato de estar presente em sua forma física durante a empreitada. Aquilo poderia ameaçar qualquer possibilidade de um restabelecimento futuro se a notícia circulasse e chegasse a certos ouvidos. Tak se lembrava dela como a beldade de cabelo escuro e olhos prateados, passando em sua carruagem lunar de ébano e cromo, puxada por garanhões preto e branco e escoltada por seu guarda também preto e branco, passando pela avenida Celestial, equiparando-se até a Sarasvati em sua glória. O coração dele pulou dentro do peito peludo. Precisava vê-la novamente. Certa noite, muito tempo antes, em tempos mais felizes e em melhor forma, tinha dançado com ela em uma varanda sob as estrelas. Tinha durado só alguns instantes. Mas lembrava; e é difícil ser um símio e ter memórias como essa.

Desceu da viga.

Havia uma torre, uma bem alta que se erguia do lado nordeste do mosteiro. Dentro daquela torre havia uma câmara. Dizia-se que ela continha a presença interior da deusa. A câmara era limpa todos os dias; os lençóis, trocados; um incenso novo, queimado; e uma oferta votiva se encontrava logo à porta. Aquela porta em geral ficava trancada.

É lógico que havia janelas. A questão relativa à possibilidade ou não de um homem entrar ali por meio de uma dessas janelas deveria permanecer no âmbito acadêmico. Tak provou que um símio era capaz de fazê-lo.

Subiu no telhado do mosteiro e depois escalou a torre, passando de um tijolo escorregadio ao seguinte, de projeção à irregularidade; os céus rosnavam feito cães acima dele, até que, finalmente, ele se agarrou à parede logo abaixo do parapeito. Uma chuva constante caía sobre ele. Ouviu um passarinho cantando lá dentro. Viu a ponta de um lenço azul molhado pendurado para fora.

Ele se segurou na protuberância e se ergueu até conseguir espiar o interior.

Ela estava de costas para ele. Vestia um sári azul-escuro e estava sentada em um banquinho na outra extremidade do aposento.

Subiu no parapeito e pigarreou.

Ela se virou ligeira. Usava um véu, de modo que seus traços eram indistinguíveis. Ela o observou através do tecido, levantou-se e atravessou a câmara.

Ele ficou desolado. A silhueta dela, antes esbelta, era espessa na cintura; o caminhar, antes gingado, tornara-se arrastado; a tez dela era muito escura; apesar do véu, os contornos do nariz e do maxilar estavam pronunciados demais.

Ele curvou a cabeça.

— "E então, você se aproximou de nós, aqueles que com a sua presença alcançamos o lar, como aves em seu ninho na árvore" — entoou ele.

Ela ficou parada, tão imóvel quanto sua estátua no salão abaixo.

— "Proteja-nos da loba e do lobo e proteja-nos do larápio, ó, Noite, para que a nossa passagem seja tranquila."

Ela estendeu a mão devagar e a pousou sobre a cabeça dele.

— Receba minha bênção, pequenino — disse ela depois de um tempo. — Infelizmente, isso é tudo que posso lhe oferecer. Não posso dar proteção nem criar beleza, já que a mim mesma esses luxos faltam. Qual é o seu nome?

— Tak — disse ele.

Ela levou a mão à testa.

— No passado, conheci um Tak, em um tempo que já se foi, em um lugar distante... — disse ela.

— Sou o mesmo Tak, madame.

Ela se sentou no parapeito. Depois de um tempo, ele percebeu que ela chorava debaixo do véu.

— Não chore, deusa. Tak está aqui. Está lembrada de Tak, dos Arquivos? Ou da Lança Reluzente? Continua pronto para obedecer à sua vontade.

— Tak... — disse ela. — Ah, Tak! Até você? Eu não sabia! Nunca ouvi falar...

— Mais um giro da roda, madame, e quem sabe? As coisas ainda podem ser melhores até do que foram no passado.

Os ombros dela tremeram. Ele estendeu a mão, mas logo a recolheu.

Ela se virou e a tomou na sua.

Depois de uma eternidade, falou:

— Não seremos restaurados, nem as questões serão resolvidas pelo curso normal dos acontecimentos, Tak da Lança Reluzente. Precisamos criar nosso próprio caminho.

— O que quer dizer com isso? — indagou ele; e depois:

— Sam?

Ela assentiu.

— É ele. Ele é a nossa esperança contra o Paraíso, caro Tak. Se ele puder ser convocado, teremos uma chance de voltar a viver.

— É por isso que assumiu este risco? Por isso se postou pessoalmente dentro da mandíbula do tigre?

— Haveria outro motivo? Quando não há esperança verdadeira, precisamos criar a nossa própria. Se a moeda é falsificada, ainda assim pode circular.

— Falsificada? Não acredita que ele foi o Buda?

Ela deu uma risada breve.

— Sam foi o maior charlatão na memória dos deuses ou dos homens. Também foi o oponente mais digno que o Trimúrti já enfrentou. Não fique assim tão chocado com a minha declaração, Arquivista! Sabe que ele roubou o tecido da doutrina, do caminho e da realização, toda sua vestimenta, de fontes pré-históricas proibidas. Era uma arma, nada mais. A maior força dele era sua ausência de sinceridade. Se *ele* voltasse...

— Senhora, santo ou charlatão, ele *retornou.*

— Não brinque comigo, Tak.

— Deusa e senhora, acabei de deixar lorde Yama desligando a máquina de orações com a testa franzida naquela ruguinha de sucesso.

— A empreitada tinha tantas adversidades, tão enormes... Lorde Agni certa vez disse que algo assim jamais poderia ser feito.

Tak ficou em pé.

— Deusa Ratri, quem, seja deus ou homem ou qualquer coisa entre os dois, sabe mais a respeito de tais questões do que Yama? — indagou ele.

— Não tenho resposta para essa pergunta, Tak, porque não existe. Mas como pode falar com a certeza de que ele pescou nosso peixe para nós?

— Porque trata-se de Yama.

— Então tome o meu braço, Tak. Seja meu acompanhante mais uma vez, como foi no passado. Vamos visitar o Bodisatva adormecido.

Ele a conduziu porta afora, escada abaixo e para dentro das câmaras inferiores.

Luz, advinda não de tochas, mas dos geradores de Yama, enchia a caverna. O leito, instalado em cima de uma plataforma, tinha três lados fechados por telas. A maior parte do maquinário também estava mascarada por telas e cortinas. Os monges de vestes cor de açafrão presentes circulavam pela enorme câmara em silêncio. Yama, o mestre artífice, estava ao lado do leito.

Quando eles se aproximaram, vários dos monges disciplinados e imperturbáveis emitiram breves exclamações. Tak, então, voltou-se para a mulher ao seu lado e recuou um passo, sentindo a respiração presa na garganta.

Ela já não era mais a pequena matrona atarracada com quem tinha conversado. Mais uma vez, ele se postava ao lado da Noite imortal, sobre quem se tinha escrito: "A deusa preencheu o amplo espaço, suas profundezas e suas alturas. Seu brilho expulsa a escuridão".

Olhou apenas por um momento e logo cobriu os olhos. Ela ainda carregava um vestígio de seu Aspecto distante.

— Deusa... — Ele começou a dizer.

— Nos aproximemos do adormecido — afirmou ela. — Ele se agita.

Avançaram até onde estava a cama.

Posteriormente retratado em murais nas laterais de incontáveis corredores, entalhado nas paredes de Templos e pintado no teto de inúmeros palácios, veio o despertar daquele que era igualmente conhecido por Mahasamatman, Kalkin, Manjusri, Sidarta, Tathagatha, Unificador, Maitreya, o Iluminado, Buda e Sam. À sua esquerda estava a deusa da Noite; à sua direita estava a Morte; Tak, o símio, estava agachado ao pé do leito, comentário eterno a respeito da coexistência entre o animal e o divino.

Ele ostentava um corpo comum, levemente escuro, de altura e idade medianas; suas feições eram regulares e indistintas; quando seus olhos se abriram, estavam escuros.

— Viva, Senhor da Luz! — Foi Ratri quem proferiu essas palavras.

Os olhos dele piscaram. Não entraram em foco. Nenhum movimento se fez em nenhuma parte da câmara.

— Viva, Mahasamatman... Buda! — disse Yama.

Os olhos fitavam adiante, sem enxergar.

— Olá, Sam — disse Tak.

A testa se franziu de leve, os olhos se apertaram, recaíram sobre Tak e passaram para os outros.

— Onde...? — perguntou ele em um sussurro.

— No meu mosteiro — respondeu Ratri.

Sem expressão, ele avaliou a beleza dela.

Então fechou os olhos e os manteve bem apertados, rugas se formando nos cantos. Uma careta de dor transformou a boca dele em um arco; os dentes, em flechas, cerrados.

— É verdadeiramente aquele que nomeamos? — perguntou Yama.

Ele não respondeu.

— É aquele que lutou contra o exército Celestial, levando a um impasse às margens do Vedra?

A boca dele relaxou.

— É aquele que amou a deusa da Morte?

Seus olhos piscaram. Um leve sorriso chegou aos lábios e se foi.

— É ele — disse Yama, e então: — Quem é você, homem?

— Eu? Eu não sou nada — respondeu o outro. — Uma folha em um redemoinho, talvez. Uma pena ao vento...

— Que lástima — disse Yama. — Porque já existem folhas e penas demais no mundo para que eu tenha me esforçado ao longo de tanto tempo para apenas aumentar o número delas. Meu objetivo era trazer um homem, um homem que pudesse dar continuidade a uma guerra interrompida por sua ausência... Um homem poderoso que pudesse se opor, com isso, ao desejo dos deuses. Achei que fosse ele.

— Eu sou... — disse ele, voltando a apertar os olhos. — Sam. Sou Sam. Certa vez... há muito tempo... eu *de fato* lutei, não foi? Muitas vezes...

— Foi o Grande Compassivo Sam, o Buda. Está lembrado?

— Talvez tenha sido... — Um fogo lento faiscou em seus olhos. — Sim, fui mesmo. O mais humilde dos orgulhosos, o mais orgulhoso dos humildes. Lutei, *sim*. Ensinei o Caminho durante um tempo. Lutei mais uma vez, ensinei mais uma vez, experimentei política, magia, envenenamento... Lutei uma grande batalha tão terrível que o próprio sol encobriu sua face do massacre... Com homens e deuses, com animais e demônios, com espíritos da terra e do ar, de fogo e água, com cobras-lagartos e cavalos, espadas e carruagens...

— E perdeu — disse Yama.

— Sim, perdi, não foi? Mas foi um belo espetáculo que oferecemos a eles, não? Deus da morte, foi você quem conduziu a minha carruagem. Estou me lembrando de tudo agora. Fomos tomados prisioneiros e os Senhores do Carma iriam nos julgar. Você escapou deles pelo desejo de morte e pelo Caminho da Roda Preta. Eu não consegui.

— Está correto. O seu passado foi exposto perante eles. Foi julgado. — Yama observou os monges que estavam sentados no chão, com a cabeça inclinada, e baixou a voz: — Deixar que morresse a verdadeira morte, teria te transformado em mártir. Ter permitido que caminhasse sobre o mundo, em qualquer forma, teria deixado a porta aberta para seu retorno. Então, assim como você roubou os ensinamentos do Gautama de outro lugar e outro tempo, seus algozes roubaram a história dos últimos dias dele entre os homens. Você foi considerado digno do Nirvana. O seu atman foi projetado, não em outro corpo, mas na grande nuvem magnética que engloba este planeta. Isso foi mais de meio século atrás. Agora é oficialmente um avatar de Vishnu, cujos ensinamentos foram mal interpretados por alguns de seus seguidores mais zelosos. *Você* continuou a existir, em uma autoperpetuação, apenas na forma de comprimentos de onda, que eu fui capaz de capturar.

Sam fechou os olhos.

— E teve a *ousadia* de me trazer de volta?

— Sim.

— Estive ciente da minha condição o tempo todo.

— Desconfiei que estivesse.

Os olhos dele se abriram, ardentes.

— No entanto, teve a ousadia de me invocar de *lá*?

— Tive.

Sam baixou a cabeça.

— Com razão é chamado de deus da morte, Yama-Darma. Tirou de mim a experiência derradeira. Quebrou contra a pedra obscura da sua força de vontade aquilo que está além de toda a compreensão e de todo o esplendor mortal. Por que não me deixou onde estava, no mar do estado de ser?

— Porque um mundo está necessitado de sua humildade, de sua piedade, de seu grandioso ensinamento e de suas tramoias maquiavélicas.

— Yama, estou velho — disse ele. — Sou tão velho quanto o homem neste mundo. Fui um dos Primeiros, você sabe. Um dos primeiríssimos a chegar aqui, a construir, a me estabelecer. Todos os outros estão mortos agora ou são deuses: *dei ex machini*... A oportunidade também foi minha, mas a deixei passar. Muitas vezes. Nunca quis ser um deus, Yama. Não de verdade. Foi só mais tarde, só quando eu vi o que estavam fazendo, que comecei a juntar todo poder possível para mim. Mas era tarde demais. Eles eram fortes demais. Agora eu só quero dormir o sono das eras, conhecer mais uma vez o Grande Descanso, o contentamento perpétuo, ouvir as canções que as estrelas cantam nas praias do grande mar.

Ratri se inclinou para a frente e o encarou nos olhos.

— Precisamos de você, Sam — disse ela.

— Eu sei, eu sei — respondeu ele. — É a recorrência eterna da anedota. Se tem um cavalo disposto, então chicoteie mais uma vez.

Mas ele sorriu ao dizer isso, e ela deu um beijo em sua testa.

Tak deu um salto no ar e pulou para cima do leito.

— A humanidade se regozija — observou o Buda.

Yama entregou a ele uma veste e Ratri lhe proveu sandálias.

Recuperar-se da paz que vai além da compreensão leva tempo. Sam dormiu. Dormindo, sonhou; sonhando, berrou, ou apenas chorou. Não tinha apetite algum, mas Yama encontrara para ele um corpo ao mesmo tempo robusto e em saúde perfeita, muito capaz de suportar as conversões psicossomáticas da abstinência divina.

Mas ele ficava concentrado por uma hora, imóvel, olhando fixamente para uma pedrinha, uma semente ou uma folha. E, nessas ocasiões, não podia ser perturbado.

Yama viu perigo nisso e conversou com Ratri e Tak sobre o assunto.

— Não é bom que, neste momento, ele se isole do mundo desta maneira — disse. — Conversei com ele, mas é como se estivesse falando com o vento. Ele não pode recuperar aquilo que deixou para trás. A tentativa em si está lhe custando toda sua força.

— Talvez não esteja compreendendo bem os esforços dele — disse Tak.

— O que quer dizer?

— Vê como ele observa a semente que tem à frente? Leve em consideração as rugas nos cantos dos olhos dele.

— Sim? O que tem?

— Ele aperta os olhos. Será que a visão dele está prejudicada?

— Não está.

— Então por que aperta os olhos?

— Para examinar melhor a semente.

— Examinar? Esse não é o Caminho como ele ensinou no passado. No entanto, ele *de fato* a está examinando. Não medita buscando no âmbito do objeto aquilo que leva à libertação do sujeito. Não.

— Então, o que ele está fazendo?

— O inverso.

— O inverso?

— Ele de fato está examinando o objeto, levando em consideração seus modos, no esforço de se cegar. Está buscando, dentro do objeto, uma desculpa para viver. Está tentando, mais uma vez, envolver-se na trama de Maya, a ilusão do mundo.

— Acredito que esteja certo, Tak! — Tinha sido Ratri a falar. — Como podemos auxiliá-lo em seus esforços?

— Não tenho certeza, mestra.

Yama assentiu, o cabelo escuro brilhando com um raio de sol que caía na varanda estreita.

— Colocou o dedo naquilo que eu não fui capaz de enxergar — reconheceu. — Ele ainda não retornou completamente, apesar de estar vestindo um corpo, caminhando sobre pés humanos, falando da forma como falamos. O pensamento dele ainda está para além do nosso alcance.

— Então, o que devemos fazer? — repetiu Ratri.

— Leve-o para longas caminhadas pelo interior — sugeriu Yama. — Alimente-o com iguarias. Provoque sua alma com poesia e canção. Encontre bebida forte para ele beber: não temos nada assim no mosteiro. Vista-o com sedas coloridas.

Providencie-lhe uma ou três cortesãs. Faça com que passe por uma imersão na vida mais uma vez. Só assim poderá ser liberto dos grilhões de Deus. Estupidez minha não ter enxergado isso antes...

— Na verdade, não, deus da morte — disse Tak.

A chama preta se elevou dentro dos olhos de Yama, e então ele sorriu.

— Sou recompensado, pequenino, pelos comentários que eu, talvez sem pensar, permito que recaiam sobre suas orelhas peludas. — reconheceu ele. — Peço perdão, símio. É um verdadeiro homem, sagaz e perspicaz.

Tak fez uma mesura perante ele.

Ratri soltou uma risadinha.

— Diga-nos, astuto Tak, porque talvez sejamos deuses há tempo demais, e assim a nós falte ângulo de visão mais adequado, como devemos proceder na questão de voltar a humanizá-lo de modo a melhor servir os fins que buscamos?

Tak fez uma mesura na direção dele e depois na de Ratri.

— Como Yama propôs — afirmou. — Hoje, mestra, leve-o para uma caminhada ao sopé das montanhas. Amanhã, lorde Yama o conduzirá até os limites da floresta. No dia seguinte, devo levá-lo para o meio das árvores e da relva, das flores e dos cipós. E veremos. Veremos, sim.

— Que assim seja — disse Yama, e assim foi.

Nas semanas que se seguiram, Sam passou a ansiar por essas caminhadas com o que, no começo, parecia uma mera expectativa; em seguida, um entusiasmo moderado; e, por fim, uma ansiedade arrebatadora. Começou a sair para caminhar desacompanhado, passando cada vez mais tempo fora: no início, eram várias horas pela manhã; depois, de manhã e à tarde. Posteriormente, passava o dia todo vagando e, de vez em quando, tanto de dia quanto de noite.

No final da terceira semana, Yama e Ratri discutiram o assunto na varanda nas primeiras horas da manhã.

— Tem uma coisa de que eu não gosto — disse Yama.

— Não podemos insultá-lo ao forçar que aceite a nossa companhia agora, quando não a deseja. Mas há perigos por aí, ainda mais para alguém que renasceu como ele. Eu gostaria de saber como ele passa o tempo.

— Mas, seja lá o que estiver fazendo, está ajudando em sua recuperação — disse Ratri, engolindo uma guloseima e abanando a mão carnuda. — Ele está menos retraído. Fala mais, até faz piadas. Bebe o vinho que lhe oferecemos. O apetite dele está retornando.

— No entanto, se ele se encontrar com um agente do Trimúrti, a ruína final vai se instalar.

Ratri mastigava devagar.

— Porém, não é provável que isso se dê neste país, neste momento — afirmou ela. — Os animais vão vê-lo como uma criança e não vão prejudicá-lo. Os homens o considerariam um eremita santo. Os demônios o temem já faz muito tempo, e por isso o respeitam.

Mas Yama sacudiu a cabeça.

— Senhora, não é assim tão simples. Apesar de eu ter desmontado boa parte do meu maquinário e escondido tudo a centenas de léguas daqui, tal tráfego de energia tão intenso como o que usei não pode passar despercebido. Cedo ou tarde, este local será encontrado. Usei telas e dispositivos de confusão, mas esta área geral deve ter aparecido em certas zonas como se o Fogo Universal tivesse feito uma dança em cima do mapa. Logo precisaremos seguir em frente. Eu preferia esperar até que o nosso protegido estivesse totalmente recuperado, mas...

— Não seria possível que certos fenômenos naturais tivessem produzido os mesmos efeitos energéticos que as suas atividades?

— Seria, e elas de fato ocorrem nesta região, tanto que escolhi este lugar como nossa base: então, pode muito bem ser que não dê em nada. Mesmo assim, eu duvido. Meus espiões nos vilarejos não relatam nenhuma atividade fora do comum no momento. Mas, no dia da volta dele, correndo na crista da tempestade, alguns dizem que a carruagem de trovão passou caçando pelos céus e por todo o interior. Isso aconteceu longe daqui, mas não posso acreditar que não exista uma conexão.

— No entanto, não retornou.

— Não que saibamos. Mas tenho ressalvas...

— Então, que partamos agora mesmo. Respeito demais os seus pressentimentos. Tem mais poder sobre si do que qualquer outro entre os Caídos. Para mim, é um grande esforço assumir uma forma agradável, até mesmo por mais do que alguns minutos...

— Os poderes que eu talvez possua estão intactos porque não eram da mesma ordem que os seus — disse Yama, reabastecendo a xícara de chá dela.

Ele então sorriu, mostrando fileiras uniformes de dentes longos e brilhantes. Esse sorriso pegava na ponta de uma cicatriz na bochecha direita e chegava até o canto do olho. Yama piscou para dar um fim nele e prosseguiu:

— Muito do meu poder vem na forma de conhecimento, que nem os Senhores do Carma poderiam ter arrancado à força de mim. O poder da maioria dos deuses, no entanto, baseia-se em uma fisiologia especial que perdem, em parte, quando encarnam em um novo corpo. A mente, que de algum modo lembra, depois de um período, altera qualquer corpo em certa medida, engendrando uma nova homeostase, permitindo o retorno gradual do poder. O meu retorna rápido e está comigo em sua plenitude agora. No entanto, mesmo que não estivesse, tenho meu conhecimento para usar como arma: e isso é um poder.

Ratri deu um gole no chá.

— Seja qual for a fonte, se o seu poder diz que é para nos deslocarmos, então devemos nos deslocar. Quando?

Yama abriu uma tabaqueira e enrolou um cigarro enquanto falava. Seus dedos ágeis e de pele escura, ela notou, sempre executavam movimentos como os de alguém que tocava um instrumento musical.

— Devo dizer que não devemos nos tardar aqui mais do que uma semana ou dez dias. Precisamos fazer com que ele se desapegue desta paisagem rural.

Ela assentiu.

— Para onde iremos, então?

— Para algum reino pequeno ao sul, talvez, onde possamos ir e vir sem incômodos.

Ele acendeu o cigarro, tragou o fumo.

— Tenho uma ideia melhor — disse ela. — Saiba que, sob nome de mortal, sou a senhora do Palácio de Kama em Khaipur.

— O Fornicatório, madame?

Ela franziu a testa.

— Esse é o modo pelo qual é conhecido entre os vulgares, e não me chame de "madame" assim; soa como uma zombaria arcaica. É um lugar de descanso, prazer, santidade e boa parte da minha renda. Sinto que lá seria um bom esconderijo para o nosso protegido enquanto ele se recupera, e nós traçamos nossos planos.

Yama deu um tapa na coxa.

— Muito bem! Muito bem! Quem pensaria em procurar o Buda em um prostíbulo? Muito bom! Excelente! Para Khaipur, então, cara deusa: para Khaipur e para o Palácio do Amor!

Ela se levantou e bateu forte com a sandália no piso de pedra.

— Não permitirei que fale assim do meu estabelecimento!

Ele baixou os olhos e, magoado, apagou o sorriso do rosto. Levantou-se, então, e fez uma mesura.

— Peço perdão, cara Ratri, mas a revelação veio tão repentina... — Ele se engasgou e desviou o olhar. Quando voltou a mirá-la, estava cheio de sobriedade e decoro. Prosseguiu: — Fiquei desconcertado com a aparente incongruência. Agora, no entanto, percebo a sabedoria da coisa toda. É um disfarce mais do que perfeito e fornece a ambos riqueza e, ainda mais importante, uma fonte de informações particulares de mercadores, guerreiros e sacerdotes. É uma parte indispensável da comunidade. Proporciona posição elevada e voz em relação às questões cívicas. Ser um deus é uma das profissões mais antigas do mundo. É muito adequado, portanto, que nós, os caídos, nos ofendamos no âmbito de uma tradição venerável que é diferente. Eu a saúdo. Agradeço por sua sabedoria e prudência. Não desdenho das empreitadas de uma benfeitora e conspiradora em conluio. Aliás, estou ansioso pela visita.

Ela sorriu e voltou a se sentar.

— Aceito seu pedido de desculpas bem-elaborado, ó, filho da serpente. De qualquer modo, é difícil demais permanecer irritada com você. Sirva-me mais um pouco de chá, por favor.

Eles se recostaram, Ratri bebendo seu chá, Yama fumando. À distância, uma frente de tempestade deitou uma cortina sobre metade da paisagem. Mas o sol ainda brilhava sobre eles, e uma brisa fresca visitou a varanda.

— Viu o anel, o anel de ferro que ele usa? — perguntou Ratri, e comeu mais uma guloseima.

— Vi.

— Sabe onde ele o conseguiu?

— Não sei.

— Nem eu. Mas sinto que devemos descobrir sua origem.

— Sim.

— Como vamos fazer isto?

— Deleguei a tarefa a Tak, que é mais versado nos modos da floresta do que nós. Inclusive neste momento está seguindo o rastro.

Ratri assentiu.

— Muito bem — disse ela.

— Ouvi dizer que os deuses de fato ainda visitam, ocasionalmente, os palácios mais notáveis de Kama espalhados pela região, em geral disfarçados, mas, às vezes, em todo seu esplendor. É verdade?

— É, sim. Mas, um ano atrás, lorde Indra foi a Khaipur. Há uns três anos, o falso Krishna fez uma visita. De toda a comissão Celestial, Krishna, o Incansável, é o que mais abala os criados. Ficou lá durante um mês de confusão, o que acarretou muita mobília quebrada e o serviço de muitos médicos. Quase esvaziou a adega e a despensa. No entanto, tocou suas flautas certa noite, e ouvir isso seria suficiente para garantir perdão ao velho Krishna diante de quase qualquer coisa. Mas não foi a magia verdadeira que escutamos naquela noite, porque só existe um verdadeiro Krishna: de pele escura e cabelo comprido, com olhos intensamente vermelhos e flamejantes. Aquele lá dançou em cima das mesas causando muita confusão, e seu acompanhamento musical foi insuficiente.

— Por acaso ele pagou por esta carnificina com algo além de uma canção?

Ela deu risada.

— Por favor, Yama. Que não haja perguntas retóricas entre nós.

Ele gargalhou, soltando fumaça.

— Surya, o Sol, agora está prestes a ser encoberto — disse Ratri, e olhou para fora e para o alto. — E Indra mata o dragão. A qualquer momento, as chuvas chegarão.

Uma onda cinzenta cobriu o mosteiro. A brisa ficou mais forte, e a dança das águas se iniciou por cima das paredes. Feito uma cortina de contas, a chuva cobriu a ponta aberta da varanda para onde olhavam.

Yama serviu mais chá. Ratri comeu mais uma guloseima.

Tak traçou seu caminho pela floresta. Foi passando de árvore em árvore, de galho em galho, observando a trilha embaixo de si. Seu pelo estava úmido porque as folhas criavam pequenas quedas-d'água sobre ele quando passava. Nuvens se aglomeravam em seu rastro, mas o sol da alvorada ainda brilhava no céu do leste e a floresta era um enxame de cores sob sua luz vermelho-dourada. Ao redor dele, pássaros cantavam do interior dos galhos emaranhados, cipós, folhas e capim que se erguiam feito muros de ambos os lados da trilha. Os pássaros faziam sua música, insetos zumbiam e, de vez em quando, ouvia-se um rosnado ou um latido. A folhagem se agitava com o vento. Mais abaixo dele, a trilha fez uma curva sinuosa, entrando em uma clareira. Tak desceu até o solo, seguindo a pé. Do outro lado da clareira, voltou a subir nas árvores. Ele então reparou que a trilha corria paralela às montanhas, até se inclinava de leve na direção delas. Ouviu-se um rugido distante de trovão e, depois de um tempo, uma nova brisa se ergueu, fria. Ele continuou se balançando, rompendo teias de aranha molhadas, assustando pássaros em arroubos gritantes de plumagem colorida. O rastro continuava em direção às montanhas e lentamente se voltava. De vez em quando, deparava-se com outras trilhas de terra batida, trilhas amarelas, dividindo-se, cruzando-se, separando-se. Nessas ocasiões, descia ao solo e estudava as marcas na superfície. Sim, Sam tinha virado aqui; Sam tinha parado ao lado deste laguinho para beber — aqui, onde os cogumelos cor de laranja ficavam maiores do que um homem alto e largos o bastante para abrigar vários da chuva; neste local, Sam tinha tomado aquele entroncamento da estrada; aqui ele tinha parado para consertar uma correia da sandália; neste ponto, tinha se apoiado em uma árvore, que mostrava indícios de abrigar uma dríade...

Tak seguiu em frente, mais ou menos meia hora atrás de sua presa, segundo seus cálculos: então, tinha tempo de sobra para chegar ao destino e iniciar a atividade que envolvesse seu entusiasmo. Um halo de relâmpago de calor apareceu por cima das montanhas que agora estavam na frente dele. Ouviu-se mais um estrondo de trovão. A trilha subia até o sopé, onde a floresta rareava, e Tak avançava de quatro por entre o capim alto. O caminho seguia íngreme, e pontas rochosas foram se tornando cada vez mais proeminentes. No entanto, Sam tinha passado por ali, e assim Tak seguia em frente.

Lá no alto, a Ponte dos Deuses cor de pólen desaparecia à medida que as nuvens avançavam gradualmente para o leste. Relâmpagos reluziam, e agora o trovão veio logo em seguida. O vento soprava mais rápido na área aberta; o capim se inclinava diante dele; a temperatura pareceu, de repente, despencar.

Tak sentiu as primeiras gotas de chuva e disparou, buscando a proteção de uma das pontas de pedra. Ela se estendia feito uma cerca viva estreita, levemente inclinada contra a chuva. Tak avançou ao longo de sua base quando as águas desabaram e a cor abandonou o mundo junto ao último pedacinho de azul no céu.

Um mar de luz turbulenta surgiu lá em cima e, por três vezes, derramou torrentes d'água que correram abaixo em uma velocidade insana, abatendo-se, por fim, sobre a pedra em formato de presa que se curvava, escura, para dentro do vento, mais ou menos quatrocentos metros encosta acima.

Quando os olhos de Tak se ajustaram ao ambiente, viu aquilo que agora conseguia entender. Era como se cada raio que houvesse caído tivesse deixado uma parte de si, de pé, agitando-se no ar cinzento, pulsando fogos, apesar da água que caía sem parar no solo.

Então Tak escutou a risada; ou seria um som fantasma deixado em seus ouvidos pelo trovão recente?

Não, era uma risada: gigantesca, inumana!

Depois de um tempo, ouviu-se um urro de raiva. Mais um clarão, mais um trovejar.

Mais um funil de fogo se agitou ao lado da presa feita de pedra.

Tak ficou imóvel durante cerca de cinco minutos. Então aquilo se fez ouvir mais uma vez: o urro, seguido por três clarões e o estrondo.

Agora havia sete pilares de fogo.

Será que ele ousaria se aproximar, desviando-se dessas coisas, espiando a ponta em forma de presa do lado oposto?

E se ele ousasse, e se (como sentia que sim) Sam estivesse envolvido, de algum modo, que bem ele poderia fazer se o próprio Iluminado não era capaz de lidar com a situação?

Não tinha resposta, mas viu-se avançando, bem agachado no capim molhado, inclinado mais para a esquerda.

Quando já estava no meio do caminho, aconteceu mais uma vez, e dez das coisas se avultaram, em vermelho, dourado e amarelo, afastando-se e voltando, afastando-se e voltando, como se suas bases estivessem enraizadas no solo.

Agachou-se ali, molhado e tremendo, examinou o que tinha de coragem e descobriu que era, de fato, algo bem pequenino. No entanto, seguiu em frente até estar em paralelo com o lugar estranho e, depois, para além dele.

Ele se recolheu atrás daquilo, encontrando-se no meio de muitas pedras grandes. Grato pelo abrigo e pela cobertura que forneciam contra a observação de baixo, ele avançou aos pouquinhos sem nunca tirar os olhos da ponta do que parecia o dente.

Agora enxergava que era, em parte, oca. Havia uma caverna seca e rasa na base, e duas silhuetas estavam ajoelhadas lá dentro. *Seriam homens santos fazendo suas preces?*, ele se perguntou.

Então, aconteceu. O clarão mais assustador que viu na vida se abateu sobre a pedra: não uma vez, nem por um mero instante. Foi como se um animal com língua de fogo lambesse e lambesse a pedra toda, rosnando enquanto fazia isso durante, talvez, um quarto de minuto.

Quando Tak abriu os olhos, contou vinte das torres de chamas.

Um dos homens santos se inclinou para a frente, fez um gesto. O outro deu risada. O som se estendeu até onde Tak estava, e as palavras:

— Dualidade dos unos! Meus, agora!

— Qual é a quantidade? — perguntou o segundo, e Tak soube que era a voz do Grande Compassivo Sam.

— O dobro, ou nada! — vociferou o outro, e inclinou-se para a frente, balançou para trás e fez um gesto igual ao que Sam tinha feito.

— Nina de Srinagina! — entoou ele, e se inclinou, balançou e fez o gesto mais uma vez.

— Sete sagrado — disse Sam, baixinho.

O outro urrou.

Tak fechou os olhos e tapou os ouvidos na expectativa do que poderia vir depois daquele urro.

E, mais uma vez, não estava enganado.

Quando a labareda e o tumulto tinham passado, baixou os olhos para a cena de iluminação lúgubre. Não se deu ao trabalho de contar. Parecia que quarenta daquelas coisas parecidas com chamas agora pairavam sobre o lugar, lançando seu brilho estranho: tinham dobrado de número.

O ritual continuou. Do lado esquerdo do Buda, o anel de ferro brilhava com uma luz pálida e esverdeada que era toda sua.

Ele ouviu as palavras "O dobro, ou nada" mais uma vez, e escutou o Buda dizer "Sete sagrado" mais uma vez, em resposta.

Dessa vez, achou que a encosta da montanha fosse desmoronar embaixo dele. Dessa vez, achou que o clarão fosse uma imagem póstuma, gravada em sua retina através das pálpebras fechadas. Mas estava errado.

Quando abriu os olhos, foi para enxergar um verdadeiro exército de relâmpagos em movimento. As chamas deles martelaram seu cérebro, e ele cobriu a vista para olhar para baixo.

— E então, Raltariki? — perguntou Sam, e uma luz forte cor de esmeralda se agitou por cima de sua mão esquerda.

— Uma vez mais, Sidarta. O dobro, ou nada.

As chuvas cessaram por um momento, e da grande chama do hospedeiro, na encosta da montanha, Tak viu que aquele de nome Raltariki tinha a cabeça de um búfalo--d'água e um par de braços a mais.

Tak estremeceu.

Cobriu os olhos e os ouvidos e cerrou os dentes, à espera.

Depois de um tempo, aconteceu. Rugiu e reluziu, sem parar, até que ele finalmente perdeu a consciência.

Quando recuperou os sentidos, havia apenas um ar cinzento e uma chuva leve entre ele e o abrigo de pedra. À sua base, estava sentada uma silhueta, que não tinha chifres nem parecia possuir mais braços do que os dois usuais.

Tak não se moveu. Ficou esperando.

— Isto é repelente de demônio — explicou Yama, e entregou a ele um aerossol. — No futuro, sugiro que se besunte todo se tiver a intenção de se aventurar para muito longe do mosteiro. Eu achava que esta região estava livre dos Rakasha, senão teria lhe dado antes.

Tak aceitou o frasco e o colocou na mesa à sua frente.

Estavam acomodados nos aposentos de Yama, depois de terem feito uma refeição leve ali.

Yama se reclinou na cadeira com um copo do vinho do Buda na mão esquerda, um decantador meio cheio na direita.

— Então, aquele que se chama Raltariki, na realidade, é um demônio? — perguntou Tak.

— Sim... e não — disse Yama. — Se por "demônio" você quer dizer uma criatura maléfica e sobrenatural, possuidora de grandes poderes, longevidade e a capacidade de assumir praticamente qualquer forma de maneira temporária... então a resposta é não. Esta é a definição aceita de maneira geral, mas não é verdadeira em um aspecto.

— É mesmo? E qual seria?

— Não se trata de uma criatura sobrenatural.

— Mas ela é todas aquelas outras coisas?

— É.

— Então eu não consigo ver a diferença entre ser sobrenatural ou não... desde que seja maléfico, possua grandes poderes e longevidade e tenha a capacidade de mudar de forma de acordo com sua vontade.

— Ah, mas faz, sim, muita diferença, veja bem. É a diferença entre o desconhecido e o que não se pode conhecer, entre ciência e fantasia... Trata-se de uma questão de essência. Os quatro pontos da bússola sendo lógica, conhecimento, sabedoria e o desconhecido. Alguns de fato se curvam diante desta última direção. Outros avançam em direção a ela. Curvar-se perante uma é perder de vista as outras três. Eu posso me submeter ao desconhecido, mas nunca ao que não se pode conhecer. O homem que se curva naquela última direção é ou um santo, ou um tolo. Não tenho respeito por nenhum dos dois.

Tak deu de ombros e bebericou seu vinho.

— Mas em relação aos demônios...?

— É possível conhecê-los. De fato, fiz experiências com eles durante muitos anos, fui um dos Quatro que desceu ao Poço do Inferno, se está lembrado, depois que Taraka fugiu de lorde Agni em Palamaidsu. Você não é Tak dos Arquivos?

— Eu era.

— Leu alguns dos registros mais antigos de contatos com os Rakasha?

— Li os relatos dos tempos das vontades deles...

— Então sabe que são habitantes nativos deste mundo, que estavam presentes antes da chegada dos Homens da desaparecida Urath.

— Sei.

— São criaturas de energia, não de matéria. As próprias tradições dizem que no passado vestiam corpos e viviam em cidades. A busca deles pela imortalidade pessoal, no entanto, conduziu-os a um caminho diferente daquele seguido pelos Homens. Encontraram uma maneira de se perpetuar na forma de campos estáveis de energia. Abandonaram seus corpos para viver para sempre como vórtices de força. Mas puro intelecto não são. Carregaram consigo um ego completo e, nascidos da matéria, sempre cobiçam a carne. Apesar de serem capazes de assumir uma forma durante um tempo, não podem retornar a ela sem auxílio. Durante eras, de fato vagaram sem rumo por este mundo. Então a chegada dos Homens os empurrou para fora de sua dormência. Tomaram a forma dos pesadelos deles para endemoniá-los. É por isso que precisaram ser derrotados e detidos muito abaixo das Ratnagaris. Não pudemos destruí-los todos. Não pudemos permitir que continuassem com suas tentativas de se apoderar das máquinas de encarnação e dos corpos dos homens. Então, foram aprisionados e contidos em grandes frascos magnéticos.

— No entanto, Sam libertou muitos para atenderem à vontade dele — disse Tak.

— É verdade. Ele fez e cumpriu um pacto de pesadelo, de modo que alguns deles ainda caminham pelo mundo. De todos os homens, respeitam apenas, talvez, Sidarta. E, *junto* a todos os homens, dividem um grande vício.

— Que é...?

— Todos eles realmente adoram apostar... Colocam em jogo qualquer disputa, e dívidas de jogo são a única honra que respeitam. Tem que ser assim, ou não ganhariam confiança de outros jogadores e perderiam esse que talvez seja o único prazer que têm. Sendo seus poderes tão grandiosos, até príncipes jogarão com eles, na esperança de conquistar seus serviços. Reinos foram perdidos dessa maneira.

— Se, como é sua impressão, Sam estivesse fazendo um dos antigos jogos com Raltariki, qual seria a aposta? — indagou Tak.

Yama terminou seu vinho, voltando a encher o copo.

— Sam é um tolo. Não, não é. Ele é um jogador. *Há* uma diferença. Os Rakasha de fato controlam ordens menores de seres de energia. Sam, por meio daquele anel que usa, agora comanda uma guarda de elementais de fogo que ganhou de Raltariki. São criaturas mortíferas, irracionais... e cada uma detém a força de um raio de trovão.

Tak terminou seu vinho.

— Mas quais apostas Sam poderia ter colocado em jogo?

Yama suspirou.

— Todo o meu trabalho, todos os nossos esforços por mais de meio século.

— Quer dizer... o corpo dele?

Yama assentiu.

— Um corpo humano é o maior incentivo que se pode oferecer a qualquer demônio.

— Por que Sam arriscaria tanto?

Yama olhou fixamente para Tak sem o enxergar.

— Deve ter sido a única maneira que ele teve para invocar seu desejo de viver, para uni-lo mais uma vez à sua tarefa: ao se colocar em perigo, ao arriscar a própria existência a cada vez que o dado é lançado.

Tak se serviu de mais uma taça de vinho e a engoliu de uma vez só.

— *Isso* é o impossível de se conhecer para mim — disse ele.

Mas Yama sacudiu a cabeça.

— É desconhecido, apenas — retrucou. — Sam não é exatamente um santo, mas também não é tolo. Mas é quase — concluiu Yama e, naquela noite, borrifou repelente de demônio por todo o mosteiro.

Na manhã seguinte, um homenzinho se aproximou do mosteiro e se acomodou na frente da entrada; colocou uma tigela para esmolas no chão, a seus pés. Suas vestes consistiam em um único pano puído, rústico e marrom, que lhe chegava aos tornozelos. Um tampão preto cobria o olho esquerdo. O que restava de cabelo era escuro e muito comprido. O nariz fino, o queixo pequeno e as orelhas altas e achatadas davam a seu rosto uma aparência de raposa. A pele dele era esticada e bem-curtida. Seu único olho verde parecia nunca piscar.

Ficou lá talvez uns vinte minutos antes de os monges repararem nele e mencionarem o fato a um dos membros vestidos de preto da Ordem de Ratri. Esse monge localizou um sacerdote e lhe passou a informação. O sacerdote, ansioso para impressionar a deusa com as virtudes de seus seguidores, mandou alguém colocar o pedinte para dentro, para que fosse alimentado, recebesse novas vestes e um cômodo em que dormir durante todo o tempo que decidisse permanecer ali.

O pedinte aceitou a comida com as cortesias de um brâmane, mas rejeitou qualquer alimento que não fosse pão e frutas. Aceitou também as vestes pretas da Ordem de Ratri assim que se desfez de sua bata suja. Depois, observou o aposento e a esteira de dormir nova que tinham sido arranjados para ele.

— Eu de fato o agradeço, estimado sacerdote — disse ele, com sua voz encorpada e ressonante e, de modo geral, maior do que sua pessoa. — Eu de fato o agradeço e rezo para que sua deusa lhe sorria por suas gentilezas e generosidade em nome dela.

O sacerdote sorriu consigo mesmo ao escutar isso e, ainda assim, desejou que Ratri pudesse passar pelo corredor naquele momento, para testemunhar sua gentileza e generosidade em nome dela. Mas ela não passou. Poucos em sua Ordem de fato a tinham visto alguma vez, nem mesmo na noite em que ela vestiu seu poder e caminhou entre eles: pois apenas os que portavam vestes cor de açafrão haviam presenciado o despertar de Sam e tinham certeza de sua identidade. Ela costumava circular pelo mosteiro enquanto seus seguidores estavam rezando ou depois de terem se recolhido a seus aposentos à noite. Ela dormia principalmente durante o dia; quando cruzava a vista deles, estava sempre agasalhada e camuflada; seus desejos e ordens eram transmitidos diretamente a Gandhiji, o líder da Ordem, que tinha 93 anos neste ciclo e já mal enxergava.

Por consequência, tanto os monges dela quanto aqueles que ostentavam vestes cor de açafrão especulavam quando ela daria as caras e buscavam obter possíveis favores aos olhos dela. Dizia-se que sua bênção garantiria a reencarnação como brâmane. Somente Gandhiji não se incomodava, porque tinha aceitado o caminho da morte verdadeira.

Como ela não passou pelo corredor enquanto estavam ali, o sacerdote prolongou a conversa.

— Eu sou Balarma — afirmou. — Será que posso perguntar qual é seu nome, meu bom cavalheiro, e talvez seu destino?

— Eu sou Aram, que tomou para si um juramento de dez anos de pobreza e de sete anos de silêncio — informou o pedinte. — Felizmente, os sete já terminaram, portanto agora posso falar para agradecer aos meus benfeitores e responder às suas perguntas. Estou a caminho das montanhas para encontrar para mim uma caverna onde possa meditar e orar. Posso, talvez, aceitar sua hospitalidade gentil durante alguns dias antes de prosseguir com a minha jornada.

— De fato — disse Balarma —, nós nos sentiríamos honrados se um ser sagrado julgasse adequado abençoar nosso mosteiro com sua presença. Vamos fazer com que se sinta bem-vindo. Se há algo que deseja para auxiliá-lo ao longo de sua travessia, e se formos capazes de conceder o que seja, por favor, é só dizer.

Aram o encarou com seu olho verde que não piscava e disse:

— O monge que me avistou primeiro não usava a veste de sua Ordem. — Ele passou a mão na veste preta ao dizer isso. — Em vez disso, acredito que meu pobre olho tenha avistado outra cor.

— Sim, porque os amigos do Buda de fato buscam abrigo junto de nós e descansam um pouco de suas andanças — disse Balarma.

— Isso é mesmo interessante, porque eu gostaria de conversar com eles e talvez aprender mais a respeito do Caminho que trilham — comentou Aram.

— Você terá amplas oportunidades para isto se escolher permanecer entre nós durante algum tempo.

— Então, é o que devo fazer. Por quanto tempo permanecerão?

— Não sei.

Aram assentiu.

— Quando poderei conversar com eles?

— Nesta noite haverá uma hora em que todos os monges estarão reunidos e livres para falar, se assim desejarem, exceto aqueles que fizeram votos de silêncio.

— Passarei o tempo até lá em oração — disse Aram. — Obrigado.

Ambos fizeram uma leve mesura, e Aram entrou em seu quarto.

Naquela noite, Aram participou da hora comunitária dos monges. Os pertencentes às duas Ordens se misturavam na ocasião e conversavam. Sam não participou pessoalmente, nem Tak; e Yama nunca participava.

Aram se sentou à longa mesa no refeitório, na frente de vários monges do Buda. Conversou durante algum tempo com eles, discutindo doutrina e prática, casta e credo, o clima e os assuntos do dia.

— Parece estranho que aqueles da sua Ordem tenham avançado tanto ao sul e ao oeste tão de repente — disse ele, depois de um tempo.

— Somos uma Ordem em movimento — respondeu o monge a quem ele tinha se dirigido. — Seguimos o vento. Seguimos nosso coração.

— Até a terra do solo ferruginoso e na temporada dos relâmpagos? Será que há, talvez, alguma revelação por ocorrer nesta região que possa ser benéfica para ampliar meu espírito, se eu a contemplar?

— O universo inteiro é uma revelação — disse o monge. — Todas as coisas mudam; no entanto, todas as coisas permanecem. O dia segue a noite... Cada dia é diferente e, no entanto, continua sendo um dia. Muito do mundo é ilusão; no entanto, os contornos dessa ilusão seguem um padrão que faz parte da realidade divina.

— Sim, sim — disse Aram. — Nos modos da ilusão e da realidade, sou versado o bastante, mas com minha pergunta quis saber se talvez um novo mestre tivesse surgido nessas redondezas, ou se algum mestre antigo tivesse retornado, ou quem sabe uma manifestação divina, uma presença da qual minha alma possa conhecer e se beneficiar.

Enquanto falava, o pedinte empurrou da mesa à sua frente um besouro vermelho que ali caminhava, do tamanho de um polegar, e mexeu a sandália como se fosse esmagá-lo.

— Rogo, irmão, não o machuque — disse o monge.

— Mas eles estão em todo o lugar, e os Senhores do Carma afirmaram que um homem não pode ser forçado a retornar como inseto, e matar um inseto é um ato inoperante do ponto de vista cármico.

— Ainda assim, considerando toda forma de vida, neste mosteiro todos praticam a doutrina do ainsa, a não violência, e se furtam de tirar vidas de qualquer tipo — disse o monge.

— No entanto, Pantajali de fato afirma que é a *intenção*, e não o ato, que comanda — disse Aram. — Portanto, se eu matasse com amor, e não com malícia, seria como se não tivesse matado. Confesso que não foi o caso e que malícia estava, sim, presente... Portanto, mesmo que eu não tenha matado, de fato carrego o fardo da culpa por causa da presença da intenção. Então poderia pisar nele e não piorar minha situação em nada, de acordo com o princípio do ainsa. Mas, como sou hóspede, é lógico que respeito a prática e não farei isso. — Assim, ele afastou a sandália do inseto, que ficou lá, imóvel, com suas antenas avermelhadas em riste.

— De fato, ele é um estudioso — disse aquele pertencente à Ordem de Ratri.

Aram sorriu.

— Obrigado, mas não é o caso — afirmou. — Eu apenas humildemente busco a verdade e em certas ocasiões no passado tive o privilégio de escutar o discurso dos mais sábios. Ah, se pudesse voltar a ter o privilégio! Se houvesse algum grande mestre ou estudioso nas redondezas, então, com toda a certeza, caminharia por cima de brasas quentes para me sentar a seus pés e escutar suas palavras ou seguir seu exemplo. Se...

Ele parou então, porque todos os olhos tinham se voltado para a porta às suas costas. Ele não mexeu a cabeça, mas estendeu o braço para esmagar um besouro que estava próximo de sua mão. A ponta de um pequeno cristal e dois arames minúsculos se projetavam da carapaça partida das costas do inseto.

Então Aram se virou, o olho verde examinando a fileira de monges sentados entre ele e a porta, e o olhar dele recaiu sobre Yama, que vestia calça justa, botas, camisa, cinta, capa e luvas, tudo vermelho, e tinha na cabeça um turbante torcido da cor de sangue.

— "Se"? — disse Yama. — Estava dizendo "Se"? Se algum sábio ou algum avatar do líder dos deuses residisse nas redondezas, gostaria de conhecê-lo? É isso que estava dizendo, forasteiro?

O pedinte se levantou da mesa. Fez uma mesura.

— Sou Aram, um buscador e viajante, companheiro de todos aqueles que desejam a iluminação — afirmou.

Yama não retribuiu o cumprimento.

— Por que soletra seu nome de trás para frente, Lorde da Ilusão, quando todas as palavras que profere e ações que executa o anunciam antes que se apresente?

O pedinte deu de ombros.

— Não compreendo o que diz. — Mas o sorriso retornou aos seus lábios. — Sou alguém que busca o Caminho e o Correto — completou o pedinte.

— Acho difícil de acreditar, depois de testemunhar pelo menos mil anos de sua traição.

— Fala do tempo de vida dos deuses.

— Infelizmente, sim. Cometeu um erro sério, Mara.

— E o que seria?

— Sente que deve ter a permissão de sair daqui vivo.

— Admito que essa é a minha previsão.

— Sem considerar os diversos acidentes que podem acometer um viajante solitário nesta região selvagem.

— Sou um viajante solitário há muitos anos. Acidentes sempre acontecem com os outros.

— Pode acreditar que, mesmo que seu corpo fosse destruído aqui, seu atman seria transferido de modo remoto a outro corpo localizado em outro lugar. Compreendo que alguém tenha decifrado minhas anotações, e que o truque agora seja possível.

As sobrancelhas do pedinte baixaram meio centímetro e se uniram.

— Não se dá conta de que, nem mesmo neste momento, as forças contidas nesta construção agiriam contra uma transferência assim.

O pedinte avançou até o centro do salão.

— Yama, é um tolo se pretende equiparar seus poderes caídos e insignificantes aos do Sonhador — afirmou.

— Talvez seja assim, lorde Mara — respondeu Yama. — Mas esperei demais por esta oportunidade para adiá-la ainda mais. Está lembrado da minha promessa em Keenset? Se deseja continuar seu curso de existência, terá que passar por esta, a única porta deste salão, que estou obstruindo. Nada além deste salão pode ajudá-lo agora.

Mara então ergueu as mãos, e o fogo nasceu.

Tudo estava em chamas. Labaredas saltavam das paredes de pedra, das mesas, das vestes dos monges. A fumaça se juntava e formava espirais pelo salão. Yama estava no meio da conflagração, mas não se moveu.

— Isto é o melhor que consegue fazer? — perguntou. — As suas chamas estão em todo o lugar, mas nada queima.

Mara bateu palmas e as chamas desapareceram.

Em seu lugar, com a cabeça agitada erguida a quase o dobro da altura de um homem, a cobra naja recuou para a posição de ataque em forma de S.

Yama ignorou a aparição, o olhar sombrio, feito a sonda de um inseto escuro, penetrava o único olho de Mara.

A cobra naja desapareceu no meio do bote. Yama avançou.

Mara recuou um passo.

Ficaram assim durante, talvez, três piscadas de olhos, então Yama avançou mais dois passos e Mara voltou a recuar. A perspiração formava gotas na testa de ambos.

O pedinte agora estava com o corpo mais aprumado e seu cabelo estava mais pesado; estava mais espesso na cintura e mais largo nos ombros. Certa desenvoltura, que antes não estava aparente, acompanhava todos os seus movimentos.

Ele recuou mais um passo.

— Sim, Mara, existe um deus da morte — disse Yama por entre dentes cerrados. — Caído ou não, a verdadeira morte habita meus olhos. Precisa olhar dentro deles. Quando chegar à parede, não poderá mais recuar. Sinta a força se esvair das suas pernas e dos seus braços. Sinta o frio começar nas suas mãos e nos seus pés.

Os dentes de Mara se cerraram em um rosnado. O pescoço dele era tão grosso quanto o de um touro. Os bíceps, quase tão grandes quanto as coxas de um homem. Seu peitoral era um barril de força, e suas pernas, como as grandes árvores da floresta.

— Frio? — indagou, estendendo os braços. — Sou capaz de partir ao meio um gigante com estas mãos, Yama. O que você é senão uma carniça de deus banida? Seu franzir de testa pode ceifar os idosos e os enfermos. Seus olhos podem gelar animais estúpidos e aqueles pertencentes às classes mais baixas entre os homens. Estou tão acima de você quanto uma estrela acima do fundo do mar.

As mãos cobertas por luvas vermelhas de Yama dispararam para o pescoço dele feito um par de cobras.

— Então experimente essa força da qual tanto caçoa, Sonhador. Assumiu a aparência do poder. Use-a! Supere a mim não com palavras!

As bochechas e a testa dele ficaram vermelhas à medida que as mãos de Yama apertavam sua garganta com mais força. Seu olho pareceu saltar, um holofote verde fazendo uma varredura sobre o mundo.

Mara caiu de joelhos.

— Basta, lorde Yama! — declarou, ofegante. — Irá se sacrificar?

Ele se transformou. Seus traços se tornaram fluidos, como se estivesse sob águas agitadas.

Yama viu o próprio rosto e as próprias mãos vermelhas apertando seus pulsos.

— Agora está ficando desesperado, Mara, à medida que a vida o abandona. Mas Yama não é nenhuma criança que teme quebrar o espelho que se tornou. Faça sua última tentativa ou morra como um homem; é tudo igual no fim.

Mas, mais uma vez, viu-se um movimento fluido e uma transformação.

Dessa vez, Yama hesitou e sua força se rompeu.

O cabelo cor de bronze dela caiu sobre as mãos. Os olhos pálidos suplicaram. Em volta de seu pescoço havia um colar de crânios de marfim, mas um pouco mais claros do que sua pele. Seu sári era da cor do sangue. As mãos dela pousaram sobre as dele quase em uma carícia...

— Deusa! — sibilou.

— Não aniquilaria Kali...? Durga...? — disse ela, sufocada.

— Errou mais uma vez, Mara — sussurrou. — Não sabia que cada homem mata aquilo que amou? — E, com isso, suas mãos se torceram, e escutou-se um som de ossos se partindo.

— Que sua condenação recaia sobre você dez vezes — disse ele, com os olhos apertados. — Não haverá renascimento.

As mãos dele então se abriram.

Um homem alto, de proporções nobres, estava estirado no chão a seus pés, a cabeça pousada no ombro direito.

Os olhos do homem finalmente tinham se fechado.

Yama virou o cadáver com a ponta da bota.

— Construam uma pira e queimem este corpo — disse aos monges, sem se virar para eles. — Não poupem nenhum ritual. Um dos mais elevados morreu neste dia.

Então ele desviou os olhos da obra de suas mãos, deu meia-volta e se retirou do salão.

Naquela noite, os relâmpagos cintilaram pelos céus e a chuva caiu feito projéteis do firmamento.

Os quatro estavam acomodados na câmara da torre alta que se erguia do lado nordeste do mosteiro.

Yama andava de um lado para o outro no aposento, parando à janela cada vez que passava por ela.

Os outros apenas o observavam, escutando com atenção.

— Eles desconfiam, mas não sabem — disse ao grupo. — Não destruiriam o mosteiro de outro deus, demonstrando perante os homens as divisões em suas castas... Não, a menos que tivessem certeza. Não tinham certeza, então investigaram. Isso significa que o tempo ainda é nosso aliado.

Assentiram.

— Um brâmane que renunciou ao mundo para encontrar sua alma passou por aqui, sofreu um acidente, morreu aqui a morte verdadeira. Seu corpo foi queimado, e suas cinzas, lançadas no rio que leva ao mar. Foi isso que ocorreu... Os monges andarilhos do Iluminado estavam fazendo uma visita na ocasião. Seguiram em frente pouco depois dessa ocorrência. Quem sabe para onde foram?

Tak ficou o mais ereto de que era capaz.

— Lorde Yama, ainda que possa se sustentar por uma semana, um mês, possivelmente até mais... essa história vai se desmantelar nas mãos do Senhor ao julgar o primeiro de qualquer um daqueles que estavam presentes neste mosteiro que passe pelos Salões do Carma — afirmou. — Sob tais circunstâncias, acredito que alguns deles possam chegar a uma conclusão precipitada somente por essa razão. E então?

Yama enrolou um cigarro com cuidado e precisão.

— Deve ser providenciado que o que eu disse seja o que de fato aconteceu.

— Como pode ser? Quando o cérebro de um homem é sujeito a reprodução cármica, todos os acontecimentos que ele presenciou em seu ciclo de vida mais recente são colocados perante seu juiz e a máquina, feito um pergaminho.

— Correto — disse Yama. — E será que você, Tak dos Arquivos, nunca escutou falar de um palimpsesto: um pergaminho que foi usado antes, apagado e então usado novamente?

— Claro, mas a mente não é um pergaminho.

— Não? — Yama sorriu. — Bom, para começo de conversa, foi o seu símile, não o meu. Afinal, o que é verdade? A verdade é o que se faz dela.

Ele acendeu o cigarro.

— Esses monges presenciaram algo estranho e terrível — prosseguiu. — Viram-me em meu Aspecto e exercendo um Atributo. Viram Mara fazer o mesmo... aqui, neste mosteiro onde revivemos o princípio do ainsa. Eles têm consciência de que um deus pode fazer tais coisas sem peso cármico, mas o choque foi grande, e a impressão, vívida. E a queima final ainda está por vir. Quando essa queima ocorrer, a história que eu contei deve ser verdadeira na mente deles.

— Como? — perguntou Ratri.

— Nesta mesma noite, nesta mesma hora, enquanto a imagem do ato das chamas ainda estiver na consciência deles e seus pensamentos forem perturbados, a nova verdade será forjada e fixada no lugar certo... Sam, você já descansou bastante. Esta tarefa é você que deve desempenhar. Deve lhes passar um sermão. Deve despertar neles os sentimentos mais nobres e as qualidades de espírito mais elevadas que deixam os homens sujeitos à interferência divina. Ratri e eu vamos, então, combinar nossos poderes, e uma nova verdade nascerá.

Sam mudou sua posição e baixou os olhos.

— Não sei se sou capaz. Faz tanto tempo...

— Uma vez Buda, sempre Buda, Sam. Tire a poeira de algumas das suas antigas parábolas. Você tem cerca de quinze minutos.

Sam estendeu a mão.

— Dê-me um pouco de tabaco e papel.

Ele aceitou o pacote, enrolou um cigarro por conta própria.

— Fogo?... Obrigado.

Deu uma tragada profunda, exalou, tossiu.

— Estou cansado de mentir para eles — terminou por dizer. — Acho que, na verdade, é isso.

— Mentir? — perguntou Yama. — Quem pediu que mentisse a respeito de qualquer coisa? Cite o Sermão da Montanha, se quiser. Ou algo do *Popol Vuh*, ou da *Ilíada*. Não me importo com o que diga. Apenas os agite de leve, reconforte-os um pouco. É só isso que estou pedindo.

— E depois?

— Depois? Aí devo proceder a salvá-los... e salvar-nos!

Sam assentiu devagar.

— Quando coloca dessa maneira... Mas eu estou um pouco fora de forma quando se trata desse tipo de coisa. Claro, vou desencavar uma ou outra verdade e juntar algumas piedades... mas me dê vinte minutos.

— Vinte minutos, então. E depois faremos as malas. Amanhã, partimos para Khaipur.

— Tão cedo? — perguntou Tak.

Yama sacudiu a cabeça.

— Tão tarde — disse ele.

Os monges estavam sentados no chão do refeitório. As mesas tinham sido afastadas e estavam encostadas contra as paredes. Os insetos tinham sumido. Do lado de fora, a chuva continuava a cair.

O Grande Compassivo Sam, o Iluminado, entrou e se acomodou na frente deles.

Ratri chegou vestida como freira Budista, usando véu.

Yama e Ratri foram para o fundo do salão e se acomodaram no chão. Em algum lugar, Tak também escutava.

Sam ficou lá sentado com os olhos fechados ao longo de vários minutos, então disse baixinho:

— Tenho muitos nomes e nenhum deles tem importância. — Abriu os olhos suavemente, mas não moveu a cabeça. Não olhou para nada em específico. — Nomes não são importantes — disse ele. — Falar é nomear nomes, mas falar não é importante. Uma coisa que nunca aconteceu antes acontece. Ao vê-la, o homem olha para a realidade. Não pode dizer a outros o que viu. Outros desejam saber, no entanto, por isso o questionam, dizendo: "Como é essa coisa que viu?". Então ele tenta dizer a eles. Talvez tenha visto o primeiríssimo fogo no mundo. Ele lhes diz: "É vermelho, como uma papoula, mas por entre a chama dançam outras cores. Não tem forma, como a água, espalhando-se por todo lugar. É quente, como o sol do verão, só que mais quente. Existe por um período em um pedaço de madeira, e aí a madeira não está mais lá, como se tivesse sido devorada, deixando para trás um rastro preto que pode ser peneirado feito areia. Quando a madeira não está mais lá, ele também não está mais lá". No entanto, quem escuta deve pensar que a realidade é como uma papoula, como água, como o sol, como aquilo que come e excreta. Ponderam que é igual a qualquer coisa que o homem que conheceu diz que é igual. Mas eles não viram o fogo. Não conseguem distingui-lo de verdade. Só podem saber sobre ele. Mas o fogo retorna ao mundo, muitas vezes. Mais homens veem o fogo. Depois de um tempo, o fogo é tão comum quanto grama e nuvens e o ar que respiram. Veem que, ao passo que é como uma papoula, não é uma papoula; ao passo que é como água, não é água; ao passo que é como o sol, não é o sol; e ao passo que é como aquilo que come e defeca, não é aquilo que come e defeca, mas algo diferente de cada uma dessas coisas separadas ou todas elas juntas. Então, olham para essa coisa nova e criam uma palavra nova para chamá-la. Chamam de "fogo".

"Se eles se deparam com alguém que ainda não viu e contam a essa pessoa sobre o fogo, a pessoa não sabe de que estão falando. Então eles, por sua vez, mais uma vez dizem como é o fogo. Ao fazer isso, sabem, por experiência própria, que o que lhe dizem não é a verdade, mas apenas parte dela. Sabem que esse homem nunca conhecerá a realidade a partir de suas palavras, apesar de todas as palavras do mundo estarem disponíveis para seu uso. Precisa ver o fogo, sentir o cheiro dele, observar seu coração, ou permanecer ignorante para sempre. Portanto, 'fogo' não importa, 'terra' e 'ar' e 'água' não importam. 'Eu' não importa. Nenhuma palavra importa. Mas o homem se esquece da realidade e se lembra das palavras. Quanto mais palavras ele lembra, mais inteligente seus colegas o consideram. Ele vê as grandes transformações do mundo, mas não as vê como foram vistas quando o homem viu a realidade pela primeira vez. Os nomes vêm a seus lábios e ele sorri ao experimentá-los, pensando que os conhece dentro da nomenclatura. Aquilo que nunca aconteceu antes ainda está acontecendo. Ainda é um milagre. A grande flor em chamas se debruça, espalha-se no membro do mundo, excretando a cinza do mundo, não sendo nenhuma dessas coisas que nomeei e, ao mesmo tempo, todas elas, e *isso* é realidade: o Inominado.

"Assim, eu ordeno: esqueçam os nomes que carregam, esqueçam as palavras que entoo assim que são proferidas. Procurem, em vez disso, o Inominado dentro de si mesmos, que se levanta quando me refiro a ele. Que dá ouvidos não às minhas palavras, mas à realidade dentro de mim, da qual faz parte. Este é o atman, que escuta a *mim* em vez de as minhas palavras. Tudo o mais é irreal. Definir é perder. A essência de todas as coisas é o Inominado. O Inominado não se pode conhecer. É mais poderoso até do que Brahma. Tudo passa, mas a essência permanece. Estão postados, portanto, no meio de um sonho.

"A essência sonha um sonho de forma. Formas passam, mas a essência permanece, sonhando novos sonhos. O homem dá nome a esses sonhos e pensa ter capturado a essência, sem saber que invoca o irreal. Estas pedras, estas paredes, estes corpos que veem sentados ao seu redor são papoulas, água e o sol. São os sonhos do Inominado. São fogo, se preferirem.

"Ocasionalmente, pode aparecer um sonhador que esteja ciente de estar sonhando. Ele pode controlar um pouco da matéria do sonho, curvando-se à sua vontade, ou pode despertar em maior autoconhecimento. Se escolher o caminho do autoconhecimento, sua glória é grande e ele viverá por todas as eras como se fosse uma estrela. Se ele escolher, ao contrário, o caminho dos Tantras, combinando Samsara e Nirvana, compreendendo o mundo e continuando a viver nele, passa a ser poderoso entre os sonhadores. Pode ser poderoso para o bem ou para o mal, ao olharmos para ele: apesar de esses termos também não terem significado fora de suas nomenclaturas do Samsara.

"Habitar o Samsara, no entanto, é estar sujeito às obras daqueles que são poderosos entre os sonhadores. Se forem poderosos para o bem, é uma época de ouro. Se forem poderosos para o mal, é uma época de trevas. O sonho pode se transformar em pesadelo.

"Está escrito que viver é sofrer. É assim, dizem os sábios, porque o homem precisa trabalhar seu fardo do carma se quiser alcançar a iluminação. Por essa razão, dizem os sábios, o que lucra um homem ao lutar dentro de um sonho contra aquilo que é seu quinhão, contra o caminho que precisa seguir para atingir a libertação? À luz de valores eternos, dizem os sábios, o sofrimento é como nada; em termos de Samsara, dizem os sábios, leva àquilo que é bom. Que justificativa, então, um homem tem para lutar contra aqueles que sejam poderosos para o mal?"

Ele fez um momento de pausa, ergueu a cabeça.

— Esta noite, o Lorde da Ilusão passou por aqui: Mara, o poderoso entre os sonhadores, poderoso para o mal. Ele desceu sobre outro que pode trabalhar com a matéria dos sonhos de um jeito diferente. Ele se reuniu com Darma, que pode expulsar um sonhador de seu sonho. Eles de fato lutaram, e lorde Mara já não existe mais. Por que lutou o deus da morte contra o ilusionista? Dizem que os modos deles são incompreensíveis, sendo os modos dos deuses. Esta não é a resposta.

"A resposta, a justificativa, é a mesma para os homens e para os deuses. Bem ou mal, dizem os sábios, não significa nada, pois pertencem ao Samsara. Concordem com os sábios, que têm ensinado o nosso povo desde que a memória do homem é capaz de alcançar. Concordem, mas considerem também uma coisa da qual os sábios não falam. Essa coisa é a 'beleza', que é uma palavra, mas olhem por trás da palavra e considerem o Caminho do Inominado. E o que é o caminho do Inominado? É o Caminho do Sonho. E por que o Inominado sonha? Isso é algo que nenhum dos habitantes no âmbito do Samsara sabe. Então perguntem, em vez disso, *o que* o Inominado sonha?

"O Inominado, do qual todos somos parte, de fato sonha a forma. E qual é o atributo mais elevado que qualquer forma é capaz de produzir? É a beleza. O Inominado, então, é um artista. O problema, portanto, não é da esfera do bem ou do mal, mas da estética. Lutar contra aqueles que são poderosos entre os sonhadores e usam sua força para o mal, ou para a feiura, não é lutar por aquilo que os sábios nos ensinaram, ser insignificantes em termos de Samsara ou Nirvana, mas, em vez disso, é lutar pelo sonhar simétrico de um sonho, em termos de ritmo e de objetivo, o equilíbrio e a antítese que vai transformá-lo em uma coisa linda. A respeito disso, os sábios não dizem nada. Essa verdade é tão simples que eles obviamente a menosprezaram. Por essa razão, sou obrigado, pela estética da situação, a chamar a atenção de vocês a isso. Lutar contra os sonhadores que sonham a feiura, sejam homens ou deuses, não pode ser nada além da vontade do Inominado. Essa luta também vai acarretar sofrimento, e assim o fardo cármico da pessoa será aliviado desse modo, da mesma maneira como seria ao suportar a feiura; mas *esse* sofrimento produz um objetivo mais elevado à luz dos valores eternos de que os sábios falam com tanta frequência.

"Portanto, eu lhes digo, a estética do que testemunharam nesta noite foi de ordem elevada. Podem me perguntar, então: 'Como posso saber o que é bonito e o que é feio, e ser compelido a agir de modo adequado?'. Esta pergunta, eu digo, precisam responder sozinhos. Para fazer isso, primeiro esqueçam o que falei, porque eu não disse nada. Reflitam agora sobre o Inominado."

Ele ergueu a mão direita e baixou a cabeça.

Yama se levantou, Ratri se levantou, Tak surgiu em cima de uma mesa.

Os quatro saíram juntos, cientes de que as maquinações do Carma tinham sido derrotadas por um tempo.

Caminharam sob o brilho irregular da manhã, embaixo da Ponte dos Deuses. Folhagens altas, ainda úmidas com a chuva da noite, reluziam de ambos os lados da trilha. A copa das árvores e o pico das montanhas distantes tremeluziam além dos vapores que se erguiam. O dia estava limpo, sem nuvens. As brisas fracas da manhã ainda carregavam um traço do frio da noite. Os estalos, os zumbidos e os chilreios da selva acompanhavam os monges enquanto caminhavam. O mosteiro do qual tinham partido só era parcialmente visível acima da copa das árvores; lá no alto, uma linha contorcida de fumaça endossava os céus.

Os criados de Ratri carregavam sua liteira em meio ao grupo em movimento de monges, serviçais e sua pequena guarda de guerreiros. Sam e Yama caminhavam perto da cabeça do bando. Em silêncio, lá em cima, Tak os seguia, passando de folha em folha e pulando de galho em galho, sem ser visto.

— A pira ainda arde — disse Yama.

— Sim.

— Estão queimando o andarilho que sofreu um ataque cardíaco após seu descanso entre eles.

— É verdade.

— Para algo de último minuto, até que você foi capaz de fazer um sermão bastante envolvente.

— Obrigado.

— Realmente acredita no que pregou?

Sam deu uma risada.

— Sou muito crédulo quando se trata das minhas próprias palavras. Acredito em tudo que digo, apesar de saber que sou um mentiroso.

Yama soltou uma gargalhada de desdém.

— A vara do Trimúrti ainda recai sobre as costas dos homens. Nirriti se agita no âmago de sua toca escura; ele perturba as vias marinhas do sul. Você planeja passar mais uma vida desfrutando da metafísica... para encontrar novas justificativas para se opor aos seus inimigos? Sua fala na noite passada soava como se tivesse voltado a considerar *por que* mais uma vez, no lugar de *como*.

— Não — disse Sam —, eu só quis experimentar algo diferente com a plateia. É difícil incutir a rebelião entre aqueles a quem todas as coisas são boas. Não há espaço para o mal na mente deles, apesar do fato de sofrerem com ele o tempo todo. Aquele escravizado que foi torturado sabe que renascerá, talvez como um mercador gordo, se sofrer de boa vontade; ele tem uma visão diferente de um homem que tem apenas uma vida a viver. Ele é capaz de aguentar qualquer coisa, ciente de que, por maior que seja sua dor atual, seu prazer futuro vai se elevar ainda mais. Se alguém assim não escolher acreditar no bem ou no mal, talvez, então, a beleza e a feiura possam ser usadas para beneficiá-lo também. Apenas os nomes mudaram.

— Este, então, é o seu mote novo e oficial? — perguntou Yama.

— É, sim — disse Sam.

A mão de Yama passou por uma fenda invisível em suas vestes e reapareceu com uma adaga, que ele ergueu em saudação.

— À beleza — disse ele. — Chega de feiura!

Uma onda de silêncio passou pela selva. Todos os sons de vida ao redor deles cessaram.

Yama ergueu uma das mãos e, com a outra, devolveu a adaga à bainha.

— Alto! — exclamou ele.

Olhou para cima apertando os olhos contra o sol, com a cabeça inclinada para a direita.

— Saiam da trilha! Para os arbustos! — gritou.

Eles correram. Corpos com vestes cor de açafrão dispararam para fora da trilha. A liteira de Ratri foi carregada para o meio das árvores. Ela agora estava ao lado de Yama.

— O que foi? — perguntou ela.

— Escute!

Foi então que chegou, descendo do céu com um estrondo. Reluziu acima do pico das montanhas, atravessou por cima do mosteiro, fazendo as fumaças ficarem invisíveis. Explosões de som anunciaram sua chegada, e o ar tremeu quando abriu seu caminho por meio do vento e da luz.

Era uma cruz tau com grandes curvas, uma cauda de fogo brilhava em seu rastro.

— O Destruidor sai à caça — disse Yama.

— Carruagem de trovão! — exclamou um dos mercenários, e fez um sinal com a mão.

— Shiva passa — disse um monge, com os olhos arregalados de medo. — O Destruidor...

— Se eu soubesse, na época, como a forjei bem, poderia ter abreviado seus dias de modo intencional — comentou Yama. — De vez em quando, eu me arrependo de minha genialidade.

Passou por baixo da Ponte dos Deuses, balançou por cima da selva, desapareceu na direção sul. Seu rugido foi diminuindo gradativamente ao se deslocar naquela direção. Então o silêncio se fez.

Um pássaro soltou um pio breve. Outro logo respondeu. Então todos os sons da vida recomeçaram, e os viajantes retornaram à trilha.

— Ele vai voltar — disse Yama, e isso era verdade.

Outras duas vezes precisaram abandonar a trilha quando a carruagem de trovão passou por cima da cabeça deles. Na última, deu voltas no mosteiro, possivelmente observando os rituais fúnebres que ali eram conduzidos. Então atravessou por cima das montanhas e desapareceu.

Naquela noite, acamparam sob as estrelas e, na segunda noite, fizeram o mesmo.

O terceiro dia os levou ao rio Deeva e a Koona, uma pequena cidade portuária. Foi ali que encontraram o transporte que desejavam e seguiram naquela mesma noite, dirigindo-se para o sul de barco até onde o Deeva se unia ao poderoso Vedra, e então seguiram em frente para passar, por fim, pelos embarcadouros de Khaipur, seu destino.

Conforme acompanhavam o fluxo do rio, Sam escutava seus sons. Ele se postou no deque escuro com as mãos apoiadas na amurada. Encarava fixamente as águas, onde os céus brilhantes se erguiam e desciam, uma estrela se inclinando por cima da outra. Foi então que a noite se dirigiu a ele com a voz de Ratri, vinda de algum lugar próximo:

— Já passou por aqui antes, Tathagatha.

— Muitas vezes — respondeu ele.

— O Deeva é algo muito bonito sob as estrelas, em suas ondas e suas dobras.

— De fato.

— Agora vamos para Khaipur e para o Palácio de Kama. O que fará quando chegar?

— Vou passar algum tempo meditando, deusa.

— Sobre o que irá meditar?

— Sobre minhas vidas passadas e sobre os erros que cada uma delas conteve. Preciso revisar minhas próprias táticas, além das do inimigo.

— Yama acha que a Nuvem Dourada exerceu mudança sobre a sua pessoa.

— Talvez tenha exercido.

— Ele acredita que o tenha amaciado, que o tenha enfraquecido. Você sempre agiu como místico, mas agora ele acredita que você tenha se tornado um. Para sua própria ruína, para a nossa ruína.

Sam sacudiu a cabeça, deu meia-volta. Mas não a enxergou. Será que ela estava ali parada, invisível, ou será que tinha se retirado? Então falou, baixinho e sem inflexão:

— Irei arrancar essas estrelas do céu e jogá-las na cara dos deuses, se necessário for — afirmou ele. — Devo blasfemar em todos os Templos por toda esta terra. Tomarei vidas da mesma forma que um pescador toma peixes, por meio de arrastão, se necessário. Irei me impor mais uma vez na Cidade Celestial, mesmo que cada passo signifique uma chama ou uma espada nua e o caminho seja vigiado por tigres. Um dia os deuses voltarão o olhar do Paraíso e me verão sobre a escada, levando a eles o presente que mais temem. Quando chegar esse dia, a nova Yuga começará. Mas, primeiro, preciso meditar durante um tempo — arrematou.

Ele se virou para trás mais uma vez e olhou para as águas.

Uma estrela cadente queimou seu caminho pelos céus. O barco continuou avançando. A noite suspirava a seu redor.

Sam olhava fixo adiante, relembrando.

2

Uma vez, um rajá menor de um principado menor chegou com sua comitiva a Mahartha, a cidade que se chama Portão do Sul e Capital da Alvorada, ali para adquirir um corpo novo. Era o tempo em que o fio do destino ainda podia ser arrancado de uma sarjeta, os deuses eram menos formais e os demônios ainda estavam aprisionados, e a Cidade Celestial ainda se abria para os homens ocasionalmente. Esta é a história de como o príncipe enganou o homem de um braço só que recebia devoções na frente do Templo, acarretando o desfavor do Paraíso por sua presunção...

> Poucos são os seres renascidos entre os
> [homens;
> mais numerosos são aqueles nascidos em
> [outros lugares.
>
> *Anguttara-nikaya (I, 35)*

Ao cavalgar para dentro da capital da alvorada no meio da tarde, o príncipe, montado em uma égua branca, passou pela avenida larga de Surya, com cem serviçais reunidos atrás dele, seu conselheiro Strake do lado esquerdo, uma cimitarra na cintura e parte de sua riqueza nos sacos levados por seus cavalos de carga.

O calor caía sobre os turbantes dos homens, tomava seus corpos, voltava a subir do calçamento da rua.

Uma carruagem avançava devagar por perto, na direção oposta, com o condutor estreitando os olhos para enxergar a faixa que o serviçal responsável brandia; uma cortesã estava parada no portão que conduzia ao seu pavilhão, examinando o trânsito; e um bando de cachorros sem raça perseguia os calcanhares dos cavalos, latindo.

O príncipe era alto e seu bigode tinha cor de fumaça. Suas mãos, escuras como café, eram marcadas pelos contornos rígidos das veias. Ainda assim, sua postura era ereta e seus olhos eram como os olhos de uma ave anciã, elétricos e límpidos.

Adiante, uma multidão se reunia para ver a tropa passar. Cavalos só eram montados por aqueles que podiam pagar pelos animais, e poucos eram assim tão afortunados. O cobra-lagarto era a montaria comumente escolhida — uma criatura coberta de escamas com um pescoço de cobra, muitos dentes, origem duvidosa, tempo de vida limitado e temperamento terrível; o cavalo, por alguma razão, tinha se tornado infértil em gerações recentes.

O príncipe continuou cavalgando capital da alvorada adentro, com os observadores observando.

Avançando, fizeram a curva na avenida do sol e seguiram em frente por uma via mais estreita. Seguiram pelas construções baixas de comércio, as lojas grandes dos grandes mercadores, os bancos, os Templos, as estalagens, os bordéis. Continuaram avançando até que, nos arrabaldes do bairro comercial, chegaram à hospedaria principesca de Hawkana, o Anfitrião Mais Perfeito. Puxaram as rédeas ao portão, porque o próprio Hawkana estava fora dos muros, com vestes simples, corpulento como era a moda e sorridente, esperando para conduzir a égua branca para dentro pessoalmente.

— Bem-vindo, lorde Sidarta! — exclamou em bom volume, de modo que todos que ouvissem conhecessem a identidade de seu hóspede. — Bem-vindo a esta vizinhança bem-apessoada e aos jardins perfumados e aos salões de mármore deste estabelecimento humilde! Dou as boas--vindas a seus cavaleiros também, que cavalgaram uma boa cavalgada com o senhor e sem dúvida buscam bebidas refrescantes e descanso digno, assim como o senhor. No interior, vai encontrar tudo a seu gosto, acredito, já que em muitas ocasiões no passado, quando vagou no âmago destas paredes na companhia de outros hóspedes principescos e visitantes nobres, numerosos demais para mencionar, tais como...

— Eu lhe desejo uma boa tarde também, Hawkana! — exclamou o príncipe, porque o dia estava quente e os discursos do dono da estalagem, assim como os rios, sempre ameaçavam fluir para sempre. — Permita que nos instalemos com rapidez no âmago de seus muros, onde, entre as outras virtudes numerosas demais para mencionar, também está fresco.

Hawkana assentiu com rispidez, pegou a égua pelo cabresto e a conduziu pelo portão até o pátio; ali, segurou o estribo enquanto o príncipe apeava da montaria, então entregou os cavalos aos empregados do estábulo e despachou um menininho pelo portão para limpar a rua no lugar em que tinham ficado esperando.

Dentro da estalagem, os homens se banharam, de pé na banheira de mármore enquanto os criados despejavam água sobre seus ombros. Foi então que eles se ungiram de acordo com o costume da casta dos guerreiros, vestiram roupas limpas e se encaminharam até o salão de jantar.

A refeição durou a tarde toda, até que os guerreiros perderam a conta dos pratos. À direita do príncipe, que estava sentado à cabeceira da tábua de servir, longa e baixa, três dançarinas se contorciam em movimentos complexos, tocando címbalos de mão; no rosto, a expressão adequada para cada momento da dança, enquanto quatro músicos cobertos com véus tocavam os ritmos tradicionais das horas. A mesa estava coberta por uma tapeçaria ricamente tecida em azul, marrom, amarelo, vermelho e verde, na qual estava entremeada uma série de cenas de caça e batalhas: cavaleiros montados em cobras-lagartos e cavalos recebiam golpes de lança e flechadas com o ataque de pandas-penas, galos-de-fogo e plantas de comando incrustadas de joias; símios verdes se embatiam na copa das árvores; o Pássaro Garuda capturava um demônio do céu com as garras, atacando-o com bicadas e golpes das asas; das profundezas do mar, arrastava-se um exército de peixes com chifres, agarrando lanças de coral cor-de-rosa com suas barbatanas conjuntas perante uma fileira de homens usando túnicas e capacetes que brandiam lanças e tochas para bloquear o caminho deles até a superfície.

O príncipe apenas comeu de maneira frugal. Ele remexia a comida, escutava a música, dava risada de vez em quando com os chistes de um de seus homens.

Bebericava uma limonada, com os anéis batendo nas laterais do copo.

Hawkana apareceu ao lado dele.

— Está tudo bem, lorde? — indagou.

— Sim, meu bom Hawkana, tudo está bem — respondeu.

— O senhor não está comendo como seus homens. A refeição não o apeteceu?

— Não é a comida, que está excelente, nem seu preparo, que é irretocável, meu valoroso Hawkana. Na verdade, é o meu apetite, que não tem sido grande ultimamente.

— Ah! — disse Hawkana, como quem sabe muito bem do que ele estava falando. — Tenho do que precisa, exatamente do que precisa! Apenas alguém como o senhor apreciaria de verdade. Há muito descansa na prateleira especial do meu porão. O deus Krishna de algum modo conservou contra a passagem do tempo. Ele me deu há muitos anos porque as nossas acomodações não o desagradaram. Vou buscar para o senhor.

Então fez uma mesura e se retirou do salão.

Quando retornou, trazia uma garrafa. Antes de conseguir ver o rótulo do outro lado, o príncipe reconheceu o formato da garrafa.

— Borgonha! — exclamou.

— Exatamente — disse Hawkana. — Trazido da desaparecida Urath, há muito tempo.

Ele cheirou o líquido e sorriu. Então serviu uma pequena quantidade em um cálice em formato de pera e colocou na frente de seu hóspede.

O príncipe o ergueu e inalou o buquê da bebida. Deu um gole lentamente. Fechou os olhos.

Fez-se um silêncio no salão em respeito a seu prazer.

Então ele baixou o copo e Hawkana serviu mais um pouco do produto da uva *pinot noir*, que não podia ser cultivada naquela terra.

O príncipe não tocou no copo. Em vez disso, voltou-se para Hawkana e perguntou:

— Quem é o músico mais velho nesta casa?

— Mankara, aqui — disse o anfitrião, e fez um gesto na direção do homem de cabelo branco que descansava à mesa de servir no canto.

— Não velho no corpo, mas em anos — disse o príncipe.

— Ah, seria então Dele, se é que ele pode chegar a ser contado como músico — disse Hawkana. — Diz que no passado já foi um.

— Dele?

— O menino que cuida do estábulo.

— Ah, entendo... Mande chamar.

Hawkana bateu palmas e ordenou ao criado que apareceu que fosse até o estábulo, deixasse o menino que cuidava dos cavalos com aparência apresentável e o trouxesse com rapidez à presença dos comensais.

— Suplico, não se incomode em fazer com que esteja apresentável, mas simplesmente o traga aqui — disse o príncipe.

Ele se recostou e então esperou com os olhos fechados. Quando o menino que cuidava dos cavalos se postou na frente dele, perguntou:

— Diga-me, Dele, que música toca?

— Aquela que já não é mais do agrado dos brâmanes — disse o menino.

— Qual era seu instrumento?

— Piano — disse Dele.

— Seria capaz de tocar qualquer um daqueles? — Ele gesticulou para os instrumentos encostados, agora sem uso, na pequena plataforma ao lado da parede.

O menino inclinou a cabeça na direção dos instrumentos.

— Suponho que eu consiga tocar flauta, se for necessário.

— Conhece alguma valsa?

— Conheço.

— Pode tocar para mim "O Danúbio Azul"?

A expressão cabisbaixa do menino desapareceu, para ser substituída por uma de constrangimento. Lançou um olhar rápido a Hawkana, que assentiu.

— Sidarta é um príncipe entre os homens, sendo um dos Primeiros — afirmou o anfitrião.

— "O Danúbio Azul" em uma dessas flautas?

— Por favor.

O menino deu de ombros.

— Vou tentar — disse. — Faz muito tempo... Seja paciente.

Ele foi até onde os instrumentos estavam e balbuciou algo para o proprietário da flauta que escolheu. O homem assentiu com a cabeça. Então o menino levou o instrumento aos lábios e soprou algumas notas para experimentar. Fez uma pausa, repetiu a tentativa e se virou para trás.

Ergueu o instrumento mais uma vez e deu início ao movimento sinuoso da valsa. Enquanto tocava, o príncipe bebericava seu vinho.

Quando fez uma pausa para recuperar o fôlego, o príncipe fez um gesto para que ele prosseguisse. Tocou uma melodia proibida atrás da outra, e os músicos profissionais fizeram expressão de escárnio profissional; mas, embaixo da mesa, vários pés batiam em ritmo lento, acompanhando a música.

Finalmente, o príncipe tinha terminado seu vinho. A noite estava próxima da cidade de Mahartha. Ele lançou uma bolsa de moedas para o menino e não olhou para as lágrimas dele enquanto se retirava do salão. Então se levantou e espreguiçou-se, tapando um bocejo com o dorso da mão.

— Vou me retirar para os meus aposentos — disse ele a seus homens. — Não percam suas posses no jogo durante a minha ausência.

Deram risada e lhe desejaram boa-noite, depois pediram uma bebida forte e pãezinhos salgados. Ele ouviu o barulho dos dados ao se afastar.

O príncipe se retirou cedo para que pudesse se levantar antes do nascer do sol. Instruiu um criado a permanecer do lado de fora da porta ao longo do dia seguinte para impedir qualquer pessoa que tentasse entrar, dizendo que estava indisposto.

Antes de as primeiras flores se abrirem para os primeiros insetos da manhã, ele tinha saído da estalagem, havendo apenas um papagaio verde muito idoso como testemunha de sua partida. Não foi vestido com as sedas bordadas de pérolas que ele saiu, mas em andrajos, como era seu costume nessas ocasiões. Não foi anunciado por toque de concha e tambor que ele se deslocou, mas precedido por silêncio, enquanto passava pelas ruas obscuras da cidade. Estavam desertas, à exceção de um ou outro médico ou prostituta voltando de uma visita tarde da noite. Um cachorro de rua começou a acompanhá-lo quando ele passava pelo bairro do comércio, seguindo na direção do porto.

Ele se sentou em um caixote no pé de um píer. A alvorada chegou para levar embora a escuridão do mundo; e ele observou as embarcações que se agitavam com a maré, desprovidas de velas, entremeadas de cabos, as proas entalhadas com monstros ou donzelas. Cada visita que ele fazia a Mahartha o levava mais uma vez ao porto por um breve intervalo.

O guarda-sol cor-de-rosa da manhã se abriu por cima do cabelo embaraçado das nuvens, e brisas frescas atravessaram o cais. Aves de rapina entoavam pios roucos enquanto disparavam ao redor de torres com troneiras, então davam rasantes pelas águas da baía.

Ele observou uma embarcação sair em direção ao mar, velas de lona que pareciam tendas cresciam até picos altos e enfunavam com o ar salgado. A bordo de outras embarcações, seguras em sua ancoragem, agora havia movimento, na medida em que as tripulações se preparavam para carregar ou descarregar carregamentos de incenso, coral, óleo e todos os tipos de tecido, além de metais, gado, madeiras de lei e especiarias. Ele sentia os cheiros do comércio e escutava os xingamentos dos marinheiros, sendo que admirava ambos: o primeiro, porque rescendia a riqueza; e o segundo, porque combinava suas duas outras principais preocupações, sendo elas teologia e anatomia.

Depois de algum tempo, conversou com um capitão de embarcação estrangeiro que tinha supervisionado o descarregamento de sacas de grãos e agora descansava à sombra dos caixotes.

— Bom dia — disse ele. — Que seus caminhos estejam livres de tempestade e de naufrágios, e que os deuses lhe concedam porto seguro e bom mercado para as suas cargas.

O outro assentiu, sentou-se em cima de um caixote e começou a encher um pequeno cachimbo de barro.

— Obrigado, ancião — disse ele. — Apesar de eu orar para os deuses dos Templos de minha própria escolha, aceito as bênçãos de qualquer um e de todos. Sempre se pode aproveitar bênçãos, principalmente quando se é marinheiro.

— Fez viagem difícil?

— Menos difícil do que poderia ter sido — disse o capitão do mar. — Aquela montanha fumegante do mar, o Canhão de Nirriti, descarrega seus raios contra o céu mais uma vez.

— Ah, veio navegando do sudoeste!

— Vim, sim. Chatisthan, de Ispar-à-beira-mar. Os ventos estão bons nesta estação do ano, mas por esta razão também carregaram as cinzas do Canhão muito mais longe do que se poderia imaginar. Ao longo de seis dias, uma neve escura caiu sobre nós e os odores do mundo subterrâneo nos perseguiram, deixando pútridas a comida e a água, fazendo os olhos lacrimejarem e a garganta arder. Ofertamos muitos agradecimentos quando finalmente a ultrapassamos. Está vendo como o casco está manchado? Precisava ter visto as velas: tão pretas quanto o cabelo de Ratri!

O príncipe se inclinou para a frente a fim de observar melhor a embarcação.

— Mas as águas não estavam particularmente agitadas? — perguntou ele.

O marinheiro sacudiu a cabeça.

— Nós nos comunicamos com um barco de patrulha perto da ilha de Salt e ficamos sabendo, pelos homens, que tínhamos evitado, por seis dias, as piores descargas do Canhão. Naquela ocasião, as nuvens foram queimadas e ondas enormes se ergueram, afundando dois navios, até onde o barco de patrulha sabia, e possivelmente um terceiro. — O marinheiro se inclinou para trás, ajeitando o cachimbo que fumava. — Então, como eu disse, um homem do mar sempre pode fazer uso de bênçãos.

— Busco um homem do mar — disse o príncipe. — Um capitão. O nome dele é Jan Olvegg, ou talvez agora seja conhecido como Olvagga. Será que o conhece?

— Eu o conheci, mas faz muito tempo que ele partiu — disse o outro.

— Ah é? Qual foi o fim dele?

O marinheiro se virou para examiná-lo com mais atenção.

— Quem é o senhor para perguntar? — finalmente indagou.

— Meu nome é Sam. Jan é um amigo meu muito antigo.

— Quanto tempo significa "muito antigo"?

— Muitos, muitos anos atrás, em outro lugar, eu o conheci quando era capitão de uma embarcação que não navegava por estes oceanos.

O capitão do mar se inclinou para a frente de repente e pegou um pedaço de madeira e jogou no cachorro que tinha dado uma volta na carga empilhada do outro lado do píer. O bicho soltou um ganido e saiu correndo na direção do abrigo de um galpão. Era o mesmo cachorro que tinha seguido o príncipe da hospedaria de Hawkana.

— Cuidado com os cães do inferno — avisou o capitão.

— Existem cachorros e cachorros... e cachorros. Três tipos diferentes e, neste porto, afaste todos eles de sua presença. — Então analisou o outro mais uma vez. — As suas mãos usaram muitos anéis recentemente — disse, e apontou com o cachimbo. — As impressões continuam presentes.

Sam deu uma olhada nas próprias mãos e sorriu.

— Seus olhos não deixam passar nada, marinheiro — respondeu. — Então, eu admito o óbvio. Recentemente, usei anéis.

— Então, assim como os cachorros, você não é o que parece ser... e vem aqui perguntando a respeito de Olvagga, por seu nome mais antigo. O seu nome, diz você, é Sam. Será que é, por acaso, um dos Primeiros?

Sam não respondeu imediatamente, mas examinou o outro como se estivesse esperando que ele falasse mais.

Talvez ao se dar conta disso, o capitão prosseguiu:

— Olvagga, eu sei, era contado entre os Primeiros, apesar de ele nunca falar disso. Esteja você entre os Primeiros, ou seja você um dos Senhores, sabe disso. Então eu não o traio ao falar assim. No entanto, desejo saber se falo com um amigo ou com um inimigo.

Sam franziu a testa.

— Jan nunca foi conhecido por fazer inimigos — disse.

— Fala como se ele os tivesse agora entre aqueles que chama de Senhores.

O homem do mar continuou a olhar fixamente para ele.

— Você não é um dos Senhores, e vem de longe — disse, finalmente.

— Está correto, mas diga como sabe essas coisas — pediu Sam.

— Primeiro, o senhor tem idade avançada — respondeu o outro. — Um Senhor também *poderia* ter sobre si um corpo velho, mas não faria isso... da mesma maneira como não permaneceria como cachorro durante muito tempo. Seu medo de morrer a morte verdadeira, de repente, da maneira dos antigos, seria grande demais. Então, ele não permaneceria tanto tempo de maneira a deixar as marcas de anéis profundamente gravadas nos dedos. Os ricos nunca são despojados de seus corpos. Se lhes for recusado o renascimento, vivem toda a duração de seus dias. Os Senhores teriam medo de um levante de armas entre os seguidores de alguém assim, se ele se deparasse com algo além de um falecimento natural. Então, um corpo como o seu não poderia ser obtido dessa maneira. Um corpo dos tanques da vida também não teria dedos marcados. — E concluiu: — Portanto, deduzo que seja um homem de importância que não é um Senhor. Se conheceu Olvagga há muito tempo, então também é um dos Primeiros, tal como ele é. Por causa do tipo de informação que busca, deduzo que venha de longe. Se fosse um homem de Mahartha, saberia dos Senhores e, se soubesse dos Senhores, saberia por que Olvagga não pode navegar.

— O seu conhecimento das questões de Mahartha parece ser maior do que o meu... Ah, marinheiro recém--chegado.

— Eu também venho de um lugar distante, mas, no período de doze meses, sou capaz de visitar o dobro de portos — reconheceu o capitão, com um leve sorriso. — Ouço notícias... notícias, e rumores, e histórias de toda parte... iniciados em mais que o dobro de uma dúzia de portos. Fico sabendo das intrigas do palácio e das questões do Templo. Ouço os segredos sussurrados à noite às garotas douradas embaixo do arco de cana-de-açúcar de Kama. Fico sabendo das campanhas dos xátrias e das negociações de grandes mercadores no que concerne aos futuros grãos e especiarias, pedras preciosas e seda. Bebo com os bardos e com os astrólogos, com os atores e os criados, com os cocheiros e os alfaiates. Às vezes, talvez, eu possa calhar de estar no porto onde bucaneiros se refugiam e ali fico sabendo do paradeiro daqueles que sequestram e pedem resgate. Então, não ache estranho que eu, que venho de longe, possa saber mais sobre Mahartha do que o senhor, que talvez viva a uma semana de viagem daqui. Ocasionalmente, posso até ficar sabendo dos afazeres dos deuses.

— Então pode me falar dos Senhores e por que devem ser considerados inimigos? — perguntou Sam.

— Posso lhe dizer uma coisa a respeito deles, já que não deve prosseguir desavisado — respondeu o capitão. — Os mercadores de corpos são agora os Senhores do Carma. Seus nomes individuais agora são mantidos em segredo, de acordo com a maneira dos deuses, de modo que parecem tão impessoais quanto a Grande Roda, que alegam representar. Já não são mais simplesmente mercadores de corpos, mas se aliaram aos Templos. Esses Templos também mudaram, porque os seus companheiros dos Primeiros, que agora são deuses, comungam com aqueles do Paraíso. Se for, de fato, um dos Primeiros, Sam, seu caminho deve levá-lo ou à deificação ou à extinção quando encarar esses novos Senhores do Carma.

— Como? — perguntou Sam.

— Detalhes, deve procurar em outro lugar — disse o outro. — Eu não conheço os processos por meio dos quais essas coisas são conquistadas. Pergunte sobre Jannaveg, que faz velas, na Rua dos Tecelões.

— É assim que Jan é conhecido agora?

O outro assentiu.

— E cuidado com os cachorros, ou, aliás, com qualquer outra coisa que esteja viva e possua inteligência — disse.

— Qual é o seu nome, capitão? — perguntou Sam.

— Neste porto, não tenho nome nenhum, ou tenho um nome falso, e não vejo razão para mentir ao senhor. Tenha um bom dia, Sam.

— Tenha um bom dia, capitão. Agradeço por suas palavras.

Sam se levantou e saiu do porto, dirigindo-se mais uma vez ao bairro comercial e às ruas conhecidas por seus negócios.

O sol era um disco vermelho nos céus, erguendo-se para ir ao encontro da Ponte dos Deuses. O príncipe caminhou pela cidade desperta, abrindo caminho entre as barraquinhas que exibiam as habilidades dos artesãos em seus delicados trabalhos. Mascates de unguentos e pós, perfumes e óleos se movimentavam ao redor dele. Floristas acenavam com guirlandas e buquês aos passantes; e os taberneiros não diziam nada, sentados com seus odres de vinhos em fileiras de bancos sombreados, à espera de clientes que viessem a eles como sempre vinham. A manhã tinha cheiro de comida sendo cozida ao fogo, almíscar, carne, excremento, óleos e incenso, tudo misturado e à solta para pairar feito uma nuvem invisível.

Ele próprio vestido como um pedinte, não parecia extraordinário que parasse para conversar com o homem corcunda com uma tigela de esmola.

— Cumprimentos, irmão — falou. — Estou longe do meu posto em um afazer. Pode me indicar onde fica a Rua dos Tecelões?

O corcunda assentiu e sacudiu a tigela de maneira sugestiva.

Ele pegou uma moedinha da bolsa escondida embaixo de suas vestes surradas. Largou na tigela do corcunda e ela logo desapareceu.

— Por ali. — O homem fez um gesto com a cabeça. — Ao chegar na terceira rua, vire à esquerda. Então siga até passar por mais duas ruas e estará no Círculo da Fonte, na frente do Templo de Varuna. Ao chegar naquele Círculo, a Rua dos Tecelões é marcada pela Placa do Furador.

Ele assentiu com a cabeça para o corcunda, deu alguns tapinhas de leve nas costas arqueadas dele e seguiu seu caminho.

Quando chegou ao Círculo da Fonte, o príncipe parou. Várias dúzias de pessoas estavam em uma fila em movimento na frente do Templo de Varuna, a deidade mais austera e augusta entre todas. Essas pessoas não estavam se preparando para entrar no Templo, mas estavam, sim, envolvidas em alguma atividade que exigia esperar e aguardar sua vez. Ele escutou o tilintar de moedas e se aproximou.

Era uma máquina, reluzente e metálica, na frente da qual as pessoas se moviam.

Um homem inseriu uma moeda na boca de um tigre de aço. A máquina começou a ronronar. Apertou, então, botões moldados no formato de animais e demônios. Fez-se, por fim, um clarão de luzes ao longo da extensão das Nagas, as duas serpentes sagradas que se contorciam pela parte frontal transparente da máquina.

Ele se aproximou.

O homem empurrou para baixo a alavanca que saía da lateral da máquina, construída como se fosse um rabo de peixe.

Uma luz azul sagrada encheu o interior da máquina, as serpentes pulsaram avermelhadas e ali, no meio da luz e da música suave que tinha começado a tocar, uma roda de oração apareceu e começou a girar em uma velocidade furiosa.

O homem trazia estampada no rosto uma expressão beatificada. Depois de vários minutos, a máquina desligou sozinha. Ele inseriu outra moeda e então puxou a alavanca mais uma vez, fazendo com que várias pessoas mais próximas do fim da fila resmungassem de modo audível, tecendo comentários a respeito de aquela ser a sétima moeda dele, que fazia um dia quente, que havia outra pessoas esperando para fazer algumas orações e por que ele não tinha entrado para entregar uma oração assim de tanto vulto para o sacerdote diretamente? Alguém respondeu que o homenzinho com certeza tinha muito pelo que se arrepender. Então se iniciou alguma especulação em relação à possível natureza dos pecados dele. Isso foi acompanhado por uma quantidade considerável de risadas.

Ao ver que havia vários pedintes esperando sua vez na fila, o príncipe foi para o fim e se postou lá.

Na medida em que a fila avançava, ele reparou que, enquanto alguns que passavam na frente da máquina apertavam os botões dela, outros simplesmente inseriam um disco de metal achatado na boca do segundo tigre do outro lado do chassi. Depois que a máquina parava de funcionar, o disco caía em uma caneca e era recolhido pelo dono. O príncipe resolveu arriscar uma pergunta.

Ele se dirigiu ao homem que estava na frente dele na fila:

— Por que alguns homens têm discos próprios? — perguntou.

— É porque eles se registram — disse o outro, sem virar a cabeça.

— No Templo?

— É.

— Ah.

Ele esperou alguns segundos e então indagou:

— Quem não tiver se registrado, mas quiser usar... aperta os botões?

— É — disse o outro. — Tem que colocar o nome, a ocupação e o endereço.

— Supondo que seja um visitante, como eu?

— Tem que adicionar o nome da sua cidade.

— Supondo que seja iletrado, como eu... então, o que fazer?

O outro se virou para ele.

— Talvez seja melhor fazer a oração do modo antigo e fazer a doação direto nas mãos do sacerdote — disse. — Ou então se registrar e obter um disco próprio.

— Entendo — disse o príncipe. — Sim, tem razão. Preciso pensar melhor nisso. Obrigado.

Ele saiu da fila e deu a volta na fonte, até onde a Placa do Furador estava pendurada em uma pilastra. Subiu a Rua dos Tecelões.

Três vezes perguntou a respeito de Janagga, aquele que fazia velas de barco; na terceira, fez a pergunta para uma mulher baixinha, com braços fortes e um bigodinho, sentada de pernas cruzadas, trançando um tapete em sua barraquinha sob um beiral abaixo de uma construção que um dia podia ter sido um estábulo e ainda cheirava como se fosse.

Ela resmungou instruções, depois de examiná-lo de cima a baixo com olhos estranhamente adoráveis, de um castanho aveludado. Ele acatou as instruções dela, seguindo o caminho por um beco em zigue-zague e descendo uma escada externa que acompanhava o muro de um prédio de cinco andares e terminava em uma porta que dava para o corredor de um porão. Lá dentro era úmido e escuro.

Ele bateu na terceira porta à esquerda e, depois de um tempo, ela se abriu.

O homem o encarou.

— Pois não?

— Posso entrar? É uma questão de certa urgência...

O homem hesitou por um momento, então assentiu em um gesto abrupto e deu um passo para o lado.

O príncipe passou por ele e adentrou seu aposento. Uma enorme vela estava estendida no chão, na frente da banqueta em que o homem se sentava. Ele fez um movimento para que o príncipe se acomodasse na outra única cadeira do cômodo.

Ele era baixo e largo nos ombros; o cabelo era de um branco puro e as pupilas de seus olhos marcavam o início da invasão da catarata. Suas mãos eram de um tom marrom e rígidas; as juntas dos dedos, cheias de nós.

— Pois não? — repetiu.

— Jan Olvegg — disse o outro.

Os olhos do homem de idade se arregalaram, então se estreitaram formando fendas. Pesou uma tesoura na mão.

— "O caminho até Tipperary é longo" — disse o príncipe.

O homem ficou olhando fixamente para ele, então sorriu de repente.

— "Se o seu coração não estiver aqui" — disse, e pousou a tesoura na bancada de trabalho. — Faz quanto tempo, Sam? — perguntou.

— Perdi a conta dos anos.

— Eu também. Mas deve fazer 40, ou 45, desde que o vi. Muita cerveja por cima da barragem desde então, ouso dizer?

Sam assentiu.

— Realmente não sei por onde começar... — disse o homem.

— Em primeiro lugar, diga-me... por que "Janagga"?

— Por que não? — perguntou o outro. — Soa um tanto sincero, algo da classe trabalhadora. E o que me diz de si? Continua no ramo de ser príncipe?

— Continuo sendo eu — disse Sam. — E continuam me chamando de Sidarta quando vêm falar comigo.

O outro deu uma risadinha.

— E de "Aprisionador de Demônios" — recitou ele.

— Muito bem. Deduzo, portanto, que, como sua fortuna não combina com suas vestes, está avaliando o cenário, como é seu costume.

Sam assentiu.

— E me deparei com muitas coisas que não sou capaz de compreender.

— Sei — suspirou Jan. — Sei. Por onde posso começar? Como? Devo lhe dizer, a respeito de mim mesmo, que foi assim que... acumulei carma ruim demais para garantir uma transferência agora.

— O quê?

— Carma ruim, exatamente o que eu disse. A antiga religião não é só a *única* religião... É a religião revelada, imposta e assustadoramente demonstrável. Mas não pense nessa última parte com muito alarde. Há uns doze anos o Conselho autorizou o uso de psicossondas naqueles que eram candidatos à renovação. Isso foi logo depois da separação Aceleracionista-Deicrática, quando a Coalizão Sagrada expulsou os rapazes tecnológicos e continuou expulsando mais gente. A solução mais simples era viver mais do que o problema. O pessoal do Templo, então, fez um acordo com os vendedores de corpos: o cérebro dos candidatos era examinado com uma sonda e os Aceleracionistas passaram a receber recusa de renovação, ou... bom... é simples assim. Já não existem mais tantos Aceleracionistas. Mas isso foi só o começo. O partido de deus logo percebeu que ali estava o caminho até o poder. Ter o cérebro examinado passou a ser um procedimento padrão, logo antes de uma transferência. Os mercadores de corpos se transformaram nos Senhores do Carma e em parte da estrutura do Templo. Eles analisam a vida passada de cada um, pesam o carma e determinam a vida que ainda está por vir. É a maneira perfeita de manter o sistema de castas e garantir o controle Deicrático. Aliás, a maior parte dos nossos velhos conhecidos está metida nisso até o halo.

— Meu deus! — disse Sam.

— Plural — corrigiu Jan. — Eles sempre foram considerados deuses, com seus Aspectos e Atributos, mas agora transformaram isso em algo terrivelmente oficial. E qualquer um que por acaso estiver entre os Primeiros é melhor ter extrema certeza de que deseja a deificação rápida ou a pira ao entrar no Salão do Carma hoje em dia. Quando está marcado para você ir lá? — concluiu.

— Amanhã à tarde... — disse Sam. — Por que ainda está circulando por aí se não tem halo nem um punhado de raios?

— Porque eu de fato tenho alguns amigos, e ambos sugeriram que eu continuasse vivendo com discrição em vez de enfrentar a sonda. Acatei de coração o conselho sábio deles e, por consequência, ainda estou aqui para reparar velas e causar confusão nos restaurantes locais. Caso contrário... — Ele ergueu a mão calejada e estalou os dedos.

— Caso contrário, não sendo a morte real, então talvez um corpo todo tomado pelo câncer, ou a vida interessante de um búfalo de água castrado, ou...

— Um cachorro? — perguntou Sam.

— Exatamente — respondeu Jan.

Jan preencheu o silêncio e dois copos com um jorro de álcool.

— Obrigado.

— Desejo-lhe um feliz fogo dos infernos. — Colocou a garrafa na bancada de trabalho.

— E ainda de estômago vazio... É de sua produção própria?

— É, sim. Tenho um alambique no cômodo ao lado.

— Parabéns, acho. Se eu tivesse algum carma ruim, deve ter se dissolvido agora.

— A definição de carma ruim é algo de que os nossos amigos deuses não gostam.

— O que o faz pensar que tenha isso?

— Eu queria começar a distribuir máquinas entre os nossos descendentes aqui. Fui repreendido pelo Conselho por causa disso. Repensei e fiquei com a esperança de que fossem esquecer, mas o Aceleracionismo está tão avançado agora que nunca vai recuar enquanto eu estiver vivo. Uma pena, aliás. Eu gostaria de levantar vela mais uma vez, sair navegando na direção do horizonte. Ou zarpar...

— A sonda é mesmo tão sensível a ponto de detectar algo tão intangível quanto uma atitude Aceleracionista?

— Ela é sensível o bastante para saber qual foi o seu café da manhã há onze anos e onde se cortou ao fazer a barba hoje pela manhã, enquanto cantarolava o hino nacional andorrano.

— Eram coisas experimentais quando partimos... de casa — disse Sam. — Os dois que levamos eram tradutores de ondas cerebrais muito básicos. Quando foi que a mudança ocorreu?

— Escute bem, primo do interior — disse Jan. — Está lembrado de um pirralho remelento de origem duvidosa, de terceira geração, chamado Yama? O garoto que sempre aprimorava os geradores, até o dia que um explodiu e ele ficou tão queimado que recebeu seu segundo corpo, um de mais de 50 anos, quando tinha apenas 16? O garoto que adorava armas? O sujeito que anestesiou uma criatura de cada tipo que vive por aí e as dissecou com tanto prazer em seus estudos que nós o chamávamos de deus da morte?

— Sim, eu me lembro dele. Continua vivo?

— Se quiser colocar assim. Ele agora *é* o deus da morte; não por apelido, mas por título. Ele aperfeiçoou a sonda há cerca de quarenta anos, mas os Deicratas a mantiveram em segredo até bem pouco tempo atrás. Ouvi dizer que ele desenvolveu algumas outras pequenas joias também, para servir aos desejos dos deuses... Por exemplo, uma cobra mecânica capaz de registrar leituras de encefalograma a mais de um quilômetro de distância, quando recua e dilata seu pescoço. É capaz de identificar um homem no meio de uma multidão, independentemente do corpo que estiver vestindo. Não existe antídoto conhecido para seu veneno. Quatro segundos, nada mais... Ou a varinha de fogo que, dizem, chamuscou a superfície de todas as três luas quando lorde Agni estava no litoral e a brandiu. E acredito que esteja projetando algum tipo de embarcação com propulsão a jato para lorde Shiva neste momento... coisas assim.

— Ah — disse Sam.

— Vai ser aprovado pela sonda? — perguntou Jan.

— Creio que não — respondeu. — Diga-me, eu vi uma máquina hoje pela manhã que acredito poder ser mais bem descrita como uma máquina de oração automática... São muito comuns?

— São, sim — disse Jan. — Apareceram há cerca de dois anos... criadas pelo pequeno Leonardo depois de um copinho de soma certa noite. Agora que a ideia do carma pegou, essas coisas são mais eficazes do que coletores de impostos. Quando o senhor cidadão se apresenta à clínica pertencente ao deus da igreja de sua escolha na véspera de seu aniversário de 60 anos, dizem que a conta de suas orações é analisada ao lado da conta de seus pecados, para decidir a casta em que vai entrar... assim como a idade, o gênero e a saúde do corpo que vai receber. Bom. Bem-arranjado.

— Não serei aprovado pela sonda, mesmo que construa uma conta de orações muito forte — disse Sam. — Vão me pegar quando o assunto for pecado.

— Que tipo de pecado?

— Pecados que ainda estou para cometer, mas que estão sendo escritos na minha mente enquanto eu os levo em conta agora.

— Planeja se opor aos deuses?

— Planejo.

— Como?

— Para dizer a verdade, ainda não sei. Devo começar, no entanto, entrando em contato com eles. Quem é o líder?

— Não posso nomear ninguém. O Trimúrti reina... Quer dizer, Brahma, Vishnu e Shiva. Qual dos três é o maior líder em qual momento, não sei dizer. Alguns falam que é Brahma...

— Quem são eles... de verdade? — perguntou Sam.

Jan sacudiu a cabeça.

— Não sei. Todos usam corpos diferentes do que tinham há uma geração. Todos usam nomes de deuses.

Sam se levantou.

— Retornarei mais tarde ou mandarei lhe chamar.

— Espero que sim... Aceita mais uma bebida?

Sam sacudiu a cabeça.

— Preciso me tornar Sidarta mais uma vez para romper meu jejum na hospedaria de Hawkana e lá anunciar a minha intenção de visitar os Templos. Se os nossos amigos agora são deuses, então devem comungar com seus sacerdotes. Sidarta chega para orar.

— Então não diga nada em meu nome — disse Jan, e se serviu de mais uma bebida. — Eu não sei se sobreviveria a uma visitação divina.

Sam sorriu.

— Eles não são onipotentes.

— Sinceramente, espero que não sejam — respondeu o outro. — Mas temo que esse dia não esteja muito longe.

— Boa viagem, Jan.

— *Skaal.*

O príncipe Sidarta parou na Rua dos Ferreiros a caminho do Templo de Brahma. Meia hora depois, saiu de uma loja acompanhado por Strake e três de seus criados. Sorrindo como se tivesse recebido uma visão do que estava por vir, passou pelo centro de Mahartha e finalmente chegou ao enorme Templo do Criador.

Ignorando os olhares das pessoas que estavam na frente da máquina de orações automáticas, subiu a longa escadaria de degraus baixos e se encontrou com o sumo sacerdote na entrada do Templo, que tinha sido avisado com antecedência de sua chegada.

Sidarta e seus homens entraram no Templo, desarmaram-se e prestaram suas primeiras homenagens em direção à câmara central antes de se dirigirem ao sacerdote.

Strake e os outros recuaram a uma distância respeitosa enquanto o príncipe colocava uma bolsa de moedas pesada nas mãos do sacerdote e dizia, em voz baixa:

— Eu gostaria de falar com Deus.

O sacerdote examinou seu rosto ao responder:

— O Templo está aberto a todos, lorde Sidarta, e aqui se pode comungar com o Paraíso quanto tempo se desejar.

— Não era exatamente isso que eu tinha em mente — disse Sidarta. — Estava pensando em algo mais pessoal do que um sacrifício e uma longa ladainha.

— Não sei se estou entendendo bem...

— Mas entende o peso dessa bolsa, não é mesmo? Contém prata. A outra que carrego está cheia de ouro... a pagar mediante entrega. Desejo usar o seu telefone.

— Tele...?

— Sistema de comunicação. Se estivesse entre os Primeiros, como eu estou, compreenderia a minha referência.

— Eu não...

— Garanto que a minha ligação não vai refletir de maneira negativa na sua zeladoria aqui. Estou ciente dessas questões e a minha discrição sempre foi reconhecida entre os Primeiros. Fale com a Primeira Base por conta própria e pergunte, se isso for tranquilizá-lo. Esperarei aqui na câmara externa. Diga a eles que Sam gostaria de trocar algumas palavras com o Trimúrti. Vão aceitar a ligação.

— Não sei...

Sam pegou a segunda bolsa e a pesou na palma da mão. Os olhos do sacerdote recaíram sobre ela enquanto lambia os lábios.

— Espere aqui — disse ele, dando meia-volta e retirando-se da câmara.

Ili, a quinta nota da harpa, ressoava dentro do Jardim do Lótus Púrpura.

Brahma estava à toa na beira da piscina aquecida, onde se banhava com seu harém. Seus olhos pareciam fechados, ali apoiado sobre os cotovelos, os pés balançando na água. Mas ele acompanhava tudo por baixo dos cílios compridos, observando as dúzias de moças se exercitando na piscina, na esperança de ver uma ou mais lançar um olhar de gratidão sobre a extensão de músculos escuros e definidos de seu corpo. Preto sobre marrom, seu bigode reluzia em um desarranjo molhado e seu cabelo era uma asa preta por cima das costas. Ele abriu um sorriso reluzente ao sol que atravessava a folhagem.

Mas nenhuma delas parecia notar, então ele fechou o sorriso e o guardou. Toda a atenção delas estava no jogo de polo aquático em que estavam envolvidas.

Ili, o sino da comunicação, soou mais uma vez quando uma brisa artificial levou o cheiro do jasmim do jardim até as narinas dele, que suspirou. Queria tanto que elas o adorassem: seu físico poderoso, seus traços moldados com cuidado. Que o adorassem como homem, não como deus.

Mas, apesar de seu corpo especial e melhorado permitir feitos que nenhum mortal pudesse replicar, ele continuava se sentindo pouco à vontade na presença de um velho cavalo de guerra como lorde Shiva, que, apesar de aderir à matriz normal do corpo, parecia exercer muito mais atração sobre as mulheres. Era quase como se o sexo fosse algo que transcendesse a biologia; e, por mais que ele se esforçasse para suprimir a lembrança e destruir aquele segmento do espírito, Brahma tinha nascido mulher e, de algum modo, ainda era mulher. Por detestar isso, ele tinha escolhido encarnar vez após outra como homem extremamente masculino, e mesmo assim, todavia, de algum modo, sentia-se inadequado, como se a marca de seu gênero original estivesse impressa em sua testa. Isso lhe dava vontade de bater os pés e fazer bico.

Ele se levantou e saiu pisando firme na direção de seu pavilhão, passando por árvores atrofiadas que se retorciam com certa beleza grotesca, passando por treliças entremeadas de flores glória-da-manhã, lagos com ninfeias azuis, fios de pérola pendurados em anéis forjados de ouro branco, passando por lamparinas com o formato de moças, tripés em que incensos pungentes queimavam e uma estátua de oito braços de uma deusa azul que tocava sua vina quando alguém se dirigia a ela da maneira adequada.

Brahma adentrou o pavilhão e o atravessou até a tela de cristal, que tinha em volta uma Naga de bronze enrolada, com o rabo entre os dentes. Ativou o mecanismo de resposta.

Viu-se uma tempestade de neve de estática, e então o rosto do sumo sacerdote de seu Templo em Mahartha. O sacerdote caiu de joelhos e tocou sua marca da casta três vezes no solo.

— ♪ Das quatro ordens de deuses e dos dezoito anfitriões do Paraíso, o mais poderoso é Brahma ♪ — disse o sacerdote. — ♪ Criador de tudo, Senhor do alto Paraíso e de tudo abaixo dele. ♪ Um lótus desabrocha de seu umbigo, suas mãos agitam os oceanos, em três passos seus pés abarcam todos os mundos. ♪ O tambor da sua glória toca terror no coração de seus inimigos. ♪ Na sua mão direita repousa a roda da lei. ♪ Laça catástrofes usando uma cobra de corda. ♪ Viva! ♪ Considere adequado aceitar a oração do seu sacerdote. ♪ Abençoe a mim e me escute, Brahma! ♪

— Levante-se... sacerdote — disse Brahma, tendo esquecido o nome dele. — Que coisa de tão grande importância o propeliu a me chamar desta maneira?

O sacerdote se ergueu, lançou um olhar rápido sobre o corpo de Brahma, que pingava água, e voltou a desviar o olhar.

— Lorde, não era minha intenção chamá-lo enquanto se banhava, mas há um entre seus adoradores aqui agora que gostaria de falar com o senhor sobre uma questão que, compreendo, seja de grande importância — explicou o sacerdote.

— Um dos meus adoradores! Diga a ele que Brahma, que tudo escuta, escuta a todos, e diga que ore a mim da maneira comum, no Templo em si!

A mão de Brahma se moveu para o botão de desligar, então pausou.

— Como é que ele sabe a respeito da linha do Templo--ao-Paraíso? — indagou. — E da comunhão direta entre os santos e os deuses?

— Ele diz que é um dos Primeiros e que eu devo transmitir a mensagem de que Sam gostaria de uma palavra com o Trimúrti — respondeu o sacerdote.

— Sam? — disse Brahma. — Sam? Certamente não pode ser... *aquele* Sam?

— Ele é aquele conhecido por aqui como Sidarta, Aprisionador de Demônios.

— Espere o meu prazer enquanto entoa os diversos versos apropriados dos Vedas — disse Brahma.

— Escuto, meu Senhor — disse o sacerdote, e começou a entoar os versos.

Brahma passou para outra parte do pavilhão e se postou diante de seu guarda-roupa por um momento, decidindo o que vestir.

O príncipe, ao ouvir chamarem seu nome, saiu do momento de contemplação do interior do Templo. O sacerdote, cujo nome tinha esquecido, fez sinal para que ele o acompanhasse por um longo corredor. Então o seguiu, e a passagem levava a uma câmara de armazenamento. O sacerdote remexeu em uma tranca escondida e puxou uma fileira de estantes que se abria para fora como uma porta.

O príncipe atravessou esse batente. Encontrou-se em um altar ricamente decorado. Uma tela de visão brilhante estava instalada acima do altar/painel de controle, rodeada por uma Naga de bronze, que prendia o rabo entre os dentes.

O sacerdote fez três mesuras.

— ♪ Viva o governante do universo, o mais poderoso das quatro ordens de deuses e dos dezoito anfitriões do paraíso. ♪ Um lótus desabrocha de seu umbigo, suas mãos agitam os oceanos, em três passos... ♪

— Reconheço a verdade do que diz — respondeu Brahma. — Considere-se abençoado e escutado. Pode nos deixar agora.

— ♪?

— Está correto. Sam sem dúvida está lhe pagando por uma linha privativa, não está?

— Senhor...!

— Basta! Retire-se!

O sacerdote fez uma mesura rápida e saiu, fechando as estantes atrás de si.

Brahma examinou Sam, que vestia calça *jodhpur*, *khameez* azul-celeste, o turbante verde-azulado da Urath e uma bainha de espada vazia em um cinto de corrente de ferro escuro.

Sam, por sua vez, examinou o outro, que estava em pé com a escuridão atrás de si, vestido com uma capa de penas por cima de uma roupa de malha de cota leve. Estava presa na garganta com uma fivela de opala de fogo. Brahma usava uma coroa púrpura, encrustada com ametistas pulsantes, e segurava na mão direita um cetro que exibia as nove auspiciosas pedras preciosas. Os olhos dele eram duas manchas escuras contra o rosto escuro. O dedilhar gentil da vina se dava ao redor dele.

— Sam? — indagou ele.

Sam assentiu.

— Estou tentando adivinhar sua verdadeira identidade, lorde Brahma. Confesso que não estou conseguindo.

— É como deve ser se alguém há de ser um deus que foi, é e sempre será — disse Brahma.

— Belas vestes, estas que usa — disse Sam. — Caem-lhe muito bem.

— Obrigado. Acho difícil de acreditar que você ainda existe. Conferi e reparei que não busca um novo corpo há meio século. É um risco e tanto.

Sam deu de ombros.

— A vida é cheia de riscos, apostas, incertezas...

— Verdade — disse Brahma. — Rogo, puxe uma cadeira e sente-se. Fique à vontade.

Sam fez isso e, quando voltou a erguer os olhos, Brahma estava sentado em um trono alto esculpido em mármore vermelho, com um guarda-sol combinando aberto por cima.

— Isso parece um tanto desconfortável — observou.

— Almofada de espuma de borracha — respondeu o deus, sorrindo. — Pode fumar se assim desejar.

— Obrigado. — Sam tirou o cachimbo da bolsa que trazia à cintura, encheu, bateu no tabaco com cuidado e acendeu.

— O que andou fazendo todo esse tempo, desde que deixou o âmago do Paraíso? — perguntou o deus.

— Cultivo minhas próprias hortas — disse Sam.

— Poderíamos aproveitá-lo aqui, na *nossa* seção de hidropônicos — disse Brahma. — Aliás, talvez ainda possamos. Fale mais sobre sua estadia entre os homens.

— Caçadas a tigres, disputas por fronteiras com reinos vizinhos, manter alta a moral do harém, um pouco de pesquisa botânica; coisas assim, fazem parte da vida — disse Sam. — Agora os meus poderes arrefecem e busco mais uma vez minha juventude. Mas, para obtê-la novamente, compreendo que meu cérebro precisa ser submetido a tensões. É verdade?

— De certa maneira — disse Brahma.

— Com que objetivo, se me permite perguntar?

— Para que o que é errado falhe e o que é bom prevaleça — disse o deus, sorrindo.

— Suponha que eu esteja errado, como vou falhar? — perguntou Sam.

— Será exigido de você que trabalhe seu fardo cármico em uma forma inferior.

— Tem à mão alguns números relativos à porcentagem daquilo que falha frente àquilo que prevalece?

— Não pense menos de mim em minha onisciência se eu admitir ter, de momento, esquecido esses números — disse Brahma, abafando um bocejo com o cetro.

Sam deu uma risadinha.

— Então você está precisando de um jardineiro na Cidade Celestial?

— Estou — disse Brahma. — Gostaria de se candidatar a esse trabalho?

— Não sei — disse Sam. — Talvez.

— E então, bem, talvez não? — disse o outro.

— Talvez não, também — admitiu. — Antigamente não havia nada desses melindres com a mente de um homem.

Se um dos Primeiros buscasse renovação, pagava o preço do corpo e era servido.

— Já não vivemos mais no tempo de antigamente, Sam. A nova era chegou para ficar.

— Daria até para dizer que você busca a remoção de todos os Primeiros que não se arrebanhem atrás da sua pessoa.

— Um panteão tem lugar para muitos, Sam. Há um nicho para você, se escolher reclamá-lo para si.

— E se eu não escolher?

— Então indague sobre o seu corpo no Salão do Carma.

— E se eu escolher a deificação?

— O seu cérebro não será examinado pela sonda. Os Senhores serão aconselhados a servi-lo com rapidez e muito bem. Uma máquina voadora será despachada para conduzi-lo ao Paraíso.

— É necessário refletir um pouco — disse Sam. — Eu gosto bastante *deste* mundo, apesar de ele chafurdar na era da escuridão. Por outro lado, essa afeição não vai me servir para desfrutar das coisas que desejo, se for declarado que morrerei a morte real ou que tomarei a forma de um símio para vagar pelas selvas. Mas eu também não sou muito afeito à perfeição artificial do modo que existia no Paraíso na última vez que estive lá. Aguarde um momento enquanto reflito.

— Considero tal indecisão como uma presunção, sendo que acabei de lhe fazer uma oferta — disse Brahma.

— Eu sei, e talvez eu também pensaria assim, se estivesse em seu lugar. Mas, se eu fosse Deus e se você estivesse no meu lugar, acredito que eu concederia um momento de silêncio misericordioso enquanto um homem toma uma decisão importante em relação à vida dele.

— Sam, você é um negociador inacreditável! Quem mais poderia me fazer esperar enquanto a imortalidade está em jogo? Certamente não está buscando fazer uma barganha *comigo*?

— Bom, eu de fato venho de uma longa linhagem de mercadores de cobras-lagartos... e quero muito algo.

— E o que seria?

— Respostas a algumas perguntas que me perseguem há um tempo.

— Que seriam...?

— Como bem sabe, parei de frequentar as reuniões do antigo Conselho há mais de um século, porque tinham se transformado em longas sessões calculadas para postergar a tomada de decisões e eram primariamente uma desculpa para um Festival dos Primeiros. Veja, eu não tenho nada contra festivais. Aliás, durante um século e meio eu os frequentei apenas para degustar uma boa bebida da Terra mais uma vez. Mas sinto que deveríamos estar fazendo algo em relação aos passageiros, assim como aos descendentes dos nossos vários corpos, em vez de permitir que vaguem em um mundo tóxico, revertendo à selvageria. Sinto que nós, da tripulação, devemos auxiliá-los, concedendo-lhes os benefícios da tecnologia que preservamos, em vez de construir para nós mesmos um paraíso impenetrável e tratar o mundo como uma combinação de reserva de caça e prostíbulo. Então, refleti muito a respeito de por que isso não foi feito. Pareceria um modo justo e equitativo de administrar um mundo.

— Deduzo disso que você seja um Aceleracionista?

— Não, apenas um investigador — disse Sam. — Sou curioso, nada mais, em relação às possíveis razões.

— Então, respondendo às suas perguntas, é porque não estão prontos para isso — disse Brahma. — Se tivéssemos agido de imediato... sim, isso poderia ter sido feito. Mas, no início, agimos com indiferença. Então, quando a questão veio à tona, ficamos divididos. Tempo demais se passou. Eles não estão prontos e não estarão por muitos séculos. Se forem expostos a uma tecnologia avançada a esta altura, as guerras que se acarretariam resultariam na destruição dos avanços iniciais que já fizeram. Chegaram longe. Iniciaram uma civilização à maneira de seus ancestrais mais antigos. Mas ainda são crianças e, como crianças, brincariam com nossos presentes e se queimariam com eles. Eles *são* nossos filhos, dos nossos Primeiros corpos já mortos há muito, e dos segundos e dos terceiros, e de vários outros... Então, a nossa reponsabilidade para com eles é como a dos pais e das mães. Não podemos permitir que sejam acelerados a uma revolução industrial e assim destruam a primeira civilização estável no planeta. Nossas funções parentais podem ser desempenhadas da melhor maneira ao guiá-los como fazemos, por meio dos Templos. Deuses e deusas são basicamente figuras parentais, então o que poderia ser mais verdadeiro e mais justo do que assumirmos esses papéis e desempenhá-los por completo?

— Então por que destrói a própria tecnologia incipiente deles? A imprensa foi redescoberta em três ocasiões de que posso me lembrar e suprimida a cada vez.

— Isso foi feito pela mesma razão: ainda não estavam prontos para ela. E não foi descoberta de verdade, mas sim lembrada. Foi algo lendário que alguém se pôs a duplicar. Se algo estiver por vir, deve surgir como resultado de fatores já presentes na cultura, e não ser tirado do passado feito um coelho de uma cartola.

— Parece estar traçando um limite muito tênue nesse ponto, Brahma. Deduzo, a partir disso, que os asseclas vagam pelo mundo destruindo todos os sinais de progresso com que se deparam?

— Isso não é verdade — disse o deus. — Fala como se desejássemos à perpetuidade esse fardo do endeusamento, como se procurássemos manter uma era de trevas para que possamos viver para sempre a condição exaustiva da nossa divindade imposta!

— Em uma palavra, sim — disse Sam. — O que dizer sobre a máquina de orações automáticas que se empoleira na frente deste próprio Templo? Está no mesmo pé, do ponto de vista cultural, de uma carruagem?

— Isso é diferente — disse Brahma. — Como manifestação divina, ela é recebida com admiração pelos cidadãos e não é questionada, por motivos religiosos. Dificilmente é a mesma coisa do que se a pólvora fosse introduzida.

— Vamos supor que alguns ateus da região a sequestrem e a desmontem. E vamos supor que por acaso seja um Thomas Edison. O que acontece, então?

— Elas contêm cadeados de segredo que são armadilhas. Se alguém além de um sacerdote abrir uma delas, vai explodir e levar a pessoa consigo.

— E vejo que foi incapaz de impedir a redescoberta do alambique, apesar de ter tentado. Então adicionou um imposto sobre o álcool, que deve ser pago aos Templos.

— A humanidade sempre buscou uma válvula de escape por meio da bebida — disse Brahma. — Geralmente fez parte de suas cerimônias religiosas. Assim, há menos culpa envolvida. De fato, tentamos suprimir no começo, mas logo vimos que seria impossível. Então, em troca do nosso imposto, recebem aqui uma bênção a suas bebidas. Menos culpa, menos ressaca, menos recriminações... *É algo psi-cossomático, sabe? E o imposto não é assim tão alto.*

— Mas é engraçado como muitos preferem um destilado profano.

— Veio para orar e ficou para fazer troça, é isso que está dizendo, Sam? Eu me ofereci para responder às suas perguntas, não para debater políticas Deicráticas. Tomou uma decisão relativa a minha oferta?

— Tomei, Madeleine — disse Sam. — E alguém já lhe disse como fica adorável quando se irrita?

Brahma avançou para fora do trono.

— *Como ousa? Como pode saber?* — berrou o deus.

— Na verdade, eu não podia — disse Sam. — Até agora. Foi apenas um chute, baseado em alguns dos seus maneirismos de fala e nos gestos dos quais eu me lembrava. Então, até que enfim alcançou a ambição de toda a sua vida, hein? Aposto que também tem um harém. Qual é a sensação, madame, de se transformar em um verdadeiro garanhão depois de ter sido uma moça no começo de tudo? Mas cada Lizzie no mundo teria inveja se soubesse. Parabéns.

Brahma se estufou em toda sua altura e olhou feio. O trono era uma chama às suas costas. O dedilhar da vina prosseguia, desapaixonado. Então ele ergueu o cetro e falou:

— Prepare-se para receber a maldição de Brahma... — iniciou ele.

— Por que motivo? — perguntou Sam. — Porque adivinhei seu segredo? E se eu sou um deus, que diferença faz? Outros devem saber. Está irritado porque a única maneira de eu conhecer a sua verdadeira identidade seria por meio de uma pequena trapaça? Achei que iria me apreciar ainda mais se eu demonstrasse o meu valor ao exibir minha sagacidade desta forma. Se eu ofendi você, peço desculpas.

— Não é por ter adivinhado, nem por causa da maneira como adivinhou, mas porque caçoou de mim, por isso eu o amaldiçoo.

— Caçoei? — disse Sam. — Não compreendo. Desrespeito não é a minha intenção. Sempre tivemos uma boa relação no passado. Se apenas se lembrar daquele tempo, vai saber que é verdade. Por que eu iria ameaçar a minha posição ao caçoar de você agora?

— Porque disse o que lhe surgia na mente rápido demais, sem pensar duas vezes.

— Não, meu Senhor. Eu de fato fiz uma piada, como qualquer homem faria com outro ao discutir essas questões. Sinto muito se considerou de mau gosto. Garanto que eu teria invejado seu harém, e sem dúvida tentaria me esgueirar para dentro dele uma noite destas. Se quiser me amaldiçoar por estar surpreso, então pode amaldiçoar. — Ele tragou o cachimbo e envolveu seu sorriso em fumaça.

Finalmente, Brahma deu uma risadinha.

— Eu tenho o pavio um pouco curto, devo reconhecer, e talvez seja sensível demais em relação a meu passado — explicou. — Claro, com frequência fiz piadas assim com outros homens. Está perdoado. Retiro a minha maldição iniciada. E a sua decisão, acredito, é de aceitar a minha oferta? — indagou.

— Está correto — disse Sam.

— Muito bem. Sempre senti que tínhamos um afeto fraternal. Vá agora e chame o meu sacerdote, para que eu possa instruí-lo em relação a sua encarnação. Nós nos veremos em breve.

— Claro que sim, lorde Brahma. — Sam assentiu e ergueu o cachimbo. Então empurrou a fileira de estantes e foi atrás do sacerdote no corredor do outro lado. Vários pensamentos passaram por sua cabeça, mas desta vez ele os deixou não ditos.

Naquela noite, o príncipe se reuniu com alguns de seus acompanhantes que tinham visitado parentes e amigos em Mahartha e com aqueles que tinham circulado pela cidade atrás de novidades e fofocas. Desses, ficou sabendo que só havia dez Senhores do Carma em Mahartha e que mantinham alojamento em um palácio nas encostas ao sudeste, acima da cidade. Faziam visitas agendadas a clínicas, salas de leitura dos Templos, onde os cidadãos se apresentavam para julgamento quando se inscreviam para renovação. O Salão do Carma em si era uma enorme estrutura escura no pátio do palácio, onde as pessoas faziam sua inscrição pouco depois do julgamento para que a transferência fosse feita ao novo corpo. Strake, junto de dois conselheiros, partiu enquanto o dia ainda estava claro para fazer esboços das fortificações do palácio. Dois dos cortesãos do príncipe foram despachados para o outro lado da cidade com ordens de entregar um convite para um jantar tardio e comemorações ao Shan de Irabek, um senhor de idade e vizinho distante de Sidarta, com quem ele tinha travado três disputas sangrentas e de vez em quando caçado tigres. O Shan visitava parentes enquanto esperava por sua consulta com os Senhores do Carma. Outro homem foi mandado à Rua dos Ferreiros, onde requisitou aos trabalhadores do metal que dobrassem a encomenda do príncipe e que a aprontassem pela manhã cedo. Levou consigo dinheiro adicional para garantir a cooperação deles.

Mais tarde, o Shan de Irabek chegou à Hospedaria de Hawkana, acompanhado de seis parentes, que eram da casta mercante, mas vieram armados como se fossem guerreiros. No entanto, ao verem que a hospedaria era um lugar pacífico e que nenhum dos outros hóspedes ou visitantes carregava armas, colocaram as deles de lado e se sentaram perto da cabeceira da mesa, ao lado do príncipe.

O Shan era um homem alto, mas sua postura era consideravelmente encurvada. Ele usava vestes cor de vinho e um turbante escuro que quase batia em suas enormes sobrancelhas de taturana, que eram da cor do leite. A barba dele era um arbusto nevado, os dentes pareciam tocos escuros quando ele sorria, e as pálpebras inferiores se projetavam vermelhas, como se estivessem machucadas e cansadas depois de tantos anos segurando os globos oculares injetados em sua tentativa óbvia de se jogar para fora da órbita. Ele soltou uma risada catarrenta e bateu com o punho fechado na mesa, repetindo pela sexta vez "Os elefantes estão caros demais hoje em dia e não servem para nada, todos cobertos de lama!", sendo essa uma referência à conversa deles relativa à melhor época do ano para travar uma guerra. Apenas uma pessoa que fosse muito novata no negócio seria rude a ponto de insultar o embaixador de um vizinho durante a estação das chuvas, ficou decidido, e esse alguém seria, a partir de então, designado como *nouveau roi*.

À medida que a noite foi avançando, o médico do príncipe pediu licença para ir supervisionar o preparo da sobremesa e introduzir um narcótico nos bolos doces que seriam servidos ao Shan. Quando a noite avançou ainda mais, subsequente à sobremesa, o Shan foi ficando cada vez mais inclinado a fechar os olhos e deixar a cabeça pender para a frente durante períodos cada vez mais longos.

— Bela festa — balbuciou, entre roncos e, por fim disse: — Os elefantes não servem para absolutamente nada...
— E assim caiu para o sono sem ter como ser acordado.

Seus acompanhantes não pareciam estar em condições de levá-lo para casa a essa altura, devido ao fato de o médico do príncipe ter adicionado hidrato de cloral ao vinho deles e no momento estarem espalhados pelo chão, roncando. O cortesão-chefe do príncipe providenciou o alojamento deles com Hawkana, e o Shan em si foi levado para a suíte de Sidarta, onde recebeu uma visita breve do médico, que afrouxou as roupas dele e falou em tom suave e persuasivo:

— Amanhã à tarde — disse ele —, será o príncipe Sidarta e esses serão seus serviçais. Vai se apresentar ao Salão do Carma na companhia deles, para reivindicar ali o corpo que Brahma lhe prometeu sem necessidade de julgamento prévio. Vai permanecer Sidarta durante a transferência e vai retornar para cá na companhia de seus serviçais para ser examinado por mim. Entendeu?

— Entendi — sussurrou o Shan.

— Então repita o que eu disse.

— Amanhã à tarde — disse o Shan —, eu serei Sidarta, que comanda esses serviçais...

A manhã desabrochou iluminada e as dívidas foram ajustadas sob ela. Metade dos homens do príncipe cavalgou para fora da cidade, em direção ao norte. Quando estavam fora da vista de Mahartha, começaram a fazer a curva para o sudeste, traçando seu caminho pelas colinas; pararam apenas para vestir o equipamento de guerra.

Meia dúzia de homens foi despachada para a Rua dos Ferreiros, de onde voltou carregando sacas de lona pesadas, cujo conteúdo foi dividido nas bolsas de três dúzias de homens que partiram depois do desjejum para a cidade.

O príncipe se aconselhou com seu médico, Narada, dizendo:

— Se eu julguei mal a clemência do Paraíso, então de fato estou amaldiçoado.

Mas o médico sorriu e respondeu:

— Duvido que você tenha avaliado mal.

E então passaram da manhã para o meio modorrento do dia, com a dourada Ponte dos Deuses acima deles.

Quando os homens sob sua responsabilidade acordaram, cuidaram da ressaca deles. O Shan recebeu um pós-hipnótico e foi enviado com seis dos serviçais de Sidarta ao Palácio dos Senhores. Seus acompanhantes receberam a informação de que ele continuava dormindo nos aposentos do príncipe.

— Nosso maior risco a esta altura é o Shan — disse o médico. — Será que pode ser reconhecido? Os fatores a nosso favor são que ele é um potentado menor de um reino distante, está na cidade há muito pouco tempo, passou a maior parte desse tempo com seus homens e ainda não se apresentou para ser julgado. Os Senhores ainda não devem conhecer sua aparência física...

— A menos que eu tenha sido descrito a eles por Brahma ou seu sacerdote — disse o príncipe. — Até onde sei, a minha comunicação pode ter sido gravada, e essa gravação, transmitida a eles por questões de segurança.

— Mas, então, por que isso teria sido feito? — indagou Narada. — Seria difícil esperarem dissimulação e precauções rebuscadas de alguém a quem estão fazendo um favor. Não, acho que vamos conseguir alcançar o que planejamos. O Shan não seria capaz de passar pela sonda, é lógico, mas deve passar por exame superficial, acompanhado como está dos seus homens. No momento, ele realmente acredita que é Sidarta e poderia passar em qualquer teste simples de detecção de mentiras nesse aspecto... O que, acredito, seja o maior obstáculo que ele poderia encontrar.

Então esperaram, e as três dúzias de homens voltaram com bolsas vazias, reuniram seus pertences, montaram em seus cavalos e, um a um, saíram pela cidade, como se estivessem em busca de farra, mas, na verdade, foram se deslocando lentamente na direção do sudeste.

— Adeus, meu bom Hawkana — disse o príncipe, conforme os últimos de seus homens faziam as malas e montavam nos cavalos. — Devo fazer, como sempre, relatos positivos do seu alojamento a todos com quem me encontrar pelo caminho. Lamento que a minha estadia aqui termine de maneira tão inesperada, mas preciso partir a fim de acabar com uma revolta nas províncias assim que sair do Salão do Carma. Sabe bem como essas coisas estouram no momento em que um governante vira as costas. Então, embora eu tivesse apreciado passar mais uma semana sob o seu teto, temo que esse prazer deva ser adiado para outra ocasião. Se alguém perguntar por mim, diga que me procurem em Hades.

— Hades, meu Senhor?

— É a província mais ao sul do meu reino, renomada por seu clima quente em excesso. Assegure-se de dizer exatamente isso, ainda mais para os sacerdotes de Brahma, que pode ficar preocupado em relação ao meu paradeiro nos próximos dias.

— Farei isso, meu Senhor.

— E cuide muito bem daquele garoto, Dele. Espero escutá-lo tocar outra vez na minha próxima visita.

Hawkana fez uma mesura acentuada e estava para iniciar um discurso, mas o príncipe decidiu, naquele momento, jogar para ele a última bolsa de moedas e fazer comentários adicionais a respeito das vinhas da Urath antes de se apressar para montar em seu cavalo e gritar ordens a seus homens de maneira a cortar ali qualquer nova conversa.

Então saíram pelo portão e foram embora, deixando para trás apenas o médico e três guerreiros que ele trataria por mais um dia devido a uma doença obscura relacionada à mudança do clima, antes que saíssem com seus cavalos para alcançar os outros.

Atravessaram a cidade usando ruas laterais e, depois de um tempo, chegaram à estrada que levava na direção do Palácio dos Senhores do Carma. Ao percorrerem sua extensão, Sidarta trocou sinais secretos com as três dúzias de seus guerreiros que se escondiam em diversos pontos afastados do bosque.

Percorrida metade da distância até o palácio, o príncipe e os oito homens que o acompanhavam puxaram as rédeas e fizeram menção de descansar, esperando até que os outros os ultrapassassem, passando com cuidado por entre as árvores.

Mas não demorou muito para enxergarem movimento na trilha adiante. Sete cavaleiros montados avançavam, e o príncipe imaginou que fossem seis de seus lanceiros e o Shan. Quando chegaram a uma distância suficiente para se fazerem escutar, avançaram ao encontro deles.

— Quem são? — indagou o cavaleiro alto de olhos sagazes montado na égua branca. — Quem ousa bloquear a passagem do príncipe Sidarta, Aprisionador de Demônios?

O príncipe olhou pare ele: musculoso e bronzeado, com vinte e tantos anos, possuidor de traços falconiformes e postura forte; de repente, ele sentiu que suas dúvidas não tinham fundamento e que ele tinha se traído com suas suspeitas e desconfianças. Parecia, pelo espécime físico ágil sentado em cima da própria montaria, que Brahma tinha feito uma barganha de boa-fé, autorizando para seu uso um corpo excelente e robusto, que agora era de uso do antigo Shan.

— Lorde Sidarta, parece que foram justos — disse seu homem, que tinha cavalgado ao lado do lorde de Irabek. — Não vejo nada que falte a ele.

— Sidarta! — exclamou o Shan. — Quem é esse a quem ousa se dirigir com o nome do seu senhor? *Eu* sou Sidarta, Aprisionador de...

Com isso, ele jogou a cabeça para trás, e as palavras borbulharam em sua garganta.

Então tudo foi pelos ares. O Shan se retesou, perdeu o equilíbrio e caiu da sela. Sidarta correu até o lado dele. Havia pequenos respingos de espuma nos cantos da boca do homem, e os olhos estavam revirados.

— Epilético! — exclamou o príncipe. — A intenção deles era que eu tivesse um cérebro avariado.

Os outros se reuniram ao redor e ajudaram o príncipe a cuidar do Shan até que a convulsão passasse e a consciência retornasse a seu corpo.

— O... o que aconteceu? — perguntou.

— Traição — disse Sidarta. — Traição, ó, Shan de Irabek! Um dos meus homens vai levá-lo agora a meu médico pessoal para um exame. Depois de descansar, sugiro que dê entrada com uma reclamação à sala de leitura de Brahma. O meu médico vai tratá-lo na hospedaria de Hawkana e então será liberado. Sinto muito por isso ter acontecido. Provavelmente será ajeitado. Mas, se não for, lembre-se do último cerco de Kapil e considere que estamos quites em todos os níveis. Boa tarde, irmão príncipe. — Ele fez uma mesura ao outro, e seus homens ajudaram o Shan a montar no cavalo baio de Hawkana, que Sidarta tinha pegado emprestado antes.

Montado na égua, o príncipe observou a partida deles e se voltou para os homens que estavam em pé a seu redor, dizendo em tom de voz alto o suficiente para que fosse escutado por aqueles que esperavam fora da estrada:

— Nós nove vamos entrar. Dois toques de corneta, e vocês entram também. Se eles resistirem, façam com que desejem que tivessem sido mais prudentes; outros três toques de corneta trarão os cinquenta lanceiros montanha abaixo, se precisarmos deles. É um palácio de relaxamento, não um forte onde batalhas seriam travadas. Tomem os Senhores como prisioneiros. Não estraguem o maquinário deles nem permitam que outros o façam. Se não resistirem a nós, tudo estará muito bem. Se resistirem, então caminharemos pelo Palácio e pelo Salão dos Senhores do Carma feito um menininho que atravessa um formigueiro extenso e rebuscado ao excesso. Boa sorte. Nenhum deus irá acompanhá-los!

E, virando seu cavalo, ele seguiu pela estrada, com os oito lanceiros cantando baixinho atrás dele.

O príncipe passou cavalgando pelo largo portão duplo, que estava aberto e sem sentinela. Começou imediatamente a imaginar se havia defesas secretas que Strake pudesse ter deixado passar despercebidas.

O pátio tinha um jardim bem-cuidado e era pavimentado em parte. Em uma área aberta, serviçais trabalhavam podando, aparando e plantando. O príncipe procurou por armas ocultas e não viu nenhuma. Os serviçais ergueram os olhos quando ele entrou, mas não pararam de trabalhar.

Do outro lado do pátio ficava o Salão de pedra escura. Ele avançou naquela direção, com seus cavaleiros atrás, até que ouviu uma saudação dos degraus do palácio à sua direita.

Puxou as rédeas e se virou naquela direção. O homem usava um uniforme preto, com um círculo amarelo no peito e carregava um cajado de ébano. Ele era alto, pesado e tinha olhos amortecidos. Não repetiu sua saudação, mas ficou esperando.

O príncipe guiou sua montaria até o pé da escada larga.

— Preciso falar com os Senhores do Carma — afirmou.

— Tem hora marcada? — indagou o homem.

— Não — disse o príncipe. — Mas é uma questão importante.

— Então, sinto muito por ter feito esta viagem por nada — respondeu o outro. — Ter horário marcado é fundamental. Pode se encaminhar para qualquer outro Templo de Mahartha.

Ele então bateu na escada com o cajado, virou-se de costas e começou a se afastar.

— Destruam aquele jardim — disse o príncipe a seus homens. — Cortem aquelas árvores ali, façam uma pilha com tudo e taquem fogo com uma tocha.

O homem de preto parou, virou-se mais uma vez.

Apenas o príncipe esperava ao pé da escada. Seus homens já se afastavam na direção do jardim.

— Não pode fazer isso — disse o homem.

O príncipe sorriu.

Seus homens apearam e começaram a cortar os arbustos, abrindo caminho aos chutes pelos canteiros de flores.

— Ordene que parem!

— Por que devo fazer isso? Vim aqui falar com os Senhores do Carma, e você me diz que não posso. Eu lhe digo que posso e vou. Vamos ver qual dos dois está correto.

— Ordene que parem e eu levarei sua mensagem aos Senhores — disse o outro.

— Alto! — exclamou o príncipe. — Mas estejam prontos para recomeçar.

O homem de preto subiu a escada, desparecendo dentro do palácio. O príncipe dedilhou a corneta que estava pendurada em seu pescoço.

Em um curto intervalo houve movimento, e homens armados começaram a aparecer à porta. O príncipe ergueu a corneta e tocou duas vezes.

Os homens usavam armadura de couro, que alguns ainda estavam afivelando, e capacetes do mesmo material. O braço com que brandiam a espada tinha proteção até o cotovelo e eles usavam pequenos escudos de metal em formato ovalado, com uma insígnia que era uma roda amarela sobre um campo preto. Brandiam espadas longas e curvadas. Preencheram a escadaria por completo, ali postados como se estivessem à espera de ordens.

O homem de preto apareceu mais uma vez e se colocou no topo da escada.

— Muito bem — afirmou. — Se tem uma mensagem para os Senhores, diga!

— Você é um Senhor? — indagou o príncipe.

— Sou.

— Então deve ser o mais baixo de todos eles, se também tem que fazer a função de porteiro. Deixe-me falar com o Senhor responsável por este lugar.

— A sua insolência será retribuída tanto agora quanto em uma vida que ainda está por vir — observou o Senhor.

Então três dúzias de lanceiros entraram pelo portão e se enfileiraram ao lado do príncipe. Os oito que tinham começado o defloramento do jardim voltaram a montar nos cavalos e se moveram para se juntar à formação, com suas espadas à mostra no colo.

— Devemos entrar em seu palácio a cavalo? — indagou o príncipe. — Ou vai agora chamar os outros Senhores, com quem desejo travar diálogo?

Perto de oitenta homens estavam na escadaria à frente deles, com as espadas em punho. O Senhor parecia avaliar o equilíbrio de forças. Decidiu a favor de manter as coisas como estavam.

— Não faça nada precipitado — afirmou. — Porque os meus homens vão se defender de uma maneira especialmente feroz. Espere pelo meu retorno. Vou convocar os outros.

O príncipe encheu seu cachimbo e o acendeu. Seus homens se postavam feito estátuas, com as lanças prontas. A perspiração era mais evidente no rosto dos soldados que se postavam de pé na primeira fileira da escada.

O príncipe, para passar o tempo, observou seus lanceiros:

— Não pensem em exibir suas habilidades como fizeram no último cerco de Kapil. Mirem no peito, não na cabeça. Além disso — prosseguiu —, pensem em não empreender a mutilação contumaz dos feridos e mortos... porque este é um lugar sagrado e não deve ser profanado dessa maneira. Por outro lado — adicionou —, devo tomar como afronta pessoal se não houver dez prisioneiros para sacrificar a Nirriti, o Escuro, meu protetor pessoal... do lado de fora desses muros, é claro, onde a observância do Banquete Sombrio não terá peso sobre nós...

Ouviu-se uma balbúrdia à direita, um soldado a pé que olhava fixo para a extensão da lança de Strake desmaiou e caiu do degrau mais baixo.

— Pare! — exclamou a figura de preto, que aparecera com mais seis outras vestidas da mesma maneira no alto da escada. — Não profane o Palácio do Carma com derramamento de sangue. O sangue daquele guerreiro caído já está...

— Subindo-lhe às bochechas — terminou o príncipe. — Se ele estiver consciente... é porque não foi morto.

— O que deseja? — A figura de preto que se dirigia a ele era de altura média, mas tinha uma largura enorme. Parecia um imenso barril escuro, seu cajado tão estável quanto um raio.

— Contei sete — respondeu o príncipe. — Creio que dez Senhores residam aqui. Onde estão os outros três?

— Os outros estão, no momento, em três salas de leitura em Mahartha. O que deseja de nós?

— É o responsável aqui?

— Apenas a Grande Roda da Lei é a responsável aqui.

— É o representante mais sênior da Grande Roda que se encontra dentro destes muros?

— Sou.

— Muito bem. Desejo lhe falar em particular... ali — disse o príncipe, apontando na direção do Salão escuro.

— Impossível!

O príncipe bateu o cachimbo no calcanhar para esvaziá-lo, raspou o bojo com a ponta da adaga, voltou a guardá-lo na bolsa. Então sentou-se muito ereto em cima da égua branca e segurou a corneta na mão esquerda. Olhou nos olhos do Senhor.

— Tem certeza absoluta disso? — perguntou.

A boca do Senhor, pequena e bem-definida, retorceu-se ao redor de palavras que ele não proferiu. Então:

— Como quiser — finalmente assentiu. — Abram caminho para mim aqui! — ordenou ele, descendo e passando pelas fileiras de guerreiros, postando-se na frente da égua branca.

O príncipe guiou a égua com os joelhos, virando-a na direção do Salão escuro.

— Mantenham a formação por enquanto! — exclamou o Senhor.

— O mesmo se aplica — disse o príncipe a seus homens.

Os dois atravessaram o pátio e o príncipe apeou na frente do Salão.

— Está me devendo um corpo — disse, em tom baixo.

— Que conversa é esta? — indagou o Senhor.

— Sou Sidarta, Príncipe de Kapil, Aprisionador de Demônios.

— Sidarta já foi servido — disse o outro.

— É o que pensa — disse o príncipe. — Foi servido por um epilético, por ordem de Brahma. No entanto, não é o caso. O homem que trataram hoje mais cedo era um impostor relutante. Eu sou o verdadeiro Sidarta, ó, sacerdote inominado, e vim aqui clamar por meu corpo, um que seja inteiro e forte, e sem doenças ocultas. Vai me servir nessa questão. Vai me servir de bom ou de mau grado, mas vai me servir.

— Acha mesmo?

— Acho, sim — respondeu o príncipe.

— Ataquem! — exclamou o Senhor, e ele brandiu o cajado preto na direção da cabeça do príncipe.

O príncipe se desviou do golpe e se encolheu, ao mesmo tempo que sacou a espada. Duas vezes, bloqueou os golpes do cajado. Então foi atingido no ombro de raspão, mas o suficiente para fazer com que perdesse o equilíbrio. Ele deu a volta na égua branca, perseguido pelo Senhor. Desviando-se, mantendo o cavalo entre si e seu oponente, levou a corneta aos lábios e tocou três vezes. Suas notas se sobrelevaram ao ruído intenso do combate na escada do palácio. Arfando, virou-se e ergueu sua guarda a tempo de evitar um golpe na têmpora, o qual com certeza o teria matado se o tivesse atingido.

— Está escrito que um homem que dá ordens sem ter o poder de as impor é um tolo — disse o Senhor, quase soluçando as palavras.

— Apenas dez anos atrás e jamais teria colocado esse cajado sobre mim — retrucou o príncipe, ofegando.

Ele atacou, na esperança de partir a madeira, mas o outro sempre conseguia virar o corte da espada, de modo que ele somente arranhou e raspou em alguns lugares, mas a madeira aguentou e o cajado continuou inteiro.

Usando-o como se fosse um bastão, o Senhor desferiu um golpe sólido do lado esquerdo do príncipe, que sentiu as costelas se partirem dentro de seu corpo... e caiu.

Não foi de propósito que isso aconteceu, porque a espada saiu girando das mãos dele quando colapsou; mas a arma pegou o Senhor nas canelas e ele caiu de joelhos, urrando.

— Estamos equiparados assim — disse o príncipe, sem ar. — A minha idade contra a sua gordura...

Ele sacou a adaga enquanto estava ali estirado, mas não conseguiu segurá-la firme. Apoiou o cotovelo no chão. O Senhor, com lágrimas nos olhos, tentou se erguer e voltou a cair de joelhos.

Ouviu-se o barulho de muitos cascos.

— Eu não sou tolo, e agora tenho o poder de fazer valer minhas ordens — disse o príncipe.

— O que está acontecendo?

— O restante dos meus lanceiros chegou. Se eu tivesse chegado com toda a força, você teria se escondido feito um geco em uma pilha de lenha, e teria demorado dias para examinar o seu palácio inteiro e tirá-lo de lá. Agora está na palma da minha mão.

O Senhor ergueu seu cajado.

O príncipe recolheu o braço.

— Abaixe isso aí ou eu jogo a adaga — disse. — Eu mesmo não sei se vou errar ou acertar, mas posso acertar. Não está ansioso para apostar contra a verdadeira morte, não é mesmo?

O Senhor baixou o cajado.

— Vai conhecer a verdadeira morte quando os guardiões do Carma tiverem feito ração de cachorro com os seus homens montados — disse o Senhor.

O príncipe tossiu, olhando sem muito interesse para o cuspe ensanguentado.

— Nesse ínterim, vamos conversar sobre política — sugeriu.

Depois que os sons da batalha terminaram, foi Strake (alto, empoeirado, o cabelo quase combinando com as entranhas que secavam em sua espada) que, acariciado pela égua branca ao saudar o príncipe, disse:

— Acabou.

— Ouviu isso, Senhor do Carma? — perguntou o príncipe. — Seus guardiões viraram ração de cachorro.

O Senhor não respondeu.

— Sirva-me agora e pode ficar com sua vida — disse o príncipe. — Recuse, e eu a tomarei.

— Vou servi-lo — aquiesceu o Senhor.

— Strake, mande dois homens à cidade — ordenou o príncipe. — Um para trazer Narada, meu médico, e outro para ir à Rua dos Tecelões e trazer aqui Jannaveg, que faz velas. Dos três lanceiros que restam na hospedaria de Hawkana, deixe apenas um para vigiar o Shan de Irabek até o anoitecer. Então deverá amarrá-lo e deixá-lo vir aqui se juntar a nós.

Strake sorriu e fez uma saudação.

— Agora, traga homens para me carregar até o Salão e fique de olho neste Senhor.

Ele queimou seu antigo corpo, junto de todos os outros. Os guardiões do Carma, todos eles, pereceram na batalha. Dos sete Senhores inominados, apenas aquele que era gordo sobreviveu. Como os bancos de esperma e óvulos, os tanques de crescimento e os armazéns de corpos não podiam ser transportados, o equipamento de transferência em si foi desmontado sob a direção do dr. Narada, e suas partes foram carregadas nos cavalos que não tinham sucumbido na batalha. O jovem príncipe se acomodou em cima da égua branca e observou as mandíbulas das chamas se fecharem em cima dos corpos. Oito piras ardiam em direção ao céu que precedia a alvorada. Aquele que tinha feito velas voltou os olhos para a pira mais próxima do portão, a última a ser acesa, as chamas dela só agora alcançando o topo, onde estava o grande volume daquele que usava uma veste preta com um círculo amarelo no peito. Quando as chamas o tocaram e a veste começou a fumegar, o cachorro que se encolheu no jardim destruído ergueu a cabeça em um uivo próximo a um soluço.

— Neste dia a sua conta de pecados está cheia, prestes a transbordar — disse o homem que fazia velas.

— Mas, ah, minha conta de orações! — respondeu o príncipe. — Vou me contentar com isso por enquanto. Futuros teólogos, no entanto, terão que tomar a decisão final em relação à aceitabilidade de todo aquele pessoal nas máquinas de oração. Que o Paraíso agora imagine o que aconteceu aqui neste dia: onde estou, se eu sou e quem sou. Chegou a hora de cavalgar, meu capitão. Rumo às montanhas durante um tempo, e depois vamos nos separar, em nome da segurança. Não tenho certeza da estrada que vou seguir, apesar de saber que leva aos portões do Paraíso e de que preciso ir armado.

— Aprisionador de Demônios — disse o outro, e ele sorriu.

O lanceiro-chefe se aproximou. O príncipe fez um sinal com a cabeça na direção dele. Ordens foram gritadas.

As colunas de homens montados avançaram, atravessaram os portões do Palácio do Carma, viraram na estrada e subiram a encosta a sudeste da cidade de Mahartha, com os camaradas em chamas como a alvorada às suas costas.

3

Dizem que, quando o Professor apareceu, homens membros de todas as castas foram escutar seus ensinamentos, assim como os animais, deuses e um ou outro santo, para saírem transformados e elevados. Era aceito de modo geral que ele tinha alcançado a iluminação, menos por aqueles que acreditavam que ele fosse uma fraude, um pecador, um criminoso ou um comediante. Esses últimos não deveriam ser todos contados como seus inimigos; mas, por outro lado, nem todos aqueles que foram transformados e elevados podiam ser considerados seus amigos e apoiadores. Os seguidores dele o chamavam de Mahasamatman e alguns diziam que era um deus. Depois de ser confirmado que tinha sido aceito como professor, ser admirado com respeito, ter muitos dos ricos entre seus apoiadores e ganhar reputação que alcançava todo o território, passaram a se referir a ele como Tathagatha, que significa Aquele que Alcançou. Deve ser observado que, ao passo que a deusa Kali (às vezes conhecida como Durga em sua versão mais delicada) nunca proferiu opção formal em relação ao caráter de Buda dele, ela lhe deu, sim, a honraria única de despachar seu executor santo para lhe fazer tributo, em vez de enviar um mero assassino de aluguel...

O verdadeiro Dhamma não desaparece
até que um falso Dhamma surja no mundo.

Quando o falso Dhamma surge, faz o
verdadeiro Dhamma desaparecer.

Samyutta-nikaya (II, 224)

Perto da cidade de Alundil, havia um rico bosque de árvores de tronco azul, com folhagem púrpura como penas. Era famoso pela beleza e pela paz de sua sombra, que parecia um santuário. Tinha sido propriedade do mercador Vasu até sua conversão, quando ele o presenteou ao professor conhecido por nomes como Mahasamatman, Tathagatha e Iluminado. Naquele bosque, o professor vivia com seus seguidores e, quando chegavam caminhando à cidade ao meio-dia, as tigelas de esmolas nunca ficavam sem encher.

Sempre havia um grande número de peregrinos pelo bosque. Os crentes, os curiosos e aqueles que se aproveitavam dos outros o atravessavam a todo momento. Chegavam montados a cavalo, de barco, a pé.

Alundil não era uma cidade exageradamente grande. Tinha sua cota de casebres com telhado de sapê, assim como bangalôs de madeira; a rua principal da cidade não era pavimentada e tinha muitos buracos; havia dois bazares grandes e vários pequenos; havia amplas plantações de cereais, de propriedade dos vaixás, cuidadas pelos sudras, que balançavam com o vento e faziam ondas azul--esverdeadas ao redor da cidade; tinha muitas hospedarias (apesar de nenhuma tão boa quanto a hospedaria lendária de Hawkana, na longínqua Mahartha), devido à passagem constante de viajantes; tinha seus homens santos e seus contadores de histórias; e tinha seu Templo.

O Templo se encontrava em uma colina baixa perto do centro da cidade, com portões enormes de cada um dos quatro lados. Esses portões, e os muros ao redor deles, tinham camadas e mais camadas de entalhes decorativos, mostrando músicos e dançarinos, guerreiros e demônios, deuses e deusas, animais e artistas, amantes e semi-humanos, guardiões e devas. Esses portões levavam ao primeiro pátio, que abrigava mais muros e mais portões, levando por sua vez a um segundo pátio. O primeiro pátio continha um pequeno bazar, onde se vendiam oferendas aos deuses. Também abrigava numerosos altares pequenos dedicados às deidades menores. Havia pedintes implorando por esmolas, homens santos meditando, crianças dando risada, mulheres fofocando, incensos que queimavam, pássaros que cantavam, tanques gorgolejantes de purificação e máquinas de oração sussurrantes que se encontravam nesse pátio a qualquer hora do dia.

O pátio interno, no entanto, com seus enormes altares dedicados às deidades maiores, era um ponto central de intensidade religiosa. As pessoas entoavam cânticos ou berravam orações, balbuciavam versos dos Vedas, ficavam em pé, se ajoelhavam ou se prostavam perante enormes imagens de pedra que com frequência estavam cobertas por inúmeras guirlandas de flores, marcadas com pasta vermelha de *kumkum* e rodeadas por tantas pilhas de oferendas que era impossível saber qual das deidades estava tão imersa em adoração tangível. Periodicamente, as cornetas do Templo eram sopradas, havia um momento de silêncio em reconhecimento ao seu eco, e então o clamor recomeçava.

E ninguém discutiria o fato de que Kali era rainha desse Templo. A estátua alta dela, feita em pedra branca, com seu altar gigantesco, dominava o pátio interno. O leve sorriso que levava no rosto, talvez em desdém pelos outros deuses e seus adoradores, era, à sua maneira, tão cativante quanto os sorrisos das caveiras que ela usava como colar. Segurava adagas nas mãos; e estava posada no meio de um passo, como se estivesse decidindo se dançava ou se eliminava aqueles que vinham até seu altar. Os lábios dela eram carnudos, os olhos estavam arregalados. Vista à luz de tochas, parecia se mover.

Era adequado, portanto, que seu altar ficasse de frente para o de Yama, deus da Morte. Tinha sido decidido, com bastante lógica, pelos sacerdotes e arquitetos, que ele era a deidade mais indicada entre todas para passar o dia todo olhando para ela, igualando seu olhar mortal ao dela, retribuindo o meio-sorriso inabalável de Kali com o seu contorcido. Até os mais devotos geralmente faziam um desvio em vez de passar entre os dois altares; e, depois de escurecer, a seção deles no pátio era sempre a morada do silêncio e da calmaria, que não era incomodada por adoradores que chegavam tarde.

Do norte, quando os ventos da primavera sopraram pela terra, chegou aquele que se chamava Rild. Um homem pequeno cujo cabelo era branco, apesar de seus poucos anos — Rild, que usava os adornos de um peregrino, mas que foi encontrado ardendo em febre em uma vala com o cordão carmim de sua verdadeira profissão enrolado no antebraço: Rild.

Rild chegou na primavera, na época do festival, a Alundil dos campos verde-azulados, das cabanas de teto de sapê e dos bangalôs de madeira, de ruas sem pavimentação e de muitas hospedarias, de bazares e de homens santos e de contadores de história, do grande renascimento religioso e de seu Professor, cuja reputação tinha se espalhado até muito longe por toda a terra... a Alundil do Templo, onde sua deusa-padroeira era rainha.

Época do festival.

Vinte anos antes, o pequeno festival de Alundil tinha sido um acontecimento quase exclusivamente local. Agora, no entanto, com a passagem de incontáveis viajantes, consequência da presença do Iluminado, que ensinava o Caminho das Oito Vias, o Festival de Alundil atraía tantos peregrinos que as acomodações locais ficavam lotadas. Quem possuía barracas podia cobrar uma taxa alta por seu aluguel. Estábulos eram alugados para ocupação humana. Até terrenos vazios eram usados como local de acampamento.

Alundil adorava seu Buda. Muitas outras cidades tinham tentado atraí-lo para longe de seu bosque púrpura: Shengodu, Flor das Montanhas, tinha lhe oferecido um palácio e um harém para levar sua palavra às encostas. Mas o Iluminado não foi para a montanha. Kannaka, do Rio Serpente, tinha lhe oferecido elefantes e navios, uma casa na cidade e uma mansão no interior, cavalos e serviçais, para que fosse pregar em seus cais. Mas o Iluminado não foi para o rio.

O Buda permaneceu em seu bosque e tudo veio até ele. Com o passar dos anos, o festival foi ficando cada vez maior, mais longo e mais elaborado, como um dragão bem-alimentado com as escamas reluzentes. Os brâmanes locais não aprovavam os ensinamentos antirritualísticos do Buda, mas a presença dele enchia os cofres até transbordar; de modo que aprenderam a viver à sua sombra atarracada, sem nunca proferir a palavra *tirthika* — herege.

Então, o Buda permaneceu em seu bosque e tudo veio a ele, incluindo Rild.

Época do festival.

Os tambores começaram a tocar na noite do terceiro dia.

Ao terceiro dia, os enormes tambores do *kathakali* iniciaram seu trovejar ligeiro. O staccato dos tambores que cobria quilômetros atravessava os campos até a cidade, atravessava a cidade, atravessava o bosque púrpura e atravessava as extensões de pântanos atrás dele. Os tocadores de tambor, vestidos com *mundus* brancos, nus até a cintura, com a pele marrom brilhando de suor, trabalhavam em turnos, de tão estafantes que eram as batidas fortes que tinham sido determinadas; e o fluxo de som nunca era interrompido, nem quando a nova leva de tocadores de tambor se posicionava diante do couro esticado dos instrumentos.

Quando a escuridão pousava no mundo, os viajantes e os moradores que começavam a caminhar ao escutar o primeiro som dos tambores chegavam ao espaço do festival, grande como um campo de batalha de antigamente. Ali encontravam seu lugar, esperavam a noite se adensar e a apresentação começar, bebericando o chá de cheiro doce comprado nas barraquinhas embaixo das árvores.

Um enorme recipiente de latão cheio de óleo, tão alto quanto um homem, com pavios dependurados pelas bordas, erguia-se no meio do campo. Os pavios eram acesos e tochas tremeluziam ao lado das barracas dos atores.

De perto, as batidas dos tambores eram ensurdecedoras e hipnóticas; os ritmos, complicados, sincopados e penetrantes. Quando a meia-noite se aproximava, os cânticos devocionais começavam, erguendo-se e baixando com as batidas dos tambores, tecendo uma rede ao redor dos sentidos.

Havia uma leve calmaria enquanto o Iluminado e seus monges chegavam, com suas vestes amarelas, quase alaranjadas à luz das tochas. Daí jogaram para trás os capuzes e se sentaram de pernas cruzadas no solo. Depois de um momento, apenas os cânticos e a voz dos tambores preenchiam a mente dos espectadores.

Quando os atores apareciam, grandiosos com sua maquiagem, sinos de tornozelo tilintando ao baterem os pés no chão, não havia aplausos, apenas atenção extasiada. Os dançarinos do *kathakali* eram famosos, treinados desde a juventude para realizar acrobacias e também as coreografias da dança clássica, conhecendo os nove movimentos diferentes do pescoço e dos globos oculares e as centenas de posições de mão exigidas para interpretar as antigas epopeias de amor e de guerra, os encontros entre deuses e demônios, as lutas valorosas e as traições sangrentas da tradição. Os músicos gritavam as palavras das histórias enquanto os atores, que nunca falavam, retratavam as conquistas maravilhosas de Rama e dos irmãos Pandava. Maquiados em verde e vermelho, ou em preto e branco intenso, caminhavam firmes pelo campo com suas camisas bufantes, os halos salpicados de espelhos reluzindo à luz das lamparinas. De vez em quando, a chama de uma lamparina ardia mais intensamente ou soltava faíscas, e era como se um nimbo de luz santa ou profana pairasse em torno da cabeça deles, apagando por inteiro o sentido do evento, fazendo com que os espectadores sentissem por um momento que eles próprios eram a ilusão e que as figuras corpulentas da dança ciclópica eram a única coisa real no mundo.

A dança continuava até o amanhecer, terminando apenas com o levante do sol. Mas, antes do amanhecer, um daqueles que usava vestes cor de açafrão chegou da direção da cidade, abriu caminho pelo meio da multidão e falou ao pé do ouvido do Iluminado.

O Buda começou a se levantar, pareceu repensar e voltou a se sentar. Ele falou algo para o monge, que assentiu e se retirou do local do festival.

Com aparência imperturbável, o Buda retornou a atenção à apresentação. Um monge sentado ali perto reparou que ele batucava com os dedos no chão e concluiu que o Iluminado devia estar acompanhando o ritmo dos tambores, porque era sabido que estava acima de sentimentos como impaciência.

Quando a apresentação tinha terminado e Surya, o Sol, tinha tingido de cor-de-rosa as saias do Paraíso acima da borda leste do mundo, era como se a noite que acabara de passar tivesse tomado a multidão como prisioneira dentro de um sonho tenso e assustador, do qual se libertara, exausta, para vagar por aquele dia.

O Buda e seus seguidores saíram caminhando imediatamente na direção da cidade. Não pararam para descansar ao longo do caminho, mas atravessaram Alundil a passos rápidos, porém dignos.

Quando chegaram mais uma vez ao bosque púrpura, o Iluminado instruiu seus monges a descansarem e saiu na direção de um pequeno pavilhão localizado nas profundezas do bosque.

O monge que havia levado a mensagem durante a apresentação estava acomodado no pavilhão. Ali, cuidava da febre do viajante com quem tinha se deparado no charco, onde caminhava com frequência para meditar melhor sobre a condição pútrida que seu corpo apresentaria depois da morte.

Tathagatha observou com atenção o homem que estava deitado na esteira de dormir. Os lábios dele eram finos e pálidos; ele tinha testa larga, maçãs do rosto altas, sobrancelhas brancas e orelhas pontudas; e Tathagatha presumiu que, quando aquelas pálpebras se abrissem, os olhos revelariam um azul desbotado ou cinzento. Havia algo de... transluscência?, talvez fragilidade, a respeito de sua forma inconsciente, que podia ser causada, em parte, pelas febres que acometiam seu corpo, mas que não podia ser atribuída inteiramente a elas. O pequeno homem não dava a impressão de ser alguém que fosse suportar a coisa que Tathagatha agora segurava. Ou melhor, à primeira vista, ele parecia ser um homem muito velho. Se a pessoa olhasse para ele pela segunda vez e percebesse que o cabelo sem cor e o corpo franzino dele não significavam idade avançada, essa pessoa poderia então notar algo de infantil em relação a sua aparência. Pela condição da pele, Tathagatha duvidava que precisasse se barbear com muita frequência. Talvez um leve beicinho de traquinagem agora se escondesse entre suas bochechas e os cantos da boca. Mas também talvez não.

O Buda ergueu o cordão carmim, algo exibido apenas por executores sagrados da deusa Kali. Percorreu com os dedos o comprimento sedoso e o cordão passou como uma serpente por sua mão, enganchando de leve. Ele não duvidou que aquilo se destinava a envolver sua garganta. Quase de maneira inconsciente, segurou e torceu o cordão nas mãos, usando os movimentos necessários.

Então ergueu os olhos para o monge de olhos arregalados cuidando do enfermo, sorriu seu sorriso imperturbável e colocou o cordão de lado. Com um pano úmido, o monge enxugou o suor da testa pálida.

O homem na esteira de dormir estremeceu diante do contato e seus olhos se abriram de repente. A loucura da febre estava neles, que não enxergavam realmente, mas Tathagatha sentiu um choque com a olhada repentina.

Escuros, tão escuros como o breu, era impossível dizer onde a pupila terminava e a íris começava. Havia algo extremamente desconcertante em relação a olhos tão poderosos em um corpo tão frágil e exaurido.

Ele estendeu o braço e acariciou as mãos do homem, e foi como tocar em aço; eram frias e rígidas. Ele arranhou com a unha as costas de sua mão direita, com força. Não deixou nenhum arranhão nem marca ao fazê-lo, e a unha escorregou com facilidade, como se fosse um painel de vidro. Apertou o polegar do homem e soltou. Não houve mudança de coloração repentina. Era como se aquelas mãos estivessem mortas ou fossem coisas mecânicas.

Continuou o exame. O fenômeno terminava em algum ponto acima dos pulsos, voltando a ocorrer em outros lugares. As mãos, o peito, o abdômen, o pescoço e parte das costas tinham sido inundados pelo banho da morte, cujo poder deixava tudo rígido. A imersão total, obviamente, teria se provado fatal; mas da maneira como tinha ocorrido, o homem trocara uma parte de sua sensibilidade tátil pelo equivalente a invisíveis manoplas, placa peitoral, suporte de pescoço e armadura de costas de aço. Era, de fato, um dos assassinos seletos da deusa terrível.

— Quem mais sabe deste homem? — perguntou o Buda.

— O monge Simha, que me ajudou a carregá-lo até aqui — respondeu o outro.

— Ele viu... isto? — Tathagatha apontou com os olhos na direção do cordão carmim.

O monge assentiu.

— Então vá buscá-lo. Traga-o até mim agora mesmo. Não mencione nada a respeito disto para ninguém, apenas que um peregrino caiu enfermo e estamos socorrendo o homem aqui. Vou me encarregar pessoalmente dos cuidados dele e tratar sua doença.

— Sim, Ilustríssimo.

O monge se apressou a sair do pavilhão.

Tathagatha se sentou ao lado da esteira de dormir e aguardou.

Passaram-se dois dias antes que a febre cedesse e a inteligência retornasse àqueles olhos escuros. Mas, durante aqueles dois dias, qualquer pessoa que passasse pelo pavilhão conseguiria ter escutado a voz do Iluminado em um discurso monótono contínuo, como se estivesse falando com o homem adormecido a seus cuidados. De vez em quando, o próprio homem balbuciava e falava alto, como os febris fazem com frequência.

No segundo dia, o homem abriu os olhos de repente e olhou para cima. Então franziu a testa e virou a cabeça.

— Bom dia, Rild — disse Tathagatha.

— E você é...? — perguntou o outro, em um barítono inesperado.

— Aquele que ensina a via da libertação — respondeu.

— O Buda?

— Já fui chamado assim.

— Tathagatha?

— Esse nome também me foi dado.

O outro tentou se levantar, não conseguiu e voltou a se deitar. Os olhos dele nunca abandonaram a expressão plácida que assumia.

— Como sabe meu nome? — perguntou por fim.

— Enquanto estava com febre, você falou consideravelmente.

— Sim, eu estava muito doente e sem dúvida falando disparates. Foi naquele pântano amaldiçoado que peguei friagem.

Tathagatha sorriu.

— Uma das desvantagens de viajar sozinho é que, quando a pessoa cai, não há ninguém para ajudar.

— Verdade — reconheceu o outro, e seus olhos voltaram a se fechar e sua respiração se aprofundou.

Tathagatha permaneceu na postura de lótus, esperando.

Quando Rild voltou a acordar, era noite.

— Sede — disse ele.

Tathagatha lhe deu água.

— Fome? — perguntou.

— Não, por enquanto não. O meu estômago iria se rebelar.

Ele se ergueu sobre os cotovelos e encarou o cuidador. Então voltou a se afundar na esteira.

— Você é o escolhido — anunciou ele.

— Sim — respondeu o outro.

— O que vai fazer?

— Dar-lhe comida quando disser que está com fome.

— Quero dizer, depois disso.

— Observar enquanto dorme, para o caso de a febre retornar.

— Não foi isso que eu quis dizer.

— Eu sei.

— Depois que comer, descansar e recobrar minhas forças... e então?

Tathagatha sorriu ao tirar o cordão de seda de algum lugar embaixo de suas vestes.

— Nada — respondeu. — Absolutamente nada. — E ele colocou o cordão ao redor dos ombros de Rild, afastando a mão.

O outro sacudiu a cabeça e se recostou. Ergueu a mão e passou os dedos pelo objeto carmim. Enrolou-o nos dedos e depois no pulso. Acariciou o cordão.

— É sagrado — disse, depois de um tempo.

— Assim parece.

— Conhece seu uso e sua função?

— Claro que sim.

— Então por que não pretende fazer absolutamente nada?

— Não tenho necessidade de fazer algo, nem de agir. Todas as coisas vêm até mim. Se algo deve ser feito, você terá que fazê-lo.

— Não compreendo.

— Estou ciente disso também.

O homem ficou olhando fixamente para as sombras acima.

— Vou tentar comer agora — anunciou.

Tathagatha lhe deu sopa e pão, que ele conseguiu engolir. Então o enfermo bebeu mais água e, quando terminou, estava respirando pesado.

— Você ofendeu o Paraíso — afirmou.

— Disso estou ciente.

— E prejudicou a glória da deusa, cuja supremacia neste local sempre foi inquestionável.

— Eu sei.

— Mas lhe devo minha vida e comi o seu pão...

Não houve resposta.

— Por causa disso, preciso quebrar o juramento mais santificado — terminou Rild. — Não posso matá-lo, Tathagatha.

— Então, devo minha vida ao fato de que me deve a sua. Vamos considerar que a dívida de vida está paga.

Rild soltou uma risadinha curta.

— Então que seja — disse.

— O que vai fazer, agora que abandonou sua missão?

— Não sei. O meu pecado é grande demais para permitir meu retorno. Agora eu também ofendi o Paraíso e a deusa vai virar o rosto às minhas preces. Eu a decepcionei.

— Se for esse o caso, permaneça aqui. Pelo menos terá companhia em sua condenação.

— Muito bem — concordou Rild. — Não há nada mais para mim.

E adormeceu mais uma vez. O Buda sorriu.

Nos dias que se seguiram, à medida que o festival avançava, o Iluminado pregava para as multidões que passavam pelo bosque púrpura. Falava sobre a unidade de todas as coisas, grandes e pequenas, sobre a lei de causa, de se tornar e de morrer, a ilusão do mundo, a fagulha do atman, o meio da salvação por meio da renúncia do eu e da união com o todo; falava de compreensão e de iluminação, da insignificância dos rituais dos brâmanes, comparando sua forma à de vasos vazios em conteúdo. Muitos escutavam, poucos ouviam e alguns permaneciam no bosque púrpura para receber as vestes cor de açafrão dos aspirantes.

E, cada vez que ele ensinava, o homem chamado Rild se sentava por perto, usando as roupas pretas e o peitoral de couro que lhe eram próprios, com os olhos escuros e estranhos sempre pousados sobre o Iluminado.

Duas semanas depois de se recuperar, Rild cruzou com o professor enquanto ele caminhava pelo bosque em estado meditativo. Começou a caminhar ao lado dele e, depois de um tempo, falou:

— Iluminado, escutei os seus ensinamentos e escutei bem. Pensei muito a respeito de suas palavras.

O outro assentiu.

— Sempre fui um homem religioso, ou não teria sido escolhido para o posto que ocupei no passado — continuou.

— Depois que ficou impossível que eu completasse minha

missão, senti um grande vazio. Decepcionara a minha deusa e a vida não tinha mais significado para mim.

O outro escutou em silêncio.

— Mas ouvi suas palavras e elas me encheram com um tipo de alegria — disse. — Elas me mostraram outro caminho para a salvação, um caminho que sinto ser superior àquele que seguia anteriormente.

O Buda examinou o rosto dele enquanto falava.

— O seu caminho da renúncia é muito rígido e sinto que isso é bom. Ele atende as minhas necessidades. Portanto, peço para ser incluído em sua comunidade de discípulos e assim seguir seus passos.

— Tem certeza de que não busca apenas punir a si mesmo por aquilo que tem pesado sobre a sua consciência como falha ou pecado?

— Disso eu tenho certeza — afirmou Rild. — Conservei suas palavras em meu interior e senti a verdade que elas carregam. A serviço da deusa, dei cabo de mais homens do que há folhagem púrpura nos galhos além. Nem estou contando mulheres e crianças. Então, não sou facilmente levado por palavras, depois de ter ouvido tantas, proferidas em todos os tons de voz: palavras implorando, argumentando, xingando. Mas as suas me comovem e são superiores aos ensinamentos dos brâmanes. De bom grado eu poderia agir como seu carrasco, despachando inimigos em seu nome com um cordão cor de açafrão; com uma espada, com uma lança ou com as próprias mãos, já que sou hábil em todas as armas, tendo passado três vidas aprendendo a usá-las, mas sei que este não é seu caminho. Para você morte e vida são uma coisa só e não busca a destruição de seus inimigos. Assim, requisito a entrada em sua Ordem. Para mim, não é uma coisa tão difícil quanto seria para outro. É necessário renunciar ao lar e à família, à origem e à propriedade. A mim faltam essas coisas. É necessário renunciar à própria vontade, o que já fiz. Agora só preciso da veste amarela.

— É sua, com a minha bênção — disse Tathagatha.

Rild passou a usar as vestes próprias de monge budista e começou a jejuar e meditar. Depois de uma semana, quando o festival estava perto do fim, partiu para a cidade com sua tigela de pedir esmolas na companhia dos outros monges. Mas não voltou com eles. O dia se transformou em noite, e a noite, em escuridão. As cornetas do Templo já tinham tocado as últimas notas do *nagaswaram* e muitos dos viajantes desde então tinham ido embora do festival.

Durante muito tempo, o Iluminado caminhou pela floresta, meditando. Ele, então, também desapareceu.

Do bosque, com os pântanos ao fundo, na direção da cidade de Alundil, acima da qual se avultavam as colinas de pedra e ao redor da qual se estendiam os campos verde-azulados, até a cidade ainda agitada com viajantes, muitos deles no meio de suas comemorações, percorrendo as ruas de Alundil na direção da colina do Templo, caminhou o Buda.

Entrou, então, no primeiro pátio, e ali estava tranquilo. Os cachorros, as crianças e os mendigos já não estavam mais lá. Os sacerdotes dormiam. Um atendente sonolento estava sentado atrás do balcão no bazar. Muitos dos altares agora estavam vazios, com as estátuas tendo sido levadas para dentro. Perante vários outros, adoradores se ajoelhavam em orações ao fim do dia.

Ele adentrou o pátio interno. Um asceta estava sentado em um tapete de oração perante a estátua de Ganesha. Ele também parecia se qualificar ao posto de estátua, sem fazer movimentos visíveis. Quatro lamparinas a óleo bruxuleavam pelo pátio, e a luz dançante que produziam tinha a função primária de acentuar as sombras que se estendiam sobre a maior parte dos altares. Pequenas velas votivas iluminavam de forma fraca algumas das estátuas.

Tathagatha atravessou o pátio e se postou na frente da figura avultante de Kali, aos pés da qual uma lamparina pequenina piscava. Seu sorriso parecia algo plástico e móvel ao observar o homem à frente.

Enrolado em sua mão estendida, dando uma volta na ponta de sua adaga, havia um cordão carmim.

Tathagatha retribuiu o sorriso, e ela quase pareceu franzir a testa naquele momento.

— Está resignada, minha cara — afirmou ele. — Perdeu esta rodada.

Ela pareceu assentir.

— Sinto-me grato por ter atingido tal nível de reconhecimento em um período tão curto — prosseguiu. — Mas, mesmo que tivesse sido bem-sucedida, velha criança, não lhe teria feito muito bem. Agora é tarde demais. Dei início a algo que não pode ser desfeito. Pessoas demais escutaram as palavras antigas. Você pensou que estavam perdidas, e eu pensei o mesmo. Mas estávamos ambos errados. A religião pela qual governa é muito antiga, deusa, mas o meu protesto também é de uma tradição venerável. Então, pode me chamar de protestante, e lembre-se: agora sou mais do que um homem. Boa noite.

Ele saiu do Templo e do altar de Kali, onde os olhos de Yama tinham se fixado em suas costas.

Passaram-se muitos meses antes de o milagre ocorrer e, quando ocorreu, não parecia um milagre, porque tinha crescido devagar ao redor deles.

Rild, que saíra do norte quando os ventos da primavera haviam soprado pela terra, levando a morte no braço e o fogo escuro nos olhos... Rild, aquele que tinha sobrancelhas brancas e orelhas pontudas, falou certa tarde, depois que a primavera já havia passado, quando os longos dias do verão se estendiam quentes sob a Ponte dos Deuses. Falou com um inesperado tom de barítono para responder a uma pergunta feita a ele por um viajante.

O homem fez uma segunda pergunta a ele e então uma terceira.

Ele continuou a falar, e alguns dos outros monges e vários peregrinos se juntaram a seu redor. As respostas seguindo as perguntas, que agora partiam de todos, foram ficando cada vez mais longas, porque se transformaram em parábolas, exemplos, alegorias.

Então estavam sentados a seus pés, e os olhos pretos dele se tornaram lagoas curiosas, a voz soando como vinda do Paraíso, límpida e suave, melódica e persuasiva.

Os viajantes escutaram e então tomaram seu rumo. Mas encontraram e falaram com outros viajantes pela estrada, de modo que, antes de o verão ter terminado, peregrinos que iam ao bosque púrpura pediam para ter com este discípulo do Buda e também para escutar suas palavras.

Tathagatha dividia a pregação com ele. Juntos, ensinaram o Caminho das Oito Vias, a glória do Nirvana, a ilusão do mundo e as amarras que este impõe ao homem.

E então havia vezes que Tathagatha, de fala mansa, escutava as palavras de seu discípulo, que tinha digerido todas as coisas que ele havia pregado, tinha meditado longa e inteiramente sobre elas e agora, como se tivesse encontrado uma entrada para um mar secreto, tendo mergulhado a mão dura como aço em lugares de águas ocultas, salpicava então um quê de verdade e beleza sobre a cabeça de quem o ouvia.

O verão passou. Agora já não restavam dúvidas de que havia dois que tinham alcançado a iluminação: Tathagatha e seu discípulo, que chamavam de Sugata. Foi dito até que Sugata era um curandeiro e que, quando seus olhos brilhavam de maneira estranha e o toque gélido de suas mãos se colocava sobre um membro retorcido, este voltava a se endireitar. Diziam que um cego recobrara a visão durante um dos sermões de Sugata.

Havia duas coisas em que Sugata acreditava: no Caminho da Salvação e em Tathagatha, o Buda.

— Ó, Ilustre, a minha vida era vazia até ter me revelado o Verdadeiro Caminho — disse um dia. — Quando recebeu a sua iluminação, antes de iniciar seus ensinamentos, por acaso sentiu como uma onda de fogo e uma enxurrada d'água, como se estivesse em todo lugar e fosse parte de tudo: das nuvens e das árvores, dos animais na floresta, todas as pessoas, a neve no alto da montanha e os ossos no campo?

— Senti — disse Tathagatha.

— Eu também conheço a alegria de todas as coisas — disse Sugata.

— Sim, eu sei — falou Tathagatha.

— Vejo agora por que certa vez você disse que todas as coisas lhe vêm. Ter trazido tal doutrina ao mundo... Vejo por que os deuses estão com inveja. Pobres deuses! São de dar pena. Mas disso você já sabe. Você sabe todas as coisas.

Tathagatha não respondeu.

Quando os ventos da primavera sopraram mais uma vez pela terra, depois de o ano ter finalizado o ciclo completo desde a chegada do segundo Buda, um dia veio dos céus um grito estridente e assustador.

Os moradores de Alundil saíram para a rua e olharam para o céu. Os sudras que estavam no campo deixaram o trabalho de lado e olharam para cima. No grande Templo da colina, um silêncio repentino se abateu. No bosque púrpura além da cidade, os monges viraram a cabeça.

Aquele que nasceu para governar o vento percorreu os céus... Do norte ele veio: verde e vermelho, amarelo e marrom... Deslizava como se fosse uma dança, o caminho era o próprio ar...

Daí veio mais um grito penetrante e, em seguida, as batidas das asas poderosas ao subir através das nuvens até se transformar em um pontinho preto.

E então caiu, feito um meteoro, explodindo em chamas, com todas as suas cores reluzindo e queimando de modo intenso à medida que ia crescendo cada vez mais, além da crença de que qualquer coisa pudesse estar viva com aquele tamanho, aquela velocidade, aquela magnificência...

Meio espírito, meio pássaro, uma lenda escurecendo o céu.

A Montaria de Vishnu, cujo bico tem o poder de esmagar carruagens.

O Pássaro Garuda fazia círculos sobre Alundil.

Voou em círculos e passou além das colinas de pedra que se situavam atrás da cidade.

— Garuda! — A palavra correu pela cidade, pelos campos, pelo Templo, pelo bosque.

Se ele não voava sozinho, era sabido que apenas um deus poderia usar do Pássaro Garuda como montaria.

O silêncio se instaurou. Depois daqueles gritos e da trovoada de asas, as vozes naturalmente se transformaram em sussurros.

O Iluminado se postou na estrada em frente ao bosque, com seus monges se movimentando a seu redor, voltado na direção das colinas de pedra.

Sugata veio até o lado dele e parou ali.

— Foi apenas uma primavera atrás... — disse.

Tathagatha assentiu.

— Rild falhou — disse Sugata. — O que vem de novo do Paraíso?

O Buda deu de ombros.

— Temo por sua vida, meu professor — disse. — Em todas as vidas que vivi, você sempre foi meu único amigo. Seus ensinamentos me trouxeram paz. Por que os outros não podem deixá-lo em paz? É o mais inofensivo dos homens, e sua doutrina, a mais gentil. Que mal poderia lhes causar?

O outro virou-se de costas.

Naquele momento, com uma batida forte no ar e um grito entrecortado que saía de seu bico aberto, o Pássaro Garuda se ergueu mais uma vez sobre as colinas. Desta vez, não voou em círculos por cima da cidade, mas subiu até grandes alturas nos céus e deu uma guinada para o norte. Tal era a velocidade de sua passagem que desapareceu em uma questão de segundos.

— O passageiro dele apeou e ficou para trás — sugeriu Sugata.

O Buda caminhou pelo bosque púrpura.

Ele veio de além das colinas de pedra, caminhando.

Chegou a um local de passagem através da pedra e seguiu esta trilha, com suas botas de couro vermelho silenciosas na via pedregosa.

Logo à frente era possível ouvir o som de água corrente que vinha de onde um pequeno riacho cortava seu caminho. Jogou a capa cor de sangue brilhante por cima dos ombros e avançou por uma curva na trilha, com a empunhadura rubi da cimitarra brilhando na cintura, em sua cinta carmesim.

Ao circundar a pedra, ele parou.

Um sujeito esperava à frente, em pé ao lado do tronco que atravessava o riacho.

Seus olhos se estreitaram por um instante, então ele voltou a avançar.

Era um homem pequeno que estava ali, usando as vestes escuras de um peregrino, envolvido por uma cinta de couro da qual saía uma espada curta e curvada de aço reluzente. A cabeça desse homem era raspada, à exceção de um pequeno cacho de cabelo branco. As sobrancelhas dele eram brancas acima de olhos que eram escuros, e a pele era pálida; suas orelhas pareciam ser pontudas.

O viajante ergueu a mão e falou ao homem:

— Boa tarde, peregrino.

O homem não respondeu, mas se moveu até que barrasse seu caminho, posicionando-se na frente do tronco que atravessava o riacho.

— Perdoe-me, bom peregrino, mas estou prestes a atravessar e está dificultando minha passagem — afirmou.

— Está enganado, lorde Yama, se acha que vai passar por aqui — respondeu o outro.

O Vermelho sorriu, revelando uma longa fileira de dentes retos e brancos.

— É sempre um prazer ser reconhecido, até mesmo por alguém que repassa informações errôneas em relação a outras questões — admitiu.

— Eu não luto com palavras — disse o homem de preto.

— Ah, é? — O outro ergueu as sobrancelhas em uma expressão de inquérito exagerado. — Com o que luta, então, senhor? Certamente não com esse pedaço de metal torcido que carrega.

— Nada mais.

— Tomei-o por algum instrumento de oração bárbaro, a princípio. Compreendo que esta seja uma região dominada por cultos estranhos e seitas primitivas. Por um momento, achei que fosse um devoto de algum tipo de superstição. Mas, como diz, se de fato é uma arma, acredito que seu uso lhe seja familiar.

— Um pouco — respondeu o homem de preto.

— Muito bem, então, pois não me agrada ter que matar um homem que não sabe o que está fazendo — disse Yama.

— Sinto-me obrigado a pontuar que, no entanto, quando estivar perante o Mais Elevado a fim de ser julgado, um suicídio lhe será atribuído.

O outro sorriu de leve.

— A qualquer momento, quando estiver pronto, deus da morte, facilitarei a passagem de seu espírito para longe de sua couraça de carne.

— Só mais um item, então, e devo dar um rápido fim a esta conversa — disse Yama. — Dê-me um nome para falar aos sacerdotes a fim de que saibam a quem oferecer os ritos.

— Eu renunciei a meu nome final há pouco tempo — respondeu o outro. — Por essa razão, o consorte de Kali deve tomar essa morte como a de alguém inominado.

— Rild, é um tolo — disse Yama, e sacou a espada.

O homem de preto sacou a dele.

— E é adequado que se vá para a danação sem nome. Você traiu sua deusa.

— A vida é cheia de traições — respondeu o outro, antes de atacar. — Ao me opor a você agora e desta maneira, também traio os ensinamentos do meu novo mestre. Mas devo seguir o que dita o meu coração. Nem meu antigo nome tampouco meu novo, portanto, me são adequados, nem merecidos... então não me chame por nome nenhum!

Sua espada, então, virou fogo, saltando para todos os lados, estalando e ardendo.

Yama recuou diante do perigo, perdendo terreno pouco a pouco, movendo apenas os pulsos ao rebater os golpes que vinham em sua direção.

Depois de ter recuado dez passos, assumiu daí sua posição e se recusou a se mover mais. Suas defesas se ampliaram ligeiramente, mas os contragolpes agora eram mais súbitos, intercalados por fintas e ataques inesperados.

Eles trocaram ataques de espada até o suor cair no chão em cascata, e então Yama começou a lentamente intensificar o ataque, forçando seu oponente a recuar. Um a um, ele recuperou os dez passos que tinha perdido.

Quando estavam mais uma vez na posição em que o primeiro golpe havia sido desferido, Yama admitiu, por cima dos golpes de aço:

— Aprendeu muito bem suas lições, Rild! Muito melhor do que eu tinha pensado! Parabéns!

Enquanto falava, seu oponente brandiu a espada por uma estocada dupla rebuscada e conquistou um pequeno toque que lhe cortou o ombro, causando um sangramento que imediatamente se misturou à cor de sua vestimenta.

Com isso, Yama deu um salto adiante, diminuindo a guarda do outro, e desferiu um golpe certeiro contra a lateral do pescoço do oponente que poderia ter arrancado fora sua cabeça.

O homem vestido de preto fechou a guarda, sacudindo a cabeça e aparando mais um ataque, dando um golpe adiante só para ele mesmo acabar sendo bloqueado novamente.

— Vejo que o banho da morte protege seu pescoço — deduziu Yama. — Vou buscar entrada em outro lugar, então. — E sua espada cantou uma música mais ligeira quando tentou um golpe nas partes baixas do corpo do outro.

Yama liberou a fúria total daquela espada, com o respaldo de séculos e dos mestres de muitas eras. No entanto, o outro equiparou seus ataques com golpes cada vez mais amplos, recuando mais e mais rápido agora, mas ainda conseguindo contê-lo ao recuar, dando contragolpes nesta dança.

Recuou até estar de costas para o riacho. Então Yama desacelerou e fez um comentário:

— Há meio século, quando foi meu pupilo por um curto período, eu disse a mim mesmo: "Este aqui tem em si o que é necessário para ser um mestre" — afirmou. — E não estava errado, Rild. Talvez seja o melhor espadachim criado em todas as eras de que sou capaz de me lembrar. Quase consigo perdoar sua apostasia quando testemunho sua habilidade. De fato, é uma pena...

Ele então fez que ia dar um corte no peito, mas no último instante desviou da guarda para encostar sua lâmina no topo do pulso do outro.

Com um salto para trás, desferindo golpes enlouquecidos e mirando a cabeça de Yama, o homem de preto assumiu sua posição no alto do tronco que se estendia acima da reentrância que levava ao riacho.

— Sua mão também, Rild! De fato, a deusa é generosa em relação a sua proteção. Experimente isto!

O aço guinchou quando ele se defendeu em um malabarismo, cortando o bíceps do outro de leve ao atingi-lo com a espada.

— A-ha! Aí está o lugar que ela deixou passar! — exclamou. — Vamos tentar mais uma vez!

As lâminas se uniam e se separavam, golpeavam, estocavam, defendiam, revidavam.

Yama defendeu um ataque rebuscado com uma estocada firme, a espada comprida tirando sangue do braço do oponente mais uma vez.

O homem de preto subiu no tronco, dando um golpe maldoso para cortar a cabeça, que Yama revidou. Revidando o ataque de modo ainda mais feroz, Yama forçou-o a recuar do tronco e deu-lhe um chute na lateral.

O outro deu um salto para trás, pousando na margem oposta. Assim que seus pés tocaram o chão, ele também deu um chute, fazendo com que o tronco se movesse.

O tronco rolou antes que Yama pudesse montar nele, escorregando para longe das margens e caindo com tudo no riacho, afundou e emergiu na água por um momento e depois seguiu a correnteza em seu caminho rumo ao oeste.

— Eu diria que é um salto de apenas dois, dois metros e meio no máximo, Yama! Vamos, atravesse! — exclamou o outro.

O deus da morte sorriu.

— Recupere seu fôlego logo, enquanto pode — afirmou. — A respiração é o dom menos apreciado dado pelos deuses. Ninguém lhe canta hinos, exaltando o bom ar, respirado da mesma maneira por rei e mendigo, mestre e cachorro. Mas, ah, ficar sem ele! Aprecie cada respiração, Rild, como se fosse a última... porque esta também já se aproxima!

— Dizem que conhece bem essas questões, Yama — provocou aquele que tinha sido chamado de Rild e Sugata. — Dizem que é um deus cujo reino é a morte e cujo conhecimento se estende para além da compreensão dos mortais. Portanto, eu poderia questioná-lo enquanto estamos aqui sem fazer nada.

Yama não abriu seu sorriso de desdém, como fizera com todas as afirmações anteriores de seu oponente. Aquela guardava um toque de ritual a ser respeitado.

— O que deseja saber? Eu lhe concedo a benesse de uma pergunta por conta da morte.

Então, nas antigas palavras do *Katha Upanishad*, aquele que tinha sido chamado de Rild e Sugata entoou:

— "Há dúvida em relação a um homem quando está morto. Alguns dizem que continua a existir. Outros dizem que não. Isto eu gostaria de saber e que você me ensinasse."

Yama respondeu com as palavras antigas:

— "Em relação a este assunto, até os deuses têm suas dúvidas. Não é fácil compreender, porque a natureza do atman é algo sutil. Faça outra pergunta. Libere-me deste compromisso!"

— "Perdoe-me se é isto que está com mais proeminência na minha mente, ó Morte, mas outro professor do mesmo tipo não pode ser encontrado e certamente não há benesse pela qual eu anseie mais neste momento."

— "Mantenha sua vida e vá embora" — disse Yama, embainhando a espada mais uma vez na cinta. — "Liberto-o da sua sina. Escolha filhos e netos; escolha elefantes, cavalos, rebanhos de gado e ouro. Escolha qualquer outra benesse: belas donzelas, carruagens, instrumentos musicais. Eu lhe darei o que quiser e deverão servi-lo. Mas não me pergunte sobre a morte."

— "Ó Morte, essas coisas só duram até amanhã" — entoou o outro. — "Fique com suas donzelas, seus cavalos, suas danças e canções para si. Nenhuma benesse aceitarei além daquela que pedi... Fale-me, ó Morte, sobre o que existe além da vida, sobre aquilo que os deuses e os homens têm suas dúvidas."

Yama ficou bem imóvel e não prosseguiu com o poema.

— Muito bem, Rild, mas esse não é um reino sujeito a palavras — disse, e olhou fundo nos olhos do outro. — É necessário lhe mostrar.

Ficaram assim parados, por um momento; e, então, o homem de preto titubeou. Levou o braço para cima do rosto, cobrindo os olhos, e um único soluço escapou de sua garganta.

Quando isso ocorreu, Yama tirou a capa de cima dos ombros e jogou no riacho como se fosse uma rede.

Com pesos nas bainhas para realizar tal manobra, caiu, como uma rede, por cima do oponente.

Enquanto se debatia para se libertar, o homem de preto ouviu passos rápidos e em seguida um baque, quando as botas vermelho-sangue de Yama alcançaram seu lado do riacho. Jogou a capa de lado, ergueu a guarda e debelou o novo ataque de Yama. O chão embaixo dele se virou para cima, e ele foi recuando cada vez mais, até onde ficava íngreme, de modo que a cabeça de Yama não estivesse acima de seu cinto. Então golpeou seu oponente. Yama lentamente subiu a encosta com esforço.

— Deus da morte, deus da morte, perdoe minha pergunta presunçosa e me diga que não mentiu — entoou.

— Saberá em breve — disse Yama, e atacou suas pernas.

Yama desferiu um golpe que teria acabado com outro homem, estocando seu coração. No entanto, não conseguiu penetrar o peito do oponente.

Quando chegou a um ponto em que o solo estava rachado, o homem baixinho deu vários chutes, mandando chuvas de terra e cascalho para cima do oponente. Yama protegeu os olhos com a mão esquerda, mas então pedaços maiores de pedra começaram a cair em cima dele. Rolavam pelo solo e, quando vários entraram embaixo de suas botas, ele perdeu o equilíbrio e caiu, escorregando encosta abaixo. O outro, então, chutou pedras pesadas, deslocando-se até um pedregulho, e saiu correndo atrás das pedras encosta abaixo, a espada em riste.

Incapaz de retomar o equilíbrio a tempo de se defender do ataque, Yama rolou e escorregou de volta na direção do riacho. Conseguiu brecar na borda da fenda, mas viu o pedregulho se aproximando e tentou sair do caminho. Ao se apoiar no solo com as duas mãos, a espada dele caiu nas águas lá embaixo.

Com sua adaga, que sacou ao saltar para uma posição agachada ainda instável, conseguiu se defender do golpe alto que vinha da espada do outro. O pedregulho caiu na água do riacho.

Então a mão esquerda dele disparou para a frente, agarrando o pulso que tinha guiado a espada. Ele desferiu um golpe para cima com a adaga e sentiu o próprio pulso sendo agarrado.

Eles ficaram em pé naquele momento, medindo forças, até que Yama se sentou e rolou para o lado, empurrando o outro para longe de si.

Ainda assim, não se soltaram, e continuaram a rolar com a força do empurrão. De repente, a beira da fenda estava ao lado deles, embaixo deles, acima deles. Sentiu a espada se soltar de sua mão quando bateu no leito do riacho.

Quando retornaram à superfície da água, já quase sem ar, cada um só tinha água nas mãos.

— Hora do batismo final — disse Yama, e atacou com a mão esquerda.

O outro, por sua vez, bloqueou o golpe e desferiu um soco.

Moveram-se para a esquerda com as águas até seus pés atingirem pedras e lutaram, chafurdando pela extensão do riacho.

O corpo d'água se alargava e ficava mais raso à medida que avançavam, até as águas começarem a fazer redemoinhos ao redor da cintura deles. Em alguns lugares, as margens começavam mais perto da superfície da água.

Yama desferia golpe após golpe, tanto com os punhos quanto com a lateral das mãos; mas era como se ele estivesse atacando uma estátua, porque aquele que tinha sido o executor sagrado de Kali absorvia cada golpe sem mudar a expressão e os revidava com socos e giros de mão fortes o suficiente para quebrar ossos. A maior parte desses socos era desacelerada pela água ou bloqueada pela guarda de Yama, mas um acertou entre a caixa torácica e o osso do quadril de Yama e outro resvalou no ombro esquerdo e acertou a bochecha dele.

Yama começou a nadar de costas e chegou até onde a água era mais rasa.

O outro o seguiu e saltou para cima dele só para ser acertado no meio do corpo com uma bota vermelha, enquanto a parte anterior de sua roupa era puxada para a frente e para baixo. Ele prosseguiu, passando por cima da cabeça de Yama, e caiu de costas em um trecho de argila.

Yama se ergueu sobre os joelhos e se virou, enquanto o outro retomou o equilíbrio e sacou a adaga do cinto. O rosto dele continuava impassivo quando caiu agachado.

Por um momento, os olhos deles se encontraram, mas o outro, dessa vez, não titubeou.

— Agora posso encarar seu olhar mortal, Yama, e não ser detido por ele — afirmou. — Ensinou-me bem demais!

E, ao se projetar, as mãos de Yama se afastaram de sua cintura e fizeram a cinta estalar feito um chicote ao redor das coxas do outro.

Ele o agarrou e o prendeu junto ao corpo ao cair para a frente e largou a adaga; com um chute, conduziu ambos de volta para a água mais funda.

— Ninguém entoa hinos para a respiração — disse Yama. — Mas, ah, o que é não respirar!

Então Yama se projetou para a frente, levando o outro consigo com os braços como se fossem argolas de aço ao redor do corpo dele.

Mais tarde, bem mais tarde, quando a silhueta molhada estava postada ao lado do riacho, ele falou baixinho, com a respiração arfada:

— Foi... o maior... a se voltar contra mim... em todas as eras de que me lembro... De fato, é uma pena...

Depois de atravessar o riacho, então, prosseguiu seu caminho pelas colinas de pedra, caminhando.

Ao adentrar a cidade de Alundil, o viajante parou na primeira hospedaria com que se deparou. Pediu um quarto e uma tina d'água. Banhou-se enquanto um empregado limpava suas vestimentas.

Antes do jantar, foi até a janela e olhou para a rua lá embaixo. O cheiro de cobra-lagarto estava forte e o burburinho de muitas vozes se erguia no ar.

As pessoas estavam deixando a cidade. No pátio às suas costas, organizavam-se os preparativos para a partida de uma caravana pela manhã. Essa noite marcava o fim do festival da primavera. Na rua, logo abaixo dele, comerciantes ainda faziam negócios, mães acalentavam crianças cansadas e um príncipe local retornava, ao lado de seus homens, de uma caçada, com dois galos-de-fogo amarrados no lombo de um cobra-lagarto deslizante. Observou uma prostituta cansada discutindo algo com um sacerdote que parecia estar ainda mais cansado, uma vez que ficou sacudindo a cabeça até finalmente se retirar. Uma lua já estava alta no céu, dourada quando vista da Ponte dos Deuses, e uma segunda lua, menor, tinha acabado de aparecer acima do horizonte. Havia um toque de friagem no ar da noite que chegava até ele por cima dos cheiros da cidade, os odores do que crescia na primavera: os pequenos brotos e as folhas tenras de capim, o cheiro limpo do trigo verde-azulado que germinava, o solo úmido, a água das enchentes que corria. Inclinando-se para a frente, ele enxergava o Templo que se erguia sobre a colina.

Chamou um criado para levar o jantar até seus aposentos e mandar chamar um mercador local.

Comeu vagarosamente, sem prestar muita atenção à comida e, quando enfim terminou, o mercador foi levado ao quarto.

O homem usava uma capa cheia de amostras e, entre elas, Yama finalmente se decidiu por uma espada longa e curvada e uma adaga curta e reta, enfiando as duas na cinta.

Então saiu rumo à noite e caminhou pela rua principal esburacada da cidade. Amantes se beijavam às portas. Passou por uma casa onde pessoas enlutadas velavam um morto. Um mendigo mancou atrás dele por meio quarteirão até que Yama se virou, encarou-o nos olhos e disse:

— Você não é coxo de verdade.

E então o homem saiu correndo e se perdeu no meio de uma multidão que passava. Lá no alto, fogos de artifício começaram a espocar no céu, enviando fitas longas, cor de cereja, na direção do solo. Do Templo veio o som de cornetas de cabaça tocando a música do *nagaswaram*. Um homem saiu cambaleando de uma porta, esbarrou nele e Yama quebrou o pulso do homem quando sentiu uma mão tocando sua bolsa. O homem soltou um xingamento e pediu ajuda, mas ele o empurrou para a sarjeta e seguiu em frente, fazendo com que seus dois companheiros dessem meia-volta apenas com um olhar.

Finalmente chegou ao Templo, hesitou por um momento e entrou.

Ele seguiu para o pátio interno atrás de um sacerdote que carregava uma pequena estátua de um nicho externo.

Examinou o pátio e, bem rápido, foi até o lugar ocupado pela estátua da deusa Kali. Ele a observou por um longo tempo, sacou a espada e a colocou aos pés dela. Quando a recolheu e se virou para trás, viu que o sacerdote o observava. Ele assentiu para o homem, que imediatamente se aproximou e lhe desejou boa-noite.

— Boa noite, sacerdote — respondeu.

— Que Kali santifique sua espada, guerreiro.

— Obrigado. Ela santificou.

O sacerdote sorriu.

— Fala como se tivesse certeza disso.

— E isso é presunção da minha parte, hein?

— Bom, talvez não seja de muito bom-tom.

— Ainda assim, senti o poder tomar conta de mim ao olhar para o altar dela.

O sacerdote estremeceu.

— Apesar da minha posição, esse é um poder que posso passar sem — afirmou.

— Tem medo do poder dela?

— Vamos dizer que, apesar de sua magnificência, o altar de Kali não é visitado com tanta frequência quanto o de Lakshmi, Sarasvati, Shakti, Sitala, Ratri e o das outras deusas menos maravilhosas — disse o sacerdote.

— Mas ela é maior do que qualquer uma delas.

— E mais terrível.

— E daí? Apesar de sua força, ela não é uma deusa injusta.

O sacerdote sorriu.

— Qual homem que viveu por mais de uma vintena de anos deseja justiça, guerreiro? De minha parte, acho a misericórdia mais atraente. Prefiro uma deidade indulgente.

— Bem colocado — respondeu o outro. — Mas eu sou, como disse, um guerreiro. Minha natureza é próxima à dela. Pensamos da mesma maneira, a deusa e eu. Geralmente concordamos na maior parte dos assuntos. Quando não o fazemos, eu me lembro de que ela também é mulher.

— Eu moro aqui e não falo assim com tanta intimidade dos meus deveres, os deuses — disse o sacerdote.

— Em público, é verdade — aquiesceu o outro. — Não me fale de sacerdotes. Já bebi com muitos dos seus e sei que proferem tantas blasfêmias quanto o resto da humanidade.

— Há hora e lugar para tudo — disse o sacerdote, virando-se para trás a fim de dar uma olhada na estátua de Kali.

— Sim, sim. Agora me diga por que a base do altar de Yama não foi limpa recentemente. Está empoeirada.

— Foi limpa ontem mesmo, mas tanta gente passou na frente dele desde então que sofreu uso considerável.

O outro sorriu.

— Por que então não há oferendas deixadas a seus pés, nenhum rastro de sacrifícios?

— Ninguém oferece flores à Morte — disse o sacerdote. — As pessoas só vêm para olhar e vão embora. Nós, os sacerdotes, sempre achamos que as duas estátuas estavam bem localizadas. Formam um par terrível, não é mesmo? A Morte e a senhora da destruição?

— Uma dupla poderosa — disse o outro. — Mas está querendo me dizer que ninguém faz sacrifícios a Yama? Ninguém mesmo?

— Além de nós, os sacerdotes, quando o calendário de devoções requer, e um cidadão ocasional, quando uma pessoa querida está no leito de morte e teve seu pedido de reencarnação direta recusado... além desses, não, nunca vi um sacrifício feito a Yama, com objetividade, com sinceridade, com boa vontade ou afeto.

— Ele deve se sentir ofendido.

— Não é assim, guerreiro. Afinal, não é verdade que todas as coisas vivas, em si, são sacrifícios à Morte?

— De fato, diz a verdade. Que benefício ele pode derivar de boa vontade ou de afeto? Presentes são desnecessários, porque ele toma o que bem entende.

— Assim como Kali — reconheceu o sacerdote. — E, no caso de ambas as deidades, eu com frequência busquei justificativa para o ateísmo. Infelizmente, elas se manifestam com força excessiva no mundo para que sua existência seja refutada de maneira efetiva. Uma pena.

O guerreiro deu risada.

— Um sacerdote que é um crente relutante! Gosto disso. Me faz rir! Tome, compre um barril de soma para si... para fins de sacrifício.

— Obrigado, guerreiro. Comprarei. Agora, junte-se a mim em uma pequena libação... no Templo?

— Por Kali, com prazer! — disse o outro. — Mas pequena mesmo.

Ele acompanhou o sacerdote ao prédio central e desceu um lance de escada até o porão, onde um barril de soma foi aberto, e dois cálices, servidos.

— À sua saúde e longa vida — disse ele, e ergueu o cálice.

— Aos seus patronos mórbidos, Yama e Kali — disse o sacerdote.

— Obrigado.

Engoliram a bebida potente, e o sacerdote serviu mais dois cálices.

— Para esquentar sua garganta e protegê-la da noite.

— Muito bem.

— É bom ver alguns desses viajantes partirem — disse o sacerdote. — A devoção deles enriquece o Templo, mas cansa os funcionários de modo considerável.

— À partida dos peregrinos!

— À partida dos peregrinos!

Beberam mais uma vez.

— Achei que a maior parte deles tivesse vindo para ver o Buda — disse Yama.

— É verdade — respondeu o sacerdote. — Mas, por outro lado, não estão ansiosos para antagonizar os deuses com isso. Então, antes de visitarem o bosque púrpura, geralmente fazem algum sacrifício ou doam para o Templo, em nome de suas orações.

— O que sabe sobre aquele que se chama Tathagatha e seus ensinamentos?

O outro desviou o olhar.

— Eu sou o sacerdote dos deuses e brâmane, guerreiro. Não desejo falar sobre esse aí.

— Então ele também lhe dá nos nervos?

— Chega! Revelei-lhe meus desejos. Não é um assunto sobre o qual vou discorrer.

— Não importa... e vai importar ainda menos em breve. Obrigado pelo soma. Boa noite, sacerdote.

— Boa noite, guerreiro. Que os deuses sorriam pelo seu caminho.

— E pelo seu também.

Subiu as escadas, partiu do Templo e seguiu seu caminho pela cidade, a pé.

Quando chegou ao bosque púrpura, havia três luas nos céus, pequenas lamparinas de acampamento atrás das árvores, botões pálidos de fogo no céu acima da cidade e uma brisa que carregava certa umidade e estimulava o crescimento a seu redor.

Ele avançou em silêncio e entrou no bosque.

Chegando à área iluminada, deparou-se com fileiras e fileiras de silhuetas imóveis, sentadas. Cada uma usava vestes amarelas com um capuz amarelo puxado por cima da cabeça. Havia centenas delas sentadas e nenhuma proferia som algum.

Ele se aproximou da que estava mais perto.

— Vim aqui para ter com Tathagatha, o Buda — disse.

O homem pareceu não escutar.

— Onde ele está?

O homem não respondeu.

Yama se inclinou para a frente e olhou fundo nos olhos semicerrados do monge. Por um momento, encarou-o, mas era como se o outro estivesse adormecido, porque seus olhares nem chegaram a se encontrar.

Então Yama ergueu a voz, de modo que todos dentro do bosque pudessem escutá-lo:

— Vim aqui para ter com Tathagatha, o Buda — disse. — Onde ele está?

Era como se estivesse se dirigindo a um campo de pedras.

— Acham que vão escondê-lo dessa maneira? — falou, em tom bem alto. — Acham que, por serem muitos, todos vestidos da mesma maneira, e por não me responderem, não serei capaz de encontrá-lo aqui?

Só se escutou um suspiro ao vento, que veio do fundo do bosque. A luz bruxuleou e a folhagem púrpura se agitou.

Ele deu risada.

— Disso, podem estar certos — reconheceu. — Mas vão precisar se mover em algum momento, se têm a intenção de continuar vivendo... e sou capaz de esperar tanto quanto qualquer homem.

Então sentou-se no chão, as costas apoiadas no tronco azul de uma árvore alta, a espada sobre os joelhos.

Imediatamente foi tomado por uma onda de sonolência. Sua cabeça pendeu e voltou a subir várias vezes. Então o queixo dele pousou sobre o peito e ele roncou.

Caminhava por uma planície verde-azulada, o capim se curvando para formar um caminho à sua frente. No fim desse caminho havia uma árvore enorme, uma árvore como nenhuma outra que crescia no planeta, mas que, em vez disso, mantinha o mundo coeso com suas raízes e que com seus galhos se erguia para levar as folhas até as estrelas.

À sua base, um homem estava sentado, de pernas cruzadas, um leve sorriso nos lábios. Ele sabia que esse homem era o Buda; aproximou-se e se postou perante ele.

— Cumprimento-lhe, ó, Morte — disse aquele que estava sentado, coroado com uma auréola de cor rosada que reluzia à sombra da árvore.

Yama não respondeu, mas sacou a espada.

O Buda continuou sorrindo e, quando Yama avançou, ele ouviu um som que parecia uma música distante.

Parou e olhou ao redor, a espada ainda em riste.

Chegaram de todos os cantos os quatro Regentes do mundo, que desceram do Monte Sumernu: o Mestre do Norte avançou, seguido por seus Yakshas, todos de dourado, montados em cavalos amarelos e carregando escudos que brilhavam com luz dourada; o Anjo do Sul chegou, seguido por suas hostes, os Kumbhandas, montados em garanhões azuis e carregando escudos de safira; do Leste cavalgou o Regente cujos cavaleiros carregavam escudos de pérola e estavam todos vestidos de prata; e do Oeste veio Aquele cujas Nagas montavam cavalos vermelho-sangue, todos vestidos de vermelho e carregando diante de si escudos de coral. Os cascos não pareciam tocar o capim e o único som no ar era a música, que foi ficando cada vez mais alta.

— Por que os Regentes do mundo se aproximam? — Yama se pegou dizendo.

— Eles chegaram para levar meus ossos embora — respondeu o Buda, ainda sorrindo.

Os quatro Regentes puxaram as rédeas, com suas hordas atrás, e Yama ficou de frente para eles.

— Vieram para levar os ossos dele embora — disse Yama. — Mas quem virá para levar os seus?

Os Regentes apearam.

— Não pode levar este homem, ó, Morte — disse o Mestre do Norte. — Porque ele pertence ao mundo e nós, que somos do mundo, vamos defendê-lo.

— Escutem-me, Regentes que habitam Sumernu — disse Yama, assumindo seu Aspecto. — Em suas mãos é colocada a manutenção do mundo, mas a Morte leva quem deseja do mundo e no momento em que escolher. Não cabe a vocês discutir meus Atributos, nem o modo como funcionam.

Os quatro Regentes assumiram uma posição entre Yama e Tathagatha.

— Discordamos do que quer fazer com este aqui, lorde Yama. Porque em suas mãos ele segura o destino do nosso mundo. Só poderá tocá-lo depois de ter derrubado os quatro Poderes.

— Então que assim seja — disse Yama. — Qual será o primeiro a se opor a mim?

— Eu — disse o interlocutor, sacando sua espada dourada.

Yama, com seu Aspecto revelado, cortou o metal mole como se fosse manteiga e pousou sua cimitarra ao lado da cabeça do Regente, fazendo com que se estatelasse no chão.

Um enorme grito se ergueu das fileiras dos Yakshas e dois dos cavaleiros dourados avançaram para levar embora seu líder. Deram, então, meia-volta em suas montarias e cavalgaram para o Norte mais uma vez.

— Quem é o próximo?

O Regente do Leste se postou perante Yama, brandindo uma espada reta de prata e uma rede tecida com raios de luar.

— Eu — disse ele, e lançou a rede.

Yama pousou o pé em cima dela, pegou-a com os dedos e puxou, deixando o outro sem equilíbrio. Quando o Regente caiu para a frente, Yama virou a espada e atingiu o maxilar dele com a empunhadura.

Dois guerreiros prateados olharam feio para ele e baixaram os olhos, em seguida, ao carregar seu Mestre para o Leste, com uma música discordante seguindo seu rastro.

— Próximo! — disse Yama.

Então veio atrás dele o líder corpulento das Nagas, que jogou suas armas no chão e tirou a túnica, dizendo:

— Vamos lutar, deus da morte.

Yama colocou as armas de lado e removeu as roupas da parte de cima do corpo.

Enquanto tudo isso acontecia, o Buda ficou sentado à sombra da grande árvore, sorrindo, como se a luta armada não significasse nada para ele.

O Chefe das Nagas pegou Yama pelo pescoço com a mão esquerda e puxou a cabeça dele para a frente. Yama fez o mesmo com ele; e o outro então torceu o corpo, lançando o braço direito sobre o ombro esquerdo de Yama e atrás do pescoço, apertando com força a cabeça dele, que agora se amassava contra seu quadril, virando o outro enquanto o arrastava.

Colocando a mão nas costas do Chefe das Nagas, Yama pegou o ombro esquerdo dele com a mão esquerda e então passou a direita por trás dos joelhos do Regente, de modo que tirou suas pernas do chão enquanto empurrava os ombros do outro para trás.

Por um momento, segurou-o no colo como se fosse uma criança, então o ergueu até a altura dos ombros e soltou seus braços.

Quando o Regente atingiu o solo, Yama se jogou em cima dele com os joelhos e voltou a se levantar. O outro não se ergueu.

Quando os cavaleiros do Oeste tinham partido, apenas o Anjo do Sul, vestido de azul, estava de pé perante o Buda.

— E você? — perguntou o deus da morte, voltando a erguer as próprias armas.

— Não vou brandir armas de aço, de couro ou de pedra para enfrentá-lo, como uma criança pega brinquedos, deus da morte. Nem vou medir a força do meu corpo contra a do seu — disse o Anjo. — Eu sei que serei derrotado se fizer essas coisas, porque ninguém se equipara a você quando se trata de armas.

— Então volte a montar seu garanhão azul e saia cavalgando se não quiser lutar — disse Yama.

O Anjo não respondeu, mas lançou seu escudo azul no ar, de modo que girou feito uma roda de safira, crescendo cada vez mais e pairando sobre eles.

Então caiu no solo e começou a se afundar nele, sem fazer barulho algum, ainda crescendo enquanto desaparecia de vista, com o capim voltando a se fechar no ponto em que tinha atingido o chão.

— E o que isso significa? — perguntou Yama.

— Eu não luto de maneira ativa. Simplesmente defendo. O meu é o poder da oposição passiva. O meu é o poder da vida, do mesmo modo que o seu é o poder da morte. Ao passo que pode destruir qualquer coisa que eu lançar, não pode destruir tudo, ó, Morte. O meu é poder do escudo, não da espada. A vida vai ser sua oponente, lorde Yama, para defender sua vítima.

Aquele de Azul então se virou, montou em seu garanhão azul e saiu cavalgando em direção ao Sul, com os Kumbhandas atrás dele. O som da música não o acompanhou, mas permaneceu no ar que ele tinha ocupado.

Yama avançou mais uma vez, com a espada em riste.

— Os esforços deles não deram em nada — disse. — Chegou a sua hora.

Ele avançou com a espada.

Mas o golpe não atingiu o alvo, já que um galho da enorme árvore caiu entre eles e fez com que a cimitarra voasse de sua mão.

Ele estendeu a mão para recolher a espada e a grama se curvou para cobri-la, tecendo uma rede impenetrável.

Xingando, sacou a adaga e atacou mais uma vez.

Um galho forte se curvou para baixo, dobrando-se na frente de seu alvo, de modo que a adaga se enterrou fundo em suas fibras. Então o galho deu mais um golpe, levando a arma para o alto e para fora de alcance.

Os olhos do Buda estavam fechados em estado meditativo e seu halo brilhava nas sombras.

Yama deu um passo adiante, erguendo as mãos, e a relva deu nós em volta de seus tornozelos, prendendo-o onde estava.

Ele se debateu por um momento, puxando as raízes, que não cediam. Então parou e ergueu as mãos para o alto, jogou a cabeça bem para trás e a morte saltou de seus olhos.

— Escutem-me, ó, Poderes! — exclamou. — A partir deste momento, este lugar carregará a maldição de Yama! Nada vivo jamais habitará este solo! Nenhum pássaro cantará e nenhuma cobra irá se arrastar aqui! Será estéril e austero, um lugar de pedras e areia movediça! Nem uma folha de grama jamais irá se erguer daqui em direção ao céu! Profiro esta maldição e lanço esta sina sobre os defensores do meu inimigo!

A grama começou a murchar, mas, antes que o soltassem, ouviu-se um barulho enorme, estrondoso, quando a árvore cujas raízes seguravam o mundo e em cujos galhos as estrelas se prendiam, como peixes em uma rede, emborcou para a frente, partindo-se ao meio, os galhos mais altos rasgando o céu, as raízes abrindo abismos no chão, as folhas caindo feito chuva verde-azulada ao redor dele. Uma parte enorme do tronco caiu na direção dele, projetando uma sombra tão escura quanto a noite à frente.

À distância, ele ainda enxergava o Buda sentado em estado meditativo, como se estivesse alheio ao caos que irrompia ao redor de si.

Então só houve escuridão e um som parecido com o estalar de trovões.

Yama fez um gesto brusco com a cabeça, os olhos abrindo-se de supetão.

Estava no bosque púrpura, com as costas apoiadas contra o tronco de uma árvore azul e a espada por cima dos joelhos.

Nada parecia ter mudado.

Os monges enfileirados continuavam sentados, em estado meditativo, na frente dele. A brisa continuava fria e úmida e as luzes ainda bruxuleavam quando ela passava.

Yama se levantou e soube, de algum modo, aonde devia ir para encontrar o que procurava.

Passou pelos monges, seguindo uma trilha batida que levava na direção das profundezas do bosque.

Yama deparou-se com um pavilhão púrpura, mas estava vazio.

Ele seguiu em frente, traçando o caminho de volta ao lugar onde o bosque se tornava selvagem. Ali, o solo era úmido e uma leve névoa se erguia ao redor. Mas o caminho continuava aberto à sua frente, iluminado pela luz das três luas.

A trilha levava mais para baixo, as árvores azuis e púrpura cresciam mais baixas e mais retorcidas ali do que no alto. Pequenos corpos d'água, com blocos de escuma prateada e leprosa começavam a ladear a trilha. Um odor de pântano invadiu as narinas dele, e chiados de criaturas estranhas vinham dos arbustos.

Ele ouviu o som de cânticos às suas costas, vindo de longe, e percebeu que os monges que tinha deixado para trás agora estavam despertos e se movimentavam pelo bosque. Tinham terminado a tarefa de combinar os pensamentos para forçar sobre ele a visão da invencibilidade de seu líder. O cântico deles provavelmente era um sinal que buscava chegar a...

Ali!

Ele estava sentado em uma pedra no meio de um campo, a luz do luar caindo sobre si.

Yama sacou a espada e avançou.

Quando estava a cerca de vinte passos de distância, o outro virou a cabeça.

— Cumprimento-o, ó, Morte — disse.

— Cumprimento-o, Tathagatha.

— Diga-me por que está aqui.

— Foi decidido que o Buda deve morrer.

— Ora, mas isso não responde à pergunta que fiz. Por que veio até aqui?

— Você não é o Buda?

— Fui chamado de Buda, de Tathagatha, de Iluminado e de muitas outras coisas. Mas, para responder à sua pergunta, não, eu não sou o Buda. Já obteve sucesso naquilo que se dispôs a fazer. Executou o verdadeiro Buda neste dia.

— A minha memória deve mesmo estar falhando, porque confesso que não me lembro de ter feito nada parecido.

— O verdadeiro Buda foi nomeado por nós como Sugata — respondeu o outro. — Antes disso, ele era conhecido como Rild.

— Rild! — Yama soltou uma risadinha. — Está querendo me dizer que ele era mais do que um carrasco que você convenceu a não cumprir mais o próprio trabalho?

— Muitas pessoas são carrascas que foram convencidas a não cumprir as próprias tarefas — respondeu aquele que estava na pedra. — Rild abriu mão de sua missão de bom grado e se tornou um discípulo do Caminho. Foi o único homem que conheci que realmente alcançou a iluminação.

— Por acaso essa religião que você vem disseminando não é pacifista?

— É, sim.

Yama jogou a cabeça para trás e deu risada.

— Pelos deuses! Então é muito bom que não esteja pregando algo que seja militante! Seu discípulo de mais destaque, com iluminação e tudo, quase cortou fora minha cabeça hoje à tarde!

Um ar de cansaço se abateu sobre o rosto largo do Buda.

— Acha que ele realmente poderia tê-lo derrotado?

Yama ficou em silêncio por um momento, então disse:

— Não.

— Acha que ele sabia disso?

— Talvez — respondeu Yama.

— Não se conheciam antes do encontro deste dia? Não tinham visto um ao outro treinando?

— Sim — disse Yama. — Nós nos conhecíamos.

— Então ele conhecia a sua habilidade e entendeu qual seria o resultado do encontro.

Yama ficou em silêncio.

— Ele se entregou ao martírio de boa vontade, sem o meu conhecimento na hora. Não sinto que ele tenha agido com real esperança de vencê-lo.

— Por que fez o que fez, então?

— Para provar o próprio argumento.

— Que argumento ele poderia provar agindo dessa maneira?

— Não sei. Só sei que deve ser como eu disse, porque eu o conhecia. Escutei os sermões dele muitas vezes, assim como as parábolas sutis que contou, para acreditar que faria algo assim sem motivo. Executou o Buda, deus da morte. Sabe o que *eu* sou.

— Sidarta, eu sei que é uma fraude — disse Yama. — Sei que não é Iluminado. Entendo que sua doutrina é algo que poderia ter sido lembrada por qualquer um dos Primeiros. Escolheu ressuscitá-la, fingindo ser seu criador. Resolveu propagá-la, na esperança de criar oposição à religião por meio da qual os verdadeiros deuses governam. Admiro seu empenho. Foi planejado e executado com inteligência. Mas o seu maior erro, acredito, é ter escolhido um credo pacifista para usar como oposição a um credo ativo. Tenho curiosidade em saber por que fez isso, considerando que havia tantas outras religiões mais apropriadas disponíveis para a escolha.

— Talvez eu só tivesse curiosidade de saber como tal contracorrente fluiria — respondeu o outro.

— Não, Sam, não é isso — respondeu Yama. — Sinto que isso é apenas parte de um plano maior que traçou e que, durante todos esses anos, enquanto fingia ser um santo e pregava sermões em que por si só não acreditava de verdade, andou criando outros planos. Um exército, vasto em espaço, pode oferecer oposição em um curto intervalo de tempo. Um homem, breve no espaço, precisa mobilizar uma oposição ao longo de muitos anos se deseja conseguir ter algum sucesso. Está ciente disso e, agora que plantou as sementes dessa crença surrupiada, está planejando passar para outra fase da oposição. Está tentando ser uma antítese de um homem só ao Paraíso, opondo-se à vontade dos deuses ao longo dos anos, de muitas maneiras e por trás de muitas máscaras. Mas isso vai acabar aqui e agora, falso Buda.

— Por quê, Yama? — perguntou.

— Isso foi levado em consideração com muito cuidado — disse Yama. — Não queríamos transformá-lo em mártir, incentivando mais do que nunca o crescimento dessa coisa que você vem ensinando. Por outro lado, se não fosse detido, continuaria a crescer. Foi decidido, portanto, que deve encontrar sua morte pelas mãos de um agente do Paraíso, para assim mostrar qual religião é a mais forte. Então, mártir ou não, o Budismo será uma religião de segunda categoria daqui em diante. É por isso que agora precisa morrer a morte verdadeira.

— Quando perguntei "por quê?", quis dizer algo diferente. Você respondeu à pergunta errada. Eu quis dizer por que logo *você* veio aqui fazer isso, Yama? Por que você, mestre das armas e mestre das ciências, veio como o lacaio de uma turma de trocadores de corpos beberrões que não são qualificados para polir sequer a própria espada nem lavar os próprios tubos de ensaio? Por que o espírito mais livre entre todos nós se diminui a ponto de servir aos seus inferiores?

— Por isso, sua morte não será rápida.

— Por quê? Não fiz nada além de fazer uma pergunta, que deve ter passado, há muito tempo, por outras mentes além da minha. Eu não me ofendi quando me chamou de falso Buda. Sei o que sou. Quem é você, deus da morte?

Yama levou a mão à cinta e pegou um cachimbo, comprado na estalagem mais cedo naquele mesmo dia. Encheu o bojo com tabaco, acendeu e fumou.

— É óbvio que precisamos conversar mais um pouco, mesmo que seja apenas para tirar todas as dúvidas do caminho, então é melhor que eu esteja confortável — afirmou. Sentou-se em uma pedra baixa. — Primeiro, um homem pode ser superior a seus companheiros em alguns aspectos e mesmo assim servi-los, se juntos servem a uma causa comum que seja maior do que um único homem qualquer. Acredito que sirvo a uma causa assim, ou ao contrário não o faria. Acredito que se sinta da mesma maneira em relação ao que faz, ou não suportaria esta vida miserável de ascetismo... apesar de eu perceber que você não parece tão desolado quanto seus seguidores. Ofereceram-lhe a condição de deus há alguns anos, em Mahartha, se bem me lembro, e você caçoou de Brahma, pilhou o Palácio do Carma e viciou todas as máquinas de oração da cidade colocando pedaços de latão no lugar de moedas...

O Buda deu uma risadinha. Yama se juntou a ele por um instante e prosseguiu:

— Já não há mais nenhum Aceleracionista restante no mundo, à sua exceção. É uma questão morta, que nunca devia ter se tornado uma questão, em primeiro lugar. Eu de fato tenho certo respeito pela maneira como se inocentou ao longo dos anos. Até me ocorreu que, se fosse possível fazer com que se desse conta da inutilidade da sua atual posição, talvez ainda pudesse ser convencido a se juntar às hostes do Paraíso. Ao passo que de fato vim até aqui para matá-lo, se puder ser convencido disso agora e me der sua palavra, prometendo pôr fim à sua luta tola, vou me responsabilizar em defendê-lo. Vou levá-lo de volta à Cidade Celestial comigo, onde poderá agora aceitar aquilo que recusou no passado. Vão me atender, porque precisam de mim.

— Não — disse Sam. — Porque não estou convencido da futilidade da minha posição e tenho a total intenção de dar prosseguimento ao espetáculo.

O cântico vinha do acampamento no bosque púrpura. Uma das luas desapareceu além da copa das árvores.

— Por que os seus seguidores não estão espalhados por toda a área, tentando salvá-lo?

— Viriam se eu chamasse, mas não vou fazer isso. Não é necessário.

— Por que me fizeram sonhar aquele sonho tolo?

O Buda deu de ombros.

— Por que não se ergueram e me mataram enquanto eu dormia?

— Não é o modo como agem.

— Mas você poderia tê-lo feito por conta própria, não? Se pudesse se safar? Se ninguém soubesse que o Buda era o responsável?

— Talvez — disse o outro. — Como sabe, as forças e fraquezas pessoais de um líder não são verdadeiros indicativos dos méritos de sua causa.

Yama tragou o cachimbo. A fumaça coroava sua cabeça e se dissipava para se juntar à névoa, que agora ia se tornando mais densa sobre a terra.

— Sei que estamos sozinhos aqui e que está desarmado — disse Yama.

— Estamos sozinhos aqui. Meu equipamento de viagem está escondido mais para frente na minha rota.

— Seu equipamento de viagem?

— Terminei por aqui. Sua suposição está correta. Iniciei aquilo que me propus a começar. Depois de terminarmos nossa conversa, vou partir.

Yama deu uma risadinha.

— O otimismo de um revolucionário sempre dá lugar a uma noção de maravilhamento. Como propõe partir? Em um tapete mágico?

— Devo ir igual aos outros homens.

— Isso é bastante condescendente da sua parte. Será que os poderes do mundo vão se erguer para defendê-lo? Não vejo uma grande árvore para protegê-lo com seus galhos. Não há capim consciente para agarrar meus pés. Diga-me, como vai conseguir partir?

— Prefiro surpreendê-lo.

— Que tal lutarmos? Não me agrada executar um homem desarmado. Se de fato tiver equipamento escondido em algum lugar próximo, vá buscar sua espada. É melhor do que não ter nenhuma chance. Até ouvi dizer que lorde Sidarta foi, em seu tempo, um espadachim formidável.

— Obrigado, mas não. Outra hora, talvez. Mas desta vez não.

Yama tragou o cachimbo novamente, espreguiçou-se e bocejou.

— Então, não consigo pensar em mais nenhuma pergunta que desejo lhe fazer. É inútil discutirmos. Não tenho mais nada a dizer. Há algo mais que gostaria de adicionar à conversa?

— Há, sim — disse Sam. — Como ela é, aquela vaca da Kali? Há tantos relatos divergentes que estou começando a acreditar que ela seja todas as coisas para todos os ho...

Yama jogou o cachimbo, que bateu no próprio ombro e derramou uma chuva de fagulhas pelo braço. A cimitarra que empunhou criou um clarão forte ao redor da cabeça quando saltou adiante.

Quando atingiu o trecho arenoso na frente da pedra, seu movimento foi detido. Ele quase caiu, contorceu-se na perpendicular e permaneceu em pé. Ele tentou, mas não conseguiu se mover.

— Algumas areias são mais movediças do que outras — disse Sam. — Felizmente, está sobre o tipo mais lento. Então ainda resta um tempo considerável à sua disposição. Eu até prolongaria a conversa, se achasse que tinha alguma chance de persuadi-lo a se juntar a mim. Mas sei que não tenho... não mais do que você seria capaz de me persuadir a ir para o Paraíso.

— Vou me libertar — disse Yama, baixinho, sem se debater. — Vou me libertar de algum modo e vou persegui-lo mais uma vez.

— Sim, sei que é verdade — disse Sam. — Aliás, daqui a pouco vou instruí-lo sobre como fazer isso. No momento, porém, você é algo que todo pregador anseia: um público cativo que representa a oposição. Então, ofereço-lhe um breve sermão, lorde Yama.

Yama brandiu a espada, resolveu não golpear e voltou a enfiá-la na bainha.

— Pode pregar — disse, e conseguiu olhar o outro nos olhos.

Sam balançou o corpo sem sair do lugar, mas voltou a falar:

— É surpreendente como esse seu cérebro mutante gerou uma mente capaz de transferir seus poderes a qualquer novo cérebro que escolha ocupar — disse ele. — Há anos não exerço a única habilidade que tenho, como faço neste momento, mas ela também se transforma de maneira semelhante. Independentemente do corpo que eu ocupe, parece que meu poder me segue nele também. Compreendo que continue sendo assim para com a maior parte de nós. Sitala, ouvi dizer, é capaz de controlar temperaturas por uma boa distância a seu redor. Quando ela assume um novo corpo, o poder a acompanha em um nível de seu sistema nervoso, apesar de, no começo, ser bem fraco. Agni, eu sei, é capaz de atear fogo em objetos só de olhar para eles durante um período e desejar que queimem. Agora, tome como exemplo o olhar mortal que neste momento dirige a mim. Não é surpreendente como mantém esse dom consigo a qualquer tempo e lugar ao longo dos séculos? Sempre reflito sobre a base fisiológica do fenômeno. Já pesquisou a área?

— Já — disse Yama, com os olhos queimando embaixo das sobrancelhas escuras.

— E qual é a explicação? A pessoa nasce com um cérebro fora do normal, sua psique depois é transferida para um cérebro normal e, ainda assim, suas habilidades extraordinárias não são destruídas no processo de transferência. Por que isso acontece?

— Porque realmente só temos uma imagem-corporal, que tem uma natureza elétrica assim como uma química.

Começa imediatamente a modificar seu novo ambiente fisiológico. O novo corpo tem muito disso, que trata como uma doença, tentando curá-lo para que se torne o corpo antigo. Se o corpo que agora ocupa fosse se tornar imortal do ponto de vista físico, algum dia se assemelharia ao seu corpo original.

— Que interessante.

— É por isso que o poder transferido no começo é fraco, mas vai se fortalecendo à medida que a ocupação se dá. Por isso é melhor cultivar um Atributo e talvez contar com um auxílio mecânico também.

— Muito bem. Isso é algo sobre o qual sempre refleti. Obrigado. Aliás, continue com seu olhar mortal... É doloroso, sabia? Mas, bom, já é algo. Agora, em relação ao sermão... Um homem orgulhoso e arrogante parecido com você, devo admitir, possuidor de uma admirável qualidade de didatismo, dedicava-se à pesquisa na área de certa doença desfiguradora e degenerativa. Um dia, ele próprio a contraiu. Como ainda não tinha desenvolvido uma cura para a enfermidade, reservava um tempo para se olhar no espelho e dizer: "Mas, em *mim*, fica bonito". Você é um homem assim, Yama. Não vai tentar lutar contra a condição que possui. Em vez disso, orgulha-se dela. Traiu a si mesmo em seu momento de fúria, então sei que falo a verdade quando digo que sua doença se chama Kali. Você não entregaria poder nas mãos dos indignos se aquela mulher não o obrigasse a fazer isso. Eu a conheci há muito tempo e tenho certeza de que não mudou. Ela não é capaz de amar um homem. Só se importa com aqueles que lhe dão oferendas do caos. Se em algum momento deixar de servir a seus propósitos, ela o descartará, deus da morte. Não digo isso por sermos inimigos, mas de um homem para o outro. Eu sei. Acredite, sei mesmo. Talvez seja uma infelicidade você nunca ter sido de fato jovem, Yama, e não ter conhecido seu primeiro amor nos dias de primavera... A moral, portanto, do meu sermão neste pequeno monte é a seguinte: nenhum espelho lhe mostrará a si mesmo se não desejar enxergar. Contrarie-a uma vez para experimentar a verdade das minhas palavras, ainda que em uma questão menor, e veja com que rapidez ela irá reagir e de que modo. O que fará se as suas próprias armas se voltarem contra si, Morte?

— Já terminou de falar? — perguntou Yama.

— Era isso. Um sermão é um alerta, e você foi alertado.

— Seja qual for o seu poder, Sam, vejo que é neste momento à prova do meu olhar mortal. Considere-se afortunado por eu estar enfraquecido...

— Considero-me, de fato, porque minha cabeça está prestes a explodir. Malditos olhos!

— Um dia, vou experimentar o seu poder mais uma vez e, mesmo que continue inalterado diante do meu, você irá sucumbir nesse dia. Se não pelo meu Atributo, pela minha espada.

— Se isto é um desafio, escolho adiar o aceite. Sugiro que experimente as minhas palavras antes que tente executá-lo.

A essa altura, a areia batia na metade das coxas de Yama.

Sam suspirou e desceu de seu poleiro.

— Só existe um caminho possível até esta pedra e estou prestes a segui-lo para sair daqui. Agora vou lhe dizer como ganhar sua vida, se não for orgulhoso demais. Instruí os monges a virem em meu auxílio, aqui neste lugar, se escutarem um grito pedindo socorro. Eu já lhe disse que não pediria ajuda e é verdade. Se, no entanto, começar a gritar por ajuda com essa sua voz fortíssima, devem chegar antes que afunde muito mais. Vão colocá-lo em segurança e não vão tentar prejudicá-lo, porque é dessa forma que agem. Gosto da ideia de o deus da morte ser salvo pelos monges do Buda. Boa noite, Yama, vou embora agora.

Yama sorriu.

— Haverá um novo dia, ó, Buda — afirmou. — Posso esperar. Fuja agora, para o mais longe e o mais rápido que for capaz. O mundo não é grande o suficiente para você conseguir se esconder da minha fúria. Vou procurá-lo e ensiná-lo a iluminação que é o puro fogo dos infernos.

— Nesse ínterim, sugiro que solicite a ajuda dos meus discípulos ou aprenda a difícil arte de respirar na lama — disse Sam.

Ele seguiu seu caminho com cuidado pelo campo, com os olhos de Yama queimando em suas costas.

Quando chegou à trilha, virou-se.

— E talvez seja bom que mencione, no Paraíso, que fui chamado para longe da cidade para um assunto de negócios.

Yama não respondeu.

— Acho que vou adquirir algumas armas, algumas armas bem especiais — concluiu Sam. — Então, quando vier atrás de mim, traga sua amiguinha junto. Se ela gostar do que vir, pode persuadi-lo a mudar de lado.

Então ele seguiu pela trilha e se afastou por entre a noite, assobiando sob uma lua que era branca e outra que era dourada.

4

Dizem que o Senhor da Luz desceu ao Poço dos Demônios para lá fazer uma barganha com o chefe dos Rakasha. Negociou de boa-fé, mas os Rakasha são os Rakasha. Em outras palavras, são criaturas maléficas, possuidoras de grandes poderes, de longevidade e da capacidade de assumir praticamente qualquer forma. Os Rakasha são quase indestrutíveis. A principal desvantagem que apresentam é não ter um corpo de verdade; a principal virtude, honrar suas dívidas de jogo. O fato de o Senhor da Luz ter chegado a ir ao Poço do Inferno serve para mostrar que talvez estivesse um tanto perturbado em relação ao estado do mundo...

Quando os deuses e os demônios, ambos rebentos de Prajapati, de fato lutaram uns contra os outros, os deuses se ativeram ao princípio da vida de Udgitha pensando que, com isso, derrotariam os demônios.

Refletiram sobre o Udgitha que opera através do nariz, mas os demônios o perfuraram com maldade. Portanto, com a respiração, as pessoas sentem o cheiro tanto daquilo que é agradável quanto daquilo que é desagradável. Assim, a respiração é marcada pelo mal.

Refletiram sobre o Udgitha como palavras, mas os demônios as perfuraram com maldade. Portanto, as pessoas falam tanto verdades quanto mentiras. Assim, as palavras são marcadas pelo mal.

Refletiram sobre o Udgitha que opera através do olho, mas os demônios o perfuraram com maldade. Portanto, as pessoas enxergam tanto aquilo que é agradável quanto aquilo que é feio. Assim, o olho é marcado pelo mal.

Refletiram sobre o Udgitha como audição, mas os demônios a perfuraram com maldade. Portanto, as pessoas escutam tanto coisas boas quanto coisas ruins. Assim, o ouvido é marcado pelo mal.

Então refletiram sobre o Udgitha como a mente, mas os demônios a perfuraram com maldade. Portanto, as pessoas pensam tanto naquilo que é apropriado, verdadeiro e bom quanto naquilo que é impróprio, falso e depravado. Assim, a mente é marcada pelo mal.

Chhandogya Upanishad (I, ii, 1—6)

O Poço do Inferno fica no topo do mundo e leva até suas raízes.

É provavelmente tão antigo quanto o próprio mundo; e, se não for, deveria ser, porque aparenta ser.

O início dele se dá por uma entrada. Há uma porta enorme, de metal polido, erguida pelos Primeiros, tão pesada quanto o pecado, com três vezes a altura de um homem e metade dessa medida de largura. Tem a espessura de um côvado completo e ostenta um anel de latão do tamanho de uma cabeça, uma fechadura complexa de peças de pressão e uma inscrição que diz, grosso modo: "Vá embora. Este não é um lugar para se estar. Quem tentar entrar não conseguirá e ainda será amaldiçoado. Mas quem, de algum modo, for bem-sucedido, não reclame que entrou sem aviso nem nos incomode com suas orações no leito de morte". Assinado: "Os Deuses".

Está instalada perto do pico de uma montanha muito alta chamada Channa, no meio de uma região de montanhas muito altas chamadas Ratnagaris. Um lugar onde há sempre neve sobre o solo, e os arco-íris se movem como a pelagem nas costas das estalactites que brotam nas calotas congeladas dos penhascos. O ar é cortante feito uma espada. O céu é tão límpido quanto o olho de um gato.

Muitos poucos pés chegaram a percorrer a trilha que leva ao Poço do Inferno. Entre quem o visitou, a maior parte só foi até lá para dar uma olhada, para ver se a grande porta de fato existia; e, quando voltaram para casa e contaram sobre o que tinham visto, geralmente foram ridicularizados.

Arranhões reveladores na fechadura eram prova de como alguns de fato haviam tentado entrar. No entanto, nenhum equipamento apropriado para forçar a enorme porta poderia ser transportado nem posicionado de maneira adequada. A trilha que leva ao Poço do Inferno tem uns trinta centímetros de largura nos últimos cem metros da subida; talvez seis homens pudessem ficar em pé, bem apertados, no que sobrou da área, que já foi ampla, em frente àquela porta.

Dizem que Pannalal, o Sábio, depois de ter aguçado a mente por meio da meditação e de diversos ascetismos, adivinhou como a fechadura funcionava, entrou no Poço do Inferno e passou um dia e uma noite debaixo da montanha. A partir de então, passou a ser conhecido como Pannalal, o Louco.

O pico conhecido como Channa, que contém a porta enorme, fica a uma distância de cinco dias de viagem de um pequeno vilarejo. Localiza-se no reino longínquo do norte de Malwa. Esse vilarejo montês mais próximo de Channa em si não tem nome, cujo povo forte e independente não tem qualquer desejo real de que sua cidade apareça nos mapas dos coletores de impostos do rajá. A respeito do rajá, basta dizer que tem altura mediana e está na meia--idade, é astuto, um tanto corpulento, nem devoto, nem mais do que o normalmente notório, e dono de uma riqueza fabulosa. Ele é rico porque cobra altos impostos de seus súditos. Quando esses mesmos súditos começam a reclamar e boatos de revolta se espalham pelo reino, ele declara guerra contra um reino vizinho e dobra os impostos. Se a guerra não dá certo, ele executa diversos generais e envia seu próprio Ministro da Paz para negociar um acordo. Se, por um acaso, tudo dá muito certo, ele cobra tributo por qualquer insulto que tenha causado toda a questão. Geralmente, porém, termina em trégua, deixando os súditos indispostos a guerrear e resignados à alta taxa de impostos. O nome dele é Videgha e tem muitos filhos. Gosta de suiriris-cinza, que são capazes de aprender a cantar músicas obscenas; de cobras, às quais de vez em quando oferece os suiriris-cinza que não conseguem cantar no tom correto; e de jogos com dados. Não gosta muito de crianças.

O Poço do Inferno começa com a grande porta no alto das montanhas, no ponto mais ao norte do reino de Videgha, além do qual não existe mais nenhum reino de homens. Começa lá e serpenteia pelo coração da montanha Channa, irrompendo, como um saca-rolhas, em amplas passagens cavernosas não mapeadas pelos homens, estendendo-se muito abaixo da cordilheira das Ratnagaris, sendo que as passagens mais profundas se aproximam das raízes do mundo.

Foi a essa porta que o viajante chegou.

Ele portava vestes simples, viajava sozinho e parecia saber exatamente aonde estava indo e o que estava fazendo.

Subiu a trilha da montanha Channa, traçando seu caminho com cuidado pelas bordas da encosta desolada.

Levou quase a manhã toda para chegar ao seu destino: a porta.

Quando se postou à frente dela, descansou por um momento, tomou um gole de sua garrafa d'água, enxugou a boca com as costas da mão e sorriu.

Então sentou-se com as costas apoiadas na porta e almoçou. Quando terminou, jogou o invólucro de folha pela beirada e ficou observando enquanto caía, carregado de um lado para o outro pelas correntes de ar, até desaparecer de vista. Daí acendeu seu cachimbo e fumou.

Depois de descansar, ele se levantou e ficou de frente para a porta mais uma vez.

Pousou a mão na placa de pressão, moveu-a devagar em uma série de gestos. Ouviu-se um som musical saído de dentro da porta quando sua mão se afastou da placa.

Então ele segurou o anel e puxou, forçando os músculos do ombro. A porta se moveu, primeiro devagar, depois com mais rapidez. O viajante deu um passo para o lado, e ela se moveu para fora, passando além da beirada.

Havia outro anel, igual ao primeiro, na superfície interna da porta. Segurou-o quando passou pela abertura, esforçando-se para evitar que fosse tão longe a ponto de ficar fora de seu alcance.

Uma lufada de ar quente subiu às costas dele.

Puxou a porta para fechá-la atrás de si mais uma vez, fazendo uma pausa apenas para acender uma das muitas tochas que carregava. Então avançou ao longo de um corredor que ia se alargando à medida que avançava.

O piso se inclinou de maneira abrupta e, depois de cerca de cem passos, o teto passou a ser tão alto que se tornou invisível.

Depois de duzentos passos, ele chegara à beira do poço.

Agora estava no meio de uma vasta escuridão perfurada pelas chamas de sua tocha. As paredes tinham desaparecido, à exceção da que se encontrava atrás dele, à direita. O piso terminava a uma curta distância logo à sua frente.

Para além desse limiar parecia haver um buraco sem fundo. Ele não enxergava o outro lado, mas sabia que tinha forma mais ou menos circular; e sabia também que sua circunferência se alargava na medida em que descia.

Foi percorrendo a trilha que acompanhava a parede do poço e sentindo o ar quente que emanava das profundezas. Esse caminho era artificial. Dava para sentir que era, apesar de ser muito íngreme. Era algo precário e estreito; estava rachado em muitos lugares e, em alguns pontos, havia entulho acumulado. Mas sua descida contínua e íngreme indicava o fato de que havia um propósito e um padrão em sua existência.

Ele avançava por essa trilha com cuidado. À esquerda ficava a parede. À direita, não havia nada.

Depois do que pareceu uma eternidade, ele percebeu um vislumbre minúsculo de luz bem abaixo de si, pairando no ar.

A curvatura da parede, no entanto, gradualmente se deslocava, de modo que essa luz já não parecia mais estar à distância, mas abaixo dele e um pouco à direita.

Outra curva na trilha fez com que ficasse diretamente à frente.

Quando passou pelo nicho na parede em que a chama estava escondida, ouviu uma voz dentro da própria cabeça exclamar:

— Liberte-me, mestre, e colocarei o mundo a seus pés!

Mas ele passou apressado, sem nem olhar para o que parecia um rosto dentro da abertura.

Flutuando acima do oceano de escuridão que se estendia a seus pés, agora havia mais luzes visíveis.

O poço continuava a se alargar. Era cheio de brilhos que iluminavam parecendo chamas, mas não eram chamas; cheio de silhuetas, rostos, imagens lembradas apenas pela metade. De cada uma se erguia uma exclamação quando ele passava:

— Liberte-me! Liberte-me!

Mas ele não parava.

Chegou ao fundo do poço e atravessou-o, passando entre pedras quebradas e fissuras no piso pedregoso. Finalmente, chegou à parede oposta, onde uma enorme chama laranja dançava.

Ficou vermelha feito cereja à aproximação dele, e, quando se postou perante a chama, ela era de um azul da cor de um coração de safira.

Tinha o dobro de sua altura, pulsava e se retorcia. Saindo dela, pequenas chamas se estendiam na direção do viajante, mas recuavam como se tivessem se deparado com uma barreira invisível.

Ao longo de sua descida, tinha passado por tantas chamas que tinha perdido a conta. Ele também sabia que outras mais se escondiam nas cavernas que davam para o fundo do poço.

Cada chama pela qual ele tinha passado no caminho da descida tinha se dirigido a ele usando a própria espécie de comunicação, de modo que as palavras retumbavam como batidas de tambor em sua cabeça: palavras de ameaça e palavras de súplica cheias de promessas. Mas nenhuma mensagem vinha dessa enorme chama azul, maior do que qualquer uma das outras. Nenhuma silhueta se virava ou se contorcia, provocadora, no cerne de seu coração brilhante. Era chama, e assim continuou sendo.

Ele acendeu uma tocha nova e prendeu entre duas pedras.

— Então, ó, Detestável, está de volta!

As palavras recaíram sobre ele como chicotadas. Aprumou-se, ficou de frente para a chama azul e então respondeu:

— É chamado de Taraka?

— Aquele que me aprisionou devia saber como sou chamado — surgiram as palavras. — Não pense, Sidarta, que o fato de usar um corpo diferente faz com que não seja reconhecido. Olho para os fluxos de energia que são o seu verdadeiro ser... não a carne que os mascara.

— Entendo — respondeu o outro.

— Veio aqui para zombar de mim em minha prisão?

— E por acaso fiz zombarias nos dias do Aprisionamento?

— Não, não fez.

— Fiz o que precisava ser feito para preservar minha espécie. Os homens eram fracos e inferiores em número. A sua espécie se abateu sobre eles e teria destruído a todos.

— Roubou o nosso mundo, Sidarta. Acorrentou todos nós aqui. Que nova indignidade vai fazer se abater sobre nós?

— Talvez haja uma maneira para alguma reparação.

— O que deseja?

— Aliados.

— Quer que nós tomemos seu partido em um embate?

— Correto.

— E, quando terminar, vai querer nos aprisionar mais uma vez.

— Não se pudermos chegar a algum tipo de acordo antes.

— Diga quais são seus termos — falou a chama.

— Antigamente, sua gente circulava, visível e invisível, pelas ruas da Cidade Celestial.

— É verdade.

— As fortificações estão melhores agora.

— Em quais aspectos?

— Vishnu, o Preservador, e Yama-Darma, Senhor da Morte, cobriram todo o Paraíso, e não apenas a Cidade, como era antigamente, com, pelo que dizem, um domo impenetrável.

— Não existe isso de domo impenetrável.

— Só repito aquilo que escutei.

— Há muitas maneiras de se entrar em uma cidade, lorde Sidarta.

— Vai conquistá-las todas para mim?

— Será esse o preço da minha liberdade?

— Da sua liberdade... sim.

— E da dos outros da minha espécie?

— Se também forem libertos, devem todos concordar em me ajudar a montar cerco àquela Cidade e conquistá-la.

— Liberte-nos e o Paraíso há de sucumbir!

— Fala pelos outros?

— Sou Taraka. Falo por todos.

— Que garantia oferece, Taraka, de que essa barganha será honrada?

— Minha palavra? Ficarei contente em jurar por qualquer coisa que desejar nomear...

— A disponibilidade fácil para juras não é a qualidade mais confiável daquele que barganha. E a sua força é também a sua fraqueza em qualquer barganha que seja. É tão forte a ponto de ser incapaz de permitir que outra força o controle. Você não tem nenhum deus por quem possa jurar. A única coisa que vai honrar é sua dívida de jogo, e não há lugar para jogo aqui.

— *Você* possui o poder de nos controlar.

— Individualmente, talvez. Mas não em grupo.

— Este *é* um problema difícil — disse Taraka. — Daria qualquer coisa que tenho para ser livre, mas, bom, a única coisa que tenho é poder... poder puro, em essência impossível de ser comprometido. Uma força maior, talvez, possa subjugá-lo, mas essa não é a resposta que procura. Não sei mesmo como lhe garantir adequadamente que, de minha parte, a promessa será cumprida. Em seu lugar, *eu* sem dúvida não confiaria em mim.

— Trata-se de um dilema e tanto. Então, vou libertá-lo agora, e mais ninguém, para visitar o Polo e avaliar as defesas do Paraíso. Em sua ausência, considerarei o problema com mais profundidade. Faça o que peço e, talvez, ao retornar, um acordo justo possa ser lavrado.

— Aceito! Liberte-me desta maldição!

— Conheça então o meu poder, Taraka — disse ele. — Como prendo, assim também posso soltar, portanto!

A chama ferveu adiante para fora da parede.

Ele se transformou em uma bola de fogo e girou pelo poço feito um cometa; queimava como um pequeno sol, iluminando a escuridão; mudava de cor à medida que se movia de um lado para o outro, de modo que as pedras brilhavam de um jeito tão fantasmagórico quanto agradável.

Então pairou sobre a cabeça daquele chamado Sidarta, enviando suas palavras vibrantes para cima dele:

— Você não compreende o prazer que sinto ao reaver minha força em liberdade. Estou determinado a colocar seu poder à prova mais uma vez.

O homem abaixo dele deu de ombros.

A bola de fogo aglutinou-se. Ao encolher, ficou mais brilhante e lentamente se acomodou no chão.

Ficou ali tremendo, feito uma pétala caída de algum botão titânico; então deslocou-se devagar pelo piso do Poço do Inferno e voltou a entrar no nicho.

— Satisfeito? — perguntou Sidarta.

— Sim — veio a resposta depois de um tempo. — Seu poder não arrefeceu, Aprisionador. Liberte-me mais uma vez.

— Este jogo está me cansando, Taraka. Talvez seja melhor deixá-lo como está e buscar assistência em outro lugar.

— Não! Eu lhe fiz uma promessa! O que mais deseja?

— Gostaria que existisse ausência de disputa entre nós. Ou vai me servir agora em relação a esta questão, ou não vai. Só isso. Escolha e aja de acordo com o que escolheu... e honre sua palavra.

— Muito bem. Liberte-me e vou visitar o Paraíso sobre a montanha de gelo, em seguida lhe trarei notícias sobre suas fraquezas.

— Então vá!

Desta vez, a chama surgiu mais devagar. Oscilou na frente dele, assumiu um contorno mais ou menos humano.

— Qual é o seu poder, Sidarta? Como faz o que faz? — perguntou a ele.

— Pode chamar de eletrodirecionamento — disse o outro. — A mente prevalece sobre a energia. É um termo tão bom quanto qualquer outro. Mas, como quer que você chame, não tente enfrentá-lo outra vez. Posso matá-lo com ele, apesar de nenhuma arma feita de matéria poder ser usada contra você. Agora, vá!

Taraka desapareceu feito um pedaço de madeira incandescente lançado em um rio, e Sidarta ficou parado no meio das pedras, iluminando com a tocha a escuridão a seu redor.

Repousou, então, e um balbuciar de vozes encheu sua mente: promissoras, tentadoras, suplicantes. Visões de riqueza e de esplendor desfilavam perante seus olhos. Haréns maravilhosos foram exibidos a ele, e banquetes foram oferecidos a seus pés. Essências de almíscar e magnólia-amarela, e a névoa azulada de incenso queimando encheu o ar, acalentando sua alma e também todo o seu entorno. Caminhou por entre flores, seguido por moças sorridentes de olhos brilhantes que lhe ofereciam taças de vinho; uma voz doce e limpa cantava para ele, e criaturas que não eram humanas dançavam sobre a superfície de um lago próximo.

— Liberte-nos, liberte-nos — entoavam.

Mas ele sorria, observava e não fazia nada.

Gradualmente, as preces, súplicas e promessas se transformaram em um refrão de maldições e ameaças. Esqueletos com armadura avançavam para cima dele, com bebês empalados nas espadas em chamas. Havia fossas ao redor dele, das quais fogo saltava, com cheiro de enxofre. Uma serpente estava pendurada em um galho à sua frente, cuspindo veneno. Uma chuva de aranhas e sapos caiu em cima dele.

— Liberte-nos... ou sua agonia será infinita! — exclamavam as vozes.

— Se persistirem, Sidarta ficará irritado e perderão a única chance de liberdade que ainda possuem — afirmou.

Então, tudo ficou imóvel a seu redor; ele esvaziou a mente e caiu no sono.

Fez duas refeições ali na caverna e voltou a dormir.

Mais tarde, Taraka retornou na forma de um enorme pássaro de rapina e informou:

— Aqueles que são da minha espécie podem entrar pelas saídas de ar, mas os homens não podem — disse. — Há vários poços de elevador dentro da montanha. Muitos homens podem subir pelos maiores com facilidade. Claro, esses são vigiados. Mas, se os guardas forem mortos, e os alarmes, desconectados, é possível alcançar êxito. Além disso, há vezes em que o domo em si se abre em diversos lugares para permitir que dispositivos aéreos entrem e saiam.

— Muito bem — disse Sidarta. — Há um reino, a algumas semanas de distância, onde sou o soberano. Um regente foi colocado em meu lugar durante muitos anos, mas, se eu voltar para lá, posso formar meu exército. Uma nova religião agora se espraia pela terra. Agora os homens podem pensar menos dos deuses do que pensavam no passado.

— Deseja saquear o Paraíso?

— Sim, desejo abrir seus tesouros para o mundo.

— Isso é do meu gosto. Não será fácil de conquistar, mas, com um exército de homens e um exército da minha espécie, acho que podemos conseguir. Agora, liberte meu povo para que possamos começar.

— Acho que só me resta acreditar — disse Sidarta. — Então, sim, vamos começar — respondeu ele, deslocando-se pelo piso do Poço do Inferno na direção do primeiro túnel fundo que levava para baixo.

Naquele dia, ele libertou 65 deles, enchendo as cavernas com suas cores, seu movimento e sua luz. O ar ressoava com gritos altos de alegria e o barulho da passagem deles à medida que iam tomando conta do Poço do Inferno, mudando de forma o tempo todo, exultantes em sua liberdade.

Sem aviso, então, um deles assumiu a forma de uma serpente voadora e deu um rasante na direção dele, com as garras em riste e prontas para atacar.

Por um momento, toda a sua atenção se voltou a ela.

A serpente proferiu um grito breve e entrecortado, então se desfez, caindo em uma chuva de fagulhas branco-azuladas.

Então elas se apagaram e desapareceram por completo.

Fez-se silêncio nas cavernas, e as luzes pulsaram e enfraqueceram nas paredes.

Sidarta voltou a atenção para o maior ponto de luz, Taraka.

— Por acaso aquele me atacou para testar minha força? — indagou. — Para ver se sou também capaz de matar, como disse que era?

Taraka se aproximou, pairando na frente dele.

— Não foi por ordem minha que atacou — afirmou. — Sinto que tenha ficado um pouco insano por causa do confinamento que sofreu.

Sidarta deu de ombros.

— Por ora, distraiam-se como quiserem. Eu descansarei desta tarefa — falou, e então se retirou da caverna menor.

Voltou, então, para o fundo do poço, onde se deitou sobre seu cobertor e caiu no sono.

Um sonho lhe veio.

Estava correndo.

Sua sombra se estendia à frente e, conforme corria, ela crescia.

Cresceu até que já não era mais sua sombra, e sim uma silhueta grotesca.

De repente, entendeu que sua sombra tinha sido tomada por aquela de quem o perseguia: tomada, sufocada, submersa e sobrepujada.

Então, sentiu por um instante um pânico terrível, ali na planície sem visibilidade por onde fugia.

Sabia que agora era sua própria sombra.

A maldição que o tinha perseguido já não estava mais às suas costas.

Ele sabia que ele próprio era sua maldição.

Ciente de que finalmente tinha alcançado a si mesmo, soltou uma risada alta, mesmo que, na verdade, tivesse vontade de gritar.

Quando voltou a acordar, estava caminhando.

Caminhava subindo a trilha da parede cheia de curvas do Poço do Inferno.

Enquanto caminhava, passou pelas chamas aprisionadas.

Mais uma vez, cada uma exclamou quando ele passou:

— Libertem-nos, mestres!

E, lentamente, nas bordas do gelo que era sua mente, houve um derretimento.

Mestres.

Plural. Não singular.

Mestres, tinham dito.

Ele soube aí que não caminhava sozinho.

Nenhuma das silhuetas dançantes e bruxuleantes movia-se pela escuridão ao redor ou abaixo dele.

Aqueles que tinham sido aprisionados continuavam aprisionados. Aqueles que tinham sido libertados já não estavam mais lá.

Então subiu a parede alta do Poço do Inferno sem nenhuma tocha para iluminar seu caminho. Ainda assim, enxergou.

Ele enxergou cada detalhe da trilha de pedra, como se estivesse iluminada pelo luar.

Sabia que seus olhos eram incapazes desse feito.

E tinha sido chamado no plural.

O corpo dele se movia, mas não estava sob o comando de sua vontade.

Fez um esforço para parar, para ficar imóvel.

Continuou a avançar trilha acima e foi então que seus lábios se moveram, formando as palavras:

— Está acordado, como é possível ver. Bom dia.

Uma pergunta se formou em sua mente, para ser respondida imediatamente por meio da própria boca:

— Sim, e como é a sensação de se sentir preso, Aprisionador, no próprio corpo?

Sidarta formou mais um pensamento:

— Não achei que qualquer um da sua espécie fosse capaz de me subjugar contra a minha vontade... nem mesmo enquanto eu dormia.

— Para lhe dar uma resposta honesta, eu também não — disse o outro. — Mas, então, tive à disposição o poder combinado de vários dos meus. Parecia valer a pena a tentativa.

— E os outros? Onde estão?

— Eles se foram. Vagando pelo mundo até que eu os convoque.

— E aqueles que permanecem presos? Se tivesse esperado, eu os libertaria também.

— Por que me importaria com os outros? Estou livre agora, e mais uma vez em um corpo! O que mais importa?

— Posso concluir, então, que a assistência prometida por você não significa nada?

— Não é assim — respondeu o demônio. — Retornaremos a esse assunto, digamos, em uma lua menor. A ideia *de fato* me interessa. Sinto que uma guerra contra os deuses seria algo excelente. Mas, primeiro, gostaria de aproveitar os prazeres da carne por algum tempo. Por que você vai me negar um pouco de diversão após os séculos de tédio e aprisionamento que me causou?

— Devo reconhecer, no entanto, que de fato permito de má vontade o uso da minha pessoa.

— Seja qual for o caso, durante algum tempo, você deve suportar isso. Também deve estar em posição de se deleitar com o que me deleito, então por que não tirar o máximo proveito disso?

— Afirma que *de fato* tem a intenção de lutar contra os deuses?

— Com certeza. Gostaria de ter pensado nisso no passado. Talvez, naquela época, nunca teríamos sido presos. Talvez não haveria mais homens nem deuses sobre este mundo. Mas nunca fomos muito bons em executar ações conjuntas. A independência de espírito acompanha naturalmente nossa independência individual. Cada um travou as próprias batalhas no conflito mais amplo com a humanidade. Sou um líder, é verdade... por conta do fato que sou mais velho, mais forte e mais sábio do que os outros. Estes vêm a mim em busca de aconselhamento e servem-me quando ordeno. Mas nunca dei a ordem de que entrassem em uma batalha. No entanto, posso ordenar mais tarde. A novidade será muito positiva para aliviar a monotonia.

— Sugiro que não espere, porque não haverá "mais tarde", Taraka.

— Por que não?

— Vim ao Poço do Inferno, com a ira dos deuses enxameando e zunindo às minhas costas. Agora, 66 demônios estão soltos no mundo. Muito em breve a presença de vocês será sentida. Os deuses saberão quem fez isso e tomarão providências contra nós. O elemento-surpresa irá se perder.

— Lutamos contra os deuses no passado...

— E não estamos no passado, Taraka. Os deuses agora estão mais fortes, muito mais fortes. Você passou tempo demais preso e a força deles cresceu ao longo das eras. Mesmo que comande o primeiro exército de Rakasha na história, e que, para lhes dar respaldo na batalha, eu próprio junte um exército poderoso de homens; mesmo assim, o resultado disso tudo será algo incerto. Demorar-se agora será colocar tudo a perder.

— Gostaria que não falasse assim comigo, Sidarta, porque está me deixando perturbado.

— É a minha intenção. Apesar de todos os seus poderes, caso se encontre com o Vermelho, ele vai sugar a sua vida com os olhos. Virá aqui às Ratnagaris porque está me perseguindo. A liberdade dos demônios é como se fosse uma placa que direciona para o caminho adiante. Pode trazer outros consigo. Vai descobrir que são mais do que páreo para todos os seus.

O demônio não respondeu. Chegaram ao alto do poço e Taraka avançou os duzentos passos até a porta enorme, que agora estava aberta. Saiu para a plataforma e olhou para baixo.

— Duvida do poder dos Rakasha, hein, Aprisionador? — perguntou. — Preste atenção!

E deu um passo adiante, para além da beirada.

Não caíram.

Foram pairando no ar, igual às folhas que ele tinha derrubado... Havia quanto tempo?

Seguiram para baixo.

Pousaram na trilha, a meio-caminho abaixo da montanha chamada Channa.

— Além de eu controlar seu sistema nervoso, ainda permeei todo o seu corpo e o envolvi por inteiro com as energias do meu ser — disse Taraka. — Então, traga aqui o Vermelho que bebe a vida com os olhos. Eu bem que gostaria de encontrá-lo.

— Apesar de ser capaz de caminhar no ar, suas palavras são ásperas quando fala — disse Sidarta.

— O príncipe Videgha mantém sua corte não muito longe daqui, em Palamaidsu, porque eu o visitei quando voltei do Paraíso. Sei que ele gosta de jogar. Portanto, para lá iremos.

— E se o Deus da Morte vier para se juntar ao jogo?

— Que venha! — exclamou o outro. — Já não me diverte mais, Aprisionador. Boa noite! Volte a dormir!

Uma pequena escuridão e um grande silêncio caíram sobre ele, crescendo e diminuindo.

Os dias que se seguiram eram fragmentos vivos.

Surgiam para ele trechos de conversas ou de canções, cenas coloridas de galerias, quartos, jardins. E certa vez ele olhou para um calabouço onde homens estavam pendurados em trilhos e ouviu a si mesmo dando risada.

Alguns desses fragmentos vieram a ele em sonhos e quase sonhos. Eram iluminados pelo fogo, escorriam feito sangue e lágrimas. Em uma catedral escura, sem fim, ele jogou dados que eram sóis e planetas. Meteoros cuspiam fogo acima da sua cabeça e cometas imprimiam arcos ardentes sobre o teto abobadado de vidro escuro. Chegou a ele uma alegria perpassada de medo, e ele percebeu que realmente aquilo pertencia a outro, mas era também em parte dele. O medo... esse era apenas dele.

Quando Taraka bebia vinho demais ou se deitava ofegante no sofá largo e baixo de seu harém, seu controle então relaxava um pouco sobre o corpo que tinha tomado. Sidarta, no entanto, ainda estava fraco, com a mente ferida, e seu corpo estava embriagado ou cansado; e ele sabia que ainda não tinha chegado a hora de contestar a destreza do senhor-demônio.

Havia vezes em que via, não por meio dos olhos do corpo que já tinha sido seu, mas via o que o demônio enxergava, em todas as direções, e arrancava pele e osso daqueles por que passava, para observar as chamas de seus seres, coloridas com os tons e sobretons de suas paixões, bruxuleando com avareza, luxúria e inveja, disparando com cobiça e fome, fumegando de ódio, esvaindo-se em medo e dor. O inferno dele era um lugar de muitas cores, um pouco mitigadas apenas pelo brilho azul frio do intelecto de um acadêmico, a luz branca de um monge moribundo, o halo rosado de uma dama nobre que fugia de seu olhar e as cores dançantes de crianças brincando.

Ele observou os salões altos e as amplas galerias do palácio real de Palamaidsu, que eram suas conquistas. O príncipe Videgha estava acorrentado no próprio calabouço. Por todo o reino, seus súditos não tinham ciência de que um demônio agora se sentava ao trono. As coisas pareciam ser as mesmas de sempre. Sidarta tinha visões de percorrer as ruas da cidade montado em um elefante. Todas as mulheres da cidade haviam recebido ordens de se postar à porta de sua morada. Entre elas, ele escolheu duas que lhe agradavam e mandou que fossem levadas ao seu harém. Sidarta percebeu, com um choque repentino, que estava auxiliando na escolha, discutindo com Taraka a respeito das virtudes desta ou daquela matrona, donzela ou senhorita. Tinha sido tocado pelas luxúrias do lorde demônio, e elas estavam se tornando suas próprias luxúrias. Ao se dar conta disso, ficou ainda mais desperto, e não era sempre a mão do demônio que erguia o cálice com vinho aos seus lábios ou brandia o chicote no calabouço. Ele passou a estar consciente ao longo de períodos mais longos e, com certo horror, entendeu que, dentro de si, como acontece com todo homem, havia um demônio capaz de reagir àqueles que são da mesma natureza.

Então, um dia, lutou contra a força que controlava seu corpo e fazia sua mente se curvar. Tinha praticamente se recuperado e coexistia com Taraka em todos os seus movimentos, tanto como observador silencioso quanto como participante ativo.

Estavam na sacada acima do jardim, encarando o dia à sua frente. Com um simples gesto, Taraka fez com que todas as flores ficassem pretas. Criaturas parecidas com lagartos tinham chegado para habitar as árvores e os lagos, coaxando e se agitando entre as sombras. Os incensos e perfumes que enchiam o ar eram espessos e enjoativos. Fumaças escuras formavam espirais feito cobras por todo o solo.

Houve três atentados contra sua vida. O capitão da guarda do palácio tinha sido o último a tentar. Contudo, a espada dele havia se transformado em réptil em suas mãos e o animal atacou seu rosto, arrancando seus olhos e enchendo suas veias de um veneno que fez com que ele escurecesse e inchasse, morrendo implorando por um gole d'água.

Sidarta refletiu sobre as ações do demônio e, naquele momento, atacou.

Seu poder tinha voltado a crescer, pouco a pouco, desde aquele dia no Poço do Inferno quando o tinha brandido pela última vez. Estranhamente independente do cérebro em seu corpo, como Yama lhe dissera em certa ocasião, o poder girava feito um cata-vento devagar no centro do espaço que era ele mesmo.

Voltou a girar mais rápido, e ele o lançou contra a força do outro.

Um grito escapou de Taraka, e um contragolpe de energia pura retornou a Sidarta tal qual uma lança.

Em parte, ele conseguiu revidar, absorvendo alguma de sua força. Ainda assim, sentiu dor e desequilíbrio quando o peso do impacto do ataque se abateu sobre seu corpo.

Ele não parou para pensar na dor e atacou mais uma vez, do modo que um lanceiro dá golpes na toca escura de um animal assustador.

Mais uma vez, ouviu um grito sair de seus lábios.

Então o demônio construía muros de escuridão contra seu poder.

Mas, um a um, esses muros caíram diante de seu ataque.

E, enquanto lutavam, falavam.

— Ó, homem de muitos corpos, por que me desafia alguns dias dentro deste aqui? — questionou Taraka. — Não é o corpo com o que nasceu e também só o toma emprestado por um período. Por que, então, sente que o meu toque é algo imundo? Um dia poderá vestir outro corpo, intocado por mim. Então, por que considera a minha presença uma poluição, uma doença? Será porque sente algo dentro de si que é parecido comigo? Será porque também conhece o deleite nos modos dos Rakasha, saboreando a dor que causa como um prazer, usando sua vontade como bem entende sobre qualquer coisa que escolher? Será esta a razão? Porque também conhece e deseja tais coisas, mas também carrega aquela maldição humana chamada culpa? Se for, eu zombo da sua fraqueza, Aprisionador. E deverei vencer.

— É por causa do que sou, demônio — disse Sidarta, lançando sua energia na direção dele. — É porque sou um homem que de vez em quando aspira a coisas além da barriga e do falo. Não sou o santo que os Budistas me consideram ser e não sou o herói da lenda. Sou um homem que conhece muito medo e que às vezes sente culpa. Acima de tudo, no entanto, sou um homem determinado a fazer uma coisa, e agora você está no meu caminho. Assim, herda a minha maldição: independentemente de eu ganhar ou perder agora, Taraka, o seu destino já foi modificado. Esta é a maldição do Buda... Você nunca mais será o mesmo que foi antes.

E durante todo aquele dia ficaram na sacada, as roupas empapadas de suor. Feito uma estátua se postaram, até que o sol tinha descido do céu e a trilha dourada separava o domo escuro da noite. Uma lua subiu por cima do muro do jardim. Mais tarde, outra se juntou à primeira.

— Qual é a maldição do Buda? — indagou Taraka, vez após outra. Mas Sidarta não respondeu.

Ele tinha derrubado o último muro, e agora suas energias se digladiavam parecendo o voo de flechas em chamas.

De um Templo ao longe vinha a batida monótona de um tambor e, de vez em quando, uma criatura do jardim coaxava, um pássaro piava ou um enxame de insetos pousava por cima deles, alimentava-se e saía voando em círculos.

Então, como uma chuva de estrelas, chegaram impelidos pelo vento da noite... os Libertos do Poço do Inferno, os outros demônios que tinham sido soltos no mundo.

Vieram em resposta aos chamados de Taraka, adicionando seus poderes aos dele.

Ele se transformou em algo parecido com um redemoinho, uma maré alta, uma tempestade de relâmpagos.

Sidarta se sentiu arrebatar por uma avalanche de proporções titânicas, esmagado, sufocado, enterrado.

A última coisa de que teve consciência foi a risada dentro da própria garganta.

Quanto tempo levou até ele se recuperar, não sabia. Foi algo lento dessa vez e ele acordou em um palácio onde demônios caminhavam como criados.

Quando as últimas amarras anestésicas de exaustão mental se desfizeram, havia algo de estranho em relação a si mesmo.

As festanças grotescas continuaram. Festas aconteciam em calabouços, onde os demônios animavam corpos para perseguir suas vítimas e acariciá-los. Milagres obscuros foram criados, como o bosque de árvores retorcidas que brotavam das lajotas de mármore do próprio aposento: um bosque em que homens dormiam sem acordar, gritando quando novos pesadelos tomavam o lugar dos antigos. Uma estranheza repentina tinha se instaurado no palácio.

Taraka já não estava mais satisfeito.

— Qual é a maldição do Buda? — indagou ele mais uma vez, ao sentir a presença de Sidarta de novo pressionando a própria.

Sidarta não respondeu de pronto.

O outro prosseguiu:

— Sinto que vou devolver seu corpo algum dia em breve. Estou me cansando deste esporte, deste palácio. Estou cansado e penso que talvez se aproxime o dia em que devamos travar guerra contra o Paraíso. O que diz em relação a isso, Aprisionador? Eu lhe disse que manteria a minha palavra.

Sidarta não respondeu.

— Os meus prazeres diminuem a cada dia que passa! Sabe por quê, Sidarta? Pode me dizer por que sentimentos estranhos agora me tomam, arrefecendo meus momentos mais fortes, enfraquecendo-me e me colocando para baixo quando deveria me elevar, quando deveria estar cheio de alegria? É *esta* a maldição do Buda?

— É, sim — disse Sidarta.

— Então retire sua maldição, Aprisionador, e vou partir neste mesmo dia. Eu vou lhe devolver este manto de carne. Mais uma vez anseio pelos ventos frios e limpos das altitudes! Vai me libertar agora?

— É tarde demais, ó, chefe dos Rakasha. Causou isso a si próprio.

— O que eu causei? Como me aprisionou desta vez?

— Está lembrado, quando lutamos na sacada, de como zombou de mim? Disse-me que eu também tirava prazer dos métodos da dor com que trabalha. Estava correto, porque todos os homens têm dentro de si tanto aquilo que é obscuro quanto o que é iluminado. Um homem é algo de muitas divisões, não uma chama pura e límpida como foi antes. O intelecto dele com frequência luta contra as próprias emoções, contra a própria vontade, contra os próprios desejos... Os próprios ideais entram em conflito com o ambiente que ocupa e, se ele os seguir, conhece de modo agudo a perda daquilo que era antigo, mas, se não os seguir, sente a dor de ter deixado de lado um sonho novo e nobre. Seja lá o que fizer, representa tanto ganho quanto perda, uma chegada e uma partida. Ele sempre se enluta por aquilo que se foi e teme alguma parte do que é novo. Razão se opõe a tradição. Emoções se opõem a restrições que os outros homens lhe impõem. Sempre, da fricção dessas coisas, surge aquilo que chamou de maldição dos homens e da qual zombou: culpa!

"Saiba, então, que, enquanto existíamos no mesmo corpo e eu compartilhava dos seus trejeitos, nem sempre de má vontade, a estrada que seguimos não era uma via em que todo o trânsito se movia na mesma direção. À medida que torceu a minha vontade para as suas ações, a sua determinação também se torceu, por sua vez, pela minha repulsa a alguns de seus feitos. Aprendeu aquilo que é chamado de culpa, e para sempre ela cairá como uma sombra sobre sua carne e sua bebida. É por isso que o seu prazer foi rompido. É por isso que agora busca fugir. Mas não vai adiantar. Isso vai persegui-lo por todo o mundo. Vai se levantar no reino dos ventos frios e limpos. Vai segui-lo aonde for. Esta é a maldição do Buda."

Taraka cobriu o rosto com as mãos.

— Então isto é que é chorar — disse, depois de um tempo.

Sidarta não respondeu.

— Amaldiçoado seja, Sidarta. Voltou a me prender, em uma prisão ainda mais terrível que o Poço do Inferno.

— Você prendeu a si mesmo ao quebrar nosso pacto. Eu mantive a minha palavra.

— Os homens sofrem quando rompem pactos com demônios, mas nenhum Rakasha jamais sofreu assim antes — disse Taraka.

Sidarta não respondeu.

Na manhã seguinte, ao se sentar para o café da manhã, ouviu alguém bater à porta de seus aposentos.

— Quem ousa? — exclamou, e a porta abriu de supetão para dentro; as dobradiças se soltaram da parede, a superfície da madeira se quebrou feito um graveto seco.

Com a cabeça de um tigre com chifres sobre os ombros de um símio e com enormes cascos como pés e garras como mãos, o Rakasha avançou para dentro do aposento, com fumaça saindo da boca, ficou transparente por um instante e depois se tornou completamente visível outra vez, apagando-se mais uma vez só para retornar de novo. De suas garras pingava algo que não era sangue, e uma queimadura larga atravessava o peito dele. O ar se encheu com o odor de pelo queimado e de carne chamuscada.

— Mestre! — exclamou. — Um desconhecido chegou, pedindo para ter consigo!

— E não conseguiu convencê-lo de que eu não estava disponível?

— Senhor, uma dezena de guardas humanos se jogou em cima dele, e ele fez um gesto... apenas um aceno de mão na direção deles e um clarão de luz se projetou tão forte que até os Rakasha talvez não conseguissem olhar para ele. Só durou um instante, e todos desapareceram como se nunca tivessem existido... Havia também um buraco enorme no muro atrás de onde tinham estado... nenhum destroço, apenas um buraco liso e limpo.

— E então você se lançou sobre ele?

— Muitos dos Rakasha saltaram para cima dele... mas ele tem algo que nos repele. Fez o gesto mais uma vez e três da nossa própria espécie desapareceram, sumiram na luz que ele desfere... Não fui atingido por sua força total, apenas arranhado por seu poder. Ele me enviou, assim, para transmitir sua mensagem... Não consigo mais me manter coeso...

Com isso, desapareceu, e um globo de fogo pairou no lugar em que a criatura estava antes. Suas palavras chegavam à mente sem atravessar o ar depois de pronunciadas.

— Ele pede que se apresente sem demora. Caso contrário, diz que vai destruir este palácio.

— Os três que ele queimou voltaram a assumir as próprias formas?

— Não — respondeu o Rakasha. — Deixaram de existir...

— Descreva este desconhecido! — ordenou Sidarta, forçando as palavras por seus próprios lábios.

— Ele é muito alto e usa calças e botas pretas — disse o demônio. — Acima da cintura, traz uma vestimenta estranha. Parece uma luva branca sem costura, na mão direita apenas, que se estende braço acima e pelos ombros, envolvendo o pescoço e se erguendo apertada e lisa ao redor de toda a cabeça. Apenas a parte de baixo de seu rosto é visível, porque usa por cima dos olhos lentes pretas grandes que se estendem meio palmo à frente do rosto. Na cinta, usa uma bainha do mesmo material branco que a roupa... mas que não contém uma adaga, e sim uma varinha. Embaixo do material da roupa, no lugar em que cruza os ombros e sobe pelo pescoço, há um calombo, como se trouxesse ali um pacote.

— Lorde Agni! — disse Sidarta. — Você descreveu o deus do Fogo!

— Sim, deve ser mesmo — disse o Rakasha. — Porque, quando olhei para além de sua carne, para enxergar suas verdadeiras cores, vi ali uma chama igual à do centro do sol. Se existir um deus do Fogo, então, de fato, é ele.

— Então precisamos fugir, porque um grande incêndio está prestes a ocorrer — disse Sidarta. — Não conseguiremos lutar contra este, então devemos nos retirar com rapidez.

— Eu não temo os deuses e gostaria de experimentar o poder desse aí — disse Taraka.

— Não vai conseguir vencer o Senhor da Chama — disse Sidarta. — A varinha de fogo dele é invencível. Foi dada a ele pelo deus da morte.

— Então devo arrancá-la dele e voltá-la contra ele.

— Ninguém pode brandi-la sem ficar cego e perder uma das mãos no processo! É por isso que ele usa aquela vestimenta estranha. Não vamos mais perder tempo aqui!

— Preciso ver por conta própria — disse Taraka. — Preciso.

— Não permita que sua culpa recém-descoberta o force a flertar com a autodestruição.

— Culpa? — disse Taraka. — Aquela roedora mental insignificante que corrói a mente sobre a qual me ensinou? Não, não é culpa, Aprisionador. Será que é porque, quando eu no passado era supremo, à sua exceção, novos poderes se ergueram no mundo? Os deuses não eram assim tão fortes antigamente, e se de fato seu poder cresceu, então esse poder precisa ser testado... por mim mesmo! É da minha natureza, que é poder, lutar contra todo novo poder que surge e daí ou triunfar sobre ele ou ser aprisionado por ele. Preciso testar a força de lorde Agni e vencê-lo.

— Mas somos dois neste corpo!

— Isso é verdade... Se é para este corpo ser destruído, então vou levá-lo embora comigo, prometo. Já fortaleci suas chamas ao modo da minha espécie. Se este corpo morrer, vai continuar a viver como Rakasha. O nosso povo no passado portava corpos também, e eu me lembro da arte de fortalecer as chamas para que pudessem queimar independentemente do corpo. Isso lhe foi feito, então não tema.

— Muito obrigado.

— Agora, vamos confrontar a chama e arrefecê-la!

Deixaram os aposentos reais e desceram a escada. Bem lá embaixo, prisioneiro em seu próprio calabouço, o príncipe Videgha choramingava enquanto dormia.

Saíram pela porta que ficava atrás das cortinas às costas do trono. Quando empurraram essas cortinas de lado, viram que o grande salão estava vazio, fora os homens adormecidos no bosque e aquele que estava de pé no meio do recinto, com o braço branco dobrado por cima do braço nu, uma varinha prateada presa entre os dedos da mão enluvada.

— Está vendo como ele se posta? — disse Sidarta. — Tem confiança em seu poder, e com razão. Ele é Agni dos Lokapalas. É capaz de enxergar o horizonte não obstruído mais longínquo, como se estivesse na ponta de seus dedos. E é capaz de alcançar tão longe quanto. Dizem que, certa vez, chamuscou as próprias luas com aquela varinha. Se ele resvalar a base no conector em sua luva, o Fogo Universal vai saltar adiante com um brilho ofuscante, obliterando a matéria e dispersando as energias que estiverem em seu caminho. Ainda não é tarde demais para recuar...

— Agni! — ouviu sua boca exclamar. — Requisitou uma audiência com aquele que manda aqui?

As lentes escuras se viraram na direção dele. Os lábios de Agni se moveram para trás, sumindo em um sorriso que se dissolveu em palavras:

— Achei que o encontraria aqui — disse ele, com a voz anasalada e penetrante. — Aquela santidade toda deve ter sido demais e precisou se libertar, hein? Devo chamá-lo de Sidarta, ou de Tathagatha, ou de Mahasamatman... ou apenas Sam?

— Seu tolo — respondeu. — Aquele que lhe era conhecido como Aprisionador de Demônios, por todos ou qualquer um desses nomes, está ele mesmo, agora, aprisionado. Tem o privilégio de se dirigir a Taraka dos Rakasha, Senhor do Poço do Inferno!

Ouviu-se um estalo e as lentes ficaram vermelhas.

— Sim, reconheço a verdade no que diz — respondeu o outro. —Vejo um caso de possessão demoníaca. Interessante. Sem dúvida, confinado também. — Ele deu de ombros, então concluiu: — Mas posso destruir dois tão facilmente quanto apenas um.

— Acha que pode? — indagou Taraka, erguendo ambos os braços diante de si.

Quando fez isso, ouviu-se um ronco, e o bosque escuro se espalhou em um instante pelo piso, engolindo aquele que se postava ali, com seus galhos escuros murchando ao redor dele. O ronco continuou e o piso se moveu vários dedos embaixo dos pés deles. Do alto vinham estalos e o som de pedra quebrando. Poeira e cascalho começaram a cair.

Então se viu um clarão de luz ofuscante e as árvores desapareceram, deixando tocos e manchas pretas no piso.

Com um urro e um estrondo enorme, o teto caiu.

Ao recuarem pela porta que ficava atrás do trono, viram a figura, que ainda estava postada no meio do salão, erguer a mão diretamente acima da cabeça e movimentá-la em um círculo minúsculo.

Um cone de brilho disparou para o alto, dissolvendo tudo o que tocava. Um sorriso recurvava os lábios de Agni enquanto as pedras enormes desabavam, sendo que nenhuma chegava a cair nem perto dele.

O ronco continuou, o piso rachou e as paredes começaram a balançar.

Bateram a porta e Sam sentiu uma onda de inquietação quando a janela, que um momento antes estava na outra ponta do corredor, passou em alta velocidade por ele.

Correram para cima e para fora atravessando os céus, e uma sensação formigante e borbulhante enchia seu corpo, como se ele fosse um ser de líquido percorrido por uma corrente elétrica.

Ao olhar para trás, utilizando a visão do demônio que enxergava em todas as direções, ele avistou Palamaidsu, já tão distante que poderia ser enquadrada e pendurada na parede feito uma pintura. Na colina alta no meio da cidade, o palácio de Videgha desabava sobre si mesmo; enormes rastros de luz, feito relâmpagos invertidos, saltavam das ruínas para os céus.

— Essa é a sua resposta, Taraka — disse ele. — Que tal voltarmos para testar o poder dele mais uma vez?

— Eu tinha que ver por mim mesmo — disse o demônio.

— Agora, permita-me lhe dar mais um aviso. Eu não estava brincando quando disse que ele é capaz de enxergar o horizonte mais longínquo. Se ele se libertar logo e voltar seu olhar nesta direção, vai nos encontrar. Não acho que você seja capaz de se mover mais rápido que a luz, então sugiro que voe mais baixo e utilize o terreno como cobertura.

— Eu nos tornei invisíveis, Sam.

— Os olhos de Agni são capazes de enxergar mais fundo nas gamas de vermelho e mais longe nos tons de violeta do que um homem.

Perderam altitude então, com rapidez. Em Palamaidsu, no entanto, Sam viu que a única evidência que restava do palácio de Videgha era uma nuvem de poeira sobre uma encosta cinzenta.

Movendo-se feito um redemoinho, dispararam para bem longe ao norte até finalmente as Ratnagaris estarem abaixo deles. Quando chegaram à montanha chamada Channa, pairaram por seu pico e pousaram na plataforma na frente da entrada aberta para o Poço do Inferno.

Entraram e fecharam a porta.

— Uma perseguição vai acontecer e nem o Poço do Inferno vai sobreviver a ela — disse Sam.

— Como tem confiança em seu poder para mandar apenas um! — disse Taraka.

— Sente que a confiança não é justificada?

— Não — disse Taraka. — Mas e o Vermelho do qual falou, que bebe a vida com os olhos? Não achou que mandariam lorde Yama em vez de Agni?

— Achei — disse Sam, ao se deslocarem de volta ao poço. — Eu tinha certeza de que ele viria, e ainda acho que virá. Quando o vi pela última vez, causei-lhe alguma perturbação. Acredito que ele viria à minha caça em qualquer lugar. Quem sabe ele pode estar, neste exato momento, de tocaia no fundo do próprio Poço do Inferno.

Chegaram à beira do poço e iniciaram a trilha.

— Ele não espera lá embaixo — anunciou Taraka. — Eu já teria sido contatado por aqueles que esperam, aprisionados, se alguém que não fosse um Rakasha tivesse passado por aqui.

— Ele virá e, quando o Vermelho vier ao Poço do Inferno, não será detido em seu caminho — disse Sam.

— Mas muitos vão tentar — disse Taraka. — Lá está a primeira.

A primeira chama apareceu em seu nicho ao lado da trilha.

Quando passaram, Sam a libertou e ela saltou no ar feito um pássaro colorido, descendo o poço em espiral.

Desceram lentamente e, de cada nicho, fogo saltava e se derramava adiante. Sob o comando de Taraka, algumas chamas se erguiam e desapareciam por cima da beira do poço, saindo pela porta enorme que exibia as palavras dos deuses em sua face externa.

Quando chegaram ao fundo do poço, Taraka disse:

— Vamos libertar aqueles que estão trancados nas cavernas também.

Então se embrenharam pelas passagens e cavernas fundas, libertando os demônios presos ali.

Passado um tempo (quanto tempo, ele nunca saberia dizer), todos tinham sido libertos.

Os Rakasha se reuniram, então, pela caverna, postados em enormes falanges de chamas, e todos os seus gritos se uniram em uma só nota firme e vibrante que rolava e rolava e batia dentro de sua cabeça, até que ele percebeu, sobressaltado com a ideia, que estavam cantando.

— Sim — disse Taraka. — É a primeira vez em muito tempo que fazem isso.

Sam escutou as vibrações dentro do próprio crânio, absorvendo um pouco do significado por trás do sibilo e do ardor, dos sentimentos que acompanhavam palavras e marcações que eram mais do que conhecidas em sua mente:

Somos as legiões do Poço do Inferno, amaldiçoadas,
Os banidos da chama caída.
Somos a raça desfeita pelo homem.
Então os homens amaldiçoamos. Não tem saída!

Este mundo era nosso antes dos deuses,
No tempo antes do homem e de sua raça.
E, quando os homens e os deuses se forem,
Este mundo voltará a integrar nossa graça.

As montanhas caem, os mares secam,
As luas do céu hão de desaparecer.
A Ponte de Ouro um dia vai cair,
E tudo que respira um dia há de perecer.

Mas nós do Poço do Inferno vamos triunfar,
Deuses e homens vão um dia fraquejar.
As legiões dos desgraçados não morrem.
Esperamos, esperamos, até nos levantar!

Sam estremeceu enquanto eles cantavam sem parar, recontando suas glórias esquecidas, confiantes na capacidade que tinham de sobreviver a qualquer circunstância, enfrentar qualquer força com o judô cósmico de um empurrão, um puxão e uma longa espera, observando tudo que desaprovavam voltar sua força sobre si mesmo e perecer. Naquele momento, quase acreditou que aquilo que cantavam era verdade e que um dia não haveria nada além dos Rakasha voando por cima da paisagem esburacada de um mundo morto.

Então ele voltou a ponderar sobre outros assuntos e expulsou aquele estado de espírito de si. Mas, nos dias que se seguiram e até, de vez em quando, em anos mais tarde, aquilo retornava para minar seus esforços e caçoar de suas alegrias, para fazer com que ele refletisse, conhecesse a culpa, sentisse tristeza e, assim, se sentisse humilhado.

Depois de um tempo, um dos Rakasha que tinha saído antes retornou e desceu o poço. Ele pairou no ar e relatou o que tinha visto. Enquanto falava, suas chamas formaram o contorno de uma cruz tau.

— Esta é a forma daquela carruagem que cortou o céu e depois caiu, indo repousar no vale além do Pico do Sul — disse ele.

— Aprisionador, conhece esse veículo? — perguntou Taraka.

— Já ouvi sua descrição antes — disse Sam. — É a carruagem de trovão de lorde Shiva.

— Descreva o ocupante dela — disse ao demônio.

— Havia quatro, lorde.

— Quatro!

— Sim. Aquele que descreveu como sendo Agni, Lorde dos Fogos. Com ele está aquele que usa os chifres de um touro encaixados em um elmo polido: a armadura dele parece de bronze antigo, mas não é; é trabalhada em volta dele com as formas de muitas serpentes e não parece pesar nada quando ele se move. Em uma das mãos, segura um tridente reluzente e não carrega um escudo na frente do corpo.

— Esse é Shiva — disse Sam.

— E caminhando com esses dois vem um todo vermelho, cujo olhar é escuro. Este não fala, mas de vez em quando seu olhar recai na mulher que caminha ao seu lado, à sua esquerda. Ela tem a pele e o cabelo claros, a armadura dela combina com a vermelha dele. Os olhos dela são como o mar e costuma sorrir com os lábios da cor do sangue dos homens. No pescoço usa um colar de caveiras. Carrega um arco e em seu cinto há uma pequena espada. Ela segura nas mãos um instrumento estranho, como se fosse um cetro preto coroado com uma caveira prateada que também é uma roda.

— Esses dois são Yama e Kali — disse Sam. — Agora escute, Taraka, o mais poderoso entre os Rakasha, enquanto lhe digo o que se move contra nós. O poder de Agni já conhece muito bem, e do Vermelho eu já falei. Agora, aquela que caminha do lado esquerdo da Morte também possui o olhar que bebe a vida daquilo que fita. Seu cetro-roda grita feito as trombetas que sinalizam o fim da Yuga e todos aqueles que se postam perante seus lamentos se sentem diminuídos e confusos. Ela deve ser tão temida quanto seu Senhor, que é implacável e invencível. Mas aquele com o tridente é o Senhor da Destruição em si. É verdade que Yama é o Rei dos Mortos, e Agni, o Lorde das Chamas, mas o poder de Shiva é o poder do caos. A força dele é aquela que separa átomo de átomo, destruindo as formas de todas as coisas contra as quais se volta. Contra esses quatro, os libertos do Poço do Inferno em si não podem fazer frente. Portanto, vamos partir deste lugar imediatamente, porque eles com toda a certeza estão vindo para cá.

— Eu não prometi, Aprisionador, que iria ajudá-lo a lutar contra os deuses? — perguntou Taraka.

— Prometeu, mas isso de que falei era para ser um ataque-surpresa. Eles têm seus Aspectos sobre si agora, e ergueram seus Atributos. Se tivessem escolhido, sem nem pousar a carruagem de trovão, Channa já não existiria mais, mas no lugar desta montanha haveria uma cratera profunda, aqui no meio das Ratnagaris. Precisamos fugir para lutar contra eles outro dia.

— Está lembrado da maldição do Buda? — perguntou Taraka. — Está lembrado como me ensinou sobre a culpa, Sidarta? Eu me lembro, e sinto que lhe devo essa vitória. Eu lhe devo algo por suas dores e colocarei esses deuses em suas mãos como pagamento.

— Não! Se for me servir de alguma maneira, faça isso em outro momento, não neste! Seja útil para mim agora ao me tirar deste lugar, para longe e bem rápido!

— Está com medo deste encontro, lorde Sidarta?

— Sim, estou, sim! Porque isto é uma tolice! O que dizer do seu cântico "Esperamos, esperamos, até nos levantar!"? Onde está a paciência dos Rakasha? Diz que vai esperar até que os mares sequem e as montanhas caiam, até que as luas desapareçam do céu... mas não pode esperar até que eu determine a hora e o campo de batalha! Estes deuses, eu os conheço muito melhor do que você, porque no passado fui um deles. Não tome uma atitude afobada dessas neste momento. Se deseja me servir, poupe-me deste encontro!

— Muito bem, estou ouvindo o que diz, Sidarta. As suas palavras me comovem, Sam. Mas eu colocaria a força deles à prova. Assim, devo enviar alguns dos Rakasha contra eles. Mas devemos viajar para longe, nós dois, bem para o fundo das raízes do mundo. Lá esperaremos o relato da vitória. Se, de algum modo, os Rakasha perderem a luta, então vou levá-lo para longe daqui e restaurá-lo ao seu corpo. No entanto, eu deveria usá-lo por mais algumas horas para saborear as suas paixões neste conflito.

Sam curvou a cabeça.

— Amém — disse e, com um formigamento, uma sensação borbulhante, ele se sentiu erguer do chão e ser carregado por amplos caminhos cavernosos não mapeados pelo homem.

Ao dispararem de uma câmara de teto abobadado até outra por túneis, abismos e poços, através de labirintos de grutas e corredores de pedra, a mente de Sam começou a vagar, passando pelos caminhos da memória, indo e vindo. Ele pensou nos dias de seu recente ministério, quando tinha tentado enxertar os ensinamentos de Gautama sobre os valores da religião que governava o mundo. Pensou no estranho, Sugata, em cujas mãos havia tanta morte quanto bênção. Ao longo dos anos, os nomes iriam se fundir e seus feitos ficariam misturados. Ele tinha vivido tempo demais para não saber como o tempo movimentava os caldeirões das lendas. Já houvera um verdadeiro Buda, ele sabia disso agora. O ensinamento que ele tinha oferecido, por mais que ilegítimo, atraíra este crente verdadeiro, este que de algum modo tinha alcançado a iluminação, marcado a mente dos homens com sua santidade e daí se entregado de boa vontade às mãos da própria Morte. Tathagatha e Sugata seriam parte de uma única lenda, ele sabia, e Tathagatha brilharia sob a luz lançada por seu discípulo. Apenas o único Dhamma sobreviveria. Então sua mente retornou à batalha no Salão do Carma e ao maquinário ainda escondido em um lugar secreto. E ele pensou, em seguida, nas incontáveis transferências pelas quais havia passado antes daquele tempo, nas batalhas que tinha lutado, nas mulheres que tinha amado ao longo das eras; pensou em todo o potencial que um mundo tinha e no que o mundo em que se encontravam era e por quê. Então foi levado mais uma vez por sua raiva contra os deuses. Pensou nos dias em que um punhado deles tinha lutado contra os Rakasha e as Nagas, os Gandharvas e o Povo-do-Mar, os demônios Kataputna e as Mães do Brilho Terrível, as Dakshinis e os Pretas, os Skandas e os Pisakas, e tinham vencido, libertando o mundo do caos e construindo sua primeira cidade de homens. Tinha visto essa cidade passar por todos os estágios pelos quais uma cidade pode passar, até agora ser habitada por aqueles que eram capazes de girar a mente por um momento e transformar-se em deuses, tomando para si o Aspecto que fortalecia seu corpo, intensificava sua vontade e estendia o poder de seus desejos em Atributos, que desabavam com uma força feito mágica sobre aqueles contra quem eles os viravam. Pensou, então, sobre esta cidade e estes deuses, e soube de sua beleza e de sua justiça, sua feiura e seu erro. Ele pensou em seu esplendor e em sua cor, em contraste com aquele do resto do mundo, e chorou em sua fúria, pois sabia que jamais poderia voltar a se sentir totalmente certo ou totalmente errado ao se opor a ela. Era por isso que tinha esperado tanto, sem fazer nada. Agora, qualquer coisa que fizesse resultaria tanto em vitória quanto em derrota, um sucesso e um fracasso; e se o desfecho de todas as suas ações seria o fim ou a continuação do sonho da cidade, o fardo ou a culpa seria dele.

Esperaram, então, na escuridão.

Durante um longo momento de silêncio, esperaram. O tempo passou feito um velho subindo uma montanha.

Pararam em uma saliência sobre um lago escuro e esperaram.

— Já não devíamos ter recebido notícias?

— Talvez sim. Talvez não.

— O que devemos fazer?

— Como assim?

— Se não vierem de jeito nenhum. Quanto tempo vamos esperar aqui?

— Vão vir, sim, cantando.

— Espero que sim.

Mas não se ouviu nenhum canto, nem movimento. Ao redor deles havia a imobilidade do tempo que não tinha objetos para desgastar.

— Por quanto tempo já esperamos?

— Não sei. Muito.

— Sinto que nem tudo está bem.

— Pode ter razão. Será que devemos subir alguns níveis para investigar ou será que concedo sua liberdade agora?

— Vamos esperar mais um pouco.

— Muito bem.

Mais uma vez, fez-se silêncio. Andavam de um lado para o outro acompanhados dele.

— O que foi isso?

— O quê?

— Um som.

— Não escutei nada e estamos usando os mesmos ouvidos.

— Não com os ouvidos do corpo... Aí, de novo!

— Não escutei nada, Taraka.

— Ele continua. Parece um grito, mas não termina.

— Longe?

— É, bem longe. Escute do meu jeito.

— Sim! Acredito que seja o cetro de Kali. A batalha, então, prossegue.

— Tanto tempo assim? Então os deuses são mais fortes do que eu supunha.

— Não, os Rakasha são mais fortes do que eu supunha.

— Independentemente de ganharmos ou perdermos, Sidarta, os deuses no momento estão ocupados. Se pudermos passar por eles, o veículo deles pode estar sem vigia. Quer tomá-lo para si?

— Roubar a carruagem de trovão? É uma ideia... É uma arma poderosa, assim como um meio de transporte. Quais serão nossas chances?

— Tenho certeza de que os Rakasha são capazes de segurá-los por quanto tempo for necessário... e a subida é longa do Poço do Inferno. Não precisamos usar a trilha. Estou ficando cansado, mas ainda consigo nos carregar pelo ar.

— Vamos subir alguns níveis e investigar.

Saíram na saliência perto do lago escuro, e o tempo bateu mais uma vez ao redor dele ao passarem para o alto.

Ao avançarem, um globo de luz se moveu para encontrá-los. Acomodou-se no piso da caverna e fez crescer uma árvore de fogo verde.

— Como vai a batalha? — perguntou Taraka.

— Nós os seguramos, mas não somos capazes de trancá-los — relatou o globo.

— Por que não?

— Tem aquilo neles que repele. Eu não sei como chamar, mas não podemos chegar muito perto.

— Como lutam, então?

— Uma tempestade constante de pedras cai ao redor deles. Lançamos fogo, água e enormes ventos rodopiantes também.

— E como eles respondem a isso?

— O tridente de Shiva abre caminho através de tudo. Mas, por mais que destrua, lançamos mais elementos contra ele. Então ele fica lá feito uma estátua, desfazendo a tempestade que não vamos permitir terminar. Ocasionalmente, ele se mexe para matar, enquanto o Lorde dos Fogos segura o ataque. O cetro da deusa desacelera aqueles que estão diante dela. Uma vez desacelerados, encontram o tridente, ou a mão ou os olhos da Morte.

— E não obteve sucesso em feri-los?

— Não.

— Onde estão?

— Em parte, um pouco para baixo da parede do poço. Ainda estão perto do topo. Descendo devagar.

— Quantos perdemos?

— Dezoito.

— Então foi um erro terminar a nossa espera para começar esta batalha. O preço é alto demais e nada se ganha... Sam, quer tentar tomar a carruagem?

— Vale a pena o risco... Sim, vamos tentar.

— Vá, então — instruiu ele ao Rakasha, que criou galhos e balançava logo à frente. — Vá e iremos atrás, mais devagar. Vamos nos erguer ao longo da parede oposta. Quando começarmos a subida, redobrem seu ataque. Mantenham os deuses totalmente ocupados até termos passado. Segurem para nos dar tempo de roubar a carruagem deles do vale. Quando isso for feito, vou retornar minha verdadeira forma e poderemos colocar fim à luta.

— Obedeço — respondeu o outro, e caiu no chão para se transformar em uma cobra verde de luz que serpenteou para longe adiante deles.

Apressaram-se, correndo em frente parte do caminho, a fim de conservar a força do demônio para o impulso final necessário contra a gravidade.

Tinham percorrido uma longa distância embaixo das Ratnagaris e a viagem de volta parecia eterna.

Mas finalmente chegaram ao piso do poço; e estava iluminado o suficiente para que, mesmo com os olhos do corpo, Sam enxergasse com nitidez ao seu redor. O barulho era ensurdecedor. Se ele e Taraka precisassem depender da fala para se comunicar, não haveria comunicação.

Tal qual uma orquídea fantástica sobre um ramo de ébano, o fogo florescia na parede do poço. Quando Agni acenava com sua varinha, mudava de forma, estremecendo. No ar, feito insetos brilhantes, dançavam os Rakasha. O soprar dos ventos era um ruído, e as muitas pedras batendo era outro. Por cima de tudo, havia o grito ululante da roda-caveira prateada que Kali abanava feito um leque na frente do rosto; e era ainda mais terrível quando se erguia além do alcance do ouvido, mas continuava berrando. Pedras se partiam, derretiam e se dissolviam no ar, com os fragmentos esbranquiçados de tão quentes saltando feito fagulhas de uma forja, para fora e para baixo. Ricocheteavam e rolavam, brilhando avermelhadas nas sombras do Poço do Inferno. As paredes ao redor do poço estavam cheias de buracos, lascados e chamuscados nos lugares em que as chamas e o caos tinham tocado.

— Agora, vamos! — disse Taraka.

Ergueram-se no ar e foram subindo pela lateral do poço. A força do ataque dos Rakasha aumentou, para ser revidado com um contra-ataque mais intenso. Sam cobriu os ouvidos com as mãos, mas aquilo não teve efeito contra as agulhas que ardiam atrás de seus olhos, que se moviam cada vez que a caveira prateada se voltava em sua direção.

A uma curta distância logo à sua esquerda, uma seção toda de pedra desapareceu de modo abrupto.

— Não nos detectaram — disse Taraka.

— Ainda não — respondeu Sam. — Aquele maldito deus do Fogo é capaz de enxergar através de um mar de tinta para avistar um grão de areia que se move. Se ele se voltar para esta direção, espero que você possa desviar de seus...

— Que tal isto? — perguntou Taraka, quando de repente estavam doze metros mais alto e um pouco mais para a esquerda.

Agora subiam em alta velocidade e uma linha de pedra derretida corria atrás deles. Então tudo foi interrompido quando os demônios formaram um uivo e soltaram pedregulhos gigantescos, que lançavam para cima dos deuses, acompanhados de furacões e lâminas de fogo.

Chegaram à beira do poço, passaram por cima dele e se apressaram para sair do alcance.

— Precisamos dar a volta completa agora, para chegar ao corredor que leva à porta.

Um Rakasha se ergueu para fora do poço e disparou até o lado deles.

— Estão recuando! — exclamou ele. — A deusa sucumbiu. O Vermelho lhe dá apoio em sua fuga!

— Não estão recuando — disse Taraka. — Estão se movendo para nos interceptar. Bloqueiem o caminho! Destruam a trilha! Rápido!

O Rakasha desceu feito um meteoro poço abaixo novamente.

— Aprisionador, estou ficando cansado. Não sei se aguento nós dois da plataforma do lado de fora até o solo lá embaixo.

— Consegue percorrer parte do caminho?

— Consigo.

— Os primeiros cem metros do caminho em que a trilha é estreita?

— Acho que sim.

— Muito bem!

Correram.

Ao fugirem ao longo da borda do Poço do Inferno, outro Rakasha se ergueu e passou a acompanhá-los.

— Trago um relato! — exclamou. — Destruímos a trilha duas vezes. A cada vez, o Lorde das Chamas queimou uma nova!

— Então não há mais nada a fazer! Fique conosco agora! Precisamos da sua assistência em outra questão.

Disparou à frente deles, uma lasca carmim iluminando o caminho.

Deram a volta no poço e dispararam pelo túnel. Ao chegar no fim, arregaçaram a porta e saíram em direção à plataforma. O Rakasha que tinha ido na frente bateu a porta às costas deles e disse:

— Estão vindo bem atrás!

Sam deu um passo além da plataforma. Ao cair, a porta brilhou por um instante, então se derreteu acima dele.

Com a ajuda de um segundo Rakasha, desceram toda a distância até a base da montanha Channa e percorreram uma trilha que fazia uma curva. O sopé de uma montanha agora os protegia dos deuses, mas a pedra foi atingida por chamas em um instante.

O segundo Rakasha disparou para o alto no ar, deu um rodopio e sumiu.

Correram pela trilha, na direção do vale que abrigava a carruagem. Quando a alcançaram, o Rakasha tinha retornado.

— Kali, Yama e Agni descem — afirmou ele. — Shiva fica para trás, cuidando do corredor. Agni lidera a perseguição. O Vermelho ajuda a deusa, que manca.

Diante deles, no vale, estava a carruagem de trovão. Bela e sem adornos, da cor de bronze, apesar de não ser de bronze. Estava em uma planície larga, coberta de capim. Parecia uma torre de preces caída, ou a chave da casa de um gigante ou alguma peça necessária a um instrumento musical celestial que tivesse se desvencilhado de uma constelação estrelada e caído no chão. De algum modo, parecia incompleta, apesar de o olho não ser capaz de encontrar falha em seu contorno. Tinha aquela beleza especial que pertence às classes mais altas de armas, exigindo utilidade para que se fizesse completa.

Sam foi até o lado do veículo, achou a portinhola e entrou.

— É capaz de operar esta carruagem, Aprisionador? — perguntou Taraka. — Fazer com que dispare através dos céus, lançando destruição pela terra?

— Tenho certeza de que Yama faria com que os controles fossem o mais simples possíveis. Ele sempre facilita tudo o que pode. Já pilotei os jatos do Paraíso antes e aposto que esta deve ser da mesma natureza.

Entrou na cabine, acomodou-se no assento de controle e ficou encarando o painel diante de si.

— Desgraça! — anunciou, com as mãos avançando e recuando.

O outro Rakasha apareceu de repente, atravessou a parede de metal da nave e pairou por cima do console.

— Os deuses avançam com rapidez — anunciou. — Especialmente Agni.

Sam ativou uma série de interruptores e apertou um botão. Luzes se acenderam por todo o painel de instrumentos e um zumbido saiu de dentro dele.

— A que distância está? — perguntou Taraka.

— Já desceu quase a metade. Ele ampliou a trilha com chamas. Corre por ela agora como se fosse uma estrada. Queima obstáculos. Deixa o caminho livre.

Sam puxou uma alavanca e ajustou um seletor, lendo os indicadores à frente. Um calafrio percorreu a nave.

— Está pronto? — perguntou Taraka.

— Não posso decolar com o motor frio. É necessário esquentar. Além disso, este painel de instrumentos é mais complicado do que eu pensava.

— Estamos por um fio.

— Eu sei.

Ao longe vinham os sons de diversas explosões que se erguiam sobre o ronco crescente da carruagem. Sam puxou a alavanca mais um pouquinho, reajustou o seletor.

— Vou segurá-los — disse o Rakasha, e sumiu do mesmo jeito que tinha chegado.

Sam puxou mais ainda a alavanca e, em algum lugar, algo cuspiu e morreu. A nave ficou em silêncio mais uma vez.

Colocou então a alavanca na posição anterior, girou o mostrador e voltou a apertar o botão.

E mais uma vez um calafrio percorreu a carruagem, e em algum lugar começou um ronronar. Sam puxou a alavanca um pouquinho, ajustou o seletor.

Depois de um momento, ele repetiu, e o ronronado se tornou um rosnado suave.

— Foi-se — disse Taraka. — Morreu.

— Quem? O quê?

— Aquele que foi deter o Lorde das Chamas. Fracassou. Ouviram-se mais explosões.

— O Poço do Inferno está sendo destruído — disse Taraka.

Com suor na testa, Sam esperava com a mão na alavanca.

— Ele está chegando... Agni!

Sam olhou através da longa placa de escudo inclinada.

O Lorde das Chamas adentrou no vale.

— Adeus, Sidarta.

— Ainda não — disse Sam.

Agni olhou para a carruagem e ergueu a varinha.

Não aconteceu nada.

Ele ficou lá parado, apontando a varinha; então a baixou, sacudiu.

Ergueu-a mais uma vez.

De novo, nenhuma chama saiu dali.

Colocou a mão esquerda atrás do pescoço, fez algum tipo de ajuste no pacote. Ao fazer isso, uma luz da varinha se projetou e abriu um buraco enorme no solo ao seu lado.

Apontou a varinha mais uma vez.

Nada.

Então começou a correr na direção da nave.

— Eletrodirecionamento? — perguntou Taraka.

— Isso mesmo.

Sam puxou a alavanca, fez mais um ajuste no seletor. Um enorme urro cresceu ao seu redor.

Apertou outro botão, e ouviu-se um estalo vindo da traseira do veículo. Ele moveu mais um seletor quando Agni alcançou a portinhola.

Viu-se um clarão de chama e escutou-se um barulho de metal contra metal.

Ele se ergueu do assento e saiu da cabine para o corredor.

Agni tinha entrado e apontava a varinha.

— Não se mexa... Sam! Demônio! — exclamou por cima do rugido dos motores e, enquanto falava, suas lentes ficaram vermelhas e ele sorriu. — Demônio — afirmou. — Não se mexa, ou o seu anfitrião vai queimar junto!

Sam saltou para cima dele.

Agni caiu com facilidade quando ele atacou, porque não tinha acreditado que o outro poderia alcançá-lo.

— Curto-circuito, foi? — disse Sam e o atingiu na garganta. — Ou manchas solares? — E o atingiu na têmpora.

Agni caiu de lado, e Sam o atingiu com um golpe final com a borda da mão, logo acima da clavícula.

Chutou a varinha para a outra ponta do corredor e, ao se aproximar da portinhola, percebeu que já era tarde demais.

— Vá agora, Taraka — disse ele. — A partir de agora, esta luta é minha. Não há mais nada que possa fazer.

— Prometi o meu auxílio.

— Não tem nenhum para oferecer agora. Saia enquanto pode.

— Se esta é a sua vontade; mas tenho uma última coisa a lhe dizer...

— Guarde! Da próxima vez que eu estiver nas vizinhanças...

— Aprisionador, é esta coisa que me ensinou... Sinto muito. Eu...

Ele sentiu uma torção terrível, uma sensação de aperto dentro do corpo e da mente quando o olhar mortal de Yama recaiu sobre ele e acertou no fundo de seu ser.

Kali também olhou nos olhos dele e, ao fazê-lo, ergueu seu cetro, que berrava.

Uma sombra se ergueu e outra caiu.

— Adeus, Aprisionador — disseram as palavras de dentro de sua mente.

Então a caveira começou a berrar.

Ele sentiu o corpo cair.

Sentiu um latejamento.

Estava dentro de sua cabeça. Estava em todo o seu corpo.

Foi acordado pelo latejamento e se sentiu coberto de dores, assim como de ataduras.

Havia correntes em seus pulsos e tornozelos.

Estava quase sentado no chão de um pequeno compartimento. Ao lado da porta estava sentado o Vermelho, fumando.

Yama assentiu com a cabeça, não disse nada.

— Por que estou vivo? — perguntou Sam.

— Está vivo pelo motivo de cumprir um compromisso feito há muitos anos em Mahartha — disse Yama. — Brahma está particularmente ansioso para voltar a vê-lo.

— Mas não estou especialmente ansioso para ver Brahma.

— Ao longo dos anos, isso se tornou um tanto aparente.

— Vejo que saiu da lama ileso.

O outro sorriu.

— Você é um homem mau — disse.

— Eu sei. Treino para isso.

— Deduzo que seu plano de negócios não deu certo?

— Infelizmente, não deu.

— Talvez possa tentar recuperar suas perdas. Estamos a meio caminho do Paraíso.

— Acha que eu teria uma chance?

— Pode ser que sim. Os tempos mudaram. Brahma pode ser um deus misericordioso nesta semana.

— Meu terapeuta ocupacional disse para eu me especializar em causas perdidas.

Yama deu de ombros.

— E o demônio? — perguntou Sam. — Aquele que estava comigo?

— Eu o toquei com força — disse Yama. — Não sei se acabei com ele ou se só o expulsei para longe, porém não precisa voltar a se preocupar com isso. Está besuntado de repelente de demônio. Se a criatura ainda estiver viva, vai demorar muito até se recuperar do nosso contato. Talvez nunca se recupere. Como foi que isso aconteceu, para começo de conversa? Pensei que fosse o único homem imune à possessão demoníaca.

— Eu também pensava assim. O que é repelente de demônio?

— Descobri um agente químico, inofensivo para nós, que nenhum dos seres de energia é capaz de suportar.

— Um item bem prático. Eu poderia ter usado no tempo do aprisionamento.

— Sim. Usamos no Poço do Inferno.

— Foi uma batalha e tanto, pelo que vi.

— Foi, sim — disse Yama. — Como é sofrer... possessão demoníaca? Como é ter outra vontade se sobrepondo à própria?

— É estranho, assustador e bastante educativo ao mesmo tempo — disse Sam.

— Como assim?

— Este era o mundo deles antes — disse Sam. — Tiramos deles. Por que não podem ser tudo que nos faz detestá-los? Para eles, os demônios somos nós.

— Mas qual é a sensação?

— De ter a sua vontade sobreposta por outra? Você deveria saber.

O sorriso de Yama desapareceu, depois retornou.

— Gostaria que eu o atacasse, não é mesmo, Buda? Isso faria com que se sentisse superior. Infelizmente, sou sádico e não farei isso.

Sam deu risada.

— *Touché*, Morte — disse ele.

Ficaram lá em silêncio por um tempo.

— Pode me arranjar um cigarro?

Yama lhe entregou um e o acendeu.

— Como é a Primeira Base hoje em dia?

— Mal reconheceria o lugar — disse Yama. — Se todos os que estiverem lá forem morrer neste momento, continuaria perfeita daqui a dez mil anos. As flores continuariam desabrochando, a música tocaria e as fontes fariam ondas em toda a extensão do espectro. Refeições quentes continuariam sendo servidas nos pavilhões do jardim. A Cidade em si é imortal.

— Uma morada adequada, suponho, para aqueles que se autodenominam deuses.

— Autodenominam? — perguntou Yama. — Está errado, Sam. A divindade é mais do que um nome. É uma condição de ser. Não se pode atingi-la simplesmente por ser imortal, porque até o trabalhador mais baixo dos campos é capaz de obter a continuidade da existência. Será então o condicionamento de um Aspecto? Não. Qualquer hipnotista é capaz de fazer jogos com a autoimagem. Será isso o surgimento de um Atributo? É óbvio que não. Sou capaz de projetar máquinas mais poderosas e mais precisas do que qualquer faculdade mental que um homem seja capaz de desenvolver. Ser um deus é a qualidade de ser capaz de ser você mesmo de tal modo que suas paixões correspondem às forças do universo, de modo que aqueles que o admiram sabem disso sem ouvir seu nome ser proferido. Algum poeta antigo disse que o mundo é cheio de ecos e correspondências. Outro escreveu um longo poema sobre um inferno, em que cada homem sofria uma tortura que coincidia, em natureza, com as mesmas forças que tinham governado sua vida. Ser um deus é ser capaz de reconhecer em si essas coisas que são importantes e acertar a única nota que as coloca em alinhamento com tudo o mais que existe. Então, além do moral, ou da lógica, ou da estética, torna-se vento ou fogo, o mar, as montanhas, a chuva, o sol ou as estrelas, o voo de uma flecha, o fim de um dia, a amarra do amor. Reina-se por meio das paixões dominantes. Aqueles que admiram os deuses então dizem, sem nem mesmo saber seu nome: "Ele é Fogo. Ela é Dança. Ele é Destruição. Ela é Amor". Então, para responder à sua afirmação, eles não se autodenominam deuses. Mas todos os outros o fazem, todos aqueles que os admiram.

— Então, tocam isso em seus banjos fascistas, é?

— Escolheu o adjetivo errado.

— Já gastou todos os outros.

— Parece que nunca vamos concordar em relação a este assunto.

— Se alguém perguntar por que está oprimindo um mundo e você responder com um monte de porcaria poética, não. Acredito que então não pode haver concordância.

— Então permita que escolhamos outro assunto de conversa.

— Mas *eu* admiro *você* e digo: "Ele é a Morte."

Yama não respondeu. Sam continuou:

— Estranha paixão dominante. Ouvi dizer que era velho antes de ser jovem...

— Sabe que é verdade.

— Foi um prodígio mecânico e um mestre de armas. Perdeu a sua juventude em um arroubo de chamas e se tornou um velho naquele mesmo dia. Será que a morte se tornou a sua paixão dominante naquele momento? Ou foi mais cedo? Ou mais tarde?

— Não faz diferença — disse Yama.

— Serve aos deuses porque acredita no que me disse, ou porque odeia a maior parte da humanidade?

— Não menti.

— Então a Morte é idealista. Interessante.

— Não exatamente.

— Ou será que, lorde Yama, nenhuma dessas suposições está correta? Será que a sua paixão dominante...?

— Já mencionou o nome dela antes, no mesmo discurso em que a comparou a uma doença — disse Yama.

— Estava errado na ocasião e continua errado. Não tenho vontade de escutar aquele sermão nunca mais e, como no momento não estou afundando em areia movediça, não vou escutar.

— Paz — disse Sam. — Mas, diga-me, será que as paixões dominantes dos deuses algum dia mudam?

Yama sorriu.

— A deusa da dança já foi o deus da guerra. Parece, então, que tudo pode mudar.

— Quando eu morrer a verdadeira morte, então me transformarei — disse Sam. — Mas, até esse momento chegar, odiarei o Paraíso a cada respiração que der. Se Brahma mandar me queimar, vou cuspir nas chamas. Se mandar me estrangular, vou tentar morder a mão do executor. Se minha garganta for cortada, que o sangue enferruje a lâmina que fizer o serviço. Será essa uma paixão dominante?

— Você é bom material para deus — disse Yama.

— Meu bom deus! — disse Sam.

— Antes de acontecer o que for acontecer, fui assegurado de que terá permissão para participar do casamento — disse Yama.

— Casamento? O seu com Kali? Em breve?

— Quando a lua menor estiver cheia — respondeu Yama. — Então, seja lá o que Brahma decidir, pelo menos posso lhe pagar uma bebida antes que ocorra.

— Por isso eu o agradeço, deus da morte. Mas sempre foi de minha compreensão que casamentos não são feitos no Paraíso.

— Essa tradição está para ser rompida — disse Yama. — Nenhuma tradição é sagrada.

— Então boa sorte — disse Sam.

Yama assentiu, bocejou, acendeu outro cigarro.

— Aliás, qual é a última moda em execuções celestiais? — indagou Sam. — Pergunto puramente para fins informativos.

— Execuções não são feitas no Paraíso — disse Yama ao abrir um armário e pegar um tabuleiro de xadrez.

5

Do Poço do Inferno ao Paraíso ele foi, ali para comungar com os deuses. A Cidade Celestial guarda muitos mistérios, incluindo algumas das chaves para o próprio passado. Nem tudo que se deu durante o tempo que ele viveu lá é conhecido. Sabe-se, no entanto, que suplicou aos deuses em nome do mundo, obtendo a simpatia de alguns e a animosidade de outros. Se tivesse escolhido trair a humanidade e aceitar as oferendas dos deuses, alguns dizem que teria vivido para sempre como Senhor da Cidade e não teria encontrado sua morte sob as garras dos felinos fantasmas de Kaniburrha. Seus detratores dizem, no entanto, que ele de fato aceitou essas oferendas, mas depois traiu a si mesmo, assim voltando sua solidariedade à humanidade sofredora pelo resto de seus dias, que foram poucos...

Cingindo por todos os lados com relâmpagos,
    carregando um estandarte, armada com
    a espada, a roda, o arco,
devoradora, sustentadora, Kali, noite da
    destruição em Fimdomundo, que
    caminhava pelo mundo à noite,
protetora, enganadora, serena, amada
    e amável, brâmane, Mãe dos Vedas,

moradora do silêncio e dos lugares mais
secretos,
bem-pressagiada e gentil, onisciente, lépida
como o pensamento, portadora de
caveiras, possuidora de poder, o
crepúsculo, líder invencível, coitada,
abridora do caminho perante os perdidos,
concessora de favores, professora, valor
na forma de mulher,
com coração de camaleão, praticante de
austeridades, mágica, pária, imortal e
eterna...

Āryatārābhattārikānāmāshtottarásatakastotra
(36—40)

Naquele momento, como acontecia com tanta frequência
no passado, sua pelagem de neve foi acariciada pelo vento.

Ela caminhava onde o capim cor de limão se agitava.
Caminhava por uma trilha tortuosa sob árvores escuras e
flores da selva, penhascos de jaspe se erguiam à sua direita, veias de pedra de um branco leitoso, perpassadas de
rastros alaranjados, abriam-se ao seu redor.

Como acontecia com tanta frequência antes, ela se movia, então, sobre as enormes almofadas de seus pés, o vento acariciando sua pelagem, branca como mármore, e as
dez mil fragrâncias da selva e da planície agitando-se ao
seu redor; ali, ao crepúsculo do lugar que só existia pela
metade.

Sozinha, ela seguiu a trilha imutável pela selva que era
parte ilusão. A tigresa branca é uma caçadora solitária. Se
outros se moviam por percurso semelhante, nenhum fazia
questão de companhia.

Daí, como acontecia com tanta frequência antes, ela
ergueu os olhos para a concha lisa e cinzenta do céu e as es-

trelas que lá brilhavam feito farpas de gelo. Seus olhos de meia-lua se arregalaram e ela se sentou de cócoras, olhando para o alto.

O que caçava?

Um som profundo, como uma risada que acabava em uma tosse, saiu da garganta dela. Deu, então, um salto repentino para o topo de uma pedra alta e ficou lá sentada, lambendo os ombros. Quando uma lua apareceu, ela observou. Parecia uma figura moldada de neve que não derretia, com chamas cor de topázio brilhando embaixo de suas sobrancelhas.

Assim como antes, ela logo se perguntou se era na verdadeira selva de Kaniburrha que ela se encontrava. Sentiu que ainda estava nos limites da floresta em si. Mas não dava para saber de verdade.

O que caçava?

O Paraíso existe em um platô que no passado foi uma cadeia de montanhas, depois fundidas e niveladas para criar uma base plana. Solo fértil foi transportado do sul verdejante para desenvolver a vegetação que se estendeu sobre a estrutura óssea. Há um domo transparente cobrindo a área toda, protegendo-a do frio polar e de tudo o mais que seja indesejável do lado de dentro.

O Paraíso fica nas alturas, é temperado e desfruta de um longo crepúsculo e de dias também longos e preguiçosos. Ares frescos, aquecidos quando entram no domo, circulam pela Cidade e pela floresta. No âmbito do domo em si, nuvens podem ser geradas. De dentro das nuvens, é possível formar chuvas para cair sobre qualquer área. Até neve poderia precipitar dessa maneira, apesar de isso nunca ter sido feito. Sempre foi e sempre é verão no Paraíso.

No meio do verão do Paraíso fica a Cidade Celestial.

A Cidade Celestial não cresceu como as cidades dos

homens o fazem, ao redor de um porto ou perto de boa terra de cultivo, pastos, uma região de caça, rotas de comércio ou uma área rica em algum recurso natural que os homens desejavam e, por isso, se assentaram ao lado. A Cidade Celestial surgiu de uma concepção na mente de seus primeiros habitantes. Seu crescimento não foi lento e aleatório, uma construção adicionada aqui, uma via desviada ali, uma estrutura demolida para dar espaço a outra, e todas as partes se combinando em um todo irregular e desajeitado. Não. Cada demanda de serviço público foi considerada e cada centímetro de magnificência, calculado pelos primeiros planejadores e pelas máquinas de aumento de projeto. Esses planos foram coordenados e executados por um artista-arquiteto sem igual. Vishnu, o Preservador, imaginou a Cidade Celestial inteira em sua mente, até o dia em que deu a volta no Pináculo de Milehigh montado no Pássaro Garuda, olhou para baixo e a cidade foi capturada perfeitamente em um pingo de suor em sua testa.

Então o Paraíso saltou da mente de um deus, sua concepção estimulada pelos desejos de seus parceiros. Foi erguido por escolha, não por necessidade, em uma paisagem erma de gelo e neve e pedra, no Polo do mundo onde o tempo não existe, onde apenas os poderosos podem estabelecer lar.

(O que caçava?)

Ali, sob o domo do Paraíso, ao lado da Cidade Celestial, ficava a grande floresta de Kaniburrha. Vishnu, em sua sabedoria, tinha percebido que deveria haver equilíbrio entre a metrópole e a natureza. Enquanto a natureza pode existir independentemente da cidade, as plantas que existem dentro de uma cidade exigem mais do que o paisagismo domado para o prazer. Se o mundo todo fosse uma cidade, ponderara ele, os moradores transformariam uma porção dela em natureza, porque existe dentro de todos aquilo que deseja um lugar onde exista o fim da ordem e o início do caos. Então, com isso em mente, ergueu uma floresta, bombeando rios e os odores do crescimento e do apodrecimento, soltando os sons das criaturas não cosmopolizadas que viviam em suas sombras, encolhendo sob o vento e brilhando na chuva, caindo e voltando a crescer.

A natureza chegava aos limites da Cidade e ali acabava. Era proibido entrar ali, da mesma maneira que a Cidade preservava seus limites.

Mas, sobre as criaturas que viviam na floresta, algumas eram predadoras; essas não conheciam fronteiras ou limites, iam e vinham como bem entendiam. O principal desses seres era o tigre albino. Então foi escrito pelos deuses que os felinos fantasmas não poderiam zelar pela Cidade Celestial; e assim foi colocado nos olhos dele, por meio dos sistemas nervosos que se localizavam atrás deles, que não existia Cidade. Em seu cérebro de felino branco, o mundo era apenas a floresta de Kaniburrha. Caminhavam pelas ruas do Paraíso e era uma trilha na floresta que atravessavam. Se os deuses acariciavam sua pelagem quando passavam por eles, era como se o vento lhes acariciasse. Quando subiam uma escada larga, era uma encosta montanhosa que escalavam. Os prédios eram penhascos, e as estátuas, árvores; os transeuntes, invisíveis.

Se alguém da Cidade entrasse na verdadeira floresta, no entanto, felino e deus então viviam no mesmo plano de existência: a natureza, aquela que equilibra.

Ela voltou a tossir, como tinha feito tantas vezes antes, e sua pelagem nevada foi alisada pelo vento. Era uma felina fantasma, que ao longo de três dias tinha vagado pela floresta de Kaniburrha, matando e comendo a carne vermelha crua de suas presas, soltando seu enorme rugido desafiador dos felinos, lambendo a pelagem com a língua larga e rosada, sentindo a chuva caindo em suas costas, pingando das frondes altas penduradas, descendo em torrente das nuvens que se aglomeravam, milagrosamente, no meio do céu; movendo-se com fogo nas entranhas, depois de ter acasalado na noite anterior com uma avalanche de pelagem cor de morte, cujas garras tinham arranhado seus ombros, com o cheiro de sangue levando ambos a um enorme frenesi; ronronando quando o crepúsculo fresco se abateu sobre ela, trazendo consigo as luas, como as crescentes mutantes de seus olhos, douradas e prateadas e castanho-acinzentada.. Ela se acomodou na pedra, lambendo as patas e se perguntando o que teria caçado.

Lakshmi, no Jardim dos Lokapalas, estava deitada com Kubera, quarto guardião do mundo, em um sofá perfumado ao lado da piscina em que as Apsarasas brincavam. Os outros três Lokapalas estavam ausentes nesta noite... Dando risadinhas, as Apsarasas borrifavam águas perfumadas no sofá. Lorde Krishna, o Escuro, no entanto, escolheu aquele momento para tocar suas flautas. As moças, então, deram as costas para Kubera, o Gordo, e Lakshmi, a Adorável, para pousar os cotovelos nas bordas da piscina e olhar para ele, ali embaixo da árvore em flor onde estava largado entre odres de vinho e os restos de diversas refeições.

Ele subiu e desceu pela escala e produziu uma longa nota melancólica e uma série de sons que pareciam balidos de bode. Guari, a Justa, cujas roupas ele tinha passado uma hora tirando, e de quem aparentemente tinha se esquecido, ergueu-se ao seu lado, mergulhou na piscina e desapareceu em uma das várias cavernas subaquáticas. Ele soluçou, começou uma melodia, parou e começou outra.

— É verdade o que dizem a respeito de Kali? — perguntou Lakshmi.

— O que dizem? — resmungou Kubera, e estendeu o braço para uma cumbuca de soma.

Ela pegou a cumbuca das mãos dele, bebericou e devolveu. Ele entornou todo o líquido e um serviçal voltou a encher a cumbuca quando ele a pousou na bandeja.

— Que ela deseja um sacrifício humano para celebrar seu casamento.

— Provavelmente — disse Kubera. — Não duvidaria. É uma cadela sedenta de sangue, aquela lá. Sempre transmigrando para algum tipo de animal terrível para passar um feriado. Uma vez, transformou-se em uma galinha de fogo e arranhou o rosto de Sitala por causa de algo que ela disse.

— Quando?

— Ah, dez ou onze avatares atrás. Por muito tempo, Sitala usou um véu, até seu corpo novo ficar pronto.

— Uma dupla estranha — disse Lakshmi ao pé da orelha dele, que ela mordiscava. — Seu amigo Yama é provavelmente o único que viveria com ela. Suponhamos que ela tenha se irritado com um amante e lançado seu olhar mortal contra ele. Quem mais poderia suportar aquele olhar?

— Não faça piada — disse Kubera. — Foi assim que perdemos Kartikeya, Senhor das Batalhas.

— É?

— É. Ela é estranha. Igual a Yama, mas não exatamente como ele. Ele é o deus da morte, é verdade. Mas o método dele é a morte rápida e limpa. Kali é mais parecida com um felino.

— Yama alguma vez falou sobre esse fascínio que ela tem por ele?

— Veio aqui para fazer fofoca ou para se transformar em uma?

— As duas coisas — respondeu ela.

Naquele momento, Krishna assumiu seu Aspecto sobre si, erguendo o Atributo da embriaguez divina. De suas flautas saiu uma melodia contagiante, escura-amarga e agridoce. A embriaguez dentro dele se espraiou pelo jardim, em ondas alternadas de alegria e tristeza. Ergueu-se, então, sobre as pernas escuras e esbeltas e começou a dançar. Seus traços insípidos não demonstravam nenhuma expressão. O cabelo molhado e escuro se estendia em cachos, feito arame; sua barba era encaracolada do mesmo modo. Quando se movimentou, as Apsarasas se afastaram da piscina para ir atrás dele. Suas flautas percorreram as vias das melodias antigas, ficando cada vez mais frenéticas à medida que ele se movia cada vez mais rápido, até que finalmente se transformou na Rasalila, a Dança da Luxúria, e sua comitiva, com as mãos no quadril, ia atrás dele com velocidade crescente por meio de seus passos giratórios.

A força do aperto de Kubera em Lakshmi aumentou.

— Isso, *sim*, é um Atributo — disse ela.

Rudra, o Auspicioso, puxou a corda do arco e disparou uma flecha, que saiu voando. A flecha ganhou velocidade e finalmente encontrou o centro de um alvo distante.

Ao seu lado, lorde Murugan deu uma risadinha e baixou o arco.

— Venceu outra vez — disse. — Não sou capaz de superá-lo.

Desarmaram os arcos e se encaminharam na direção do alvo para pegar as flechas.

— Já o encontrou? — perguntou Murugan.

— Eu o conheci há muito tempo — disse Rudra.

— Aceleracionista?

— Na época, não era. Não tinha muita opinião política. Mas foi um dos Primeiros, um daqueles que tinha zelado pela Urath.

— Ah, é?

— Ele se destacou nas guerras contra o Povo-do-Mar e contra as Mães do Brilho Terrível. — Ao dizer isso, Rudra fez um sinal no ar. Prosseguiu: — Mais tarde, isso foi relembrado e ele ficou encarregado das marchas do norte nas guerras contra os demônios. Era conhecido como Kalkin naquele tempo e foi ali que passou a ser chamado de Aprisionador. Desenvolveu um Atributo que era capaz de usar contra os demônios. Com isso, destruiu a maior parte dos Yakshas e aprisionou os Rakasha. Quando Yama e Kali o capturaram no Poço do Inferno em Malwa, ele já tinha conseguido libertar estes. Portanto, os Rakasha estão, mais uma vez, a solta no mundo.

— Por que ele fez isso?

— Yama e Agni dizem que tinha feito um pacto com o líder deles. Desconfiam que ofereceu a ele um tempo em seu corpo em troca da promessa de tropas de demônios para guerrear contra nós.

— Podemos ser atacados?

— Duvido. Os demônios não são estúpidos. Se não foram capazes de derrotar nós quatro no Poço do Inferno, duvido que venham nos atacar aqui no Paraíso. E, agora mesmo, Yama está no Vasto Salão da Morte projetando armas especiais.

— E onde está a futura noiva?

— Quem sabe? — disse Rudra. — E quem se importa? Murugan sorriu.

— Eu já achei que você tivesse mais do que uma admiração efêmera por ela.

— Fria demais, sarcástica demais — disse Rudra.

— Ela o rejeitou?

Rudra virou seu rosto sombrio, que nunca sorria, para o justo deus da juventude.

— Vocês, deidades da fertilidade, são piores do que os marxistas — disse ele. — Pensam que isso é tudo que acontece entre as pessoas. Fomos apenas amigos por um breve período, mas ela é severa demais com os amigos e por isso os perde.

— Ela *realmente* o rejeitou?

— Suponho que sim.

— E quando ela tomou como amante Morgan, o poeta das planícies, aquele que um dia encarnou como pássaro-selado-do-sul e saiu voando, você caçou outros da mesma espécie até que, no intervalo de um mês, com suas flechas, tivesse matado quase todos os que existiam no Paraíso.

— E continuo caçando esse pássaro.

— Por quê?

— Não gosto do canto deles.

— Ela é fria demais, sarcástica demais — concordou Murugan.

— Não gosto que *ninguém* caçoe de mim, deus da juventude. Seria capaz de superar as flechas de Rudra?

Murugan sorriu mais uma vez.

— Não — disse ele. — E meus amigos, os Lokapalas, também não seriam capazes... nem precisariam.

— Quando assumo o meu Aspecto e empunho meu grande arco, que me foi dado pela própria Morte, então posso lançar uma flecha que rastreia calor assobiando por quilômetros para perseguir um alvo em movimento e atingi-lo como um raio, matando-o — disse Rudra.

— Vamos tratar de outras questões — disse Murugan, de repente interessado no alvo. — Imagino que o seu convidado tenha caçoado de Brahma há alguns anos em Mahartha e exercido atos de violência em lugares sagrados. Mas compreendo que ele é o mesmo que fundou a religião da paz e da iluminação.

— O próprio.

— Interessante.

— Isso é um eufemismo.

— O que Brahma vai fazer?

Rudra deu de ombros.

— Só o próprio Brahma sabe — respondeu.

No lugar chamado Fimdomundo, onde não há nada além do limite do Paraíso fora o lampejo do domo e, bem abaixo, o solo nu, escondido embaixo de uma névoa de uma bruma esbranquiçada, fica o Pavilhão do Silêncio, que tem as laterais abertas, onde a chuva nunca cai sobre o telhado cinzento redondo, onde a névoa fervilha de manhã e os ventos se movem ao crepúsculo pelas sacadas e balaustradas, onde às vezes, dentro dos aposentos arejados, acomodados na mobília escura e robusta ou caminhando entre as colunas cinzentas, encontram-se os deuses contemplativos, os guerreiros combalidos ou as pessoas feridas pelo amor, que passam a considerar todas as coisas dolorosas ou fúteis embaixo de um céu que está além da Ponte dos Deuses, no meio de um lugar de pedra onde as cores são escassas e o único som é o do vento... Ali, desde pouco depois do tempo dos Primeiros, sentaram-se os filósofos e as feiticeiras, os sábios e os magos, os suicidas e os ascetas libertos do desejo pelo renascimento ou pela renovação; ali, no centro da renúncia e do abandono, da retirada e da partida, há cinco salões chamados Memória, Medo, Desilusão, Poeira e Desespero; e esse lugar foi construído por Kubera, o Gordo, que não se importava nem um pouco com nenhum desses sentimentos, mas que, como amigo de lorde Kalkin, tinha realizado essa construção por pedido de Candi, a Feroz, às vezes conhecida como Durga e como Kali, porque só ele entre todos os deuses possuía o Atributo da correspondência inanimada, com o qual era capaz de dar às obras criadas por suas mãos sentimentos e paixões a serem experimentados por aqueles que viviam entre elas.

Acomodavam-se no salão chamado Desilusão e bebiam soma, mas nunca ficavam bêbados.

O crepúsculo caíra no Pavilhão do Silêncio e os ventos que circulavam pelo Paraíso passavam por eles.

Acomodavam-se com vestes escuras nos assentos escuros, e a mão dele estava em cima da dela, ali na mesa entre eles; e os horóscopos de todos os seus dias passavam por eles na parede que separava o Paraíso dos céus; e estavam em silêncio enquanto levavam em consideração as páginas de seus séculos.

— Sam, não eram bons? — disse ela finalmente.

— Eram — respondeu ele.

— E, naquele tempo antigo, antes de deixar o Paraíso para viver entre os homens... Será que me amava naquela época?

— De verdade, não me lembro — disse ele. — Já faz tanto tempo. Ambos éramos pessoas diferentes: mentes diferentes, corpos diferentes. Provavelmente aqueles dois, seja quem forem, amavam um ao outro. Eu não me lembro.

— Mas eu me lembro da primavera do mundo como se fosse ontem: aquele tempo quando íamos juntos para a batalha, e aquelas noites quando sacudíamos as estrelas dos céus recém-pintados! O mundo era tão novo e diferente naquela época, com uma nova ameaça à espreita em cada flor e uma bomba acompanhando cada nascer do sol. Juntos vencemos um mundo, nós dois, porque nada realmente nos queria aqui e tudo questionava nossa chegada. Cortamos e incendiamos nosso caminho pela terra e pelos mares e lutamos embaixo dos mares e nos céus até que não houvesse sobrado nada para se opor a nós. Em seguida, cidades foram construídas, além de reinos, e erguemos aqueles sobre quem escolhemos reinar até que deixaram de nos divertir e voltamos a derrubá-los. O que os deuses mais jovens sabem hoje em dia? Como podem ser capazes de entender o poder que experimentamos, nós que fomos os Primeiros?

— Não são capazes — respondeu ele.

— Quando estabelecemos nossa corte no palácio à beira-mar e lhe dei muitos filhos, e nossas frotas se espalharam para conquistar as ilhas, não é verdade que aquele tempo era justo e cheio de graça? E cheios das coisas da noite, de fogo e perfume e vinho?... Será que me amava naquela época?

— Acredito que aqueles dois se amavam, sim.

— Aqueles dois? Não somos assim tão diferentes deles. Não mudamos tanto assim. Apesar de as eras passarem, há certas coisas dentro do nosso ser que não mudam, que não se alteram, por mais corpos que se possa colocar sobre si, por mais amantes que se tenha, por mais coisas belas e feias que se admire ou que se faça, por mais pensamentos que se pense ou sentimentos que se sinta. O eu está no centro de tudo isso e observa.

— Abra uma fruta e haverá uma semente dentro dela. Será que é o centro? Abra a semente e não existirá nada dentro dela. Será que é o centro? Somos duas pessoas diferentes do senhor e da senhora das batalhas. Foi bom ter conhecido aqueles dois e nada mais.

— Foi morar fora do Paraíso porque se cansou de mim?

— Eu queria uma mudança de perspectiva.

— Houve longos anos em que eu o odiei por ter ido embora. Então houve momentos em que fiquei no salão chamado Desespero, mas era covarde demais para caminhar além de Fimdomundo. Houve momentos, porém, em que eu o perdoei e convoquei os sete Rishi para trazer sua imagem até mim, para que pudesse observar enquanto você passava seu dia, e era como se estivéssemos caminhando juntos mais uma vez. Outras vezes, desejei sua morte, mas você transformou meu carrasco em amigo, da mesma maneira que transforma minha ira em perdão. Quer dizer que não sente nada por mim?

— Quero dizer que já não a amo mais. Seria bom se houvesse pelo menos algo constante e imutável no universo. Se tal coisa existir, então precisaria ser mais forte do que o amor, e eu não conheço tal coisa.

— Eu não mudei, Sam.

— Pense com cuidado, senhora, sobre tudo o que disse, sobre tudo de que me lembrou hoje. Na verdade, não é do homem que vem lembrando. É do tempo de carnificina em que os dois batalhavam juntos. O mundo agora chegou a uma era mais calma. Anseia pelo fogo e pelo aço de antigamente. Pensa que é o homem, mas é o destino que os dois compartilharam durante algum tempo, o destino que é passado e que agita sua mente, e chama isso de amor.

— Seja lá do que eu chame, isso não mudou! Seu tempo não passou. É algo constante no âmbito do universo e eu o convoco a compartilhar isso comigo mais uma vez!

— E lorde Yama?

— O que tem ele? Você já deu conta daqueles que poderiam ser contados como equivalentes dele, se ainda vivessem.

— Compreendo, desta maneira, que está interessada no Aspecto dele?

Ela sorriu, dentro das sombras e do vento.

— Claro que sim.

— Senhora, senhora, senhora, esqueça a minha pessoa! Vá viver com Yama e seja o amor dele. Nosso tempo passou e não desejo revivê-lo. Foi bom, mas ficou no passado. Como existe um momento certo para tudo, também existe momento para o fim. Esta é uma época de consolidação dos ganhos do homem sobre este mundo. É uma época para compartilhar o conhecimento, não para que as espadas se choquem.

— Lutaria contra o Paraíso por este conhecimento? Tentaria invadir a Cidade Celestial e abrir seus domos para o mundo?

— Sabe que sim.

— Então ainda podemos ter uma causa em comum.

— Não, senhora, não se engane. A sua lealdade está do lado do Paraíso, não do mundo. Sabe disso. Se eu conquistasse minha liberdade, você se juntasse a mim e lutássemos, talvez você ficasse feliz durante um tempo. Mas, ganhando ou perdendo, no final, temo que ficaria mais infeliz do que antes.

— Escute-me, santo de coração mole do bosque púrpura. É muito gentil da sua parte prever os meus sentimentos, mas Kali confere sua lealdade a quem desejar, sem dever nada para ninguém, mas como bem entende. Ela é a deusa mercenária, não se esqueça! Talvez tudo que tenha dito seja verdade e ela esteja mentindo quando lhe diz que ainda o ama. Mas, sendo implacável e cheia de desejo pela batalha, ela segue o cheiro do sangue. Sinto que ela pode se transformar em Aceleracionista.

— Tome cuidado com o que diz, deusa. Vai saber o que pode estar escutando?

— Nada está escutando, porque é raro palavras serem ditas neste lugar — disse ela.

— Ainda mais razão para alguém sentir curiosidade quando o são.

Ela ficou lá parada durante um tempo em silêncio e então:

— Nada está escutando — disse ela.

— Seus poderes aumentaram.

— Aumentaram. E os seus?

— Mais ou menos a mesma coisa, acho.

— Então, aceita a minha espada, a minha roda e o meu arco em nome do Aceleracionismo?

— Não.

— Por que não?

— Faz suas promessas com facilidade demais. E as rompe com a mesma facilidade com que as faz e, por isso, não é confiável. Se lutarmos e vencermos em nome do Aceleracionismo, também pode ser a última grande batalha deste mundo. Isso é algo que não se pode desejar, nem permitir que ocorra.

— É um tolo por falar de últimas grandes batalhas, Sam, porque a última grande batalha é sempre a próxima. Devo me aproximar em uma forma mais agradável para convencê-lo de que digo a verdade? Será que devo abraçá--lo em um corpo que conte com o selo da virgindade? Será que isso o fará confiar na minha palavra?

— A dúvida, senhora, é a castidade da mente, e carrego esse selo por conta própria.

— Então saiba que o trouxe a este lugar apenas para atormentá-lo, e está correto: cuspo no seu Aceleracionismo e já contei os seus dias. Busquei lhe dar falsas esperanças para que fosse derrubado de uma altura maior. É apenas a sua estupidez e a sua fraqueza que o salvaram disso.

— Sinto muito, Kali...

— Não quero as suas desculpas! Mas eu gostaria de ter recebido o seu amor, para que tivesse podido usar isso como arma contra você no fim dos seus dias, para fazer com que se passassem da maneira mais lenta possível. Mas, como diz, mudamos demais... e já não vale mais a pena o trabalho. Também não acha que eu *não* poderia fazer com que você voltasse a me amar, com sorrisos e carícias, como antigamente. Porque eu sinto o calor que tem dentro de si e é fácil para mim fazer com que aumente em um homem. Mas uma morte poderosa não lhe é digna, desabando das alturas da paixão às profundezas do desespero. Não tenho tempo para lhe dar mais do que o meu desprezo.

As estrelas giravam ao redor deles, sem fricção e ardentes, e a mão dela não estava mais embaixo da dele quando serviu mais duas canecas de soma para aquecê-los contra a noite.

— Kali?

— Sim?

— Se isso, afinal, trouxer alguma satisfação, você ainda é importante para mim. Ou não existe algo como amor, ou a palavra não significa o que eu achei que significasse em diversas ocasiões. É um sentimento sem nome, na verdade; melhor deixar assim. Então, pegue-o e vá embora e divirta-se com ele. Sabe que estaríamos nos atacando mais uma vez um dia, assim que nossos inimigos comuns tivessem acabado. Vivemos muitas reconciliações ótimas, mas será que valeram a dor que as precedeu? Saiba que venceu e que é a deusa que eu adoro; afinal, não é verdade que adoração e admiração religiosa são a combinação de amor e ódio, desejo e medo?

Beberam o soma no salão chamado Desilusão, e o feitiço de Kubera se encontrava em torno deles.

Kali perguntou:

— Devo cair em cima de você e beijá-lo, dizendo que menti quando disse que menti, para que possa dar risada e dizer que mentiu, para conquistar a vingança final? Mande ver, lorde Sidarta! Seria melhor se um de nós tivesse morrido no Poço do Inferno, porque é grande o orgulho dos Primeiros. Não devíamos ter vindo aqui, para este lugar.

— Não.

— Devemos, então, partir?

— Não.

— Com isto, concordo. Vamos nos sentar aqui e adorar um ao outro por um tempo.

A mão dela caiu sobre a dele e o acariciou.

— Sam?

— Sim?

— Gostaria de fazer amor comigo?

— E selar a minha ruína? Com certeza.

— Então vamos para o salão chamado Desespero, onde os ventos cessam e onde há um sofá...

Ele a seguiu da Desilusão ao Desespero, o pulso acelerando na garganta dele, e, quando a tinha deitado nua no sofá e pousado a mão na brancura delicada da barriga dela, soube que Kubera era de fato o mais poderoso dos Lokapalas — porque o sentimento ao qual aquele salão tinha sido dedicado o preencheu, mesmo enquanto seu desejo crescia dentro de si e ele por cima dela —, veio uma soltura, um aperto, um suspiro e as lágrimas derradeiras queimando para serem derramadas.

— O que deseja, senhora Maya?

— Conte para mim sobre o Aceleracionismo, Tak dos Arquivos.

Tak esticou seu corpo esbelto majestoso, e a cadeira se ajustou para trás com um rangido.

Atrás dele, os bancos de dados estavam imóveis e certos registros raros enchiam as grandes estantes de livros com suas encadernações coloridas e o ar com seus cheiros de bolor.

Ele examinou a senhora diante de si, sorriu e sacudiu a cabeça. Ela usava verde por inteiro e parecia impaciente; o cabelo dela era de um vermelho insolente, e sardas suaves salpicavam seu nariz e parte de suas bochechas. Seu quadril e seus ombros eram largos, e a cintura fina se disciplinava com rigor contra essa tendência.

— Por que sacode a cabeça? Todo mundo o procura para receber informações.

— É jovem, senhora. Três avatares, se não estou enganado, você já deixou para trás. A esta altura em sua carreira, tenho certeza de que não deseja realmente que seu nome seja colocado na lista especial dos mais jovens que buscam este conhecimento.

— Lista?

— Lista.

— Por que haveria uma lista das pessoas que fazem essa pergunta?

Tak deu de ombros.

— Os deuses colecionam as coisas mais estranhas, e alguns deles fazem listas.

— Eu sempre ouvi o Aceleracionismo sendo mencionado como um assunto morto.

— Então por que esse interesse repentino nos mortos?

Ela deu uma risada e seus olhos verdes olharam fundo nos cinzentos dele.

Os Arquivos explodiram ao redor dele, que estava no salão de baile à meia-altura do Pináculo de Milehigh. Era de noite, tão tarde que em breve já seria manhã. Uma festa obviamente vinha se desenrolando havia muito tempo; mas agora a aglomeração no meio da qual ele se encontrava tinha se juntado em um canto do salão. As pessoas se apoiavam e estavam sentadas e se reclinavam, e todas escutavam o homem baixinho e corpulento que estava postado ao lado da deusa Kali e falava. Era o Grande Compassivo Sam, o Buda, que, com sua guardiã, tinha acabado de chegar. Ele falava de Budismo e de Aceleracionismo, e do tempo do aprisionamento, e do Poço do Inferno, e das blasfêmias de lorde Sidarta na cidade de Mahartha à beira-mar. Ele estava falando e a voz dele não dava trégua, hipnótica, e ele irradiava força e confiança e calor, hipnótico, e suas palavras não davam trégua, à medida que a aglomeração ia desmaiando aos poucos e caía ao redor dele. Todas as mulheres eram bem feias, à exceção de Maya, que então deu uma risadinha e bateu palmas, fazendo com que os Arquivos retornassem ao redor deles, e que Tak estivesse mais uma vez em sua cadeira, com o sorriso ainda nos lábios.

— Então por que esse interesse repentino nos mortos? — repetiu ele.

— Ele não está morto, aquele ali!

— Não? — perguntou Tak. — Não está?... Senhora Maya, ele estava morto no momento em que colocou os pés dentro dos limites da Cidade Celestial. Esqueça-o. Esqueça as palavras dele. Que seja como se nunca tivesse existido. Não deixe vestígios dele em sua mente. Um dia ele vai buscar renovação; saiba, portanto, que os Senhores do Carma vão buscar este aqui em cada mente que passar por seus salões. O Buda e suas palavras são uma abominação aos olhos dos deuses.

— Mas por quê?

— Ele é um anarquista lançador de bombas, um revolucionário que sempre leva escárnio nos olhos. Ele busca derrubar o próprio Paraíso. Se quiser informações mais científicas, terei que usar máquinas para acessá-las. Gostaria de assinar uma autorização para isso?

— Não...

— Então tire-o da cabeça e tranque a porta.

— Ele é assim tão ruim?

— É pior.

— Então por que sorri ao dizer essas coisas?

— Porque não sou uma pessoa muito séria. No entanto, caráter não tem nada a ver com a minha mensagem. Portanto, aceite.

— *Você* parece saber tudo a esse respeito. Por acaso os arquivistas em si não são imunes a essas listas?

— Não mesmo. Meu nome é o primeiro dela. Mas isso não se deve ao fato de eu ser arquivista. Ele é meu pai.

— Aquele ali? Seu pai?

— É. Contudo fala como se fosse bem jovem. Duvido que ele chegue a ter consciência de que é meu pai. O que é a paternidade para os deuses, que habitam uma sucessão de corpos, gerando dúzias de descendentes em outros que também trocam de corpo quatro ou cinco vezes em um século? Sou o filho de um corpo que ele no passado habitou, nascido de outro que também passou por muitos, e eu mesmo já não vivo no mesmo corpo em que nasci. A relação, portanto, é bastante intangível, e primariamente interessante em níveis de metafísica especulativa. O que é o verdadeiro pai de um homem? As circunstâncias que uniram os dois corpos que o geraram? Seria o fato de que, por alguma razão, naquele momento no tempo, esses dois se deram prazer além de qualquer alternativa possível?

Se sim, por quê? Seria a simples fome da carne, ou seria curiosidade, ou vontade? Ou seria alguma outra coisa? Pena? Solidão? O desejo de dominar? Que sentimento ou que pensamento foi pai do corpo em que ganhei consciência pela primeira vez? Sei que o homem que habitou aquele corpo de pai específico naquele instante do tempo específico é uma personalidade forte e complicada. Cromossomos não significam nada para nós, não de verdade. Se vivemos, não carregamos essas marcas ao longo das eras. De fato não herdamos absolutamente nada, à exceção de dotes ocasionais de propriedades e dinheiro. Os corpos significam tão pouco a longo prazo que é muito mais interessante de se especular em relação aos processos mentais que nos jogaram para fora do caos. Fico contente por ter sido ele a me convocar para a vida e eu, com frequência, conjecturo a respeito das razões. Vejo que, de repente, falta cor ao seu rosto, senhora. Não desejo aborrecê-la com esta conversa, apenas satisfazer um pouco da sua curiosidade e colocar em sua mente um pouco do pensamento que nós, os antigos, dispensamos a essas questões. Um dia, também vai olhar para isso sob essa ótica, tenho certeza. Mas sinto vê-la com aparência tão angustiada. Por favor, sente-se. Perdoe minha tagarelice. Você é a Senhora da Ilusão. Por acaso as coisas de que falou não são semelhantes às coisas exatas com que trabalha? Tenho certeza de que é capaz de concluir, pela maneira como falo, por que o meu nome é o primeiro da lista que mencionei. É o caso de adoração do herói, suponho. O meu criador é bastante distinto... Agora está com a aparência um tanto corada. Gostaria de uma bebida gelada? Espere aqui um momento... Pronto. Beba isto. Agora, então, o Aceleracionismo... é uma simples doutrina de compartilhamento. Propõe que nós do Paraíso daremos àqueles que vivem abaixo de nós nosso conhecimento, nossos poderes e nossa substância. Esse ato de caridade seria dirigido à finalidade de elevar a condição da existência a um nível mais alto, semelhante àquele que nós mesmos ocupamos. Então todo homem seria como um deus, percebe? O resultado disso, é claro, seria já não haver mais deuses, apenas homens. Daríamos a eles o conhecimento das ciências e das artes que possuímos, e assim destruiríamos a fé simples deles e removeríamos todas as bases para a esperança que têm de que as coisas serão melhores: porque a melhor maneira de destruir a fé ou a esperança é permitir que se realizem. Por que devemos permitir que os homens sofram esse fardo de bondade coletivamente, como os Aceleracionistas desejavam, se *de fato* lhes concedemos individualmente quando merecem? Em seu sexagésimo ano, um homem passa pelos Salões do Carma. Ele é julgado e, se agiu bem, observando as regras e as restrições de sua casta, fazendo as observâncias apropriadas ao Paraíso, avançando do ponto de vista intelectual e moral, então tal homem será encarnado em uma casta mais alta, no final alcançando o bem maior em si e passando a morar aqui na Cidade. Cada homem, no final, recebe suas recompensas justas, à exceção de acidentes infelizes, claro, e assim cada homem, e não a sociedade como um todo repentino, pode receber a herança divina que os ambiciosos Aceleracionistas desejavam espalhar por atacado entre todos, até aqueles que não estavam prontos. Dá para ver que essa atitude era terrivelmente injusta e de orientação proletária. O que desejavam mesmo fazer era rebaixar os critérios para a deificação. Tais critérios são rigorosos por necessidade. Por acaso *você* colocaria o poder de Shiva, de Yama ou de Agni nas mãos de uma criancinha? Não, a menos que seja tola, não o faria. Não, a menos que desejasse acordar um dia e ver que o mundo já não existia mais. Mas é isso que os Aceleracionistas teriam criado e é por isso que foram detidos. Agora sabe tudo sobre o Aceleracionismo... Nossa, você parece terrivelmente quente. Posso pendurar seu casaco enquanto pego mais uma bebida?... Muito bem... Agora, onde estávamos, Maya? Ah, sim, os besouros na sobremesa... Bom, os Aceleracionistas alegavam que tudo que eu acabei de dizer seria verdade, à exceção do fato de que o sistema é corrupto. Lançam aspersão sobre a probidade daqueles que autorizaram a encarnação. Alguns até ousaram alegar que o Paraíso compreendia uma aristocracia mortal de hedonistas intencionais que colocavam todo o mundo em jogo. Outros ousavam dizer que os melhores dos homens nunca atingem a deificação, mas encontram no fim a verdadeira morte ou a encarnação em uma forma de vida inferior. Alguns outros até diriam que alguém do seu tipo foi escolhido para deificação apenas porque sua forma e atitude originais atiçaram o interesse de alguma divindade lasciva, em vez de ser por suas outras virtudes óbvias, minha nossa... Nossa, você tem muitas sardas, não é mesmo?... Sim, essas são as coisas que aqueles Aceleracionistas três vezes amaldiçoados pregavam. Essas são as coisas, as acusações, que o pai do meu espírito representa, tenho vergonha de dizer. O que se pode fazer com tal herança além de ponderar sobre ela? Ele percorre um ciclo poderoso de coisas e representa o último grande cisma entre os deuses. Por mais que seja obviamente mau, é uma figura poderosa, esse pai do meu espírito, e eu o respeito como os filhos de antigamente respeitavam os pais de seus corpos... Está com frio agora? Pronto, permita-me... pronto... pronto... pronto... Vamos, crie uma ilusão para nós agora, minha querida, na qual caminhemos em um mundo que esteja livre de tal tolice... Assim agora. Vire aqui... Agora, que haja um novo Éden dentro deste abrigo, minha querida de lábios úmidos e olhos verdes... O que foi?... O que é fundamental dentro de mim neste instante do tempo?... Verdade, meu amor, e sinceridade, e o desejo de compartilhar...

Ganesha, o criador de deuses, caminhava com Shiva na floresta de Kahiburrha.

— Senhor da Destruição, compreendo que já busca represália contra aqueles aqui na Cidade que marcam as palavras de Sidarta com mais do que um sorrisinho sarcástico de repúdio — disse ele.

— Claro — disse Shiva.

— Ao fazê-lo, destrói sua eficiência.

— "Eficiência"? Explique o que quer dizer.

— Mate para mim aquele pássaro verde no galho além.

Shiva fez um gesto com seu tridente e o pássaro caiu.

— Agora, mate a parceira dele para mim.

— Não a enxergo.

— Então mate para mim qualquer outro entre a revoada.

— Não enxergo nenhum.

— E, agora que ele está morto, você não vai enxergar. Então, se desejar, acerte o primeiro que prestar atenção às palavras de Sidarta.

— Compreendo o que quer dizer, Ganesha. Ele deve correr livre por um tempo. Deve, sim.

Ganesha, o criador de deuses, observou a selva ao seu redor. Apesar de caminhar através do reino dos felinos fantasmas, não temia nada de mau. Porque o Lorde do Caos caminhava ao seu lado e o Tridente da Destruição o reconfortava.

Vishnu Vishnu Vishnu observava observava observava Brahma Brahma Brahma...

Estavam acomodados no Salão dos Espelhos.

Brahma discorria sobre o Caminho das Oito Vias e a glória que é o Nirvana.

Depois de três cigarros, Vishnu limpou a garganta.

— Sim, lorde? — perguntou Brahma.

— Por que, se me permite indagar, este trato Budista?

— Não acha isso fascinante?

— Não exatamente.

— Isso é um tanto hipócrita da sua parte.

— O que quer dizer?

— Um professor deve demonstrar pelo menos um módico interesse em suas próprias lições.

— Professor? Lições?

— Claro, Tathagatha. Por que outro motivo, em tempos recentes, o deus Vishnu seria impelido a encarnar entre os homens senão para ensiná-los o Caminho da Iluminação?

— Eu...?

— Viva, reformador, que removeu o medo da verdadeira morte da mente dos homens. Aqueles que não nascem novamente entre os homens agora seguiram para o Nirvana.

Vishnu sorriu.

— É melhor incorporar do que lutar para extirpar?

— Quase um epigrama.

Brahma se levantou, examinou os espelhos, examinou Vishnu.

— Então, depois de nos livrarmos de Sam, terá sido o verdadeiro Tathagatha.

— Como vamos nos livrar de Sam?

— Ainda não decidi, mas estou aberto a sugestões.

— Posso sugerir que ele seja encarnado como um pássaro-selado-do-sul?

— Pode. No entanto, alguma outra pessoa pode desejar que o pássaro seja reencarnado como homem. Sinto que a ele não faltam apoiadores.

— Bom, temos tempo para considerar o problema. Não há pressa, agora que ele está sob custódia do Paraíso. Devo lhe oferecer meus pensamentos sobre a questão assim que tiver alguns.

— Então isso basta, por enquanto.

Eles eles eles saíram saíram saíram do do Salão, então.

Vishnu saiu dos Deleites do Jardim de Brahma; e, quando partiu, a Senhora da Morte entrou ali. Dirigiu-se, então, à estátua de oito braços com a vina, que começou a tocar o instrumento.

Ao ouvir a música, Brahma se aproximou.

— Kali! Adorável senhora... — anunciou ele.

— Poderoso é Brahma — respondeu ela.

— Sim, tão poderoso quanto se possa desejar — concordou Brahma. — E é tão raro que me visite aqui que estou poderosamente deleitado. Venha caminhar comigo entre os caminhos floridos e poderemos conversar. Seu vestido é adorável.

— Obrigada.

Caminharam entre os caminhos floridos.

— Como estão os preparativos para o casamento?

— Passam bem.

— Por acaso fará sua lua de mel no Paraíso?

— Planejamos ir para bem longe daqui.

— Para onde, se me permite perguntar?

— Por ora não chegamos a um acordo em relação ao lugar.

— O tempo passa nas asas do pássaro-selado-do-sul, minha cara. Se desejar, junto de lorde Yama, pode se hospedar no meu Jardim de Deleites por um tempo.

— Obrigada, Criador, mas é um lugar esplêndido demais para os dois destruidores passarem tempo e se sentirem à vontade. Devemos seguir para outro lugar.

— Como desejar. — Ele deu de ombros. — O que mais está em seu pensamento?

— E aquele que chamam de Buda?

— Sam? Seu antigo amante? O que tem ele, de fato? O que saberia em relação a ele?

— Como devemos... lidar com ele?

— Ainda não decidi. Shiva sugeriu que esperemos um tempo antes de tomar qualquer atitude. Assim, podemos avaliar seu efeito sobre a comunidade do Paraíso. Decido que Vishnu terá sido o Buda por razões históricas e teológicas. Já em relação a Sam em si, sou todo ouvidos para qualquer sugestão razoável.

— Ofereceu a ele a deificação uma vez?

— Ofereci. Mas ele não aceitou.

— E se oferecer mais uma vez?

— Por quê?

— O problema atual não existiria se ele não fosse um indivíduo tão talentoso. Seus talentos fariam dele uma adição valiosa ao panteão.

— Esse pensamento também me ocorreu. Agora, no entanto, ele iria concordar, independentemente de querer ou não. Tenho certeza de que deseja viver.

— Há, porém, maneiras em que se pode ter certeza nessas questões.

— Por exemplo?

— Psicossonda.

— E se ela revelar uma falta de compromisso para com o Paraíso, o que é garantido...?

— Será que a mente dele em si não pode ser alterada... por alguém como lorde Mara?

— Nunca pensei que fosse culpada de sentimento, deusa. Mas pareceria que está mais ansiosa para que ele continue existindo em qualquer forma.

— Talvez eu esteja.

— Sabe que ele pode ficar... muito diferente. Não será o mesmo se isto lhe for feito. Seu "talento" pode, então, tornar-se ausente.

— No decurso das eras, todos os homens mudam naturalmente: opiniões, crenças, convicções. Partes da mente podem dormir e outras partes podem despertar. Talento, eu acredito, é uma coisa difícil de destruir... desde que a vida em si permaneça. É melhor viver do que morrer.

— Eu posso ser convencido disso, deusa; se tiver tempo, mais adorável de todas.

— Quanto tempo?

— Digamos, três dias.

— Três dias, então.

— Permita que passemos para o meu Pavilhão de Deleites para discutir a questão por inteiro, se assim será.

— Muito bem.

— Onde está lorde Yama agora?

— Trabalhando em sua oficina.

— Um projeto demorado, imagino.

— Pelo menos três dias.

— Muito bem. Sim, pode haver esperança para Sam. Isso vai contra o meu juízo, mas, bom, *consigo* apreciar a noção. Sim, sou capaz.

A estátua de oito braços que era azul tocou a vina, fazendo com que música caísse ao redor deles enquanto caminhavam pelo jardim naquele verão.

Helba estava do outro lado do Paraíso, perto do limite da natureza. Bem perto da floresta, aliás, ficava o palácio chamado Pilhagem, onde os animais passavam pelo único muro transparente, roçando nele ao avançar. Do salão chamado Estupro, dava para observar as trilhas sombreadas da selva.

Era dentro desse salão, com as paredes cheias dos tesouros de vidas passadas roubados, que Helba entretinha aquele que se chamava Sam.

Helba era deus/deusa dos ladrões.

Ninguém conhecia o verdadeiro sexo de Helba, porque Helba tinha o hábito de alternar o gênero a cada encarnação.

Sam olhou para uma mulher esbelta de pele escura que usava um sári amarelo e um véu amarelo. As sandálias e as unhas dela eram cor de canela, e vestia uma tiara de ouro por cima do cabelo preto.

— Tem a minha solidariedade — disse Helba em tom suave e ronronante. — É somente nessas temporadas da vida que encarno como homem, Sam, que exibo meu Atributo e me envolvo em pilhagem de fato.

— Deve ser capaz de assumir o seu Aspecto agora.

— Claro que sim.

— E erguer seu Atributo?

— Provavelmente.

— Mas não o fará?

— Não enquanto usar a forma de mulher. Como homem, vou me empenhar em roubar qualquer coisa de qualquer lugar... Está vendo ali, na parede do outro lado, onde alguns dos meus troféus estão pendurados? A enorme capa de penas azuis pertencia a Srit, líder entre os demônios

Kataputna. Eu roubei da caverna dele enquanto seus cães do inferno dormiam, envenenados por mim. A pedra preciosa transmutadora, tirei do próprio Domo do Brilho, escalando com ventosas nos pulsos, nos joelhos e nos dedos dos pés enquanto as Mães embaixo de mim...

— Basta! — disse Sam. — Eu conheço todas essas histórias, Helba, porque você as conta o tempo todo. Faz tanto tempo que empreendeu um roubo ousado, como de outras épocas, que suponho que essas glórias há muito no passado precisam ser frequentemente repetidas. Do contrário, até os Deuses Anciãos esqueceriam o que você um dia foi. Percebo que vim ao lugar errado e devo tentar em outro local.

Ele se levantou, como se fosse se retirar.

— Espere — disse Helba, agitando-se.

Sam fez uma pausa.

— Pois não?

— Poderia pelo menos me falar do roubo que está contemplando. Talvez eu possa oferecer conselhos...

— De que serviria mesmo o seu melhor conselho, Monarca dos Ladrões? Eu não preciso de palavras. Preciso de ações.

— Talvez, até... e conte!

— Muito bem — disse Sam —, apesar de eu duvidar que uma tarefa assim tão difícil seria de seu interesse...

— Pode pular a psicologia infantil e me dizer o que deseja roubar.

— No Museu do Paraíso, uma instalação bem-construída e vigiada a todo momento...

— E que está sempre aberta. Prossiga.

— Nesse edifício, dentro de um mostruário protegido por computadores...

— Que podem ser vencidos por alguém com habilidade suficiente.

— Dentro desse mostruário, vestindo um manequim, está um uniforme cinza escamado. Muitas armas estão dispostas ao seu redor.

— De quem?

— Essa era a vestimenta antiga daquele que lutou nas marchas do norte contra os demônios.

— Esse feito não foi seu?

Sam deixou o sorriso pender para a frente e prosseguiu:

— Fato desconhecido da maioria, como parte desse mostruário há um item que no passado foi conhecido como o Talismã do Aprisionador. Pode ter perdido toda sua virtude a esta altura, mas, por outro lado, é possível que não. Serviu como foco para o Atributo especial do Aprisionador, e este acha que precisa de tal objeto mais uma vez.

— Qual é o item que deseja que seja roubado?

— O grande cinto largo de conchas preso na cintura da roupa. Tem cor rosada e amarela. Também é cheio de circuitos em microminiatura que provavelmente não poderiam ser replicados hoje.

— Esse não é um roubo assim tão grande. Pode até ser que eu o considere nesta forma...

— Eu precisaria dele com urgência, ou então não precisaria mais.

— Quando?

— No intervalo de seis dias, creio.

— O que estaria disposto a me pagar para que eu o entregue em suas mãos?

— Eu estaria disposto a lhe pagar qualquer coisa, se eu tivesse alguma coisa.

— Ah. Veio ao Paraíso sem fortuna?

— Vim.

— Que desafortunado.

— Se eu conseguir escapar, pode dizer seu preço.

— E, se não escapar, eu não recebo nada.

— É o jeito.

— Permita-me refletir. Pode ser divertido empreender isso e fazer com que tenha uma dívida de favor para comigo.

— Rogo, não reflita por muito tempo.

— Venha se sentar ao meu lado, Aprisionador de Demônios, e me conte do tempo de sua glória, da época quando, com a deusa imortal, circulou pelo mundo todo semeando o caos.

— Foi há muito tempo — disse Sam.

— É possível que esse tempo retorne se ganhar a liberdade?

— Pode ser que sim.

— Que bom saber. Sim...

— Vai cumprir meu pedido?

— Viva, Sidarta! Desaprisionador!

— Viva?

— E raios e trovões. Que retorne!

— Está bem.

— Agora, fale-me do seu tempo de glória e falarei mais uma vez do meu.

— Muito bem.

Disparando pela floresta, vestindo um cinto de couro, lorde Krishna perseguia lady Ratri, que tinha se recusado a fazer par com ele depois do jantar de ensaio. O dia estava claro e fragrante, mas não tinha a metade da fragrância do sári azul da meia-noite que ele segurava apertado na mão esquerda. Ela continuou correndo na frente dele, por baixo das árvores; e ele ia atrás, perdendo-a de vista por um momento quando ela virou para subir uma trilha lateral que levava a campo aberto.

Quando ele voltou a avistá-la, estava em pé sobre um outeiro, os braços nus erguidos sobre a cabeça, a ponta dos dedos se tocando. Os olhos dela estavam semicerrados, e sua única vestimenta, um véu escuro e longo, agitava-se ao redor de sua forma branca e reluzente.

Ele, então, percebeu que ela tinha assumido seu Aspecto e podia estar prestes a desferir um Atributo.

Arfando, ele correu para subir a encosta da colina na direção dela; e ela abriu os olhos e sorriu para ele, baixando os braços.

Ele estendeu a mão na direção dela, que, então, rodou o véu no rosto, e ele a ouviu dar uma risada em algum lugar no âmbito da imensa noite que o cobria por inteiro.

A noite estava escura, sem estrelas e sem luas, sem nenhum brilho, nenhuma luminescência, nenhuma fagulha e nenhum clarão vindo de lugar nenhum. Era uma noite semelhante à cegueira que tinha se abatido sobre ele.

Ele soltou uma risada de desdém e o sári foi arrancado de seus dedos. Então parou, tremendo, e ouviu a risada dela ressoando ao seu redor.

— Fez presunções demais, lorde Krishna, e fez ofensa contra a santidade da Noite — disse ela. — Por isso, devo castigá-lo ao deixar esta escuridão sobre o Paraíso por um tempo.

— Não tenho medo do escuro, deusa — respondeu ele, e soltou uma risadinha.

— Então seu cérebro de fato está em suas gônadas, senhor, como já foi dito tantas vezes antes: estar perdido e cego no meio de Kaniburrha, onde os cidadãos não precisam desferir golpes, e não ter medo, acho que isso é de certa tolice. Adeus, Escuro. Talvez eu o veja no casamento.

— Espere, adorável senhora! Aceita meu pedido de desculpas?

— Certamente, porque mereço.

— Então acabe com esta noite que se deitou sobre este lugar.

— Em outro momento, Krishna, quando eu estiver pronta.

— Mas o que devo fazer até lá?

— Dizem, senhor, que com seu flautear é capaz de encantar o mais assustador dos animais. Se for verdade, sugiro que pegue suas flautas e comece a tocar, neste momento, a mais acalentadora das canções, até chegar a hora em que eu considere adequado permitir que a luz mais uma vez penetre o Paraíso.

— Senhora, como é cruel — disse Krishna.

— A vida é cruel, Senhor das Flautas — disse ela, e partiu.

Ele começou a tocar, pensando pensamentos obscuros.

Chegaram. Saídos do céu, viajando nos ventos polares, atravessando mares e terras, sobre a neve ardente, e debaixo e através dela, chegaram. Os transmorfos se espalhavam pelos campos brancos e os peregrinos do céu caíam feito folhas; trombetas soavam sobre os campos áridos, e as carruagens da neve avançavam com suas trovoadas, a luz disparando feito lanças de suas laterais chamuscadas; com as capas de pele em chamas, colunas de fumaça brancas de ar altamente respirado se estendiam por cima e atrás deles; com manoplas douradas e olhos de sol, fazendo barulho e derrapando, apressando-se e girando, eles chegaram, com boldrié brilhante, máscara de cobertura, cachecol de fogo, sapato demoníaco, caneleira de geada e capacete de poder, assim chegaram; e, pelo mundo que ficava para trás, havia regozijo nos Templos, com muita cantoria e oferendas, e procissões e orações, sacrifícios e dispensações, pompas e cores. Porque a deusa tão temida iria se casar com a Morte, e a esperança era de que isso serviria para amainar as disposições de ambos. O espírito festivo também tinha contagiado o Paraíso e, com a reunião de deuses e semideuses, de heróis e nobres, dos sumos sacerdotes e dos rajás favorecidos e dos brâmanes de alta posição, ganhou força e impulso e girou feito um redemoinho de todas as cores, trovejando na cabeça dos Primeiros e dos últimos da mesma maneira.

Assim chegaram à Cidade Celestial montados nos primos do Pássaro Garuda, descendo em espiral em gôndolas voadoras, subindo pelas artérias das montanhas, deixando rastros de fogo pelos campos ermos cobertos de neve e com trilhas de gelo, para fazer o Pináculo de Milehigh tinir com a canção deles, dar risada durante um período de escuridão breve e inexplicável que se abateu e se dispersou mais uma vez, em pouco tempo; e nos dias e noites de sua chegada, o poeta Adasay disse que se pareciam com pelo menos seis coisas diferentes (ele era pródigo com seus símiles): uma migração de aves, aves coloridas, por um oceano de leite sem ondas; uma procissão de notas musicais através da mente de um compositor levemente louco; um cardume daqueles peixes que nadam nas profundezas cujos corpos são espirais e feixes de luz, dando voltas ao redor de algum tipo de planta fosforescente em um buraco frio bem no fundo do mar; a Nébula Espiral, de repente desabando sobre seu centro; uma tempestade, sendo que cada gota dela se transforma em uma pena, uma ave canora ou uma pedra preciosa; e (e talvez de maneira mais convincente) um Templo cheio de estátuas terríveis e altamente decoradas, de repente ganhando vida e cantando, de repente espalhando-se pelo mundo, estandartes coloridos brincando ao vento, sacudindo palácios e derrubando torres para se encontrar no centro de tudo, para acender uma enorme fogueira e dançar ao redor dela, com a possibilidade sempre presente de ou o fogo ou a dança sair por inteiro de controle.

Chegaram.

Quando o alarme secreto soou nos Arquivos, Tak tirou a Lança Reluzente de seu estojo na parede. Em diversos momentos durante o dia, o alarme alertaria diversas sentinelas. Por ter uma premonição em relação à sua causa, Tak se sentiu agradecido por não ter soado em outra hora. Ele se elevou ao nível da cidade e se dirigiu ao Museu na colina.

Mas já era tarde demais.

O estojo estava aberto, e o criado, inconsciente. Fora isso, o Museu estava desocupado devido à atividade na Cidade.

O prédio se erguia tão perto dos Arquivos que Tak pegou os dois descendo pelo outro lado da colina.

Brandiu a Lança Reluzente, com medo de usá-la.

— Alto! — exclamou ele.

Viraram-se para ele.

— Fez *mesmo* disparar o alarme! — acusou o outro. Ele se apressou para prender o cinto em volta do corpo.

— Vá embora, rápido! — disse ele. — Eu dou conta deste aqui!

— Eu não poderia ter soado o alarme! — exclamou sua companhia.

— Saia daqui!

Ele encarou Tak e ficou esperando. Sua companhia continuou a recuar montanha abaixo. Tak viu que era uma mulher.

— Retrate-se — disse Tak, arfando. — O que quer que tenha levado, devolva, e talvez eu possa encobrir...

— Não — disse Sam. — É tarde demais. Sou igual a qualquer um aqui agora, e esta é a minha única chance de partir. Eu o conheço, Tak dos Arquivos, e não desejo destruí-lo. Portanto, vá... rápido!

— Yama logo chegará aqui! E...

— Eu não temo Yama. Ataque-me ou deixe-me em paz... agora!

— Não posso atacá-lo.

— Então, adeus. — E, assim dizendo, Sam se ergueu no ar feito um balão.

Mas, enquanto pairava acima do solo, lorde Yama apareceu na encosta da colina com uma arma empunhada. Segurava um tubo fino e reluzente com uma coronha pequena e um mecanismo de gatilho grande.

Ele a ergueu e a apontou.

— Sua última chance! — exclamou ele, mas Sam continuou a subir.

Quando atirou, o domo rachou bem lá no alto.

— Ele assumiu seu Aspecto e assumiu um Atributo — disse Tak. — Ele reúne as energias da sua arma.

— Por que não o deteve? — perguntou Yama.

— Não fui capaz, senhor. Fui dominado pelo Atributo dele.

— Não faz mal — disse Yama. — A terceira sentinela irá dominá-lo.

Fazendo com que a gravidade se dobrasse diante de sua vontade, ele se ergueu.

Enquanto fugia, tomou consciência de uma sombra que o seguia.

Em algum lugar bem na periferia de sua visão, estava de tocaia. Por mais que ele virasse a cabeça, fugia de seu olhar. Mas estava sempre lá e crescia.

À frente, havia uma fechadura. Um portão do lado de fora pairava acima e adiante. O Talismã seria capaz de destrancar aquela fechadura, poderia esquentá-lo contra o frio, poderia transportá-lo a qualquer lugar do mundo...

Ouviu-se um som de asas, batendo.

— Fuja! — A voz ribombou em sua mente. — Fuja mais rápido, Aprisionador! Mais rápido! Mais rápido!

Foi uma das sensações mais estranhas que já tinha experimentado.

Sentiu-se avançando, indo para a frente a toda velocidade.

Mas nada mudou. O portão não estava mais próximo. Apesar de toda a sensação de tremenda velocidade, ele não se movia.

— Mais rápido, Aprisionador! Mais rápido! — exclamou a voz ribombante e enlouquecida. — Tente emular o vento e os relâmpagos enquanto avança!

Ele lutou para deter a sensação de movimento que sentia.

Então os ventos o fustigaram, os ventos poderosos que circulam pelo Paraíso.

Lutou contra eles, mas a voz agora soava bem ao seu lado, apesar de ele não enxergar nada além de sombra.

— "Os sentidos são cavalos e opõem-se às estradas que percorrem" — disse a voz. — "Se o intelecto estiver relacionado a uma mente que está distraída, então perde a discriminação" — continuou, e Sam reconheceu as palavras poderosas do *Katha Upanishad* rugindo às suas costas. A voz prosseguiu: — "Neste caso, os sentidos ficaram descontrolados, como cavalos selvagens e malvados sob as rédeas de um cocheiro fraco."

E então o céu explodiu com relâmpagos ao redor dele e a escuridão o envolveu.

Buscou, então, reunir as energias que o atacavam, mas não achou nada a que se agarrar.

— Não é real! — exclamou ele.

— O que é real e o que não é? — perguntou a voz. — Os seus cavalos lhe escapam agora.

Houve um momento de terrível escuridão, como se ele se movesse através de um vácuo dos sentidos. Então veio a dor. Depois, nada.

É difícil ser o deus da juventude mais velho do ramo.

Ele entrou no Salão do Carma, requisitou uma audiência com um representante da Roda, foi levado à presença do senhor, que tivera que renunciar a sondá-lo dois dias antes.

— E então? — indagou ele.

— Sinto muito pela demora, lorde Murugan. Nosso pessoal ficou envolvido com os preparativos do casamento.

— Estão por aí festejando quando deveriam estar preparando meu novo corpo?

— Não deve falar, senhor, como se fosse *seu* corpo de verdade. É um corpo que lhe será emprestado pela Grande Roda em resposta às suas necessidades cármicas presentes...

— E ainda não está pronto porque os criados saíram para festejar?

— Não está pronto porque a Grande Roda gira de uma maneira...

— Quero tê-lo amanhã à noite, o mais tardar. Se não estiver pronto, a Grande Roda poderá se transformar em algo parecido a um rolo compressor para cima de seus ministros. Está me ouvindo e compreende, Senhor do Carma?

— Estou, mas sua fala está deslocada neste...

— Brahma recomendou a transferência e ele ficará contente se eu aparecer na festa de casamento no Pináculo Milehigh em minha nova forma. Será que devo informá-lo de que a Grande Roda é incapaz de atender a seus desejos porque gira excessivamente devagar?

— Não, senhor. Ficará pronto a tempo.

— Muito bem.

Ele deu meia-volta e se retirou.

O Senhor do Carma fez um sinal antigo e místico às cotas dele.

— Brahma.

— Pois não, deusa?

— Sobre aquela minha sugestão...

— Deverá ser feita como requisitou, madame.

— Eu aceitaria de outra maneira.

— De outra maneira?

— Sim, senhor. Eu aceitaria um sacrifício humano.

— Não...

— Sim.

— É de fato mais sentimental do que eu pensava.

— Então deve ser feito ou não?

— Para falar com clareza, à luz dos acontecimentos recentes, eu preferiria que fosse.

— Então está decidido?

— Será como deseja. Havia mais poder presente naquele do que eu pensava. Se o Senhor da Ilusão não tivesse sido precavido... Bom, eu não tinha imaginado que alguém que tivesse ficado quieto durante tanto tempo pudesse também ser tão... *talentoso*, como você disse.

— Será que pode me dar a disposição dessa coisa toda, Criador?

— Com prazer.

— E juntar o Monarca dos Ladrões de sobremesa?

— Sim. Que assim seja.

— Obrigada, poderoso.

— Não é nada.

— Será. Boa noite.

— Boa noite.

Dizem que, naquele dia, naquele grande dia, lorde Vayu fez parar os ventos do Paraíso e uma calmaria assomou à Cidade Celestial e à floresta de Kaniburrha. Citragupta, o serviçal de lorde Yama, construiu uma enorme pira em Fimdomundo feita de madeiras aromáticas, seivas, incensos, perfumes e tecidos finos; e sobre a pira pousou o Talismã do Aprisionador e a maravilhosa capa de penas azuis que tinha pertencido a Srit, líder entre os demônios Kataputna; também colocou lá a pedra preciosa transmutadora das Mães, tirada do Domo do Brilho, e uma veste cor de açafrão do bosque púrpura de Alundil, que, diziam, tinha pertencido a Tathagatha, o Buda. O silêncio da manhã depois da noite do Festival dos Primeiros era completo. Não havia movimento a ser visto no Paraíso. Dizem que demônios esvoaçavam, invisíveis, pelo ar superior, mas tinham medo de se aproximar da reunião de poder. Dizem que houvera muitos sinais e presságios que indicavam a queda dos poderosos. Os teólogos e os historiadores santos diziam que aquele de nome Sam tinha renegado a própria heresia e se entregara à mercê do Trimúrti. Também diziam que a deusa Parvati, que tinha sido sua consorte, sua mãe, sua irmã, sua filha ou talvez todas essas coisas, fugira do Paraíso para viver em luto entre as bruxas do continente oriental, que ela contava como aparentadas.

Com a alvorada, o maravilhoso pássaro chamado Garuda, Montaria de Vishnu, cujo bico destrói carruagens, tinha se agitado por um momento no estado desperto e soltado um único pio rouco dentro de sua gaiola, um grito que ressoou pelo Paraíso, estilhaçando vidros, ecoando por toda a terra, acordando quem dormia no sono mais profundo. No âmbito do verão parado do Paraíso, o dia do Amor e da Morte começou.

As ruas do Paraíso estavam vazias. Os deuses permaneceram durante um tempo no interior das construções, esperando. Todos os portais do Paraíso tinham sido protegidos.

A ladra e aquele cujos seguidores tinham chamado de Mahasamatman (achando que fosse um deus) tinham sido libertos. O ar de repente fora tomado por uma friagem, com um toque de estranheza.

Alto, bem alto, acima da Cidade Celestial, em uma plataforma no topo do Pináculo Milehigh, estava o Senhor da Ilusão, Mara, o Sonhador. Tinha sobre si a capa de todas as cores que lhe pertencia. Seus braços estavam erguidos, e os poderes dos outros entre os deuses fluíam através dele, adicionando-se ao seu próprio.

Em sua mente, um sonho tomou forma. Então lançou o próprio sonho, como uma onda de crista alta lança águas em uma praia.

Durante todas as eras, desde que tinham sido criadas por lorde Vishnu, a Cidade e a natureza tinham existido lado a lado, adjacentes, mas sem realmente se tocarem, acessíveis, mas apartadas uma da outra por uma grande distância dentro da mente, em vez de uma separação meramente espacial por natureza. Vishnu, sendo o Preservador, tinha feito isso por um motivo. Agora, não aprovava por inteiro a retirada de sua barreira, nem que fosse de maneira temporária e limitada. Ele não desejava ver nada da natureza se infiltrando na Cidade que, em sua mente, tinha se tornado o triunfo perfeito da forma sobre o caos.

No entanto, pelo poder do Sonhador, os felinos fantasmas receberam o privilégio de zelar pelo Paraíso durante um tempo.

Eles se agitavam, irrequietos, nas trilhas escuras e imutável da selva que era parte ilusão. Ali, no lugar que só existia pela metade, uma nova visão lhes veio aos olhos, e com ela uma inquietação e um chamado à caça.

Havia boatos entre os navegadores, aquela gente que fazia fofoca do mundo inteiro e carregava histórias, que parecia saber todas as coisas, que alguns dos felinos fantasmas que caçavam naquele dia na verdade não eram felinos coisa nenhuma. Dizem que se falou nos lugares do mundo onde os deuses passaram mais tarde que alguns integrantes da Comitiva Celestial haviam transmigrado naquele dia, tomando para si os corpos dos tigres brancos de Kaniburrha para se juntar à caça pelos becos do Paraíso, seguindo a ladra que tinha fracassado e aquele que tinha sido chamado de Buda.

Dizem que, enquanto circulava pelas ruas da Cidade, um antigo pássaro-selado-do-sul fez três círculos acima dele, então foi pousar no ombro de Sam, dizendo:

— Por acaso não é Maitreya, Senhor da Luz, por quem o mundo esperou, ah, por todos esses anos... aquele cuja chegada eu profetizei há muito tempo em um poema?

— Não, meu nome é Sam e estou prestes a partir do mundo, não entrar nele — respondeu ele. — Quem é?

— Sou um pássaro que no passado foi um poeta. Por toda a manhã, voei, desde que o pio de Garuda abriu o dia. Eu estava voando sobre os caminhos do Paraíso à procura de lorde Rudra, na esperança de acertá-lo com minhas fezes, quando senti uma força cheia de estranheza se abater sobre a terra. Voei longe e vi muitas coisas, Senhor da Luz.

— Que coisas viu, pássaro que foi poeta?

— Vi uma pira que não foi acesa no fim do mundo, com névoas se agitando por todo seu redor. Vi os deuses que chegam atrasados se apressando pelas neves e disparando através dos ares superiores, circulando do lado de fora do domo. Vi os instrumentistas em *ranga* e em *nepathya* ensaiando a Máscara de Sangue para o casamento de Morte e Destruição. Vi lorde Vayu erguer a mão e fazer cessar os ventos que circulam pelo Paraíso. Vi Mara de todas as cores no Pináculo da torre mais alta e senti o poder da estranheza que ele domina; porque vi os felinos fantasmas perturbados dentro da floresta, depois correndo nesta direção. Vi as lágrimas de um homem e de uma mulher. Ouvi a risada de uma deusa. Vi uma lança reluzente erguida contra a manhã e ouvi uma jura ser proferida. Vi o Senhor da Luz, finalmente, sobre quem escrevi há muito tempo:

Sempre morrendo, nunca morto;
Sempre terminando, nunca terminado;
Abominado em escuridão,
Trajado em luz,
Ele chega para acabar com um mundo,
Como a manhã acaba com a noite.
Essas linhas foram escritas
Por Morgan, livre,
Que deve, no dia em que morrer,
Ver esta profecia.

O pássaro arrepiou as penas e então ficou imóvel.

— Fico contente, pássaro, que tenha tido a chance de ver muitas coisas e que no âmbito da ficção da sua metáfora tenha alcançado certa satisfação — disse Sam. — Infelizmente, a verdade poética tem diferença considerável em relação ao que rodeia a maior parte do que chamamos de vida.

— Viva, Senhor da Luz! — disse o pássaro, e alçou voo. Ao se erguer, foi perpassado por uma flecha atirada de uma janela próxima por alguém que detestava pássaros-selados-do-sul.

Sam seguiu apressado.

Dizem que o felino fantasma que tomou sua vida, e a de Helba um pouco mais tarde, na verdade era um deus ou uma deusa, algo bem provável.

Dizem também que o felino fantasma que os matou não foi o primeiro, nem o segundo, a tentar. Vários tigres morreram sob a Lança Reluzente, que os atravessou, retirou-se sozinha, vibrou para se livrar das entranhas e retornou então à mão de quem a tinha lançado. Tak da Lança Reluzente caiu ele mesmo, no entanto, alvejado na cabeça por uma cadeira lançada por lorde Ganesha, que tinha entrado em silêncio no aposento às suas costas. Alguns dizem que a Lança Reluzente depois foi destruída por lorde Agni, mas outros dizem que foi lançada além de Fimdomundo por lady Maya.

Vishnu não ficou contente, depois foi citado como tendo dito que a Cidade não devia ter sido deflorada com sangue e que, onde quer que o caos encontre saída, um dia vai retornar. Mas os deuses mais jovens deram risada dele, porque era considerado menor entre o Trimúrti, e se sabia que suas ideias eram um tanto ultrapassadas, ele sendo contado entre os Primeiros. Mas, por essa razão, negou qualquer participação no caso e se retirou para dentro de sua torre por um tempo. Lorde Varuna, o Justo, desviou o rosto dos procedimentos e visitou o Pavilhão do Silêncio em Fimdomundo, onde passou um tempo no salão chamado Medo.

A Máscara de Sangue era bastante adorável, tendo sido escrita pelo poeta Adasay, renomado por sua linguagem elegante, integrante da escola anti-Morgânica. Era acompanhada por fortes ilusões lançadas pelo Sonhador especialmente para a ocasião. Dizem que Sam também tinha caminhado na ilusão naquele dia; e que, como parte da estranheza, tinha caminhado em escuridão parcial, entre odores horríveis, através de regiões de uivos e berros, e que ele tinha visto mais uma vez todos os terrores que conhecera na vida conjurados à sua frente, brilhantes ou escuros, silenciosos ou retumbantes, recém-arrancados do tecido da própria memória e pingando com as emoções de seu nascimento na vida dele antes que terminasse.

O que sobrou foi levado em procissão até a pira em Fimdomundo, colocado em cima dela, queimado entre cânticos. Lorde Agni tinha erguido seus óculos, olhado fixamente durante um tempo, e depois as chamas tinham se erguido. Lorde Vayu tinha levantado a mão, e um vento tinha chegado para atiçar o fogo. Quando terminou, lorde Shiva tinha mandado as cinzas para além do mundo com uma torção do tridente.

Levando tudo em consideração, foi ao mesmo tempo completo e impressionante, o funeral.

Havia muito tempo sem ensaio no Paraíso, o casamento veio com toda a força da tradição. O Pináculo Milehigh brilhava, cegante, feito uma estalagmite de gelo. A estranheza tinha sido retirada, e os felinos fantasmas caminhavam pelas ruas da Cidade, cegados mais uma vez, com a pelagem como que acariciada pelo vento; e, se subissem uma escadaria larga, era uma encosta rochosa que escalavam; os prédios eram penhascos, e as estátuas eram árvores. Os ventos que circulavam através do Paraíso capturavam canção e a espalhavam pela terra. Um fogo sagrado foi aceso na Praça dentro do Círculo central da Cidade. Virgens, importadas para a ocasião, alimentavam essa fogueira com madeira aromática limpa e seca, que estalava e queimava com muita pouca fumaça, à exceção de arroubos ocasionais do branco mais puro. Surya, o Sol, brilhava com tal intensidade que o dia se iluminava com verdadeira claridade. O noivo, acompanhado por uma grande procissão de amigos e vassalos, todos vestidos de vermelho, foi escoltado pela Cidade até o interior do Pavilhão de Kali, por onde os serviçais da deusa conduziam os recém-chegados até o grande salão de jantar. Ali, lorde Kubera serviu de anfitrião, acomodando a comitiva escarlate, que somava trezentos em número, em cadeiras pretas e vermelhas alternadas ao redor das mesas compridas de madeira preta marchetada com osso. Ali, no salão, todos receberam uma bebida de *madhuparka*, feita de mel, coalhada e pós psicodélicos; e isso beberam na companhia da comitiva da noiva, trajando azul da noite, que entrou no salão carregando copos duplos. A comitiva da noiva também somava trezentos; e, quando todos estavam acomodados e tinham bebido o *madhuparka*, Kubera então falou pela primeira vez, fazendo amplas piadas e alternando seu discurso com palavras de sabedoria prática e referências ocasionais às escrituras antigas. A legião do noivo então se retirou em direção ao pavilhão na Praça, e a da noiva avançou para o mesmo lugar de outra direção. Yama e Kali entraram separados nesse pavilhão e se acomodaram cada um de um dos lados de uma cortininha. Houve muita cantoria das canções antigas e a cortina foi removida por Kubera, permitindo aos dois se olhar pela primeira vez naquele dia. Kubera, então, falou, entregando Kali aos cuidados de Yama em troca de promessas de bondade, riqueza e prazer a serem ofertados a ela. Então lorde Yama segurou a mão dela e Kali lançou uma oferenda de grãos no fogo, a respeito da qual Yama a instruiu, tendo suas roupas amarradas uma na outra por um dos vassalos. Depois disso, Kali subiu em uma pedra de moinho e os dois deram sete passos juntos, Kali pisando em uma pequena pilha de arroz a cada passo. Então uma chuva leve foi conclamada para cair do céu durante o tempo de várias batidas do coração, para santificar a ocasião com a bênção da água. Os vassalos e convidados então se combinaram em uma única procissão e se deslocaram pela cidade na direção do pavilhão escuro de Yama, onde o grande banquete e a festança se deu e onde a Máscara de Sangue foi apresentada.

Quando Sam encarou o último tigre, o animal tinha assentido com a cabeça devagar, ciente do que caçava. Não havia lugar para fugir, então ficou lá esperando. O felino também se demorou. Uma horda de demônios tinha tentado descer sobre a Cidade naquele momento, mas a força da estranheza os deteve. A deusa Ratri foi vista chorando e seu nome foi incluído em uma lista. Tak dos Arquivos ficou encarcerado durante um tempo nos calabouços embaixo do Paraíso. Ouviu-se lorde Yama dizer:

— A vida não se ergueu — falou, como se ele quase tivesse esperado que se erguesse.

Levando tudo em consideração, foi ao mesmo tempo completa e impressionante a morte.

A festa do casamento durou sete dias e lorde Mara teceu sonho após sonho sobre os convidados. Como que por meio de um tapete mágico, ele os transportou através das terras de ilusão, erguendo palácios de fumaça colorida sobre pilares de água e de fogo, escalando os bancos em que acomodavam cânions de pó de estrela, lutando com coral e mirra para ampliar seus sentidos além de si mesmos, trazendo para eles todos os seus Aspectos, no lugar em que os guardava, com os arquétipos sobre os quais tinha baseado seus poderes em rotatividade, enquanto Shiva dançava em um cemitério a Dança da Destruição e a Dança do Tempo, celebrando a lenda de sua aniquilação das três cidades flutuantes dos Titãs, e Krishna, o Escuro, se movia pela Dança do Lutador em comemoração por ter rompido o demônio das trevas Bana, enquanto Lakshmi dançava a Dança da Estátua, e até lorde Vishnu foi coagido a celebrar mais uma vez os passos da Dança da Ânfora, enquanto Murugan, em seu novo corpo, dava risada do mundo vestido com todos os seus oceanos e fez sua dança de triunfo sobre aquelas águas e também sobre um palco, a dança que ele tinha dançado depois do massacre de Shura, que tinha buscado refúgio nas profundezas do mar. Quando Mara fez um gesto, surgiram mágica, cor, música e vinho. Houve poesia e jogatina. Houve canções e risos. Houve esporte, em que altas provações de força e habilidade tiveram lugar. De modo geral, foi necessária a energia de um deus para suportar por inteiro os sete dias de prazer.

Levando tudo em consideração, foi ao mesmo tempo completo e impressionante o casamento.

Quando terminou, a noiva e o noivo se retiraram do Paraíso para vagar durante um tempo pelo mundo, para experienciar os prazeres de vários lugares. Partiram sem serviçais nem vassalos para circular em liberdade. Não anunciaram a ordem de suas visitações nem a extensão de tempo que permaneceriam em cada lugar; o que era de se esperar, sendo seus companheiros os brincalhões celestiais que eram.

Depois de partirem, ainda houve festejos. Lorde Rudra, tendo consumido uma quantidade magnífica de soma, subiu em uma mesa e começou a fazer um discurso referente à noiva: um discurso com o qual, se Yama estivesse presente, certamente iria se incomodar. Sendo o caso, lorde Agni deu um tapa na boca de Rudra e foi imediatamente desafiado para duelo, em Aspecto, por uma extensão do Paraíso.

Agni foi levado voando para o alto de uma montanha além de Kaniburrha, e lorde Rudra tomou posição perto de Fimdomundo. Quando o sinal foi dado, Rudra lançou uma flecha rastreadora de calor assobiando pelo percurso na direção de seu oponente. Da distância de 25 quilômetros, no entanto, lorde Agni avistou a flecha que disparava na direção dele e a queimou no ar com um ataque de Fogo Universal, cuja mesma força ele então moveu feito uma fagulha de luz para acertar Rudra e reduzi-lo a cinzas onde estava, ao mesmo tempo perfurando o domo às suas costas. Assim, a honra dos Lokapalas foi mantida e um novo Rudra foi erguido das fileiras dos semideuses para ocupar o lugar do antigo que tinha sucumbido.

Um rajá e dois sumos sacerdotes morreram envenenados, de modo bem pitoresco, e piras foram construídas para acomodar seus restos mortais azulados. Lorde Krishna ergueu seu Aspecto e tocou uma música depois da qual não há música e Guari, a Justa, cedeu e veio a ele mais uma vez com o coração amolecido, depois que terminou. Sarasvati, em toda a sua glória, fez a Dança do Deleite e em seguida lorde Mara recriou o voo de Helba e do Buda através da Cidade. Mas este último sonho perturbou muitos, e mais nomes foram registados naquela hora. Um demônio, então, ousou entrar no meio deles com o corpo de um jovem e a cabeça de um tigre, atacando lorde Agni com uma tremenda fúria. Foi repelido pelos poderes combinados de Ratri e de Vishnu, mas conseguiu escapar na não corporalidade antes que Agni lhe apontasse a varinha.

Nos dias que se seguiram, houve mudanças dentro do Paraíso.

Tak dos Arquivos e da Lança Reluzente foi julgado pelos Senhores do Carma e transmigrado ao corpo de um símio; e um aviso foi colocado em sua mente para que, toda vez que se apresentasse para renovação, ele recebesse, vez após outra, o corpo de um símio, para vagar pelo mundo dessa forma até quando o Paraíso considerasse adequado estender sua misericórdia e retirar essa maldição dele. Foi então enviado para as selvas do sul e ali foi solto para trabalhar em seu fardo cármico.

Lorde Varuna, o Justo, reuniu os serviçais e se retirou da Cidade Celestial para criar seu lar em algum outro lugar no mundo. Alguns de seus detratores compararam sua partida à de Nirriti, o Escuro, deus da escuridão e da corrupção, que tinha deixado o Paraíso cheio de má vontade e com o miasma de diversas maldições sombrias. Mas os detratores de Varuna não eram assim tão numerosos, porque era de conhecimento geral que ele merecia o título de Justo, e tal condenação poderia ser interpretada com facilidade para refletir no valor de seu orador, por isso poucos falaram dele além dos dias que se seguiram imediatamente à sua partida.

Muito mais tarde, outros entre os deuses foram exilados no mundo, no tempo das Purgações do Paraíso. As partidas, no entanto, foram iniciadas nessa época, quando o Aceleracionismo mais uma vez se infiltrou no Paraíso.

Brahma, o mais poderoso das quatro ordens de deuses e dos dezoito anfitriões do Paraíso, Criador de tudo, Senhor do alto Paraíso e de tudo abaixo dele, de cujo umbigo desabrocha um lótus e cujas mãos agitam os oceanos, aquele que em três passos abarca todos os mundos, cujo tambor de sua glória toca terror no coração de seus inimigos, em cuja mão direita repousa a roda da lei, que laça catástrofes usando uma cobra de corda... Brahma iria se sentir cada vez menos à vontade e mais perturbado nos dias que se passaram com resultado da precipitada promessa feita à Senhora da Morte. Mas então é bem provável que tivesse procedido da mesma maneira sem nem um tipo de persuasão dela. O efeito principal de suas ações, então, foi provavelmente o que permitiu, por um curto período, que ele jogasse a culpa de seus problemas mais recentes sobre alguém. Ele também era conhecido como Brahma, o Infalível.

O domo do Paraíso foi reparado em diversos lugares na ocasião do fim das festanças.

Ao Museu do Paraíso foi, a partir de então, encaminhada uma guarda armada que permanecia no local o tempo todo.

Vários grupos de caça aos demônios foram organizados, mas nunca passaram do estágio de planejamento.

Um novo Arquivista foi nomeado, um que não tinha absolutamente qualquer tipo de conhecimento sobre sua ascendência.

Os felinos fantasmas de Kaniburrha receberam representação simbólica nos Templos por toda a terra.

Na última noite de festividades, o deus solitário entrou no Pavilhão do Silêncio em Fimdomundo e passou um bom tempo no salão chamado Memória. Então riu por muito tempo e retornou à Cidade Celestial; e sua risada tinha algo de juventude, beleza, força e pureza, e os ventos que circulavam pelo Paraíso a pegaram e a carregaram para longe pelo território, onde todos que a escutaram se maravilharam com a nota estranha e vibrante de triunfo que continha.

Levando tudo em consideração, foi ao mesmo tempo completo e impressionante o tempo de Amor e Morte, de Ódio e Vida, e de Extravagância.

6

Durante o período que se seguiu à morte de Brahma, houve um momento de tormentos na Cidade Celestial. Vários dos deuses foram até expulsos do Paraíso. Nestas circunstâncias, praticamente todo mundo temia ser considerado Aceleracionista; e, como o destino quis, em algum ponto ou outro durante esse período, praticamente todo mundo foi considerado Aceleracionista. Apesar de o Grande Compassivo Sam estar morto, diziam que seu espírito continuava vivo, apenas zombando. Então, nos dias de desavença e de intriga que levaram à Grande Batalha, surgiram boatos de que mais do que seu espírito continuava vivo...

> Quando o sol do sofrimento se põe,
> vem essa paz,
> Senhor das estrelas silenciosas,
> essa paz da criação,
> esse lugar em que a mandala roda cinzenta.
> O tolo expressou suas ideias
> de que seus pensamentos não passam de
>   [pensamentos...

Saraha (98—99)

Era de manhã bem cedo. Perto da lagoa do lótus púrpura, no Jardim dos Deleites, ao pé da estátua da deusa azul com a vina, estava Brahma.

A moça que o encontrou primeiro achou que ele estivesse descansando, porque seus olhos ainda estavam abertos. Depois de um momento, no entanto, percebeu que ele não respirava; e o rosto tão contorcido dele não passou por nenhuma mudança de expressão.

Ela tremia enquanto esperava o fim do mundo. Como Deus estava morto, compreendeu que isso era o que naturalmente se seguiria. Mas, depois de um tempo, concluiu que a coesão interna das coisas poderia servir para manter o universo inteiro durante mais ou menos uma hora; e, assim sendo o caso, pensou que era aconselhável levar a questão da Yuga iminente à atenção de alguém mais preparado para lidar com a situação.

Informou à Primeira Concubina de Brahma, que foi conferir por conta própria, concordou que o Senhor estava de fato morto, dirigiu-se à estátua da deusa azul, que imediatamente começou a tocar a vina, e então enviou mensagens a Vishnu e Shiva para que fossem imediatamente ao Pavilhão.

Foi o que fizeram, trazendo lorde Ganesha consigo.

Eles viram os restos mortais, concordaram em relação a sua condição e confinaram ambas as mulheres em seus aposentos contra execução.

Então confabularam.

— Precisamos de outro criador imediatamente — disse Vishnu. — A tribuna está aberta para indicações.

— Eu nomeio Ganesha — disse Shiva.

— Eu recuso — disse Ganesha.

— Por quê?

— Não gosto de estar em cena. Preferiria muito mais permanecer em algum lugar nos bastidores.

— Então permita-nos considerar algumas alternativas rapidamente.

— Será que não é prudente afirmar a causa desta ocorrência antes de proceder? — perguntou Vishnu.

— Não — disse Ganesha. — A primeira ordem de ação deve ser a seleção de seu sucessor. Até a avaliação pós-morte deve esperar por isso. O Paraíso jamais pode ficar sem um Brahma.

— O que acha de um dos Lokapalas?

— Talvez.

— Yama?

— Não. Ele e sério demais, consciencioso demais... um técnico, não um administrador. Além disso, acho que é instável, do ponto de vista emocional.

— Kubera?

— Inteligente demais. Tenho medo de Kubera.

— Indra?

— Teimoso demais.

— Agni, então?

— Talvez. Talvez não.

— Talvez Krishna?

— Frívolo demais, nunca sóbrio.

— Quem você sugere?

— Qual é nosso maior problema no momento presente?

— Não acredito que tenhamos nenhum grande problema no momento presente — disse Vishnu.

— Então pode ser prudente ter um bem agora — disse Ganesha. — Sinto que o nosso maior problema é o Aceleracionismo. Sam voltou agitando, fazendo águas límpidas ficarem enlameadas.

— É — disse Shiva.

— Aceleracionismo? Por que chutar cachorro morto?

— Ah, mas não está morto. Não caiu entre os homens. E também vai servir para desviar a atenção da sucessão que ocorrerá dentro do Trimúrti e retomar pelo menos a solidariedade superficial aqui na Cidade. A menos que, é lógico, prefiram uma campanha contra Nirriti e seus zumbis?

— Não, obrigado.

— Não agora.

— Hmm... sim, então o Aceleracionismo é o nosso maior problema no momento presente.

— Muito bem. O Aceleracionismo é o nosso maior problema.

— Quem detesta isso mais do que qualquer outra pessoa?

— Você?

— Bobagem. Tirando eu.

— Diga quem é, Ganesha.

— Kali.

— Duvido.

— Eu, não. As bestas gêmeas, o Budismo e o Aceleracionismo, puxam uma única carruagem. O Buda a desprezou. Ela é mulher. Vai conduzir a campanha.

— Vai significar renunciar à sua feminilidade.

— São só trivialidades.

— Muito bem... Kali.

— Mas e Yama?

— O que tem ele? Deixe Yama comigo.

— Prefiro que assim seja.

— Eu também.

— Muito bem. Saia então pelo mundo, com a carruagem de trovão e montado no maravilhoso pássaro Garuda. Encontre Yama e Kali. Devolva-os ao Paraíso. Vou esperar o seu retorno e considerar a questão do falecimento de Brahma.

— Que assim seja.

— Acordado.

— Tenha um bom dia.

— Bom mercador Vama, espere! Gostaria de trocar uma palavra consigo.

— Sim, Kabada. O que você deseja?

— É difícil encontrar palavras para ter consigo, mas elas tratam de certa situação que fez emergir considerável sentimento da parte de diversas vizinhanças adjacentes.

— Ah? Prossiga, então.

— Em relação à atmosfera...

— A atmosfera?

— Aos ventos e às brisas, talvez...

— Ventos? Brisas?

— E às coisas que carregam.

— Coisas? Como...?

— Odores, bom Vama.

— Odores? Que odores?

— Odores de... bom, odores de... de matéria fecal.

— De...? Ah! Sim. Verdade. Bem verdade. Pode haver um pouco disso. Eu tinha me esquecido por ter me acostumado com eles.

— Será que posso perguntar a respeito de sua causa?

— São causados pelo produto da defecação, Kabada.

— Disso estou ciente. Minha intenção era perguntar *por que* estão presentes, não sobre sua fonte e natureza.

— Estão presentes por causa dos baldes no meu quarto dos fundos, cheios de tais... itens.

— Ah?

— Sim. Venho juntando os produtos da minha família dessa maneira. Venho fazendo isso nos últimos oito dias.

— Para que uso, valoroso Vama?

— Nunca ouviu falar de uma coisa, uma coisa maravilhosa, uma coisa dentro da qual esses itens são despejados... na água... e depois uma alavanca é ativada, com um som poderoso e impetuoso, essas coisas são carregadas para longe, bem abaixo do solo?

— Já ouvi falar de tal...

— Ah, é verdade, é verdade. Tal coisa existe. Foi bem há pouco inventada por alguém que não devo nomear e envolve enormes canos e um assento sem fundo, ou uma tampa, na verdade. É a descoberta mais maravilhosa destes tempos... E terei uma em questão de luas!

— Tal coisa? Para lhe servir?

— Sim. Será instalada no quartinho que construí nos fundos da minha casa. Talvez eu até ofereça um jantar naquela noite e permita que todos os meus vizinhos façam uso dela.

— Isso é de fato maravilhoso... e muito generoso de sua parte.

— Sinto que sim.

— Mas... em relação aos... cheiros?...

— São causados pelos baldes de itens que estou preservando até a instalação dessa coisa.

— Por quê?

— Prefiro ter no meu registro cármico que essa coisa foi usada para esses itens começando com oito dias atrás, em vez de várias luas adiante. Vai mostrar o meu avanço rápido na vida.

— Ah! Vejo agora a sabedoria de suas ações, Vama. Não desejo fazer parecer que ficamos no caminho de qualquer homem que deseje se aprimorar. Perdoe-me se passei essa impressão.

— Está perdoado.

— Seus vizinhos o amam, com os cheiros e tudo. Quando a sua arte avançar para um estado mais elevado, por favor, lembre-se disso.

— Claro que sim.

— Tal progresso deve custar caro.

— Bastante.

— Valoroso Vama, devemos nos deliciar na atmosfera, com todos os seus presságios pungentes.

— Esta é apenas minha segunda vida, bom Kabada, mas já sinto que o destino me toca.

— E eu também. Os ventos do Tempo de fato mudam e trazem à humanidade muitas coisas maravilhosas. Que os deuses o protejam.

— A você também. Mas não se esqueça da bênção do Iluminado, que meu primo em segundo grau Vasu abrigou em seu bosque púrpura.

— Como poderia esquecer? Mahasamatman também foi um deus. Alguns chamam de Vishnu.

— Mentem. Ele foi o Buda.

— Adicione então suas bênçãos.

— Muito bem. Tenha um bom dia, Kabada.

— Tenha um bom dia, valoroso.

Yama e Kali entraram no Paraíso. Desceram sobre a Cidade Celestial montados nas costas do pássaro chamado Garuda. Na companhia de Vishnu, entraram na Cidade. Não pausaram por nenhum motivo, e sim foram direto para o Pavilhão de Brahma. No Jardim dos Deleites, encontraram Shiva e Ganesha.

— Escutem-me, Morte e Destruição, Brahma está morto e apenas nós cinco sabemos — disse Ganesha.

— Como isso aconteceu? — perguntou Yama.

— Parece que foi envenenado.

— Foi feita uma autópsia?

— Não.

— Então a tarefa é minha.

— Muito bem. Mas agora há outra questão, de natureza ainda mais grave.

— Diga o que é.

— O sucessor dele.

— Sim. O Paraíso não pode ficar sem um Brahma.

— Exatamente... Kali, diga-me se consideraria ser Brahma, da sela dourada e das esporas de prata?

— Não sei...

— Então comece a pensar a respeito, e rápido. É considerada a melhor escolha.

— E lorde Agni?

— Não está tão alto na lista. Não parece que seja tão contrário ao Aceleracionismo quanto madame Kali é.

— Compreendo.

— Assim como eu.

— Portanto, ele é um bom deus, mas não é ótimo.

— Sim. Quem teria matado Brahma?

— Não faço ideia. Tem alguma sugestão?

— Por enquanto, não.

— Mas vai encontrá-lo, lorde Yama?

— Vou, sim, com meu Aspecto sobre mim.

— Os dois podem desejar discutir a questão.

— Desejamos.

— Então vamos deixá-los agora. Daqui a uma hora devemos jantar juntos no Pavilhão.

— Sim.

— Sim.

— Até lá...

— Até lá.

— Até lá.

— Senhora?

— Sim?

— Com a troca de corpos, o divórcio será automático, a menos que um contrato de continuação seja assinado.

— Sim.

— Brahma precisa ser homem.

— Sim.

— Recuse.

— Meu senhor...

— Hesita?

— É tudo tão repentino, Yama...

— Está reconsiderando?

— É necessário.

— Kali, você me deixa perturbado.

— Essa não era a minha intenção.

— Rogo que recuse a oferta.

— Sou deusa por direito próprio, assim como sua esposa, lorde Yama.

— O que isso significa?

— Tomo minhas próprias decisões.

— Se aceitar, Kali, então tudo estará terminado entre nós.

— Isso está evidente.

— O que, em nome dos Rishi, é o Aceleracionismo se não uma tempestade em cima de um formigueiro? Por que de repente são tão contrários a ele?

— Deve ser por sentirem a necessidade de ser contra algo.

— Por que escolhê-la como líder?

— Não sei.

— A menos que haja alguma razão especial para que seja contrária ao Aceleracionismo, minha cara?

— Não sei.

— Sou jovem no que diz respeito a deuses, mas ouvi dizer que nos primórdios do mundo o herói com quem andava, Kalkin, era o mesmo que se chama Sam. Se tivesse motivo para odiar seu antigo senhor, e Sam o era de verdade, então eu entenderia por que a teriam convocado contra essa coisa que ele começou. Será que é verdade?

— Pode ser que sim.

— Então, se me ama, e se de fato é minha senhora, então permita que outro seja Brahma.

— Yama...

— Vão querer a decisão daqui a uma hora.

— E terei uma decisão, então.

— Que será?

— Sinto muito, Yama...

Yama deixou o Jardim dos Deleites antes da hora do jantar. Apesar de parecer uma quebra de etiqueta pouco agradável, Yama, entre todos os deuses, era considerado o incorrigível e estava ciente desse fato, assim como os motivos que existiam por trás disso. Então foi embora do Jardim dos Deleites e viajou ao lugar onde o Paraíso cessa.

Passou aquele dia e aquela noite em Fimdomundo, não foi incomodado por qualquer visitante. Passou algum tempo em cada um dos cinco salões no Pavilhão do Silêncio. Perdido em seus pensamentos, deixou os outros em paz também. Pela manhã, retornou à Cidade Celestial.

Ali, ficou sabendo da morte de Shiva.

O tridente dele tinha queimado mais um buraco no domo, mas a cabeça tinha sido esmagada por meio de um instrumento contundente ainda não localizado.

Yama foi até seu amigo Kubera.

— Ganesha, Vishnu e o novo Brahma já abordaram Agni para ocupar o lugar do Destruidor — disse Kubera. — Acredito que ele vai aceitar.

— Excelente, para Agni — disse Yama. — Quem matou Deus?

— Pensei muito a respeito e acredito que, no caso de Brahma, deve ter sido alguém com quem ele tinha familiaridade o suficiente para ter aceitado uma bebida — disse Kubera. — E, no caso de Shiva, alguém conhecido o suficiente para tê-lo surpreendido. Mais do que isso este depoente não sabe.

— A mesma pessoa?

— Apostaria dinheiro que sim.

— Será que faz parte da trama Aceleracionista?

— Acho difícil de acreditar. Aqueles que têm simpatia pelo Aceleracionismo não contam com real organização. O Aceleracionismo retornou ao Paraíso há pouquíssimo tempo para que seja mais do que isso. Um complô, quem sabe. Mais provavelmente um único indivíduo foi responsável, sem apoiadores.

— Que outras razões podem existir?

— Uma vendeta. Ou alguma deidade menor querendo se tornar maior. Por que uma pessoa mata outra?

— Consegue pensar em alguém em particular?

— O maior problema, Yama, será eliminar suspeitos, não os encontrar. A investigação está em suas mãos?

— Já não tenho mais certeza. Acho que sim. Mas vou descobrir quem fez isso, seja qual for sua posição, e matá-lo.

— Por quê?

— Tenho necessidade de algo a fazer, alguém a...

— Matar?

— Sim.

— Sinto muito, meu amigo.

— Eu também. Mas é meu privilégio e minha intenção.

— Preferia que não tivesse chegado a falar comigo a respeito dessa questão. É obviamente bastante confidencial.

— Não direi a ninguém se você não disser.

— Garanto que não direi.

— E sabe que vou cuidar das trilhas cármicas contra a psicossonda.

— Foi por isso que mencionei e por isso falei de Shiva também. Que assim seja.

— Tenha um bom dia, meu amigo.

— Tenha um bom dia, Yama.

Yama deixou o Pavilhão dos Lokapalas. Depois de um tempo, a deusa Ratri entrou ali.

— Viva, Kubera.

— Viva, Ratri.

— Por que está aqui sozinho?

— Porque não tenho ninguém para acabar com a minha solidão. Por que vem até aqui... sozinha?

— Porque eu não tinha ninguém com quem conversar até agora.

— Busca conselho ou conversa?

— Ambos.

— Sente-se.

— Obrigada. Estou com medo.

— Também está com fome?

— Não.

— Coma um pedaço de fruta e beba um copo de soma.

— Tudo bem.

— Do que tem medo, e como posso ajudar?

— Vi lorde Yama saindo daqui...

— Sim.

— Percebi quando olhei para o rosto dele que existe um deus da Morte e que existe uma força que até os deuses podem temer...

— Yama é forte e é meu amigo. A Morte é poderosa e não é amiga de ninguém. Mas ambos existem juntos e é estranho. Agni também é forte e é Fogo. *Ele* é meu amigo. Krishna poderia ser forte se desejasse. Mas nunca deseja. Desgasta corpos em velocidade fantástica. Bebe soma, faz música e conquista mulheres. Odeia o passado e o futuro. Ele é meu amigo. Sou o menor entre os Lokapalas e não sou forte. Qualquer corpo que eu vista rapidamente ganha gordura. Sou mais pai do que irmão para os meus três amigos. Deles, sou capaz de apreciar a embriaguez e a música e o fazer amor e o fogo, porque essas são coisas da vida, e assim posso amar meus amigos como homens ou como deuses. Mas o outro Yama me faz ter medo também, Ratri. Porque, quando assume sobre si seu Aspecto, é um vácuo que faz essa pobre gordura tremer. Então não é amigo de ninguém. Logo, não fique sem jeito se tem medo do meu amigo. Sabe que, quando um deus é incomodado, então seu Aspecto se apressa para reconfortá-lo, ó, deusa da Noite, já que agora mesmo o crepúsculo se instala neste pavilhão, apesar de o dia estar longe de acabar. Saiba que passou por um Yama perturbado.

— Ele retornou bem de repente.

— Sim.

— Posso perguntar por quê?

— Creio que a questão seja confidencial.

— Está relacionada a Brahma?

— Por que pergunta?

— Acredito que Brahma esteja morto. Temo que Yama tenha sido chamado para encontrar quem o matou. Temo que vai me encontrar, apesar de eu clamar um século de noite sobre o Paraíso. Vai me encontrar e não conseguirei encarar o vácuo.

— O que sabe a respeito desse suposto assassinato?

— Acredito que eu tenha sido ou a última a ver Brahma vivo, ou a primeira a vê-lo morto, dependendo do significado dessa reviravolta.

— Quais foram as circunstâncias?

— Eu tinha ido ao Pavilhão dele cedo ontem pela manhã, a fim de interceder com ele para que pudesse cessar sua ira e permitir o retorno de lady Parvati. Disseram-me que o procurasse no Jardim de seus Deleites e caminhei até lá...

— Disseram? Quem disse?

— Uma das damas dele. Não sei o nome dela.

— Prossiga. O que aconteceu, então?

— Encontrei-o ao pé da estátua azul que toca vina. Ele tremia. Não havia respiração. Então parou até de tremer e ficou imóvel. Não senti batimento cardíaco nem pulso algum. Então conclamei de volta uma porção da noite para me cobrir de sombras e me retirei do Jardim.

— Por que não pediu ajuda? Talvez ainda não fosse tarde demais.

— Porque eu queria que ele morresse, é lógico. Eu o detestava pelo que ele tinha feito com Sam, por ter alienado Parvati e Varuna, pelo que fez com o Arquivista, Tak, por...

— Basta. Seria possível continuar o dia inteiro assim. Você saiu diretamente do Jardim ou passou no Pavilhão?

— Passei no Pavilhão e vi a mesma moça. Eu me fiz visível para ela e disse que não consegui localizar Brahma e que retornaria mais tarde... Ele *está* morto, não está? O que devo fazer agora?

— Coma mais um pedaço de fruta e beba mais um pouco de soma. Sim, ele está morto.

— Yama virá à minha procura?

— Claro que sim. Está à procura de qualquer um que tenha sido visto nas proximidades de lá. Foi um veneno certeiro, de ação mais ou menos rápida, e você estava lá bem perto da hora da morte. Então, claro, vai à sua procura... e vai usar a psicossonda com todos os outros. Isso vai revelar que a ação não foi sua. Então sugiro que só espere ser chamada em custódia. Não conte essa história para mais ninguém.

— O que devo dizer a Yama?

— Se ele a alcançar antes de eu ter com ele, conte-lhe tudo, inclusive que falou comigo. Isso é porque eu nem deveria saber que tal coisa ocorreu. O falecimento de um entre o Trimúrti é sempre mantido em segredo o máximo possível, até ao custo de vidas.

— Mas os Senhores do Carma seriam capazes de ler sua memória quando estivesse perante julgamento.

— Apenas para que não leiam a sua memória hoje. Ficar a par quanto ao falecimento de Brahma será algo concedido apenas ao menor dos grupos. Como Yama pode ser aquele que conduzirá a investigação oficial e como ele também projetou a psicossonda, não creio que qualquer povo da roda amarela seja arrastado para fazer funcionar as máquinas. Ainda assim, preciso confirmar com Yama, ou fazer essa sugestão a ele, imediatamente.

— Antes que se vá...

— Pois não?

— Disse que apenas uns poucos podem saber sobre essa coisa, mesmo que o custo seja vidas. Por acaso isso significa que eu...?

— Não. Vai viver, porque vou protegê-la.

— Por que faria isso?

— Porque é minha amiga.

Yama operou a máquina que sonda a mente. Sondou 37 indivíduos, todos que puderam ter tido acesso a Brahma em seu Jardim durante todo o dia anterior ao deicídio. Desses, onze eram deuses ou deusas, incluindo Ratri, Sarasvati, Vayu, Mara, Lakshmi, Murugan, Agni e Krishna.

Desses 37, deuses e homens, nenhum foi revelado como culpado.

Kubera, o artífice, postou-se ao lado de Yama e observou as psicofitas.

— E agora, Yama?

— Não sei.

— Pode ser que o assassino estivesse invisível.

— Talvez.

— Mas acha que não?

— Acho que não.

— E se todos na cidade fossem submetidos à sonda?

— Há muitas chegadas e partidas todos os dias, por diversas entradas e saídas.

— Já pensou na possibilidade de que possa ter sido um dos Rakasha? Estão mais uma vez soltos no mundo, como bem sabe, e nos odeiam.

— Os Rakasha não envenenam suas vítimas. Além disso, não acredito que um deles fosse capaz de entrar no Jardim por causa do incenso repelente de demônios.

— E agora?

— Devo retornar ao meu laboratório e pensar.

— Posso acompanhá-lo ao Vasto Salão da Morte?

— Se assim desejar.

Kubera retornou com Yama; e, enquanto este pensava, aquele examinava a listagem de fitas mestras que ele tinha montado quando fez experiências com as primeiras máquinas de sondar. Foram descartadas, estavam incompletas, é lógico; apenas os Senhores do Carma mantinham fitas de registro das vidas atualizadas de todos na Cidade Celestial. Kubera sabia disso, é lógico.

A prensa tipográfica foi redescoberta em um lugar chamado Keenset, perto do rio Vedra. Experiências com tubulações sofisticadas também aconteciam nesse lugar. Dois artistas muito bons do Templo também apareceram na cena, e um velho cortador de vidro fez um par de bifocais e começou a produzir mais. Portanto, indicativos eram de que uma das cidades-estado estava passando por um renascimento.

Brahma decidiu que estava na hora de fazer um movimento contra o Aceleracionismo.

Um grupo de guerra foi organizado no Paraíso, e os Templos das cidades adjacentes a Keenset enviaram o chamado aos fiéis para que se preparassem para uma guerra santa.

Shiva, o Destruidor, carregava um tridente simbólico porque sua fé verdadeira estava na varinha de fogo que levava ao seu lado.

Brahma, da sela dourada e das esporas de prata, brandia uma espada, uma roda e um arco.

O novo Rudra brandia o arco e a aljava do antigo.

Lorde Mara usava uma capa furta-cor que mudava de tom o tempo todo e ninguém sabia dizer que tipo de arma ele brandia nem em que tipo de carruagem montava. Porque olhar para ele por muito tempo significava sentir a cabeça girar e as coisas perdiam o contorno ao lado dele, à exceção de seus cavalos, de cuja boca sempre pingava sangue, que virava fumaça onde caía.

Então, do meio dos semideuses, havia cinquenta escolhidos, ainda lutando para disciplinar Atributos erráticos, ansiosos para fortalecer o Aspecto e conquistar mérito por meio da batalha.

Krishna declinou da batalha e foi tocar suas flautas em Kaniburrha.

Ele o encontrou estirado em uma encosta de colina coberta de capim além da Cidade, olhando fixo para o céu cheio de estrelas.

— Boa noite.

Ele virou a cabeça e assentiu.

— Como vão as coisas, meu bom Kubera?

— Bastante bem, lorde Kalkin. E de sua parte?

— Muito bem. Será que carrega cigarros com sua pessoa mais do que impressionante?

— Nunca fico longe deles.

— Obrigado.

— Fogo?

— Sim.

— Foi um pássaro-selado-do-sul que deu voltas no Buda antes de madame Kali lhe arrancar as entranhas?

— Vamos falar de assuntos mais agradáveis.

— Você matou um Brahma fraco e outro poderoso o substituiu.

— É?

— Matou um Shiva forte, mas uma força igual substitui a dele.

— A vida é cheia de mudanças.

— O que esperava conquistar? Vingança?

— Vingança faz parte da ilusão do eu. Como um homem pode ser capaz de matar aquilo que nem vive nem morre de verdade, mas que existe apenas como reflexo do Absoluto?

— Fez um ótimo trabalho, no entanto, mesmo se, como diz, foi apenas um rearranjo.

— Obrigado.

— Mas por que fez isso?... E eu preferiria uma resposta a um tratado.

— Minha intenção era aniquilar toda a hierarquia do Paraíso. Agora, no entanto, parece que isso vai tomar o mesmo rumo de todas as boas intenções.

— Diga-me por que fez isso.

— Se me contar como me descobriu...

— É justo. Diga-me, por quê?

— Cheguei à conclusão de que a humanidade poderia viver melhor sem deuses. Se eu acabasse com todos eles, as pessoas poderiam começar a ter, mais uma vez, abridores de lata e latas para abrir, e coisas do tipo, sem medo da ira do Paraíso. Já pisoteamos demais esses pobres tolos. Eu queria dar a eles uma chance de serem livres, de construírem o que bem entendessem.

— Mas eles vivem, e vivem, e vivem.

— Às vezes, sim, e às vezes, não. Assim como os deuses.

— Era mais ou menos o último Aceleracionista que tinha sobrado no mundo, Sam. Ninguém pensaria que fosse também o mais mortífero.

— Como me descobriu?

— Ocorreu-me que Sam seria o suspeito número um, exceto pelo fato de que estava morto.

— Achei que isso fosse defesa suficiente contra a detecção.

— Então, perguntei a mim mesmo se havia algum meio pelo qual Sam poderia ter escapado da morte. Não consegui pensar em nada além de uma troca de corpo. Quem, eu então me perguntei, tomou para si um corpo novo no dia em que Sam morreu? Só havia lorde Murugan. Mas não parecia lógico, porque aconteceu *depois* da morte de Sam, não antes. Descartei essa possibilidade por um momento, por Murugan ter estado entre os 37 suspeitos, ter sido submetido à sonda e considerado inocente por lorde Yama. Então pareceu que eu certamente estava seguindo uma pista errada... Até que pensei em uma maneira bem simples de testar a ideia. Yama em si é capaz de enganar a psicossonda, então por que outra pessoa não seria capaz de fazer o mesmo? Lembrei, àquela altura, que o Atributo de Kalkin *envolvia* o controle de relâmpagos e de fenômenos eletromagnéticos. Ele poderia ter sabotado a máquina com a mente para que não enxergasse maldade ali. A maneira de fazer esse teste, portanto, era não levar em consideração a leitura que a máquina tinha feito, mas sim *como* tinha feito a leitura. Assim como as digitais das palmas e dos dedos das mãos, não existem duas mentes que registrem os mesmos padrões. Mas, de corpo a corpo, o sujeito em questão retém uma matriz mental semelhante, apesar do fato de um cérebro diferente estar envolvido. Independentemente dos pensamentos que passam pela mente, os padrões de pensamento são registrados de maneira única para aquela pessoa. Comparei o seu com um registro de Murugan, que encontrei no laboratório de Yama. Não eram os mesmos. Não sei como efetuou a troca de corpo, mas eu o identifiquei pelo que foi.

— Muito esperto, Kubera. Quem mais está a par desse raciocínio estranho?

— Por enquanto, ninguém; mas Yama, em breve, temo. Ele sempre resolve problemas.

— Por que coloca sua vida em risco ao me procurar assim?

— As pessoas geralmente não alcançam a nossa idade sem ser um tanto razoáveis. Eu sabia que pelo menos iria me escutar antes de atacar. Também sei que, como o que tenho a dizer é bom, nenhum mal vai se abater sobre mim.

— Qual é a sua proposta?

— Solidarizo bastante com o que fez para auxiliá-lo em fugir do Paraíso.

— Obrigado, mas não.

— Gostaria de vencer esta disputa, não é?

— Sim, gostaria, e farei isso à minha maneira.

— Como?

— Vou retornar à Cidade agora e destruir o maior número deles que puder antes que me detenham. Se um número suficiente dos grandes cair, os outros não serão capazes de manter este lugar de pé.

— E se fracassar? Então, o que acontecerá com o mundo e com a causa que defendeu? Será capaz de se erguer novamente para defendê-la?

— Não sei.

— *Como* conseguiu o regresso?

— Uma vez, fui possuído por um demônio. De certa maneira, ele tomou afeição por mim e me disse, em um momento em que estávamos em perigo, que tinha "fortalecido minhas chamas" para que eu pudesse existir independentemente do meu corpo. Eu tinha me esquecido disso até ver um cadáver estropiado estirado sob mim nas ruas do Paraíso. Só conhecia um lugar onde poderia conseguir outro corpo, sendo o Pavilhão dos Senhores do Carma. Murugan estava lá exigindo serviço. Como disse, meu poder é o eletrodirecionamento. Aprendi que funciona sem um cérebro na retaguarda, já que os circuitos foram interrompidos momentaneamente quando entrei no corpo novo de Murugan e ele foi para o inferno.

— O fato de me contar tudo isso indica que tem a intenção de me enviar atrás dele.

— Sinto muito, bom Kubera, porque lhe tenho afeição. Se me der sua palavra de que vai esquecer o que aprendeu aqui e que vai esperar que algum outro descubra, então permitirei que viva e se retire.

— Arriscado.

— Eu sei que nunca quebrou sua palavra depois de dá-la, apesar de ser tão velho quanto as montanhas do Paraíso.

— Quem é o primeiro deus que aniquilaria?

— Lorde Yama, é claro; ele deve ser o que está mais próximo dos meus calcanhares.

— Então precisa me matar, Sam, porque ele é um irmão Lokapala e meu amigo.

— Tenho certeza de que vamos ambos nos arrepender se eu precisar matá-lo.

— Então, será possível que a sua relação com os Rakasha talvez lhe tenha dado um pouco do gosto que eles têm pelas apostas?

— De que tipo?

— Se vencer, tem a minha palavra de que não vou falar disso. Se eu vencer, foge comigo em Garuda.

— E a disputa?

— Luta sem proteção.

— Com um gordo assim, Kubera? E eu com meu corpo novo magnífico?

— Sim.

— Então pode atacar primeiro.

Em uma colina escura do lado oposto do Paraíso, Sam e Kubera se encararam.

Kubera lançou o punho direito para trás e desferiu um golpe contra o maxilar de Sam.

Sam caiu, ficou imóvel por um momento, ergueu-se lentamente.

Esfregando o maxilar, ele retornou ao lugar onde estava antes.

— É mais forte do que parece, Kubera — disse ele, e desferiu um golpe.

Kubera ficou estirado no chão, respirando com dificuldade.

Tentou se erguer, pensou melhor, soltou um gemido, então se levantou com dificuldade.

— Não achei que fosse se levantar — disse Sam.

Kubera se moveu para encará-lo com um fio escuro e molhado descendo-lhe pelo queixo.

Quando assumiu sua posição, Sam recuou.

Kubera esperou, ainda respirando com dificuldade.

Corra ao longo do muro cinzento da noite. Fuja! Embaixo de uma pedra. Esconda-se! A fúria transforma suas entranhas em água. A fricção dessa travessia arranha sua espinha...

— Ataque! — disse Sam, e Kubera sorriu e o acertou.

Ele ficou lá tremendo, e as vozes da noite, compostas de sons de insetos, do vento e do suspiro do capim, chegaram até ele.

Trema, igual à última folha que se desprende no ano. Há uma pedra de gelo em seu peito. Não há palavras em seu cérebro, apenas as cores do pânico circulam ali...

Sam sacudiu a cabeça e se ergueu de joelhos.

Caia mais uma vez, encolha-se em uma bola e chore. Porque foi assim que o homem começou, e é assim que termina. O universo é uma bola de escuridão que rola. Esmaga aquilo que toca. Rola na sua direção. Fuja! É possível que ganhe um momento, uma hora talvez, antes que o alcance...

Ele levou as mãos ao rosto, baixou-as, olhou feio para Kubera, levantou-se.

— Construiu o salão chamado Medo no Pavilhão do Silêncio — disse ele. — Eu me lembro agora do seu poder, velho deus. Não basta.

Um cavalo invisível dispara pelos pastos de sua mente. Conhece-o pelas marcas dos cascos, sendo que cada uma é uma ferida...

Sam tomou sua posição, fechou o punho.

O céu estala lá em cima. O solo pode se abrir sob seus pés. E o que é aquela coisa alta, parecida com uma sombra, que se posta às suas costas?

Sam sentiu o punho tremer, mas fez com que avançasse.

Kubera balançou para trás sobre os calcanhares e a cabeça pendeu para o lado, mas ele não perdeu o equilíbrio.

Sam ficou lá tremendo enquanto Kubera recuava o braço direito para desferir o último golpe.

— Velho deus, você trapaceia — disse ele.

O sorriso de Kubera surgiu entre o sangue, e seu punho feito uma bola de escuridão.

Yama estava conversando com Ratri quando o pio de Garuda, que tinha acordado, irrompeu na noite.

— Isso nunca aconteceu antes — disse ele.

Devagar, os céus começaram a se abrir.

— Talvez lorde Vishnu tenha avançado...

— Nunca fez isso à noite. E, quando falei com ele faz pouco tempo, não falou nada sobre isso.

— Então algum outro deus iria atiçar sua montaria.

— Não! Para os estábulos, senhora! Rápido! Posso precisar de seus poderes.

Ele a arrastou consigo na direção do ninho de aço do Pássaro.

Garuda estava acordado e solto, mas o capuz ainda lhe cobria a cabeça.

Kubera, que tinha carregado Sam até os estábulos, prendeu-o ao assento da sela, ainda inconsciente.

Desceu até o solo e ativou um controle final. O topo da jaula saiu rolando. Então ele pegou o longo gancho de pinhão de metal e moveu para trás a escadinha de corda. O cheiro do pássaro era insuportável. Garuda se agitava e eriçava as penas que tinham o dobro do tamanho de um homem.

Lentamente, ele subiu.

Enquanto se prendia ali, Yama e Ratri e aproximaram da jaula.

— Kubera! Que loucura é essa? — exclamou. — Nunca gostou de alturas!

— Assuntos urgentes, Yama — respondeu. — E demoraria um dia para acabar a manutenção na carruagem de trovão.

— Que assuntos, Kubera? E por que não usa uma gôndola?

— Garuda é mais rápido. Conto tudo quando voltar.

— Talvez eu possa ajudar.

— Não. Obrigado.

— Mas lorde Murugan pode ajudar?

— Neste caso, pode.

— Nunca se entenderam muito bem.

— E continuamos sem nos entender. Mas agora necessito de seus serviços.

— Viva, Murugan!... Por que ele não responde?

— Está dormindo, Yama.

— Há sangue em seu rosto, irmão.

— Tive um pequeno acidente mais cedo.

— E Murugan também parece um tanto combalido.

— Foi o mesmo acidente.

— Há algo de errado aqui, Kubera. Espere, vou entrar na jaula.

— Fique do lado de fora, Yama!

— Os Lokapalas não dão ordens uns aos outros. Somos iguais.

— Fique do lado de fora, Yama! Vou retirar o capuz de Garuda!

— Não faça isso!

Os olhos de Yama de repente faiscaram e ele aprumou o corpo em seu vermelho.

Kubera se inclinou para a frente com o gancho e ergueu o capuz da cabeça alta do pássaro. Garuda jogou a cabeça para trás e soltou mais um pio.

— Ratri, deite sombras sobre os olhos de Garuda para que não consiga enxergar — disse Yama.

Yama se deslocou até a entrada da jaula. Escuridão, feito um raio, escondeu a cabeça do Pássaro.

— Ratri! — disse Kubera. — Erga esta escuridão e deite-a sobre Yama, ou tudo estará perdido!

Ratri hesitou apenas por um momento e então fez o que foi dito.

— Venha até mim, rápido! — exclamou. — Venha montar Garuda e siga conosco! Precisamos muito que nos acompanhe!

Ela entrou na jaula e desapareceu de vista, já que a escuridão continuava se estendendo cada vez mais, feito uma poça de tinta, com Yama tateando pelo caminho através dela.

A escadinha dava puxões e oscilava, e Ratri montou Garuda.

Garuda berrou e saltou no ar, porque Yama tinha avançado com a espada na mão e cortado a primeira coisa à frente.

A noite passava ao redor deles e o Paraíso estava bem lá embaixo.

Quando chegaram a uma grande altura, o domo começou a se fechar.

Garuda disparava na direção do portão, berrando mais uma vez.

Atravessaram antes que fechasse e Kubera atiçou o Pássaro.

— Para onde estamos indo? — perguntou Ratri.

— Para Keenset, perto do rio Vedra — respondeu. — E este é Sam. Ele continua vivo.

— O que aconteceu?

— Ele é quem Yama procura.

— Yama vai procurá-lo em Keenset?

— Sem dúvidas, senhora. Sem dúvidas. Mas, se encontrá-lo lá, é melhor que estejamos mais preparados.

Nos dias que precederam a Grande Batalha, os defensores foram para Keenset. Kubera, Sam e Ratri levaram o alerta.

Keenset já estava ciente do levante de seus vizinhos, mas não dos vingadores celestiais que estavam por vir.

Sam treinou as tropas que lutariam contra os deuses e Kubera treinou as que lutariam contra os homens.

Armaduras pretas foram forjadas para a deusa da Noite, a quem foi dito:

— "Proteja-nos da loba e do lobo e proteja-nos do larápio, ó, Noite."

E no terceiro dia havia uma torre de fogo na frente da barraca de Sam no terreno plano fora da cidade.

— É o Senhor do Poço do Inferno que veio para manter sua promessa, ó, Sidarta! — disse a voz que soou dentro de sua cabeça.

— Taraka! Como me encontrou, como me reconheceu?

— Olho para as chamas, que são seu verdadeiro ser, não para a carne que as mascara. Sabe disso.

— Achei que estivesse morto.

— Quase morri. Aqueles dois *de fato* bebem a vida com os olhos! Até a vida de alguém como eu.

— Eu lhe disse isso. Trouxe suas legiões consigo?

— Sim, trouxe minhas legiões.

— Bom. Os deuses vão avançar contra este lugar em breve.

— Eu sei. Muitas vezes visitei o Paraíso no alto de sua montanha de gelo, e meus espiões continuam lá. Então sei que estão se preparando para vir a este lugar. Também convidaram humanos para tomar parte na batalha. Apesar de não sentir que precisam da assistência dos homens, acham bom que eles se juntem à destruição da cidade de Keenset.

— Sim, é compreensível — disse Sam, estudando o enorme vórtice de chama amarela. — Quais outras notícias traz?

— O Vermelho está vindo.

— Eu estava esperando que viesse.

— Ruma para a própria morte. Devo derrotá-lo.

— Ele estará usando repelente de demônio.

— Então vou encontrar uma maneira de remover o repelente ou de matá-lo à distância. Estará aqui ao cair da noite.

— Como virá?

— Em uma máquina voadora... não tão grande quanto a carruagem de trovão que tentamos roubar, mas muito rápida. Eu não seria capaz de atacá-lo durante o voo.

— Ele virá sozinho?

— Sim... tirando as máquinas.

— Máquinas?

— Muitas máquinas. Sua máquina voadora está cheia de equipamentos estranhos.

— Isso não é auspicioso.

A torre girou, alaranjada.

— Mas outros também virão.

— Acabou de dizer que ele virá sozinho.

— É verdade.

— Então explique o que quer dizer, na verdade.

— Os outros não vêm do Paraíso.

— De onde vêm, então?

— Viajei muito desde a sua partida do Paraíso, fui para cima e para baixo no mundo e busquei aliados entre aqueles que também odeiam os Deuses da Cidade. Aliás, na sua última encarnação, eu tentei *mesmo* salvá-lo dos felinos nos arredores de Kaniburrha.

— Eu sei.

— Os deuses *são* fortes; estão mais fortes do que nunca.

— Mas diga quem vem para nos ajudar.

— Lorde Nirriti, o Escuro, que odeia todas as coisas, odeia os Deuses da Cidade mais do que tudo. Então está mandando mil mortos-vivos para lutar nas planícies às margens do Vedra. Disse que, depois da batalha, nós, dos Rakasha, poderemos escolher entre os corpos que ainda restarem entre os descerebrados que ele criou.

— Não celebro ajuda do Escuro, mas não estou em posição de recusar. Quando vão chegar?

— Hoje à noite. Mas Dalissa estará aqui primeiro. Já estou sentindo a aproximação dela.

— Dalissa? Quem?...

— A última das Mães do Brilho Terrível. Foi a única a escapar para as profundezas quando Durga e lorde Kalkin foram até o domo à beira-mar. Todos os ovos dela foram esmagados e não é capaz de pôr mais nenhum, mas abriga em seu corpo o poder ardente do brilho do mar.

— E acha que ela *me* ajudaria?

— Ela não ajudaria ninguém além de você. É a última de sua natureza. Só vai auxiliar um semelhante.

— Então saiba que aquela que era conhecida como Durga agora veste o corpo de Brahma, o principal entre nossos inimigos.

— Sim, e isso faz de ambos homens. Ela poderia ter tomado o outro lado se Kali tivesse permanecido mulher. Mas ela agora se comprometeu. Escolheu você.

— Isso ajuda a nivelar as coisas um pouco.

— E também os bandos de elefantes, cobras-lagartos e grandes felinos dos Rakasha que vêm neste momento para lutar contra nossos inimigos.

— Isso é bom.

— E convocaram elementais de fogo.

— Isso é muito bom.

— Dalissa está próxima agora. Vai esperar no fundo do rio, para se erguer quando precisarem dela.

— Mande meus cumprimentos a ela — disse Sam, e se virou para voltar para dentro da barraca.

— Mandarei.

Ele deixou a aba cair atrás de si.

Quando o Deus da Morte desceu do céu para as planícies às margens do Vedra, Taraka dos Rakasha mandou para cima dele a forma de um grande felino de Kaniburrha.

Mas ele caiu para trás imediatamente. O repelente de demônio cobria Yama, e Taraka não era capaz de se aproximar dele por causa disso.

O Rakasha rodopiou para longe, deixando de lado a forma de felino que tinha assumido para se transformar em um redemoinho de partículas de poeira prateada.

— Deus da Morte! — As palavras explodiram na cabeça de Yama. — Está lembrado do Poço do Inferno?

Imediatamente, pedregulhos, pedras e areia foram sugados para dentro do vórtice e lançados no ar na direção de Yama, que rodopiou sua capa e cobriu os olhos com a barra, mas, fora isso, não se moveu.

Depois de um tempo, a fúria morreu.

Yama não tinha se movido. O solo ao seu redor estava coberto de destroços, mas não havia nada perto dele.

Yama baixou a capa e olhou feio para o redemoinho.

— Que encantamento é esse? — Surgiram as palavras. — Como é que você consegue se manter em pé?

Yama continuou a encarar Taraka.

— Como consegue rodopiar? — perguntou.

— Sou o maior entre os Rakasha. Já aguentei seu olhar mortal antes.

— E eu sou o maior dos deuses. Eu me postei perante sua legião inteira no Poço do Inferno.

— É um lacaio do Trimúrti.

— Está errado. Vim aqui para lutar contra o Paraíso, neste lugar, em nome do Aceleracionismo. Enorme é o meu ódio, e trouxe armas para serem usadas contra o Trimúrti.

— Então suponho que eu deva renunciar ao prazer de dar continuidade ao nosso combate neste momento...

— Devo concordar que é aconselhável.

— E sem dúvida deseja ser levado ao nosso líder?

— Posso achar meu caminho sozinho.

— Então, até que voltemos a nos encontrar, lorde Yama...

— Adeus, Rakasha.

Taraka se lançou feito uma flecha em chamas aos céus e desapareceu de vista.

Alguns dizem que Yama tinha solucionado o caso ao se postar ali na enorme gaiola de pássaro, entre a escuridão e as fezes. Outros dizem que ele duplicou o raciocínio de Kubera um pouco depois, usando as fitas no Vasto Salão da Morte. Seja qual fosse a opção, quando entrou na barraca nas planícies às margens do Vedra, cumprimentou o homem que estava lá dentro com o nome de Sam. Esse homem tinha pousado a mão na espada e olhado de frente para ele.

— Morte, você precede a batalha — disse.

— Houve uma mudança — respondeu Yama.

— Que tipo de mudança?

— De partido. Vim aqui para me opor à vontade do Paraíso.

— De que maneira?

— Aço. Fogo. Sangue.

— Por que a mudança?

— Divórcios são feitos no Paraíso. E traições. E vergonhas. A senhora foi longe demais e eu agora sei a razão, lorde Kalkin. Não apoio nem rejeito o seu Aceleracionismo. A única importância que tem para mim é que representa a única força no mundo que se opõe ao Paraíso. Eu me juntarei ao seu grupo com esse pensamento, se aceitar a minha espada.

— Aceito a sua espada, lorde Yama.

— E vou erguê-la contra qualquer horda celestial... à exceção de Brahma em si, que não vou enfrentar.

— Aceito.

— Então me permita ser o condutor da sua carruagem.

— Permitiria, mas não tenho carruagem de batalha.

— Eu trouxe uma carruagem, que é muito especial. Durante muito tempo trabalhei nela e ainda não está completa. Mas será suficiente. Preciso montá-la hoje à noite, porém, já que a batalha vai começar amanhã, na alvorada.

— Achei que seria o caso. Os Rakasha me preveniram a respeito dos movimentos das tropas aqui perto.

— Sim, eu as vi quando passei pelo alto. O ataque principal deve vir do nordeste, cruzando as planícies. Os deuses vão se juntar a este mais tarde. Mas sem dúvida haverá comitivas vindo de todas as direções, inclusive rio acima.

— Nós controlamos o rio. Dalissa do Brilho espera no fundo. Quando chegar a hora, pode erguer ondas fortíssimas, fazendo com que fervilhem e transbordem as margens.

— Pensei que o Brilho houvesse se extinguido!

— À exceção dela, extinguiu-se. Ela é a última.

— Presumo que os Rakasha vão lutar conosco?

— Vão, e outros...

— Que outros?

— Aceitei auxílio de corpos sem mente, de uma tropa de guerra de lorde Nirriti.

Os olhos de Yama se apertaram e suas narinas se abriram.

— Isto não é bom, Sidarta. Mais cedo ou mais tarde, ele terá que ser destruído, e não é bom estar em dívida com alguém assim.

— Sei disso, Yama, mas estou desesperado. Chegam hoje à noite...

— Se vencermos, Sidarta, derrubando a Cidade Celestial, rompendo a antiga religião, libertando os homens para o progresso industrial, ainda haverá oposição. Nirriti, que esperou todos esses séculos pela passagem dos deuses, terá que ser enfrentado e derrotado também. Ou será isso, ou a mesma coisa tudo de novo, e pelo menos os Deuses da Cidade têm alguma medida de graça em seus atos injustos.

— Acho que ele teria vindo ajudar independentemente de ter sido convidado ou não.

— Sim, mas com o convite ou aceitação da oferta, passa a ter uma dívida para com ele.

— Então terei que lidar com a situação quando ela surgir.

— Isso é política, presumo. Mas não gosto disso.

Sam lhes serviu o vinho doce e escuro de Keenset.

— Acho que Kubera gostaria de vê-lo mais tarde — disse, e ofereceu um cálice.

— O que ele está fazendo? — perguntou Yama ao aceitar o cálice e virar tudo de um gole só.

— Está treinando tropas e dará aulas sobre motores de combustão interna a todos os sábios locais — disse Sam. — Mesmo se perdermos, alguns podem sobreviver e ir morar em outro lugar.

— Se for para ser usado de fato, precisarão saber mais do que só projetar um motor...

— Faz dias que ele fala até perder a voz, e os escribas estão anotando tudo: geologia, mineração, metalurgia, química petrolífera...

— Se tivéssemos mais tempo, eu daria minha assistência. Do modo como as coisas são, se dez por cento forem retidos, pode ser suficiente. Não amanhã, nem mesmo no dia seguinte, mas...

Sam terminou seu vinho e voltou a encher os cálices.

— Ao amanhã, condutor de carruagem!

— Ao sangue, Aprisionador, ao sangue e à matança!

— Um pouco do sangue pode ser o nosso, deus da morte. Mas desde que levemos sangue suficiente do inimigo conosco...

— Não posso morrer, Sidarta, a não ser que seja por minha escolha.

— Como pode ser, lorde Yama?

— Permita que a Morte guarde seus próprios segredinhos, Aprisionador. Porque posso escolher não exercer a minha opção nesta batalha.

— Como for de seu gosto, lorde.

— À sua saúde e vida longa!

— À sua.

O dia da batalha alvoreceu cor-de-rosa como a coxa de uma donzela recém-mordida.

Uma leve névoa vinha do rio. A Ponte dos Deuses reluzia, toda dourada, ao leste, e estendia-se, escurecendo, para a noite que se retraía, dividindo os céus feito um equador em chamas.

Os guerreiros de Keenset esperavam fora da cidade, na planície às margens do Vedra. Cinco mil homens, com espadas e arcos, lanças e bestas, esperavam a batalha. Mil zumbis se postavam nas fileiras posteriores, liderados pelos sargentos vivos do Escuro, que guiava todos os seus movimentos com batidas de tambor, com lenços de seda preta se enrolando com a brisa feito cobras de fumaça em cima dos capacetes.

Quinhentos lanceiros eram mantidos na retaguarda. Os ciclones prateados que eram os Rakasha pairavam suspensos no ar. Do outro lado do mundo mal iluminado, o rugido ocasional de um animal da selva se fazia escutar. Elementais de fogo brilhavam nos galhos das árvores, nas lanças e nos paus de flâmulas.

Não havia nuvens nos céus. O capim da planície ainda estava molhado e brilhante. O ar estava fresco; o solo, ainda macio o suficiente para deixar pegadas marcadas instantaneamente. Cinza, verde e amarelo eram as cores que acometiam o olho por baixo dos céus; e o Vedra rodopiava dentro de suas margens, juntando flores de suas sentinelas de árvores. Dizem que cada dia recapitula a história do mundo, saindo da escuridão e do frio para a luz confusa e o início do aquecimento, com a consciência piscando os olhos em algum lugar no meio da manhã, despertando pensamentos em um emaranhado de falta de lógica e de emoção sem apego, e tudo disparando junto na direção da ordem da maré do meio-dia, o declínio lento e pungente do anoitecer, a visão mística do crepúsculo, o fim da entropia que é noite mais uma vez.

O dia começou.

Via-se uma linha escura na outra extremidade do campo. Uma nota de trombeta cortou o ar e a linha avançou.

Sam estava postado em sua carruagem de batalha na cabeça da formação, usando armadura polida e brandindo uma lança comprida e cinzenta de morte. Ouviu as palavras da Morte, que usava vermelho e conduzia a própria carruagem:

— A primeira onda deles é a cavalaria de cobras-lagartos.

Sam semicerrou os olhos para a linha distante.

— É, sim — disse o condutor da carruagem.

— Muito bem.

Fez um gesto com a lança e os Rakasha avançaram como uma onda alta de luz branca. Os zumbis iniciaram o movimento de avanço.

Quando a onda branca e a linha escura se juntaram, ouviu-se uma confusão de vozes, chiados e o som do choque de armas.

A linha escura parou, com grandes nuvens de poeira subindo acima dela.

Então surgiram os sons da selva em polvorosa quando os animais de rapina reunidos foram direcionados ao flanco inimigo.

Os zumbis marchavam com a batida de tambor lenta e ritmada, os elementais de fogo avançavam em seu fluxo, e o capim murchava por onde passavam.

Sam assentiu para a Morte e sua carruagem avançou lentamente, rodando sobre a almofada de ar. Às suas costas, o exército de Keenset se agitava. Lorde Kubera dormia um sono à base de drogas semelhante à morte em uma câmara oculta sob a cidade. Lady Ratri estava montada em uma égua de pelagem escura na retaguarda da formação de lanceiros.

— O ataque deles foi rompido — disse a Morte.

— Foi, sim.

— Toda a cavalaria foi abatida e os animais ainda causam devastação entre ela. Ainda não retomaram a formação de suas fileiras. Os Rakasha desferiram avalanches como chuva dos céus por cima da cabeça deles. Agora vem o ataque do fogo.

— Sim.

— Vamos destruí-los. Parece que já estão vendo os asseclas de Nirriti indo para cima deles como um único homem, todos no mesmo passo e sem medo, com os tambores marcando o compasso, perfeito e agonizante, e nada atrás de seus olhos, absolutamente nada. Ao olhar por cima da cabeça deles, então, veem a todos aqui, como se estivéssemos dentro de uma nuvem de tempestade e veem que a Morte conduz a sua carruagem. Dentro do coração deles há uma aceleração, e há uma frieza em seus bíceps e em suas coxas. Vê como os animais passam entre eles?

— Vejo.

— Que não haja trombetas entre nossas fileiras, Sidarta. Porque isto não é batalha, mas sim massacre.

— Sim.

Os zumbis destruíam tudo por que passavam e, quando sucumbiam, caíam sem proferir nenhuma palavra, porque para eles era tudo a mesma coisa, e palavras não significam nada para os mortos-vivos.

Levavam tudo que havia sobre o campo e novas ondas de guerreiros os atacavam. Mas a cavalaria tinha sido rompida. Os soldados de infantaria não podiam resistir perante os lanceiros e os Rakasha, os zumbis e a infantaria de Keenset.

A carruagem de batalha afiada feito navalha e guiada pela Morte atravessava o inimigo feito uma chama através de um campo. Mísseis e lanças atiradas faziam curva no meio do voo para disparar em ângulo reto antes que pudessem tocar a carruagem ou seus ocupantes. Fogos escuros dançavam dentro dos olhos da Morte, que segurava os anéis gêmeos com que dirigia o curso do veículo. Vez após outra, ele acometia o inimigo sem misericórdia e a lança de Sam disparava feito a língua de uma serpente ao passar pelas fileiras.

De algum lugar, as notas de uma retirada soaram. Mas foram pouquíssimos os que atenderam ao chamado.

— Enxugue os olhos, Sidarta, e convoque uma nova formação — disse a Morte. — Chegou a hora de aumentar o ataque, Manjusri da Espada precisa ordenar um ataque.

— Sim, Morte, eu sei.

— Seguramos o campo, mas não o dia. Os deuses estão observando, avaliando nossa força.

Sam ergueu a lança para dar o sinal e houve um novo movimento entre as tropas. Então uma calmaria renovada pairou ali. De repente, não havia vento, não havia som. O céu era azul. O solo era uma coisa verde-acinzentada, pisoteada. Poeira, como se fosse uma cerca viva espectral, pairava à distância.

Sam observou as fileiras e moveu a lança adiante.

Naquele momento, ouviu-se um estrondo de trovão.

— Os deuses vão penetrar no campo — disse a Morte, olhando para cima.

A carruagem de trovão passou logo acima. Mas nenhuma chuva de destruição caiu.

— Por que ainda estamos vivos? — perguntou Sam.

— Acredito que prefeririam que a nossa derrota fosse mais vergonhosa. Além disso, podem estar com medo de tentar usar a carruagem de trovão contra seu criador; um medo justificado.

— Neste caso... — disse Sam, e fez o sinal para as tropas atacarem.

A carruagem o conduziu adiante.

Atrás dele, as forças de Keenset seguiram.

Cortaram os retardatários. Esmagaram a guarda que tentou os deter. No meio de uma saraivada de flechas, romperam os arqueiros. Então encararam o corpo dos santos defensores desta cruzada que tinha jurado arrasar a cidade de Keenset.

Fizeram soar, finalmente, as notas do Paraíso de uma trombeta.

As linhas opostas de guerreiros humanos se abriram.

Os cinquenta semideuses avançaram.

Sam ergueu sua lança.

— Sidarta, lorde Kalkin nunca foi derrotado em combate — disse a Morte.

— Eu sei.

— Tenho comigo o Talismã do Aprisionador. Aquele que foi destruído na pira de Fimdomundo era uma falsificação. Guardei o original para estudá-lo. Nunca tive oportunidade para tanto. Espere um momento e vou ajeitá-lo.

Sam ergueu os braços, e a Morte prendeu o cinto de conchas em volta de sua cintura.

Ele fez sinal para que as forças de Keenset se detivessem.

A Morte o conduziu adiante, sozinho, para enfrentar os semideuses.

Ao redor da cabeça de alguns pairava o nimbo do Aspecto emergente. Outros brandiam armas estranhas para direcionar seus Atributos estranhos. Chamas desciam e lambiam ao redor da carruagem. Ventos chicoteavam o veículo. Enormes barulhos de esmagamento se abatiam sobre ele. Sam fez um gesto com a lança, e os três oponentes da frente vacilaram e caíram da montaria de seus cobras-lagartos.

Então a Morte conduziu sua carruagem para o meio deles.

As beiradas dela eram como navalhas e a velocidade era três vezes a de um cavalo e duas a de um cobra-lagarto.

Uma névoa se ergueu ao redor dele enquanto avançava, uma névoa tingida de sangue. Mísseis pesados disparavam na direção dele e sumiam de um lado ou do outro.

Gritos ultrassônicos assaltavam seus ouvidos, mas, de algum modo, eram abafados em parte.

Com o rosto sem expressão, Sam ergueu a lança bem acima da cabeça.

Uma expressão de fúria repentina cruzou seu rosto e raios saltaram da ponta.

Cobras-lagartos e aqueles que os montavam assavam e encrespavam.

O cheiro de carne chamuscada lhe chegava às narinas.

Ele deu risada, e a Morte impulsionou a carruagem para mais uma investida.

— Estão me observando? — gritou Sam para os céus. — Observem, então! E tomem cuidado! Acabaram de cometer um erro!

— Não faça isso! — disse a Morte. — É cedo demais! Nunca caçoe de um deus antes de seu falecimento!

E a carruagem fez mais uma varredura pelas fileiras de semideuses e ninguém foi capaz de atingi-la.

Notas de trombeta encheram o ar, e o exército santo se apressou para socorrer seus defensores.

Os guerreiros de Keenset avançaram para se atracar com eles.

Sam se colocou em pé na carruagem e os mísseis caíam pesados ao redor dela, sempre errando o alvo. A morte o conduziu através das fileiras do inimigo, uma vez feito uma goiva, depois feito uma foice. Ele cantarolava ao avançar, e sua lança era a língua de uma serpente, às vezes estalando ao cair com clarões fortes. O Talismã brilhava com um fogo pálido em volta de sua cintura.

— Vamos derrotá-los! — disse.

— Só há semideuses e homens no campo — disse a Morte. — Ainda estão testando nossa força. Pouquíssimos que se lembram da força total de Kalkin.

— A força *total* de Kalkin? — perguntou Sam. — Ela nunca foi desferida, ó, Morte. Não nas eras do mundo. Deixe que venham contra mim agora e os céus vão chorar sobre seus corpos, e o Vedra vai correr da cor do sangue!... Estão me ouvindo? Estão me ouvindo, deuses? Ataquem-me! Eu os desafio, aqui neste campo! Venham ao meu encontro com sua força, neste local!

— Não! — disse a Morte. — Ainda não!

Lá em cima, a carruagem de trovão passou mais uma vez.

Sam ergueu a lança e um inferno pirotécnico foi desferido ao redor do veículo que passava.

— Não devia ter permitido que eles soubessem que era capaz de fazer isso! Não tão cedo!

A voz de Taraka então lhe veio, atravessando o ruído da batalha e a canção de seu cérebro.

— Estão subindo o rio agora, ó, Aprisionador! E outro grupo ataca os portões da cidade!

— Então convoque Dalissa para que se erga e faça o Vedra fervilhar com o poder do Brilho! Leve os seus Rakasha aos portões de Keenset e destrua o invasor!

— Positivo, Aprisionador! — E Taraka se foi.

Um feixe de luz cegante saiu da carruagem de trovão e abriu as fileiras de defensores.

— Chegou a hora — disse a Morte, e fez um gesto abanando a capa.

Na fileira mais ao fundo, lady Ratri se ergueu nos estribos de sua montaria, a égua de pelagem escura. Levantou o véu preto que usava por cima da armadura.

Ouviram-se gritos de ambos os lados quando o sol encobriu sua face e a escuridão baixou sobre o campo. O feixe de luz sumiu de baixo da carruagem de trovão e a queimação cessou.

Apenas uma fosforescência fraca, sem fonte aparente, existia ao redor deles. Isso acontecia enquanto lorde Mara executava uma varredura no campo em sua carruagem anuviada de cores, puxada pelos cavalos que vomitavam rios de sangue fumegante.

Sam foi em direção a ele, mas um enorme corpo de guerreiros se interpôs; e, antes de conquistarem seu caminho, Mara tinha atravessado o campo e matado todos que via pela frente.

Sam ergueu sua lança e fez uma careta na direção dele, mas seu alvo ficou desfocado e se movia; e os raios sempre caíam atrás ou para o lado.

Então, à distância, no rio, uma luz suave se iniciou. Pulsava quente, e algo parecido com um tentáculo pareceu acenar por um momento acima da superfície das águas.

Sons de luta vinham da cidade. O ar estava cheio de demônios. O solo parecia se mover debaixo dos pés dos exércitos.

Sam ergueu a lança e um feixe entrecortado de luz correu pelos céus, fazendo com que mais uma dúzia baixasse no campo.

Mais animais rosnaram, tossiram e uivaram, disparando por meio de todas as fileiras, matando ao passar de ambos os lados.

Os zumbis continuaram a aniquilar, sob o incentivo dos sargentos escuros, ao ritmo contínuo das batidas dos tambores; e elementais de fogo se prendiam ao peito dos cadáveres como se estivessem se alimentando.

— Quebramos os semideuses — disse Sam. — Vamos tentar lorde Mara agora.

Procuraram por ele por todo o campo, entre gritos e lamentos, passando por aqueles que em breve seriam cadáveres e aqueles que já o eram.

Quando viram as cores de sua carruagem, saíram em perseguição.

Ele se virou e finalmente os encarou, em um corredor de escuridão, com os sons da batalha abafados e distantes. A Morte puxou as rédeas também, e olharam um nos olhos brilhantes do outro através da noite.

— Vai enfrentar a batalha, Mara? — gritou Sam. — Ou devemos colocá-lo para correr feito um cachorro?

— Não me fale dos seus iguais, o cão e a cadela, ó, Aprisionador! — respondeu. — É você *mesmo* Kalkin, não é? Esse é seu cinto. Este é seu tipo de guerra. Aquele era um ataque de seus raios, amigo e inimigo ao mesmo tempo. De algum modo, você *conseguiu* sobreviver, hein?

— Sou eu — disse Sam, e nivelou a lança.

— E o deus carniceiro para guiar sua carroça!

A Morte ergueu a mão esquerda com a palma voltada para a frente.

— Eu lhe prometi a morte, Mara — disse. — Se não pela mão de Kalkin, então pela minha própria. Se não hoje, então outro dia. Mas agora também está entre nós.

À esquerda, a pulsação no rio se tornava cada vez mais frequente.

A Morte se inclinou para a frente e a carruagem disparou na direção de Mara.

Os cavalos do Sonhador empinaram e soltaram fogo pelas narinas. Saltaram adiante.

As flechas de Rudra os buscaram no escuro, mas essas também eram desviadas para o lado ao disparar na direção da Morte e de sua carruagem. Explodiam de ambos os lados, ampliando, por um momento, a iluminação fraca.

À distância, elefantes moviam-se, pesados, corriam e guinchavam, perseguidos pelos Rakasha nas planícies.

Ouviu-se um rugido poderoso.

Mara se transformou em um gigante, e sua carruagem era uma montanha. Seus cavalos cobriam eternidades ao galopar adiante. Raios saltavam da lança de Sam feito borrifos de uma fonte. Uma tempestade de neve de repente rodopiou ao redor dele, e o frio do próprio espaço interestelar penetrou seus ossos.

No último instante possível, Mara deu uma guinada na carruagem e saltou para fora.

Acertaram-na de lado e um som de rangido veio de baixo deles quando se acomodaram devagar no solo.

A essa altura, o rugido era ensurdecedor, e os pulsos de luz do rio tinham se transformado em um brilho contínuo. Uma onda de água fumegante se acometeu sobre o campo quando o Vedra transbordou suas margens.

Ouviram-se mais gritos e o barulho de armas batendo umas contra as outras continuou. Bem fracos, os tambores de Nirriti continuavam a bater na escuridão, e do alto veio um som estranho quando a carruagem de trovão disparou na direção do solo.

— Para onde ele foi? — gritou Sam.

— Foi se esconder — disse a Morte. — Mas não pode se esconder para sempre.

— Droga! Estamos ganhando ou perdendo?

— É uma boa pergunta. Mas não sei a resposta.

As águas espumavam ao redor da carruagem pousada.

— Pode fazer com que voltemos a nos mover?

— Não na escuridão, com água por todo o lado.

— Então o que fazemos agora?

— Cultivamos paciência e fumamos cigarro. — Ele se recostou e acendeu uma chama.

Depois de um tempo, um dos Rakasha chegou e pairou no ar acima deles.

— Aprisionador! — relatou o demônio. — Os novos atacantes da cidade usam sobre si aquilo-que-repele!

Sam ergueu a lança e uma linha de relâmpago saiu de sua ponta.

Durante um instante de clarão, o campo se iluminou.

Havia mortos em todo o lugar. Pequenos grupos de homens amontoados. Alguns se contorcendo em combate no solo. Corpos de animais estavam estirados entre eles. Alguns grandes felinos ainda circulavam, alimentando-se. Os elementais de fogo tinham fugido da água, que tinha coberto com lama os que tinham sucumbido e encharcado aqueles que ainda conseguiam ficar em pé. Carruagens quebradas e cobras-lagartos e cavalos mortos se empilhavam no campo. Neste cenário, com os olhos vazios e continuando a seguir ordens, os zumbis vagavam, aniquilando qualquer coisa viva que se movesse à frente deles. A certa distância, um tambor ainda tocava, com uma ou outra falha ocasional. Da cidade vinham os sons da batalha contínua.

— Encontre a senhora de preto e diga a ela que rompa a escuridão — disse Sam ao Rakasha.

— Sim — disse o demônio, e escapou de volta à cidade.

O sol voltou a brilhar e Sam protegeu os olhos contra a luz.

A carnificina era ainda pior sob o céu azul e a ponte dourada.

Do outro lado do campo, a carruagem de trovão repousava em terreno alto.

Os zumbis aniquilavam os últimos homens à vista. Então, enquanto procuravam mais vida, as batidas de tambor cessaram, e eles próprios caíram ao chão.

Sam ficou com a Morte na carruagem. Olharam ao redor em busca de sinais de vida.

— Nada se move — disse Sam. — Onde estão os deuses?

— Talvez na carruagem de trovão.

O Rakasha foi até eles mais uma vez.

— Os defensores não serão capazes de segurar a cidade — relatou.

— Por acaso os deuses se juntaram ao ataque?

— Rudra está lá e suas flechas causam muito caos. Lorde Mara. Brahma também, acho... e há muitos outros. Há muita confusão. Eu me apressei.

— Onde está lady Ratri?

— Entrou em Keenset e aguarda lá em seu Templo.

— Onde está o restante dos deuses?

— Não sei.

— Vou à cidade para ajudar na defesa — disse Sam.

— E eu, à carruagem de trovão, para pegá-la e usá-la contra o inimigo... se ainda puder ser usada — disse a Morte. — Se não puder, ainda temos Garuda.

— Sim — disse Sam, e levitou.

A Morte saltou para fora da carruagem.

— Despeço-me e desejo sorte.

— Devolvo o sentimento.

Atravessaram o lugar da carnificina, cada um a seu modo.

Ele subiu a pequena inclinação sem fazer barulho com as botas vermelhas sobre a turfa.

Jogou a capa escarlate por cima do ombro direito e examinou a carruagem de trovão.

— Foi danificada pelos raios.

— Foi — concordou.

Olhou para trás, para o final da assembleia, para aquele que tinha falado.

Sua armadura brilhava feito bronze, mas não era bronze.

Era toda trabalhada com os contornos de várias serpentes.

Usava chifres de touro sobre o elmo polido, e na mão esquerda brandia um tridente reluzente.

— Irmão Agni, você apareceu no mundo.

— Já não sou mais Agni, e sim Shiva, Senhor da Destruição.

— Usa a armadura dele sobre um corpo novo e carrega seu tridente. Mas ninguém poderia dominar o tridente de Shiva com tanta rapidez. É por isso que usa a luva branca na mão direita e os óculos no cenho.

Shiva ergueu a mão e baixou os óculos sobre os olhos.

— É verdade, eu sei. Jogue fora seu tridente, Agni. Dê-me sua luva e sua varinha, seu cinto e seus óculos.

Ele sacudiu a cabeça em negativa.

— Respeito o seu poder, deus da morte, a sua velocidade e a sua força, a sua habilidade. Mas está longe demais para que qualquer uma dessas coisas o ajude agora. Não pode vir até mim, mas vou queimá-lo antes de me alcançar. Morte, irá morrer.

Ele levou a mão à varinha na cinta.

— Busca virar o dom da Morte contra quem o concede? — A cimitarra vermelho-sangue lhe veio às mãos enquanto falava.

— Adeus, Darma. Seus dias chegaram ao fim.

Ele sacou a varinha.

— Em nome da amizade que existiu no passado, eu lhe concederei sua vida se decidir se entregar a mim — disse o Vermelho.

A varinha se agitou.

— Matou Rudra para defender o nome da minha esposa.

— Foi para preservar a honra dos Lokapalas que fiz isso. Agora sou o Deus da Destruição e parte do Trimúrti!

Ele apontou a varinha de fogo, e a Morte rodopiou sua capa escarlate na frente dele.

Emitiu-se um clarão de luz tão cegante que a mais de três quilômetros de distância, nos muros de Keenset, os defensores viram aquilo e ficaram imaginando o que seria.

Os invasores tinham entrado em Keenset. Agora havia chamas, berros e golpes de metal contra madeira, metal contra metal.

Os Rakasha derrubavam construções em cima dos invasores que não conseguiam deter. Tanto os invasores quanto os defensores estavam em menor número. A maior parte de ambas as forças tinha perecido nas planícies.

Sam se colocou no topo da torre mais alta do Templo e olhou para a cidade que sucumbia sob ele.

— Eu não pude salvá-la, Keenset — afirmou. — Tentei, mas não consegui.

Bem lá embaixo, na rua, Rudra puxou a corda de seu arco.

Ao vê-lo, Sam ergueu sua lança.

Os raios caíram sobre Rudra e a flecha explodiu no meio deles.

Quando o ar se tornou mais limpo, no lugar em que Rudra estivera havia uma pequena cratera, no meio de um pedaço de piso chamuscado.

Lorde Vayu apareceu em cima de um telhado distante e invocou os ventos para atiçar as chamas. Sam ergueu a lança mais uma vez, mas então uma dúzia de Vayu se postou em uma dúzia de telhados.

— Mara! — disse Sam. — Revele-se, Sonhador! Se ousar!

Ouviram-se risadas por todo o redor dele.

— Quando estiver pronto, Kalkin, *vou* ousar — disse a voz que saiu do ar enfumaçado. — No entanto, a escolha é minha... Não está tonto? O que aconteceria se você se jogasse na direção do solo? Será que os Rakasha viriam para erguê-lo? Será que seus demônios iriam salvá-lo?

Raios, então, caíram em todos os prédios próximos ao Templo, mas por cima do barulho ouviu-se a risada de Mara. Ela foi se desfazendo à distância quando novos pontos de fogo crepitaram.

Sam se sentou e assistiu à cidade queimar. Os sons de luta foram diminuindo e cessaram. Só havia chamas.

Uma dor lancinante na cabeça dele chegou e foi embora. Então chegou e não foi mais embora. Por fim, acometeu todo o seu corpo, e ele soltou um grito.

Brahma, Vayu, Mara e quatro semideuses estavam na rua lá embaixo.

Ele tentou erguer a própria lança, mas a mão tremeu e a arma caiu, tilintando contra o tijolo e sumindo.

O cetro que é uma caveira e uma roda estava apontado na direção dele.

— Desça, Sam! — disse Brahma, movendo o cetro de leve para que as dores mudassem de lugar e ardessem. — Junto de Ratri, é o único que restou vivo! São os últimos! Rendam-se!

Ele se levantou com dificuldade e fechou as mãos sobre o cinto reluzente.

Cambaleou e disse as seguintes palavras entre dentes:

— Muito bem! Devo descer como uma bomba bem aí no meio!

Mas então o céu escureceu, clareou e escureceu outra vez.

Um grito fortíssimo se ergueu por cima do som das chamas.

— É Garuda! — disse Mara.

— Por que Vishnu viria... agora?

— Garuda foi roubado! Esqueceu?

O enorme Pássaro mergulhou sobre a cidade em chamas feito uma fênix titânica e foi em direção ao seu ninho incandescente.

Sam virou a cabeça para cima e viu o capuz de repente cair por cima dos olhos de Garuda. O pássaro agitou as asas e mergulhou na direção dos deuses, no lugar em que se postavam à frente do Templo.

— Vermelho! — exclamou. — Aquele que está montado usa vermelho!

Brahma deu um giro e voltou o cetro berrante, segurando-o com as duas mãos na direção da cabeça do Pássaro que mergulhava.

Mara fez um gesto e as asas de Garuda pareceram pegar fogo.

Vayu ergueu ambos os braços e, com um vento feito um furacão, atingiu a montaria de Vishnu, cujo bico esmaga carruagens.

Ele soltou mais um berro, abriu as asas, desacelerou a descida. Os Rakasha então se aglomeraram em volta de sua cabeça, forçando sua descida com golpes e estocadas.

Ele desacelerou, desacelerou, mas não conseguiu parar.

Os deuses debandaram.

Garuda atingiu o solo, e o solo tremeu.

Do meio das penas em suas costas, Yama avançou, com a espada na mão, deu três passos e caiu por terra. Mara se ergueu de uma ruína e o atingiu na nuca duas vezes com a beirada da mão.

Sam saltou antes que o segundo golpe fosse desferido, mas não alcançou o solo a tempo. O cetro berrou mais uma vez e tudo girou ao seu redor. Ele se esforçou para impedir a queda. Desacelerou.

O solo estava a doze metros abaixo dele... nove... seis... Então o chão lá embaixo anuviou-se com uma névoa escurecida pelo sangue e ficou preto em seguida.

— Lorde Kalkin finalmente foi vencido em batalha — disse alguém, baixinho.

Brahma, Mara e dois semideuses chamados Bora e Tikan foram os únicos que restaram para carregar Sam e Yama da cidade moribunda de Keenset às margens do rio Vedra. Lady Ratri caminhava na frente deles com uma corda em volta do pescoço.

Levaram Sam e Yama até a carruagem de trovão, que estava ainda mais avariada do que quando a tinham deixado, com um enorme buraco na lateral direita e parte da peça da cauda faltando. Acorrentaram seus prisioneiros; removeram o Talismã do Aprisionador e a capa carmim da Morte. Então enviaram uma mensagem ao Paraíso e, depois de um tempo, gôndolas voadoras chegaram para levá-los de volta à Cidade Celestial.

— Vencemos — disse Brahma. — Keenset não existe mais.

— Uma vitória penosa, penso — disse Mara.

— Mas vencemos!

— E o Escuro se agita mais uma vez.

— Ele só buscava testar nossa força.

— E o que deve estar pensando? Perdemos um exército inteiro? E hoje até deuses morreram.

— Lutamos contra a Morte, os Rakasha, Kalkin, a Noite e a Mãe do Brilho. Nirriti não vai voltar a erguer a mão contra nós, não depois de uma vitória dessas.

— Poderoso é Brahma — disse Mara, e lhe deu as costas.

Os Senhores do Carma foram chamados para julgar os prisioneiros.

Lady Ratri foi banida da Cidade e condenada a vagar pelo mundo como mortal, para sempre encarnar em corpos de meia-idade de aparência relativamente sem graça, corpos que não conseguiriam suportar toda a força de seu Aspecto nem de seus Atributos. Foi tratada com essa misericórdia porque foi julgada apenas cúmplice incidental e considerada como enganada por Kubera, em quem tinha confiado.

Quando mandaram chamar lorde Yama para que fosse julgado, foi encontrado morto em sua cela. Dentro de seu turbante havia uma pequena caixa de madeira. Essa caixa tinha explodido.

Os Senhores do Carma prosseguiram com a autópsia e confabularam.

— Por que não tomou veneno, se desejava morrer? — perguntou Brahma. — Seria mais fácil esconder uma pílula do que uma caixa.

— Há uma leve possiblidade de que tivesse outro corpo em algum lugar do mundo e que buscasse transmigrar por meio de uma unidade de transmissão que deveria se autodestruir depois do uso — disse um dos Senhores do Carma.

— Isso é algo que poderia ser feito?

— Não, claro que não. Um equipamento de transferência é volumoso e complicado. Mas Yama se gabava de ser capaz de fazer qualquer coisa. Uma vez tentou me convencer de que tal aparelho poderia ser construído. Mas o contato entre os dois corpos precisa ser direto e por meio de várias sondas e cabos. E nenhuma unidade assim tão pequena poderia ter gerado a força necessária.

— Quem lhe construiu a psicossonda? — perguntou Brahma.

— Lorde Yama.

— E a Shiva, a carruagem de trovão? E a Agni, a varinha de fogo? A Rudra, seu arco terrível? O Tridente? A Lança Reluzente?

— Yama.

— Gostaria de informá-lo, então, que aproximadamente na mesma hora que aquela caixa minúscula devia estar operando, um enorme gerador, como que por conta própria, ligou no Vasto Salão da Morte. Funcionou durante menos de cinco minutos e depois voltou a desligar.

— Força de transmissão?

Brahma deu de ombros.

— Está na hora de sentenciar Sam.

Isso foi feito. E como ele já tinha morrido uma vez antes, sem muito efeito, ficou decidido que uma sentença de morte não seria providenciada.

Assim, decidiu-se por transmigrá-lo. Não para outro corpo.

Uma torre de rádio foi erguida, Sam foi colocado sob sedação, sondas de transferência foram colocadas da maneira correta, mas não havia outro corpo. Foram conectadas ao conversor da torre.

Seu atman foi projetado para o alto, através do domo aberto, para dentro da enorme nuvem magnética que rodeava todo o planeta e se chamava Ponte dos Deuses.

Então ele recebeu a distinção ímpar de ter um segundo funeral no Paraíso. Lorde Yama recebeu seu primeiro; e Brahma, ao observar a fumaça se erguer das piras, ficou imaginando onde ele realmente estaria.

— O Buda entrou no nirvana — disse Brahma. — Pregue isso nos Templos! Cante nas ruas! Glorioso foi seu falecimento! Ele reformou a antiga religião e estamos melhores agora do que jamais estivemos! Que todos os que pensam diferente se lembrem de Keenset!

Isso também foi feito.

Mas nunca encontraram lorde Kubera.

Os demônios estavam livres.

Nirriti havia se fortalecido.

E, em outras partes do mundo, havia quem se lembrasse de óculos bifocais e privadas com descarga, química petrolífera e motores de combustão interna, e do dia em que o sol encobrira sua face da justiça que vinha do Paraíso.

Ouviram Vishnu dizer que a natureza finalmente tinha entrado na Cidade.

7

Outro nome pelo qual ele às vezes é chamado é Maitreya, que significa Senhor da Luz. Depois de seu retorno da Nuvem Dourada, viajou ao Palácio de Kama, em Khaipur, onde planejou e reuniu suas forças contra o Dia da Yuga. Um sábio certa vez disse que pessoa vê o Dia da Yuga, mas só fica sabendo dele depois que passou. Porque tal dia nasce como qualquer outro e termina da mesma maneira, recapitulando a história do mundo.

Ele às vezes é chamado de Maitreya, que significa Senhor da Luz...

O mundo é o fogo do sacrifício; o sol, seu combustível; os raios de sol, sua fumaça; o dia, suas chamas; os pontos da bússola, suas cinzas e fagulhas. Neste fogo, os deuses oferecem fé como libação. Desta oferenda, o Rei Lua nasce.

A chuva, ó, Gautama, é o fogo; o ano, seu combustível; as nuvens, sua fumaça; o relâmpago, suas chamas, cinzas e fagulhas. Neste fogo, os deuses oferecem o Rei Lua como libação. Desta oferenda, a chuva nasce.

O mundo, ó, Gautama, é o fogo; a terra, seu combustível; o fogo, sua fumaça; a noite, suas chamas; a lua, suas cinzas; as estrelas, suas fagulhas. Neste fogo, os deuses oferecem chuva como libação. Desta oferenda, alimento é produzido.

O homem, ó, Gautama, é o fogo; sua boca aberta, seu combustível; seu hálito, sua fumaça; sua fala, suas chamas; seu olho, suas cinzas; seu ouvido, suas fagulhas. Neste fogo, os deuses oferecem alimento como libação. Desta oferenda, o poder da geração nasce.

A mulher, ó, Gautama, é o fogo; sua forma, seu combustível; seu cabelo, sua fumaça; seus órgãos, suas chamas; seus prazeres, suas cinzas e fagulhas. Neste fogo, os deuses oferecem o poder da geração como libação. Desta oferenda, um homem nasce. Ele vive o tempo que tem para viver.

Quando um homem morre, é carregado para ser oferecido ao fogo. O fogo se transforma em seu fogo; o combustível, em seu combustível; a fumaça, em sua fumaça; as chamas, em suas chamas; as cinzas, em suas cinzas; as fagulhas, em suas fagulhas. Neste fogo, os deuses oferecem o homem como libação. Desta oferenda, o homem emerge em esplendor radiante.

Brihadaranyaka Upanishad (VI, ii, 9—14)

Em um palácio alto e azul de pináculos finos e portões filigranados, onde a maresia e os lamentos das criaturas do mar atravessavam o ar limpo para temperar os sentidos com vida e deleite, lorde Nirriti, o Escuro, falou com o homem levado até ele.

— Capitão do mar, qual é o seu nome? — perguntou.

— Olvagga, senhor — respondeu o capitão. — Por que matou minha tripulação e me permitiu viver?

— Porque eu queria interrogar a *você*, capitão Olvagga.

— Em relação a quê?

— Muitas coisas. Coisas tais que um velho capitão do mar pode saber, por meio de suas viagens. Como está o meu controle sobre os corredores do mar do sul?

— Mais forte do que eu pensava, ou não me teria aqui.

— Muitos outros têm medo de se aventurar, não têm?

— Têm, sim.

Nirriti foi até uma janela que dava para o mar, dando as costas para seu prisioneiro. Depois de um tempo, voltou a falar:

— Ouvi dizer que houve muito progresso científico no norte desde, hã, a batalha de Keenset.

— Também ouvi isso. Além do mais, sei que é verdade. Vi um motor a vapor. A prensa tipográfica agora faz parte do cotidiano. Pernas de cobras-lagartos mortos saltam com o uso de correntes galvanizadas. Aço da mais alta qualidade agora está sendo forjado. O microscópio e o telescópio foram redescobertos.

Nirriti voltou a se virar para ele, e examinaram um ao outro.

Nirriti era um homem pequeno, com um olho brilhante, sorriso fácil, cabelo escuro preso por uma faixa prateada, nariz empinado e olhos da cor de seu palácio. Vestia preto e lhe faltava um tom bronzeado de sol.

— Por que os Deuses da Cidade não conseguiram deter essa coisa?

— Sinto que seja porque estão enfraquecidos, se é isso que deseja ouvir, senhor. Desde o desastre às margens do Vedra, têm certo medo de suprimir o progresso do mecanismo com violência. Também foi dito que há lutas internas sendo disputadas na Cidade, entre os semideuses e o que sobrou dos anciãos. Então há a questão da nova religião. Os homens já não temem tanto o Paraíso quanto antes. Estão mais dispostos a se defender; e agora que estão mais bem-equipados, os deuses estão menos dispostos a enfrentá-los.

— Então Sam *está* vencendo. Ao longo dos anos, vem vencendo pouco a pouco.

— Sim, Renfrew. Acredito que seja verdade.

Nirriti deu uma olhada nos dois guardas que flanqueavam Olvagga.

— Retirem-se — ordenou. Então, quando saíram: — Sabe quem eu sou?

— Sim, capelão. Porque sou Jan Olvegg, capitão da *Estrela da Índia.*

— Olvegg. Isso me parece um pouco impossível.

— No entanto, trata-se da verdade. Recebi este corpo que agora é antigo no dia em que Sam superou os Senhores do Carma em Mahartha. Eu estava presente.

— Um dos Primeiros, e, sim!, um Cristão!

— Ocasionalmente, quando me faltam palavrões em hindi.

Nirriti pousou a mão no ombro dele.

— Então seu próprio ser deve sofrer com essa blasfêmia que operaram!

— Não gosto muito deles... e eles não gostam muito de mim.

— Ouso dizer que é isso mesmo. Mas em relação a Sam... Ele fez a mesma coisa, agravando ainda mais essa pluralidade de heresias, enterrando a verdadeira Palavra ainda mais fundo...

— Uma arma, Renfrew — disse Olvegg. — Nada mais. Tenho certeza de que ele não desejava ser deus tanto quanto nós.

— Talvez. Mas eu gostaria que ele tivesse escolhido alguma outra arma. Se ele vencer, suas almas continuam perdidas.

Olvegg deu de ombros.

— Não sou teólogo, como você...

— Mas vai me ajudar? Ao longo do tempo, juntei uma grande força. Tenho homens e máquinas. Você mesmo me disse que os nossos inimigos estão enfraquecidos. Meus desalmados, que não nasceram de homem ou mulher, não têm medo. Tenho gôndolas voadoras; muitas. Sou capaz de alcançar a Cidade deles no Polo. Posso destruir os Templos deles aqui no mundo. Acho que chegou a hora de limpar o mundo dessa abominação. A verdadeira fé deve retornar! Logo! *Precisa* ser logo...

— Como eu disse, não sou teólogo. Mas também gostaria de ver a Cidade cair — disse Olvegg. — Vou ajudá-lo da maneira que me for possível.

— Então vamos tomar algumas das cidades deles e violar seus Templos para ver que ações isso provoca.

Olvegg assentiu.

— Será meu conselheiro. Vai fornecer apoio moral — disse Nirriti, e fez uma mesura com a cabeça. — Junte-se a mim em oração — ordenou.

O velho ficou parado por muito tempo na frente do Palácio de Kama em Khaipur, olhando fixamente para seus pilares de mármore. Uma menina ficou com pena dele e lhe trouxe pão e leite. Ele comeu o pão.

— Beba o leite também, vovô. É nutriente e vai ajudar a sustentar sua carne.

— Desgraça! — disse o velho. — Desgraça de leite! E que se dane a minha carne! O meu espírito também, aliás!

A menina recuou.

— Essa não é exatamente uma resposta adequada ao receber um ato de caridade.

— Não é à sua caridade que faço objeção, jovem. É ao seu gosto por bebidas. Não seria possível dispensar um gole do vinho mais fedido que tem na cozinha?... Aquele que os visitantes nunca pedem e que o cozinheiro não usa nem para marinar os pedaços mais baratos de carne? Anseio pelo que se amassa das uvas, não das vacas.

— Ah, da próxima vez quer um cardápio? Vá embora! Antes que eu chame um serviçal!

Ele olhou bem nos olhos dela.

— Não se ofenda, senhorita, rogo. Mendigar é difícil para mim.

Ela olhou bem dentro dos olhos pretos como breu dele no meio de uma ruína de rugas e pele bronzeada. A barba que via era rajada de preto. O menor dos sorrisos brincou nos cantos de seus lábios.

— Bom... siga-me para dar a volta pelo lado. Posso levá-lo à cozinha para ver o que podemos encontrar. Mas realmente não sei por que estou fazendo isso.

Os dedos dele se agitaram quando ela se virou, e o sorriso se abriu ao segui-la, observando enquanto ela caminhava.

— Porque eu quero que faça — disse.

Taraka dos Rakasha estava pouco à vontade. Agitando-se acima das nuvens que se moviam pelo meio do dia, ele pensou nos modos do poder. No passado, tinha sido o mais poderoso. Nos dias anteriores ao aprisionamento, não havia ninguém que pudesse se colocar contra ele. Então Sidarta, o Aprisionador, tinha chegado. Tinha ouvido falar dele antes, conhecia-o como Kalkin e sabia que era forte. Cedo ou tarde, tinha se dado conta, teriam que se encontrar, e ele teria que testar o poder com aquele Atributo que diziam que Kalkin tinha erguido. Naquele dia em que tinham se juntado, naquele dia forte e já passado, quando o alto das montanhas havia deflagrado sua fúria, o Aprisionador tinha vencido. E, em seu segundo encontro, eras mais tarde, ele o tinha, de algum modo, surrado ainda mais completamente. Mas tinha sido o único, e agora havia ido embora do mundo. De todas as criaturas, apenas o Aprisionador tinha superado o Senhor do Poço do Inferno. Então os deuses haviam chegado para questionar seu poder. No começo, não dispunham de muita força, lutando para disciplinar os próprios poderes mutantes com drogas, hipnose, meditação, neurocirurgia, forjando-os para transformá-los em Atributos, e, ao longo das eras, esses poderes tinham crescido. Quatro deles tinham entrado no Poço do Inferno, apenas quatro, e sua legião não fora capaz de expulsá-los. Aquele chamado Shiva era forte, mas o Aprisionador depois o aniquilara. Como devia ser, porque Taraka reconhecia o Aprisionador como igual. A mulher, ele dispensou. Era apenas uma mulher e precisara da assistência de Yama. Mas lorde Agni, cuja alma tinha sido brilhante e cegante... *aquele*, ele quase temeu. Lembrou-se do dia em que Agni tinha entrado no palácio em Palamaidsu, sozinho, e o desafiado. Aquele, ele não fora capaz de deter, apesar de ter tentado, e assistira o próprio palácio ser destruído pela força de suas chamas. E nada no Poço do Inferno também fora capaz de detê-lo.

Na ocasião, tinha feito uma promessa a si mesmo de que precisava testar o próprio poder, como tinha testado o de Sidarta, para derrotá-lo ou ser aprisionado por ele. Mas não chegou a fazer isso. O Lorde dos Fogos tinha, ele próprio, sucumbido perante o Vermelho — o quarto no Poço do Inferno —, que de algum modo voltara suas chamas contra ele, naquele dia às margens do Vedra, na batalha de Keenset. Isso significava que *ele* era o maior de todos. Porque não era verdade que até o Aprisionador o tinha acautelado contra Yama-Darma, deus da Morte? Sim, aquele cujos olhos bebem a vida era o mais poderoso que ainda restava no mundo. Tinha quase sucumbido à própria força com a carruagem de trovão. Tinha testado essa força uma vez, por um breve período, mas cedido porque eram aliados naquela luta. Diziam que Yama morrera depois, na Cidade. Mais tarde, disseram que ele ainda caminhava pelo mundo. Como Senhor dos Mortos, diziam que ele próprio não podia morrer, a menos que fosse por escolha própria. Taraka aceitou isso como fato, ciente do significado dessa atitude. Significava que ele, Taraka, retornaria ao sul, à ilha do palácio azul, onde o Senhor do Mal, Nirriti, o Escuro, esperava sua resposta. Ele lhe daria seu consentimento. Começando em Mahartha e seguindo para o norte a partir do mar, os Rakasha adicionariam seu poder ao poder escuro dele, destruindo os Templos das seis maiores cidades do sudoeste, um após o outro, enchendo as ruas daquelas cidades com o sangue de seus cidadãos e as legiões sem chamas do Escuro... até que os deuses saíssem em sua defesa, e assim encontrassem desgraça. Se os deuses falhassem em prestar socorro, então a verdadeira fraqueza deles seria revelada. Os Rakasha, então, tomariam de assalto o Paraíso, e Nirriti levaria ao chão a Cidade Celestial; o Pináculo de Milehigh desabaria, o domo se despedaçaria, os enormes felinos brancos de Kaniburrha tomariam conta dos destroços e os pavilhões dos deuses e semideuses seriam recobertos pelas neves do Polo. E tudo isso por um motivo, na verdade — além do alívio do tédio, além da aproximação dos últimos dias dos deuses e dos homens no mundo dos Rakasha. Sempre que há alguma grande luta e são executados grandes feitos e feitos sangrentos e feitos de fogo, ele vem, Taraka sabia: o Vermelho vem de algum lugar, sempre, porque seu Aspecto o atrai ao reino que lhe pertence. Taraka sabia que ele ia procurar, esperar, fazer qualquer coisa, por todo o tempo que fosse necessário, até o dia em que olhasse direto para o fogo escuro que queimava atrás dos olhos da Morte...

Brahma ficou olhando para o mapa, então voltou a olhar para a tela de cristal, pela qual a Naga de bronze se contorcia, com o rabo entre os dentes.

— Está queimando, ó, sacerdote?

— Está queimando, Brahma... todo o distrito dos galpões!

— Ordene ao povo que apague as chamas.

— Já estão fazendo isso, Poderoso.

— Então por que me incomodar com a questão?

— Há medo, Grandioso.

— Medo? Medo de quê?

— Do Escuro, cujo nome não posso proferir em sua presença, cuja força cresceu de maneira contínua no sul, aquele que controla os corredores marítimos, interrompendo o comércio.

— Por que deve ter medo de dizer o nome de Nirriti na minha frente? Eu sei tudo sobre o Escuro. Acredita que ele tenha iniciado as chamas?

— Sim, Grandioso... ou melhor, alguma pessoa execrável paga por ele iniciou. Há muita conversa de que ele busca nos isolar do resto do mundo, secar as nossas riquezas, destruir nossas lojas e enfraquecer nosso espírito porque planeja...

— Invadir a você, é claro.

— Já disse por si só, Poderoso.

— Pode ser verdade, meu sacerdote. Então, me diga, acha que seus deuses não ficarão do seu lado se o Senhor do Mal atacar?

— Nunca houve nenhuma dúvida, Poderosíssimo. Simplesmente gostaríamos de lembrá-lo da possibilidade de renovar nossa súplica perpétua por misericórdia e proteção divina.

— Mostrou seu ponto de vista, sacerdote. Não tema.

Brahma terminou a transmissão.

— Ele vai atacar.

— Claro que sim.

— E o quão forte ele é, eu me pergunto? Ninguém sabe de verdade a força que ele tem, Ganesha. Sabe?

— Está perguntando a mim, meu senhor? O seu humilde conselheiro de políticas?

— Não vejo ninguém mais presente, humilde fazedor de deuses. Sabe de alguém que possa ter informação?

— Não, senhor. Não sei. Todos evitam o desgraçado como se fosse a verdadeira morte. De modo geral, ele o é. Como está ciente, os três semideuses que enviei para o sul não retornaram.

— Também eram fortes, quaisquer que fossem seus nomes, não eram? Quanto tempo faz?

— O último foi há um ano, quando enviamos o novo Agni.

— Sim, mas ele não era muito habilidoso, continuou usando granadas incendiárias... mas era forte.

— Do ponto de vista moral, talvez. Quando há menos deuses, é preciso se contentar com semideuses.

— No passado, eu teria tomado a carruagem de trovão...

— No passado, não havia carruagem de trovão. Lorde Yama...

— Silêncio! Temos uma carruagem de trovão agora. Acho que o homem alto de fumaça que usa chapéu largo deve se curvar por cima do palácio de Nirriti.

— Brahma, acho que Nirriti é capaz de deter a carruagem de trovão.

— Por quê?

— De acordo com alguns relatos em primeira mão que escutei, acredito que tenha usado mísseis guiados contra os navios de guerra enviados para caçar seus bandidos.

— Por que não me falou isso antes?

— São relatórios muito recentes. Esta é a primeira chance que tive de abordar o assunto.

— Então não sente que devamos atacar?

— Não. Espere. Deixe que *ele* faça o primeiro movimento, para que possamos avaliar sua força.

— Isso envolveria sacrificar Mahartha, não é mesmo?

— E daí? Nunca viu uma cidade sucumbir?... Como é que Mahartha vai beneficiá-lo, por si só e por um tempo? Se não pudermos reclamá-la, *então* que o homem de fumaça faça um cumprimento com seu chapéu branco largo... por cima de Mahartha.

— Está certo. Valerá a pena avaliar o poder dele de maneira apropriada e levar embora uma porção. Nesse ínterim, precisamos nos preparar.

— Sim. Qual será a sua ordem?

— Alerte todos os poderes na cidade. Mande chamar de volta lorde Indra, do continente oriental, imediatamente!

— Claro.

— E alerte as outras cinco cidades do rio: Lananda, Khaipur, Kilbar...

— Imediatamente.

— Vá, então!

— Já fui.

O tempo é como um oceano; o espaço, como sua água, com Sam no meio, ereto, decidido.

— Deus da Morte — chamou. — Enumere nossas forças.

Yama se espreguiçou e bocejou, então se levantou do sofá cor de escarlate sobre o qual cochilava, quase invisível. Atravessou o salão, fitou os olhos de Sam.

— Sem erguer o Aspecto, aqui está o meu Atributo.

Sam encontrou seu olhar e não desviou o próprio.

— Essa é a resposta à minha pergunta?

— Em parte — respondeu Yama. — Mas, principalmente, foi para testar seu próprio poder. Parece estar retornando. Segurou meu olhar de morte durante mais tempo do que qualquer mortal seria capaz.

— Eu sei que o meu poder está voltando. Sou capaz de senti-lo. Muitas coisas agora estão voltando. Durante as semanas em que estivemos aqui no palácio de Ratri, meditei sobre minhas vidas passadas. Não foram apenas fracassos, deus da morte. Hoje cheguei a essa conclusão. Apesar de o Paraíso ter me vencido a cada vez, cada vitória foi muito custosa.

— Sim, pareceria que é mais um homem do destino. De fato, agora estão mais fracos do que estavam no dia em que desafiou o poder deles em Mahartha. Relativamente mais fracos. Pois os homens estão mais fortes. Os deuses derrubaram Keenset, mas não quebraram a Aceleração.

Então tentaram enterrar o Budismo no meio de seus ensinamentos, mas não conseguiram. Realmente não sei dizer se a sua religião ajudou com o enredo dessa história que está escrevendo ao incentivar a Aceleração de qualquer jeito que seja, mas, então, nenhum dos deuses pode afirmar isso também. Mas funcionou como se fosse uma névoa densa: desviou a atenção deles das traquinagens que pudessem estar fazendo, e, como por acaso acabou "pegando" como ensinamento, os esforços contrários que empreenderam serviram para fazer surgir certo sentimento antideuses. Você chegaria até a parecer inspirado, se não fosse astuto.

— Obrigado. Quer a minha bênção?

— Não, quer a minha?

— Talvez, Morte, mais tarde. Mas não respondeu à minha pergunta. Por favor, me diga qual é a força que se interpõe entre nós.

— Muito bem. Lorde Kubera vai chegar logo...

— Kubera? Onde está ele?

— Ficou escondido ao longo dos anos, vazando conhecimento científico para o mundo.

— Durante *tantos* anos? O corpo dele deve ser antiquíssimo! Como pode ter conseguido?

— Está se esquecendo de Narada?

— Meu antigo médico de Kapil?

— O próprio. Quando dispersou seus lanceiros depois da batalha em Mahartha, retirou-se para o interior com uma horda de vassalos. Levou consigo todo o equipamento retirado do Salão do Carma. Eu o localizei há muitos anos. Na sequência de Keenset, depois da minha fuga do Paraíso pelo Caminho da Roda Preta, fiz Kubera sair de seu abrigo embaixo da cidade derrubada. Ele depois se aliou a Narada, que agora opera uma loja clandestina de corpos nas montanhas. Trabalham juntos. Também instalamos várias outras em diversos locais.

— E Kubera está vindo? Muito bem!

— E Sidarta continua sendo o Príncipe de Kapil. Um pedido por tropas daquele principado ainda seria ouvido. Já foi sondado.

— Poucas, provavelmente. Mas, mesmo assim, é bom saber... Sim.

— E lorde Krishna.

— Krishna? O que ele está fazendo do nosso lado? Onde está?

— Estava aqui. Eu o encontrei no dia em que chegamos. Ele tinha acabado de se mudar com uma das moças. Bem ridículo.

— Como assim?

— Velho. Velho de dar dó e fraco, mas continua sendo um sanguessuga bêbado. No entanto, o Aspecto dele ainda lhe servia de tempos em tempos, invocando um pouco de seu antigo carisma e uma fração de sua vitalidade colossal. Ele tinha sido expulso do Paraíso depois de Keenset, mas foi porque se recusou a lutar contra mim e Kubera, assim como Agni. Vagou pelo mundo durante mais de meio século bebendo, amando, tocando suas flautas e envelhecendo. Kubera e eu tentamos várias vezes localizá-lo, mas ele viajava bastante. Essa costuma ser uma exigência para deuses renegados da fertilidade.

— De que ele vai nos servir?

— Eu o enviei a Narada para obter um corpo novo no dia em que o encontrei. Deve estar viajando com Kubera. Os poderes dele também sempre se acomodam à transferência com rapidez.

— Mas *de que* ele vai nos servir?

— Não se esqueça de que foi ele que venceu o demônio das trevas Bana, que até Indra tinha medo de enfrentar. Quando está sóbrio, é um dos guerreiros mais sanguinários vivo. Yama, Kubera, Krishna e, se estiver disposto... Kalkin! Seremos os novos Lokapalas e vamos permanecer unidos.

— Estou disposto.

— Então, que assim seja. Que enviem uma companhia de seus deuses em treinamento contra nós! Estou projetando novas armas. É uma pena que haja tantas armas exóticas e individuais. É bastante estafante para a minha inteligência fazer com que cada uma seja uma obra de arte em vez de produzir em massa uma espécie particular de ofensiva. Mas a pluralidade daquilo que é paranormal exige que assim seja. Alguém sempre tem um Atributo para se colocar contra qualquer arma específica. Que enfrentem, então, a Pistola Gehenna e sejam desmantelados com fibrilações, ou que digladiem lâminas com a Eletroespada, ou que se postem perante o Escudo Fonte, com seu borrifo de cianureto e sulfóxido de dimetil, e vão saber que estão enfrentando os Lokapalas!

— Entendo agora, Morte, por que qualquer deus, até Brahma, pode falecer e ser sucedido por outro... exceto você.

— Obrigado. Já planejou alguma coisa?

— Ainda não. Vou precisar de mais informações em relação à força da Cidade. Será que o Paraíso demonstrou seu poder em anos recentes?

— Não.

— Se houvesse alguma maneira de testá-los sem revelar nossa mão... Talvez os Rakasha...

— Não, Sam. Eu não confio neles.

— Nem eu. Mas às vezes é possível dar conta deles.

— Do mesmo jeito que deu conta deles no Poço do Inferno e em Palamaidsu?

— Boa resposta. Talvez esteja certo. Vou pensar mais nisso. Mas fico me perguntando sobre Nirriti. Como estão as coisas com o Escuro?

— Nos últimos anos, passou a dominar os mares. Dizem os boatos que suas legiões crescem e que vem construindo máquinas de guerra. Mas eu uma vez lhe falei sobre os meus medos em relação a esse assunto. Vamos nos afastar o máximo possível de Nirriti. Ele só tem uma coisa em comum conosco: o desejo de derrubar o Paraíso. Nem Aceleracionista nem Deicrático, se ele fosse bem-sucedido, estabeleceria uma Idade das Trevas pior do que aquela de que estamos começando a sair. Talvez nosso melhor plano de ação seja provocar uma batalha entre Nirriti e os Deuses da Cidade, agir com discrição e depois atirar nos vencedores.

— Talvez esteja certo, Yama. Mas como fazer isso?

— Talvez não seja necessário. Pode acontecer por conta própria... em breve. Mahartha se acaçapa, encolhendo-se do mar que encara. É o estrategista, Sam. Eu cuido apenas da tática. Foi trazido de volta para nos dizer o que fazer. Rogo que pense nisso com cuidado, agora que voltou a si mesmo.

— Sempre dá ênfase a essas últimas palavras.

— Sim, pregador. Porque não passou por um teste de batalha desde que retornou da bem-aventurança... Diga-me, é capaz de fazer os Budistas lutarem?

— Provavelmente, mas eu posso ter que assumir uma identidade que agora considero de mau gosto.

— Bom... talvez, não. Mas pense nisso, para o caso de termos dificuldades. Para garantir, no entanto, treine todas as noites na frente de um espelho com aquela palestra sobre a estética que fez quando estávamos no mosteiro de Ratri.

— Prefiro não fazer isso.

— Eu sei, mas faça mesmo assim.

— É melhor eu treinar com uma espada. Vá buscar uma para mim e lhe darei uma aula.

— Ha! Justo! Faça com que seja uma boa aula e terá um convertido.

— Então permita que passemos para o pátio, onde irei iluminá-lo.

Enquanto, dentro do palácio azul, Nirriti erguia suas armas, os foguetes berravam rumo ao céu do deque de suas embarcações de lançamento, traçando arcos acima da cidade de Mahartha.

Quando o peitoral foi afivelado no lugar, os foguetes caíram sobre aquela cidade e os incêndios começaram.

Quando calçou as botas, sua frota entrou no porto.

Quando a capa escura foi afivelada ao redor de seu pescoço e o capacete preto colocado sobre sua cabeça, seus sargentos iniciaram leves batidas de tambor sob o deque de suas embarcações.

Quando a cinta de espada foi ajeitada em sua cintura, os desalmados se agitaram nas clausuras dos navios.

Quando calçou as manoplas de couro e aço, sua frota, conduzida por ventos atiçados pelos Rakasha, aproximou-se do porto.

Quando fez um gesto para seu jovem intendente, Olvagga, para que o seguisse até o pátio, os guerreiros que nunca falavam subiram no deque das embarcações e ficaram de frente para o porto em chamas.

Quando os motores dentro da gôndola voadora rugiram e a porta se abriu na frente delas, as primeiras embarcações dele baixaram âncora.

Ao entrarem na gôndola, suas primeiras tropas entraram em Mahartha.

Quando chegaram a Mahartha, a cidade sucumbira.

Pássaros cantavam nos lugares altos e verdes do jardim. Peixes, como se fossem moedas velhas, estavam imóveis no fundo do lago azul. As flores desabrochadas eram principalmente vermelhas e com pétalas grandes; mas também havia algumas amarelas ao redor do banco de jade, que tinha um encosto de ferro batido branco no qual ela apoiava a mão esquerda enquanto observava as lajotas sobre as quais as botas dele se arrastavam conforme se deslocava na direção dela.

— Senhor, este é um jardim particular — afirmou ela.

Ele parou na frente do banco e baixou os olhos para ela. Era corpulento, bronzeado, de olhos e barba escuros, sem expressão até sorrir. Vestia azul e couro.

— Convidados não vêm aqui, mas pode usar os jardins da outra ala da construção — completou ela. — Atravesse aquele arco...

— Sempre foi bem-vinda no *meu* jardim, Ratri — disse ele.

— O seu...?

— Kubera.

— Lorde Kubera! Não está...

— Gordo. Eu sei. Corpo novo, e anda trabalhando duro. Construindo as armas de Yama, transportando-as...

— Quando chegou?

— Neste minuto. Trouxe Krishna de volta, com um monte de pacotes de munição, granadas e minas antipessoais...

— Deuses! Faz tanto tempo...

— Sim, muito. Mas um pedido de desculpa ainda lhe era devido, então vim aqui para entregá-lo. Tem me incomodado todos esses anos. Sinto muito, Ratri, a respeito daquela noite, há muito tempo, quando eu a arrastei para esta coisa. Precisava do seu Atributo, por isso a convoquei. Não gosto de usar pessoas assim.

— Eu teria saído logo da Cidade, de todo modo, Kubera. Então, não se sinta culpado demais. No entanto, eu preferiria uma aparência mais formosa que esta que visto agora. Mas isso não é essencial.

— Vou providenciar-lhe outro corpo, senhora.

— Outro dia, Kubera. Por favor, sente-se. Aqui. Está com fome? Está com sede?

— Sim e sim.

— Posso oferecer frutas e soma. Ou será que preferiria chá?

— Soma, obrigado.

— Yama diz que Sam se recuperou de sua santidade.

— Que bom; a necessidade por ele está crescendo. Será que já bolou algum plano para colocarmos em ação?

— Yama não me disse. Mas talvez Sam não tenha dito a Yama.

Os galhos balançaram com violência em uma árvore próxima; Tak saltou para o solo e pousou sobre as quatro patas. Cruzou as lajotas e se postou ao lado do banco.

— Toda essa conversa me acordou — ele resmungou. — Quem é este sujeito, Ratri?

— Lorde Kubera, Tak.

— Se diz que é ele... mas, ah, como mudou! — disse Tak.

— E o mesmo pode ser dito a seu respeito, Tak dos Arquivos. Por que ainda assume a forma de símio? Yama poderia transmigrá-lo.

— Sou mais útil como símio — disse Tak. — Sou um espião excelente, muito melhor do que um cachorro. Sou mais forte do que um homem, e quem é capaz de distinguir um símio do outro? Vou permanecer com esta forma até que não haja mais necessidade dos meus serviços especiais.

— Louvável. Houve mais alguma notícia sobre os movimentos de Nirriti?

— Os navios dele se movem mais próximos dos grandes portos do que era o hábito no passado — disse Tak. — Também parece haver um número maior deles. Além disso, nada. Parece até que os deuses o temem, porque não o destroem.

— Sim, porque agora ele é um mistério — disse Kubera. — Eu me sinto inclinado a pensar nele como um erro de Ganesha. Foi quem permitiu a ele deixar o Paraíso sem que fosse incomodado e que levasse todo o equipamento consigo. Acho que Ganesha queria alguém disponível como inimigo do Paraíso, para o caso de precisar providenciar um com urgência. Não deve ter sequer passado por sua cabeça que alguém não técnico poderia ter usado os equipamentos do jeito que ele usou e reunir as forças que agora comanda.

— O que diz faz sentido — comentou Ratri. — Já ouvi dizer também que Ganesha costuma agir dessa maneira. O que ele fará agora?

— Dará a Nirriti a primeira cidade que ele atacar para observar seus modos de ofensiva e avaliar sua força; isso se conseguir persuadir Brahma a se segurar. *Então* atacará Nirriti. Mahartha precisa cair, e temos que estar perto. Seria interessante apenas assistir.

— Mas acredita que faremos mais do que assistir? — perguntou Tak.

— De fato. Sam sabe que precisamos estar à mão para fazer mais peças com as peças que já temos, e depois para recolher algumas delas. Vamos ter que nos mover assim que alguém mais se mover, Tak, coisa que pode acontecer em breve.

— Finalmente — disse Tak. — Eu sempre quis ir à batalha ao lado do Aprisionador.

— Nas semanas por vir, tenho certeza de que quase o mesmo número de desejos será concedido e quebrado.

— Mais soma? Mais frutas?

— Obrigado, Ratri.

— Tak?

— Uma banana, talvez.

No meio da sombra da floresta, no pico de uma colina alta, Brahma se postava, feito uma estátua de um deus montado em uma gárgula, olhando para Mahartha lá embaixo.

— Estão violando o Templo.

— Sim — respondeu Ganesha. — Os sentimentos do Escuro não mudaram ao longo dos anos.

— De certo modo, é uma pena. De outro modo, é assustador. As tropas dele tinham espingardas e pistolas.

— Sim. São muito fortes. Vamos retornar à gôndola.

— Em um momento

— Temo, senhor... que possam estar fortes demais... a esta altura.

— O que sugere?

— Não podem navegar rio acima. Se forem atacar Lananda, precisam passar para terra firme.

— É verdade. A menos que ele tenha navios voadores em número suficiente.

— E, se forem atacar Khaipur, precisam ir ainda mais longe.

— Sim! E, se forem atacar Kilbar, precisam ir mais longe ainda! Seja objetivo! O que está querendo dizer com isso?

— Quanto mais longe forem, maiores problemas de logística terão e mais vulneráveis serão às táticas de guerrilha ao longo do caminho...

— Propõe que eu não faça nada além de assediá-los? Que permita que marchem pela terra, tomando cidade após cidade? Avançarão até que reforços cheguem para retomar aquilo que tiverem conquistado *e aí* vão avançar ainda mais. Apenas um tolo faria diferente. Se esperarmos...

— Olhe lá para baixo!

— O quê? O que é?

— Estão se preparando para se retirar.

— Impossível!

— Brahma, está se esquecendo de que Nirriti é um fanático, um louco. Ele não quer Mahartha, nem Lananda, nem mesmo Khaipur. Quer destruir nossos templos e a nós mesmos. As únicas outras coisas com que ele se importa naquela cidade são as almas, não os corpos. Vai se deslocar pela terra, destruindo cada símbolo da nossa religião com que se deparar, até escolhermos levar a luta até ele. Se não fizermos nada, provavelmente vai enviar os missionários.

— Bom, precisamos fazer alguma coisa!

— Então enfraqueça-o à medida que se move. Quando estiver fraco o suficiente, ataque! Deixei que fique com Lananda. Khaipur também, se necessário. Até Kilbar e Hamsa. Quando estiver fraco o bastante, acabe com ele. Podemos abrir mão das cidades. Quantas nós mesmos destruímos? Não consegue nem lembrar!

— Trinta e seis — disse Brahma. — Vamos retornar ao Paraíso enquanto eu reflito sobre essa coisa. Se seguir seu conselho e ele bater em retirada antes de estar fraco demais, então perdemos muito.

— Estou inclinado a achar que ele não fará isso.

— O dado não é seu para lançar, Ganesha, mas meu. E, veja, ele tem aqueles desgraçados dos Rakasha ao lado dele! Vamos partir rápido, antes que nos detectem.

— Sim, rápido!

Viraram seus cobras-lagartos de volta na direção da floresta.

Krishna colocou de lado suas flautas quando o mensageiro foi levado até ele.

— Pois não? — perguntou.

— Mahartha sucumbiu...

Krishna se levantou.

— E Nirriti se prepara para marchar para Lananda.

— O que os deuses fizeram para se defender?

— Nada. Absolutamente nada.

— Venha comigo. Os Lokapalas estão prestes a discutir a questão.

Krishna deixou as flautas em cima da mesa.

Naquela noite, Sam se postou na sacada mais alta do palácio de Ratri. As chuvas caíam em volta dele, desabando feito pregos frios através do vento. Em sua mão esquerda, um anel de ferro brilhava com uma radiância de esmeralda.

Os raios caíam e caíam e caíam, e permaneciam.

Ele ergueu a mão e os trovões rugiram e rugiram feito os gritos de morte de todos os dragões que algum dia já pudessem ter vivido, em algum momento, em algum lugar...

A noite caiu enquanto os elementais de fogo se postavam perante o Palácio de Kama.

Sam ergueu as duas mãos juntas, e as criaturas subiram no ar como se fossem uma só e pairaram alto na noite.

Fez um gesto que as autorizou a se moverem por cima de Khaipur, passando de uma extremidade da cidade à outra.

Então deram voltas.

E se separaram e dançaram sob a tempestade.

Ele baixou as mãos.

Retornaram e se postaram mais uma vez na frente dele.

Sam não se moveu. Esperou.

Depois de cem batidas do coração, chegou e falou com ele do meio da noite:

— Quem é para comandar os escravos dos Rakasha?

— Traga-me Taraka — disse Sam.

— Não recebo ordens de mortal nenhum.

— Então olhe nas chamas do meu verdadeiro eu, senão vou prendê-lo àquele mastro de bandeira de metal durante todo o tempo em que estiver erguido.

— Aprisionador! Está vivo!

— Traga-me Taraka — repetiu.

— Sim, Sidarta. Trarei.

Sam bateu palmas e os elementais saltaram para o alto, escurecendo a noite ao redor dele mais uma vez.

O Senhor do Poço do Inferno assumiu para si uma forma de homem e entrou no salão onde Sam estava sozinho.

— A última vez que eu o vi foi no dia da Grande Batalha — afirmou. — Mais tarde, ouvi dizer que encontraram um jeito de destruí-lo.

— Como pode ver, não destruíram.

— Como foi que voltou a entrar no mundo?

— Lorde Yama me trouxe de volta... o Vermelho.

— O poder dele de fato é enorme.

— Comprovou-se o suficiente. Como estão as coisas com os Rakasha hoje em dia?

— Bem. Continuamos a sua luta.

— É mesmo? De que maneira?

— Ajudamos nosso antigo aliado, o Escuro, lorde Nirriti, em sua campanha contra os deuses.

— Era o que eu desconfiava. Essa é a razão por que quis entrar em contato.

— Deseja acompanhá-lo?

— Refleti com cuidado e, apesar das objeções dos meus camaradas, *realmente* desejo acompanhá-lo... desde que faça um acordo conosco. Quero que leve uma mensagem a ele.

— Qual é a mensagem, Sidarta?

— A mensagem é que os Lokapalas, especificamente Yama, Krishna, Kubera e eu, vamos acompanhá-lo na batalha contra os deuses, levando conosco todos os nossos apoiadores, poderes e maquinário para atacá-los, se ele concordar em não guerrear contra os seguidores tanto do Budismo quanto do Hinduísmo da maneira como existem no mundo, a fim de convencê-los a se converter à persuasão dele; e mais, que ele não tente suprimir o Aceleracionismo, como os deuses fizeram, se nós nos provarmos vitoriosos. Observe as chamas dele enquanto proferir a resposta que lhe dará e me diga se o que ele falar é verdade.

— Acha que ele vai concordar, Sam?

— Acho, sim. Ele sabe que, se os deuses não estivessem mais presentes para impor o Hinduísmo como fazem, então ganharia convertidos. Ele deve ter percebido isso pela forma como eu consegui fazer o mesmo com o Budismo, apesar de sua oposição. Acha que o jeito dele é o único certo e que está destinado a prevalecer perante a concorrência. Acho que ele aceitaria a concorrência *justa* por esse motivo. Leve essa mensagem e me traga a resposta dele. Certo?

Taraka vacilou. O rosto dele se transformou em fumaça.

— Sam...

— O quê?

— Qual *é* o caminho certo?

— Hã? Está me fazendo *essa* pergunta? Como é que eu vou saber?

— Os mortais o chamam de Buda.

— É só porque são afligidos pela linguagem e pela ignorância.

— Não. Eu observei suas chamas e o nomeei Senhor da Luz. Aprisiona-os da mesma maneira que nos aprisionou, solta-os da mesma maneira que nos soltou. O seu foi o poder de cobri-los com uma crença. É aquilo que alegou ser.

— Eu menti. Nunca acreditei nisso pessoalmente, e continuo sem acreditar. Eu poderia ter escolhido outro caminho com a mesma facilidade, digamos, a religião de Nirriti, só que a crucificação dói. Eu podia ter escolhido aquela que se chama Islã, só que sei muito bem como ela se mistura ao Hinduísmo. A minha escolha foi baseada em cálculos, não em inspiração, e eu não sou nada.

— Você é o Senhor da Luz.

— Vá entregar minha mensagem agora. Podemos discutir religião outro dia.

— Os Lokapalas, diz, são Yama, Krishna, Kubera e si próprio?

— Sim.

— Então ele *de fato* vive. Diga-me, Sam, antes da minha partida... seria capaz de derrotar lorde Yama em batalha?

— Não sei. Mas acho que não. Acho que nenhuma pessoa seria.

— Mas e ele? Seria capaz de derrotar você?

— Provavelmente, em uma luta limpa. Sempre que nos encontramos como inimigos no passado, eu às vezes consegui enganá-lo. Travei uma luta de espada com ele recentemente e nunca vi ninguém igual. Ele é versátil demais nos modos da destruição.

— Entendo — disse Taraka, com o braço direito e metade do peito já se desfazendo. — Então lhe desejo boa noite, Sidarta. Levo sua mensagem comigo.

— Obrigado, desejo-lhe boa noite também.

Taraka transformou-se todo em fumaça e avançou tempestade adentro.

Bem acima do mundo, rodopiando: Taraka.

A tempestade caía pesada sobre ele, que, entretanto, mal reparava na fúria que se abatia sobre si.

Trovões rugiam, a chuva despencava e a Ponte dos Deuses estava invisível.

Mas nenhuma dessas coisas o incomodava.

Porque ele era Taraka dos Rakasha, Senhor do Poço do Inferno...

E tinha sido a criatura mais poderosa do mundo, à exceção do Aprisionador.

Agora o Aprisionador lhe tinha dito que havia Um Maior... e eles iriam lutar juntos, como antes.

Como ele tinha ficado lá, insolente, com o Vermelho e seu Poder! Naquele dia. Havia mais de meio século. Às margens do Vedra.

Se destruísse Yama-Darma, derrotando a Morte, provaria que ele próprio, Taraka, era supremo...

Provar que Taraka era supremo era mais importante do que derrotar os deuses, que devem um dia passar desta para melhor, de todo modo, porque nunca fizeram parte dos Rakasha.

E era por isso que a mensagem do Aprisionador para Nirriti, que ele tinha dito que encontraria sua aceitação, seria proferida apenas para a tempestade, e Taraka observaria suas chamas e saberia se ele dizia a verdade.

Porque a tempestade nunca mente... e sempre diz: "Não!".

O sargento escuro levou-o ao acampamento. Ele estava resplandecente em sua armadura, com os detalhes brilhantes, e não tinha sido capturado; tinha caminhado até ele e afirmado que tinha uma mensagem para Nirriti. Por essa razão, o sargento decidiu não o matar imediatamente. Tomou suas armas, conduziu-o para dentro do acampamento, ali no bosque perto de Lananda, e o deixou sob guarda enquanto consultava o próprio líder.

Nirriti e Olvegg estavam dentro de uma barraca preta. Um mapa de Lananda estava aberto à frente deles.

Quando permitiram que o prisioneiro fosse levado até a barraca, Nirriti o observou e dispensou o sargento.

— Quem é? — perguntou.

— Ganesha da Cidade. O mesmo que o ajudou na sua fuga do Paraíso.

Nirriti pareceu refletir sobre a questão.

— Bom, eu me lembro do meu amigo dos velhos tempos — disse. — Por que vem até mim?

— Porque agora é auspicioso. Finalmente empreendeu a grande cruzada.

— Sim.

— Gostaria que pudéssemos confabular em particular a respeito.

— Fale, então.

— E esse sujeito?

— Falar na frente de Jan Olvegg é falar na minha frente. Diga o que tem em mente.

— Olvegg?

— Sim.

— Muito bem. Vim para lhe dizer que os Deuses da Cidade estão fracos. Muito fracos, acredito, para derrotá-lo.

— Achei que isso fosse verdade.

— Mas não estão tão fracos a ponto de serem incapazes de prejudicá-lo imensamente quando de fato agirem. Pode ser que se equiparem em potência se reunirem todas as forças disponíveis no momento propício.

— Também vim para a batalha com isso em mente.

— É melhor que a sua vitória seja menos custosa. Sabe que sou simpatizante dos Cristãos.

— O que tem em mente?

— Eu me apresentei como voluntário para liderar alguns guerrilheiros lutando unicamente para lhe dizer que Lananda é sua. Não vão defendê-la. Se continuar a avançar como tem feito, sem consolidar seus ganhos, e avançar sobre Khaipur, Brahma também não irá defendê-la. Mas, quando chegar a Kilbar, com suas forças enfraquecidas por causa das batalhas pelas três primeiras cidades e ainda as defendendo, com nossos ataques espalhados por todas elas, então Brahma vai atacar com toda a força do Paraíso para que sucumba perante as muralhas de Kilbar. Todos os poderes da Cidade Celestial estão preparados. Esperam que tenha a ousadia de atacar os portões da quarta cidade do rio.

— Entendo. É bom saber. Então de fato temem o que estou fazendo.

— Claro que sim. Vai continuar até Kilbar?

— Vou. E vou vencer em Kilbar também. Devo mandar trazer minhas armas mais poderosas antes de atacarmos essa cidade. Os poderes que tenho poupado para usar contra a Cidade Celestial em si serão desferidos sobre os meus inimigos quando vierem em defesa da condenada Kilbar.

— Eles também usarão armas poderosas.

— Então, quando nos encontrarmos, o desfecho não estará nem nas mãos deles, nem nas minhas, na verdade.

— Há uma maneira de fazer a balança pender ainda mais, Renfrew.

— É mesmo? O que mais tem em mente?

— Muitos dos semideuses não estão satisfeitos com a situação na Cidade. O desejo deles era de uma campanha prolongada contra o Aceleracionismo e contra os seguidores de Tathagatha. Ficaram decepcionados quando isso não se seguiu a Keenset. Além disso, lorde Indra foi chamado para voltar do continente oriental, onde conduzia a guerra contra as bruxas. Indra pode ser convencido a apreciar os sentimentos dos semideuses, e seus seguidores chegarão fervendo de outro campo de batalha.

Ganesha ajustou a própria capa.

— Prossiga — disse Nirriti.

— Quando chegarem a Kilbar, é possível que não lutem para defendê-la — disse Ganesha.

— Compreendo. O que vai ganhar com tudo isso, Ganesha?

— Satisfação.

— Nada mais?

— Gostaria que um dia você se lembrasse de que eu lhe fiz esta visita.

— Que assim seja. Não esquecerei e lhe recompensarei depois... Guarda!

A aba da barraca foi aberta, e aquele que conduzira Ganesha adentrou a barraca outra vez.

— Acompanhe este homem para onde quer que ele deseje ser levado e solte-o sem lhe fazer nenhum mal — ordenou Nirriti.

— Confiaria nesse aí? — perguntou Olvegg, depois de ele se retirar.

— Confiaria, mas eu só lhe daria a prata que lhe é devida depois que tudo acontecesse — disse Nirriti.

Os Lokapalas se acomodaram para um conselho nos aposentos de Sam no Palácio de Kama, em Khaipur. Também estavam presentes Tak e Ratri.

— Taraka me diz que Nirriti não aceitará nossos termos — disse Sam.

— Muito bem. Eu temia que ele aceitasse — disse Yama.

— E, pela manhã, atacarão Lananda. Taraka acha que vão tomar a cidade. Será um pouco mais difícil do que Mahartha foi, mas ele tem certeza de que irão vencer. Eu também tenho certeza.

— Eu também.

— Eu também.

— Diz então que vai prosseguir até esta cidade, Khaipur. Depois Kilbar, depois Hamsa, depois Gayatri. Em algum ponto nessa rota, ele sabe que os deuses se moverão contra ele.

— Claro que sim.

— Então, estamos no meio e temos várias escolhas à frente. Não poderíamos fazer um acordo com Nirriti. Acha que poderíamos fazer um trato com o Paraíso?

— Não! — disse Yama e bateu o punho contra a mesa.

— De que lado está, Sam?

— Da Aceleração — respondeu. — Se pudermos negociar em nome dela em vez de derramar sangue desnecessário, melhor.

— Eu preferiria negociar com Nirriti do que com o Paraíso!

— Então vamos fazer uma votação da mesma forma que fizemos enquanto decidíamos se travaríamos contato com Nirriti.

— E só requer um assentimento para vencer.

— Esses foram meus termos quando entrei para os Lokapalas. Pediu que eu os guiasse, então exijo o poder para decidir um empate. Mas permita-me explicar meu raciocínio antes de discutirmos uma votação.

— Muito bem, fale!

— O Paraíso vem desenvolvendo, nos últimos anos, uma atitude mais progressista em relação à Aceleração, assim entendo. Não houve mudança de posição oficial, mas também não foi tomada nenhuma ação contra a Aceleração... presumivelmente por causa da surra que levaram em Keenset. Não estou correto?

— Em termos — disse Kubera.

— Parece que decidiram que tais ações seriam custosas cada vez que a Ciência se revelasse. Havia pessoas, humanos, lutando contra eles naquela batalha. Contra o Paraíso. E as pessoas, diferentemente de nós, têm família, laços que as enfraquecem... e a tendência de manter um registro cármico limpo, se desejarem renascimento. Ainda assim, lutaram. Dessa forma, o Paraíso passou a ter maior leniência em anos recentes. Já que esta é a situação que nos é dada atualmente, eles não têm nada a perder ao reconhecer a situação. Na verdade, poderiam fazer com que ela se mostrasse a seu favor, como um gesto benigno de graça divina. Acho que estariam dispostos a fazer concessões que Nirriti não faria...

— Quero ver o Paraíso sucumbir — disse Yama.

— Claro que quer. Eu também quero. Mas pense com cuidado. Só com o que deu aos humanos no último meio século... Será que o Paraíso é capaz de manter este mundo em feudo durante muito mais tempo? O Paraíso sucumbiu naquele dia em Keenset. Mais uma geração, quem sabe duas, e o poder dele sobre os mortais terá acabado. Nesta batalha com Nirriti serão prejudicados ainda mais, mesmo que obtenham vitória. Dê-lhes mais alguns anos de glória decadente. Estão ficando cada vez mais impotentes, a cada nova estação. Alcançaram o apogeu da própria força. O declínio dela já se instalou.

Yama acendeu um cigarro.

— Isso é porque você quer que alguém mate Brahma em seu lugar? — perguntou Sam.

Yama ficou lá em silêncio, tragou o cigarro, exalou. Então disse:

— Talvez. Talvez seja isso. Não sei. Não gosto de pensar nisso. Mas provavelmente é verdade.

— Gostaria de receber minha garantia de que Brahma vai morrer?

— Não! Se tentar, eu o mato!

— Está sentindo que, na verdade, ainda não sabe bem se quer ver Brahma morto ou vivo. Talvez sinta amor e ódio de forma simultânea. Foi velho antes de ser jovem, Yama, e ela foi a única coisa com que já se importou. Estou correto?

— Está.

— Então não tenho uma resposta para seus próprios conflitos, mas precisa se afastar um tanto do problema em questão.

— Tudo bem, Sidarta. Voto para deter Nirriti aqui em Khaipur, se o Paraíso nos der apoio.

— Alguém faz objeção?

Silêncio.

— Então vamos nos deslocar até o Templo e ativar sua unidade de comunicações.

Yama apagou seu cigarro.

— Mas não vou falar com Brahma — disse.

— Deixe que eu falo — disse Sam.

Ili, a quinta nota da harpa, ressoava dentro do Jardim do Lótus Púrpura.

Quando Brahma ativou a tela em seu Pavilhão, viu um homem usando o turbante verde-azulado da Urath.

— Onde está o sacerdote? — perguntou Brahma.

— Amarrado do lado de fora. Posso mandar arrastá-lo para dentro, se quiser escutar uma ou duas orações...

— Quem é para usar o turbante dos Primeiros e entrar armado no Templo?

— Tenho a estranha sensação de já ter passado por isso antes — disse o homem.

— Responda às minhas perguntas!

— Deseja que Nirriti seja detido, senhora? Ou quer lhe entregar todas essas cidades ao longo do rio?

— Está testando a paciência do Paraíso, mortal? Não sairá do Templo vivo.

— Suas ameaças de morte não significam nada ao chefe dos Lokapalas, Kali.

— Os Lokapalas já não existem mais e não tinham chefe.

— Contemple-o, Durga.

— Está dizendo que você é *Yama*?

— Não, mas ele está aqui comigo... assim como Krishna e Kubera.

— Agni está morto. Todo novo Agni morreu desde...

— Keenset. Eu sei, Candi. Eu não era integrante do time original. Rild não me matou. O felino fantasma que permanecerá inominado fez um bom trabalho, mas não foi bom o suficiente. E agora voltei a atravessar a Ponte dos Deuses. Os Lokapalas me escolheram como líder. Vamos defender Khaipur e acabar com Nirriti, se o Paraíso nos ajudar.

— Sam... não pode ser!

— Então me chame de Kalkin, ou de Sidarta, ou de Tathagatha, ou de Mahasamatman, ou de Aprisionador, ou de Buda, ou de Maitreya. Mas sou Sam. Vim prestar minha adoração e fazer uma barganha.

— Diga o que quer.

— Homens foram capazes de viver no Paraíso, mas Nirriti é outra questão. Yama e Kubera levaram armas para dentro da cidade. Podemos fortificá-la e montar uma boa defesa. Se o Paraíso adicionar seu poder ao nosso, Nirriti encontrará sua queda em Khaipur. É o que faremos, se o Paraíso sancionar a Aceleração e a liberdade religiosa e puser fim ao reinado dos Senhores do Carma.

— Isso me parece um pouco excessivo, Sam...

— Os dois primeiros pedidos não passam do reconhecimento da existência de algo que, de fato, é real e tem direito de prosseguir. O terceiro vai acontecer independentemente de sua vontade, então estou lhe dando uma chance de agir sem objeção.

— Precisarei pensar...

— Tome o tempo que precisar. Eu espero. Mas, se a resposta for não, vamos nos retirar e permitir que Renfrew fique com a cidade e que profane este Templo. Depois que ele realizar mais algumas conquistas, terá que se encontrar com ele. Mas não estaremos por perto. Vamos esperar até que tudo esteja terminado. Se ainda estiver operante na ocasião, não estará em posição de decidir a respeito desses termos que acabei de lhe dar. Se não estiver, acho que seremos capazes de enfrentar o Escuro e vencer a ele e ao que tiver sobrado de seus zumbis. De qualquer modo, teremos o que desejamos. Mas o jeito que apresento é mais fácil.

— Certo! Vou reunir as forças imediatamente. Vamos cavalgar juntos nesta última batalha, Kalkin. Nirriti deve morrer em Khaipur! Deixe alguém na sala de comunicação para que possamos ficar em contato.

— Farei dela meu quartel-general.

— Agora solte o sacerdote e traga-o aqui. Ele está para receber algumas ordens divinas e, em breve, uma visitação divina.

— Sim, Brahma.

— Sam, espere! Depois da batalha, se sobrevivermos, vamos conversar... a respeito de adoração mútua.

— Quer se tornar Budista?

— Não, quero voltar a ser mulher...

— Há lugar e hora para tudo e este não é o momento de nenhum dos dois.

— Quando a hora e o momento ocorrerem, estarei lá.

— Vou buscar seu sacerdote agora. Aguarde na linha.

Naquele momento, depois da queda de Lananda, Nirriti organizou um serviço religioso entre as ruínas daquela cidade, orando pela vitória sobre as outras. Seus sargentos escuros bateram os tambores devagar e os zumbis caíram de joelhos. Nirriti orou até que o suor cobriu seu rosto feito uma máscara de vidro e luz e escorreu para dentro de sua armadura prostética que lhe dava a força de muitos. Então ergueu o rosto para os céus, olhou para a Ponte dos Deuses e disse:

— Amém.

E virou a cabeça na direção de Khaipur, com seu exército erguendo-se atrás de si.

Quando Nirriti chegou a Khaipur, os deuses estavam esperando.

As tropas de Kilbar estavam esperando, assim como as de Khaipur.

E os semideuses e os heróis e os nobres estavam esperando.

E os brâmanes de alto escalão e muitos dos seguidores de Mahasamatman estavam esperando. Estes que vieram em nome da Estética Divina.

Nirriti olhou para o outro lado do campo minado que levava às muralhas da cidade e viu os quatro cavaleiros, que eram os Lokapalas, esperando junto ao portão com as flâmulas do Paraíso desfraldadas ao vento, ao lado deles.

Baixou o visor e se voltou para Olvegg.

— Tinha razão. Imagino se Ganesha está esperando lá dentro.

— Logo saberemos.

Nirriti prosseguiu com seu avanço.

Esse foi o dia em que o Senhor da Luz dominou o campo. Os lacaios de Nirriti nunca chegaram a penetrar Khaipur. Ganesha sucumbiu sob a espada de Olvegg enquanto tentava apunhalar Brahma pelas costas, que estava em um impasse com Nirriti no topo de um outeiro. Olvegg então sucumbiu, segurando a barriga, e começou a se arrastar na direção de uma pedra.

Brahma e o Escuro então se enfrentaram em solo e a cabeça de Ganesha rolou para uma ravina.

— Aquele lá me contou de Kilbar — disse Nirriti.

— Aquele lá queria Kilbar e tentou fazer com que fosse Kilbar — disse Brahma. — Agora sei por quê.

Saltaram juntos e a armadura de Nirriti lutou por ele com a força de muitos.

Yama fincou as esporas no cavalo na direção da elevação e foi envolvido em um redemoinho de poeira e areia. Levou a capa aos olhos e uma risada ressoou ao redor dele.

— *Onde está seu olhar mortal agora, Yama-Darma?*

— Rakasha! — rosnou.

— Sim. Sou eu, Taraka!

E Yama de repente foi encharcado com litros e litros de água; e o cavalo dele refugou e caiu para trás.

Estava em pé com a espada em punho quando o redemoinho de chamas tomou forma de homem.

— Eu o lavei daquilo-que-repele, deus da morte. Agora deve sucumbir à destruição pelas minhas mãos!

Yama se projetou para a frente com sua espada.

Fatiou seu oponente do ombro à coxa, mas não saiu nenhum sangue e não havia sinal da passagem de sua espada.

— Não pode me cortar como cortaria um homem, ó, Morte! Mas veja o que eu posso fazer!

Taraka saltou para cima dele, prendeu seus braços na lateral do corpo e o derrubou no chão. Um jorro de fagulhas se ergueu.

À distância, Brahma estava com o joelho em cima da espinha de Nirriti e puxava a cabeça dele para trás, contra o poder da armadura preta. Foi aí que lorde Indra saltou do lombo de seu cobra-lagarto e ergueu a espada Raio de Trovão contra Brahma. Ouviu o pescoço de Nirriti quebrar.

— É a sua capa que o protege! — exclamou Taraka, do lugar em que se engalfinhava no solo; então olhou nos olhos da Morte...

Yama sentiu Taraka enfraquecer o bastante para empurrá-lo para longe.

Levantou-se de um salto e disparou na direção de Brahma sem parar para recolher a espada. Ali na colina, Brahma aparava golpes da espada Raio de Trovão vez após outra, com sangue esguichando do que sobrava de seu braço esquerdo, cortado fora, e escorrendo de feridas na cabeça e no peito. Nirriti prendia o tornozelo dele com um forte aperto.

Yama soltou um berro ao atacar, a adaga em riste.

Indra recuou para fora do alcance da espada de Brahma e se virou de frente para ele.

— Uma adaga contra a espada Raio de Trovão, Vermelho? — perguntou.

— Sim — disse Yama, golpeando com a mão direita e largando a lâmina na esquerda para o verdadeiro golpe.

A ponta penetrou no antebraço de Indra.

Indra largou a espada Raio de Trovão e deu um soco no maxilar de Yama, que caiu, mas passou uma rasteira em Indra e o derrubou, levando-o ao chão.

Seu Aspecto então o possuiu por completo e, enquanto fixava o olhar em Indra, ele pareceu murchar. Taraka saltou em cima das costas de Yama bem quando Indra morreu. Yama tentou se libertar, mas parecia que uma montanha tinha se postado sobre seus ombros.

Brahma, estirado ao lado de Nirriti, arrancou o peitoral que usava, encharcado de repelente de demônio.

Com a mão esquerda, lançou-o no espaço que os separava, de modo que caiu ao lado de Yama.

Taraka recuou, e Yama se virou e olhou para ele. A espada Raio de Trovão então saltou de onde tinha caído sobre o solo e disparou na direção do peito de Yama.

Yama agarrou a espada com ambas as mãos, a ponta a centímetros de distância de seu coração. Começou, então, a avançar, e o sangue pingou da palma de suas mãos e caiu no chão.

Brahma voltou um olhar mortal para o Senhor do Poço do Inferno, um olhar que agora se alimentava da própria força da vida dentro dele.

A ponta tocou Yama.

Yama se jogou para o lado, virou e ela o perfurou do esterno ao ombro.

Então seus olhos eram duas lanças, e o Rakasha perdeu sua forma humana e se transformou em fumaça. A cabeça de Brahma caiu sobre o peito.

Taraka berrou quando Sidarta cavalgou na direção dele em cima de um cavalo branco, o ar estalando e cheirando a ozônio:

— Não, Aprisionador! Contenha seu poder! A minha morte pertence a Yama...

— Ó, demônio tolo! — disse Sam. — Não precisava ter sido assim...

Mas Taraka já não existia mais.

Yama caiu de joelhos ao lado de Brahma e amarrou um torniquete no que tinha sobrado de seu braço esquerdo.

— Kali! — disse. — Não morra! Fale comigo, Kali!

Brahma arquejou e seus olhos se abriram, mas voltaram a se fechar.

— Tarde demais — balbuciou Nirriti. Virou a cabeça e olhou para Yama. — Ou, melhor, bem na hora. Você é Azrael, não é? O Anjo da Morte...

Yama deu um tapa nele e o sangue que estava em sua mão se espalhou pelo rosto de Nirriti.

— "Bem-aventurados os pobres de espírito, porque deles é o Reino dos Céus" — disse Nirriti. — "Bem-aventurados os que choram, porque serão consolados. Bem-aventurados os mansos, porque herdarão a terra."

Yama deu mais um tapa nele.

— "Bem-aventurados os que têm fome e sede de justiça, porque serão saciados. Bem-aventurados os misericordiosos, porque alcançarão misericórdia. Bem-aventurados os puros de coração, porque verão a Deus..."

— "Bem-aventurados os que promovem a paz, porque serão chamados filhos de Deus" — respondeu Yama. — Como é que você se encaixa nesses dizeres, Escuro? De quem é filho, para ter operado como operou?

Nirriti sorriu e disse:

— "Bem-aventurados os que são perseguidos por causa da justiça, porque deles é o Reino dos Céus."

— Você enlouqueceu e não vou tirar sua vida por essa razão — disse Yama. — Entregue-a quando estiver pronto, que deve ser em breve.

Ele então ergueu Brahma nos braços e começou a voltar para a cidade.

— "Bem-aventurados sois quando vos injuriarem e perseguirem e, mentindo, disserem todo o mal contra vós por minha causa..." — disse Nirriti.

— Água? — perguntou Sam, destampando seu cantil e erguendo a cabeça de Nirriti.

Nirriti olhou para ele, lambeu os lábios, assentiu de leve. Deixou um fiozinho de água cair em sua boca.

— Quem é você? — perguntou.

— Sam.

— *Mesmo?* Conseguiu voltar a se erguer?

— Não conta — disse Sam. — Não fiz isso do jeito mais difícil.

Lágrimas encheram os olhos do Escuro.

— Mas significa que vencerá — falou, arfando. — Não entendo por que Ele permitiu...

— Este é apenas um mundo, Renfrew. Quem pode saber o que acontece em outros lugares? E essa não é realmente a luta a ser vencida, de todo modo. Sabe disso. Sinto muito pelo que lhe aconteceu e sinto muito pela coisa toda. Concordo com tudo que disse a Yama, assim como acreditam os seguidores daquele que chamam de Buda. Já não me lembro mais se eu realmente fui aquele, ou se foi outro. Mas agora me afastei daquele. Devo retornar a ser um homem e devo permitir às pessoas que guardem o Buda que está no próprio coração delas. Seja qual for a fonte, a mensagem era pura, acredite. Essa é a única razão por que fincou raízes e cresceu.

Renfrew deu mais um gole.

— "Do mesmo modo, toda árvore boa dá bons frutos" — disse. — Foi um desejo maior do que o meu que determinou que eu morresse nos braços do Buda, que decidiu sobre este Caminho para este mundo... Dê-me sua bênção, ó, Gautama. Devo morrer agora...

Sam baixou a cabeça.

— "O vento sopra em direção ao sul, gira para o norte, e girando e girando vai o vento em suas voltas. Todos os rios correm para o mar e, contudo, o mar nunca fica cheio, embora, chegando ao fim do seu percurso, os rios continuam a correr. O que foi, será; o que se fez, se tornará a fazer. Ninguém se lembra dos antepassados, e também aqueles que lhes sucedem não serão lembrados por seus pósteros..."

Então cobriu o Escuro com a capa branca, porque ele havia morrido.

Jan Olvegg foi levado em uma liteira à cidade. Sam mandou chamar Kubera e Narada para encontrá-lo no Salão do Carma, porque estava aparente que Olvegg não ficaria vivo por muito mais tempo naquele corpo.

Quando entraram no Salão, Kubera tropeçou no homem morto estirado na entrada em arco.

— Quem...? — perguntou.

— Um Senhor do Carma.

Mais três portadores da roda amarela estavam no corredor que levava a suas salas de transferência. Todos portavam armas.

Encontraram mais um perto do maquinário. O golpe de uma espada o tinha acertado com precisão no meio de seu círculo amarelo, e ele parecia um alvo desgastado. A boca continuava aberta para o grito que nunca soltou.

— Será que os moradores da cidade foram capazes de fazer isso? — perguntou Narada. — Os Senhores se tornaram menos queridos em anos recentes. Talvez tenham aproveitado o frenesi da batalha...

— Não — disse Kubera ao erguer o lençol manchado que cobria o corpo na mesa de operação; olhou embaixo dele, voltou a baixar. — Não, não foram os moradores da cidade.

— Quem, então?

Ele voltou a olhar para a mesa.

— Aquele é Brahma — disse.

— Ah.

— Alguém deve ter dito a Yama que ele não podia usar o maquinário para tentar uma transferência.

— Então onde está Yama?

— Não faço ideia, mas é melhor nos apressarmos se quisermos dar conta de Olvegg.

— É, sim. Mexa-se!

O jovem alto entrou no Palácio de Kama e perguntou de lorde Kubera. Carregava uma lança comprida e reluzente sobre os ombros e andava de um lado para o outro sem fazer pausa enquanto esperava.

Kubera entrou no aposento, deu uma olhada na lança, disse uma palavra.

— Sim, é Tak — respondeu o lanceiro. — Lança nova, Tak novo. Não havia mais necessidade de permanecer como símio, então não permaneci. A hora da partida se aproxima, por isso vim até aqui para me despedir... de si e de Ratri...

— Para onde vai, Tak?

— Eu gostaria de ver o resto do mundo, Kubera, antes que você arranque toda a magia dele com seus mecanismos.

— Este dia não está nem um pouco próximo, Tak. Permita-me convencê-lo a ficar um pouco mais...

— Não, Kubera. Obrigado, mas capitão Olvegg está ansioso para seguir em frente. Ele e eu vamos nos deslocar juntos.

— Para onde vão?

— Leste, oeste... Quem pode saber? Qualquer canto que nos chame... Diga-me, Kubera, quem é o dono da carruagem de trovão agora?

— Pertenceu a Shiva originalmente, claro. Mas já não há mais Shiva. Brahma a usou durante muito tempo...

— Mas já não há mais Brahma. O Paraíso está desprovido de um Brahma pela primeira vez, já que Vishnu reina, preservando. Então...

— Yama a construiu. Se pertence a alguém, é a ele...

— E ele não tem serventia para ela — concluiu Tak.

— Então acho que Olvegg e eu vamos tomá-la emprestada para a nossa jornada.

— Como assim, ele não tem serventia para ela? Ninguém o viu nesses três dias desde a batalha...

— Olá, Ratri — disse Tak, e a deusa da Noite entrou no salão. — "Proteja-nos da loba e do lobo e proteja-nos do larápio, ó, Noite, para que a nossa passagem seja tranquila."

Ele fez uma mesura e ela o tocou na cabeça.

Então ele ergueu os olhos para o rosto dela e, por um momento esplêndido, a deusa preencheu o espaço vazio até suas profundezas e suas alturas. A radiância que emanava expulsou a escuridão...

— Preciso ir agora — disse. — Obrigado, obrigado por sua bênção.

Ele deu meia-volta rápido e saiu apressado do aposento.

— Espere! — disse Kubera. — Falou de Yama. Onde ele está?

— Procure-o na Estalagem da Galinha de Fogo de Três Cabeças — disse Tak por cima do ombro. — Quer dizer, isso se precisar mesmo procurá-lo. Mas talvez fosse melhor esperar até que ele o procure.

Então Tak se foi.

Quando Sam se aproximou do Palácio de Kama, viu Tak descendo a escada apressado.

— Tak, tenha um bom dia! — exclamou, mas Tak não respondeu até estar quase em cima dele. Então parou de supetão e protegeu os olhos do sol.

— Senhor! Bom dia.

— Aonde vai com tanta pressa, Tak? Acaba de experimentar seu corpo novo e já está saindo para almoçar?

Tak deu uma risadinha.

— Sim, lorde Sidarta. Tenho um compromisso com a aventura.

— Foi o que ouvi dizer. Conversei com Olvegg ontem à noite... Que tenha sorte em suas jornadas.

— Queria dizer que sabia que venceria — disse Tak. — Eu sabia que encontraria a resposta.

— Não foi a resposta, mas foi uma resposta, e não foi muito, Tak. Foi só uma pequena batalha. Poderiam ter se dado bem da mesma maneira sem mim.

— Estou falando de tudo — disse Tak. — Participou de tudo que levou a ela. Tinha que estar presente.

— Suponho que sim... De fato, suponho que sim... Algo sempre consegue me atrair para perto da árvore em que o raio está prestes a cair.

— Destino, senhor.

— Temo que seja mais uma consciência social acidental e alguns erros corretos.

— O que fará agora, senhor?

— Não sei, Tak. Ainda não decidi.

— Por que não vem comigo e Olvegg? Rodar pelo mundo conosco? Aventurar-se conosco?

— Não, obrigado. Estou cansado. Talvez eu requisite seu antigo serviço e me torne Sam dos Arquivos.

Tak deu mais uma risadinha.

— Duvido. Voltarei a vê-lo, senhor. Por ora, adeus.

— Adeus... Há algo...

— O quê?

— Nada. Por um momento, algo que você fez me lembrou de alguém que conheci no passado. Não foi nada. Boa sorte!

Deu, então, um apertão em seu ombro e saiu andando. Tak seguiu apressado.

O dono da estalagem disse a Kubera que tinham, sim, um hóspede que se encaixava naquela descrição, primeiro andar, quarto dos fundos, mas que talvez não devesse ser incomodado.

Kubera subiu até o primeiro andar.

Ninguém respondeu quando ele bateu, então tentou abrir a porta.

Estava trancada por dentro, e por isso bateu com força.

Finalmente, ouviu a voz de Yama:

— Quem é?

— Kubera.

— Vá embora, Kubera.

— Não. Abra ou vou esperar aqui até abrir.

— Espere um pouco, então.

Depois de um tempo, ele ouviu uma barra ser erguida e a porta foi aberta vários centímetros para dentro.

— Não sinto álcool no seu hálito, então vou dizer que é mulher — afirmou.

— Não — disse Yama, olhando para ele. — O que deseja?

— Descobrir o que há de errado. Quero ajudar, se puder.

— Não pode, Kubera.

— Como sabe? Eu também sou um artífice. De outro tipo, claro.

Yama pareceu considerar a afirmação, então terminou de abrir a porta e deu um passo para o lado.

— Entre — disse.

A menina estava sentada no chão com uma pilha de vários objetos à sua frente. Mal tinha deixado de ser bebê e abraçava um cachorrinho marrom e branco, olhando para

Kubera com olhos arregalados e amedrontados até ele fazer um gesto e ela sorrir.

— Kubera — disse Yama.

— Ku-bra — disse a menina.

— Ela é minha filha — disse Yama. — O nome dela é Murga.

— Nunca soube que tinha uma filha.

— Ela tem deficiência mental. Sofreu danos cerebrais...

— Congênitos ou efeito de transferência? — perguntou Kubera.

— Efeito de transferência.

— Entendo.

— Ela é minha filha — repetiu Yama. — Murga.

— Sim — disse Kubera.

Yama caiu de joelhos ao lado dela e pegou um bloco.

— Bloco — disse ele.

— Bloco — repetiu a menina.

Ergueu uma colher.

— Colher — disse ele.

— Colher — repetiu a menina.

Pegou uma bola e segurou na frente dela.

— Bola — disse ele.

— Bola — repetiu a menina.

Pegou o bloco e segurou na frente dela mais uma vez.

— Bola — repetiu ela.

Yama largou o bloco.

— Ajude-me, Kubera — disse ele.

— Ajudarei, Yama. Se houver uma maneira, vamos encontrar.

Ele se sentou ao lado dele e ergueu as mãos.

A colher ganhou vida com colherzice e a bola com bolice e o bloco com bloquice, e a menina deu risada. Até o cachorrinho parecia examinar os objetos.

— Os Lokapalas nunca são derrotados — disse Kubera, e a menina pegou o bloco e olhou fixamente para o objeto durante muito tempo antes de dizer seu nome.

Sabe-se agora que lorde Varuna retornou à Cidade Celestial depois de Khaipur. O sistema de promoção no âmbito das fileiras do Paraíso começou a se desmantelar mais ou menos nessa mesma época. Os Senhores do Carma foram substituídos pelos Guardiões da Transferência, e sua função foi separada dos Templos. A bicicleta foi redescoberta. Sete altares Budistas foram erguidos. O Palácio de Nirriti foi transformado em galeria de arte e Pavilhão de Kama. O Festival de Alundil continuou a ser organizado todos os anos, e seus dançarinos eram sem igual. O bosque púrpura ainda está de pé, cuidado pelos fiéis.

Kubera ficou com Ratri em Khaipur. Tak partiu com Olvegg na carruagem de trovão, rumo a um destino desconhecido. Vishnu reinou no Paraíso.

Aqueles que oraram para os sete Rishi os agradeceram pela bicicleta e pelo avatar do Buda que chegou na hora certa, que nomearam de Maitreya, que significa Senhor da Luz, ou porque ele era capaz de criar relâmpagos, ou porque se abstinha de fazê-lo. Outros continuaram a chamá-lo de Mahasamatman e diziam que ele era um deus. No entanto, continuava preferindo deixar de lado o "Maha" e o "atman" e dizia que se chamava Sam. Nunca afirmou ser um deus. Mas, ora, claro, tampouco afirmou não ser um. Devido às circunstâncias, nenhuma das possibilidades poderia trazer qualquer benefício. Além disso, ele não permaneceu com seu povo por um período longo o suficiente para assegurar qualquer teologia paralela.

Várias histórias conflitantes são contadas em relação ao dia de seu falecimento.

A única coisa comum a todas as lendas é que um pássaro vermelho grande, com a cauda três vezes do tamanho do corpo, veio até ele um dia ao crepúsculo enquanto cavalgava ao lado do rio.

Ele partiu de Khaipur antes de o sol nascer no dia seguinte e não foi mais visto.

Hoje em dia, alguns dizem que a ocorrência do pássaro coincidiu com a partida dele, mas que não teve absolutamente nenhuma conexão com ela. Ele partiu para buscar a paz anônima de vestes cor de açafrão porque tinha terminado a tarefa para a qual havia retornado, dizem, e já estava cansado do barulho e da fama de sua vitória. Talvez o pássaro o tenha lembrado de como tal brilho passa rápido. Ou talvez não, e ele já tivesse tomado uma decisão.

Outros dizem que ele não voltou a trajar as vestes, mas que o pássaro era um mensageiro dos Poderes Além da Vida, convocando-o de volta para a paz do Nirvana, para conhecer o Descanso Eterno, o gozo perpétuo, e para ouvir as canções que as estrelas cantam nas praias do grande mar. Dizem que ele atravessou para além da Ponte dos Deuses. Dizem que não vai voltar.

Outros dizem que ele tomou para si uma nova identidade e que ainda caminha entre os homens para proteger e guiar nos tempos de dificuldades, para impedir a exploração das classes mais baixas por aqueles que chegam ao poder.

Outros ainda dizem que o pássaro era um mensageiro, não do outro mundo, mas deste, e que a mensagem que trazia não era dirigida a ele, mas ao portador do Raio de Trovão, lorde Indra, que tinha encarado os olhos da Morte. Tal pássaro vermelho nunca tinha sido visto, apesar de agora se saber que seu tipo existe no continente oriental, onde Indra tinha travado batalha contra as bruxas. Se o pássaro carregasse algo como inteligência no interior de sua cabeça incandescente, poderia ter carregado a mensagem de algum necessitado naquela terra distante. Deve-se lembrar de que lady Parvati, que tinha sido a consorte, a mãe, a irmã, a filha ou talvez todas essas coisas em relação a Sam, tinha fugido para aquele lugar na época em que os felinos fantasmas observavam o Paraíso para viver lá com as bruxas, que ela considerava como iguais. Se o pássaro carregava tal mensagem, aqueles que contam essa história não têm dúvida de que ele tinha partido imediatamente para o continente oriental para efetuar a liberação dela de qualquer perigo.

Essas são as quatro versões de Sam e do Pássaro Vermelho Que Anunciou Sua Partida, como narradas em suas diferenças pelos moralistas, os místicos, os reformistas sociais e os românticos. É possível, ouso dizer, escolher a versão que mais lhe apetece. É preciso, no entanto, lembrar-se de que tais pássaros não são mesmo encontrados no continente ocidental, mas parecem ser bastante prolíferos no leste.

Mais ou menos meio ano depois, Yama-Darma partiu de Khaipur. Nada de específico é sabido a respeito dos dias da partida do deus da morte, coisa que a maior parte das pessoas considera ampla informação. Ele deixou sua filha Murga sob os cuidados de Ratri e Kubera, e ela cresceu para se transformar em uma mulher de beleza estonteante. Ele pode ter partido para o leste; possivelmente até fez a travessia por cima do mar. Porque há uma lenda em outro lugar a respeito de como o Vermelho foi contra o poder dos Sete Lordes de Komlat na terra das bruxas. Disso não se pode ter certeza, do mesmo jeito que não podemos conhecer o verdadeiro fim do Senhor da Luz.

Mas olhe ao redor...

Morte e Luz estão em todo o lugar, sempre, e elas começam, terminam, têm dificuldades, servem dentro e na superfície do Sonho do Inominado que é o mundo, queimando palavras no Samsara, talvez para criar algo cheio de beleza.

Da mesma forma, aqueles que portam as vestes cor de açafrão continuam meditando sobre o Caminho da Luz, e a menina chamada Murga visita o Templo todos os dias para oferecer ao escuro a quem pertence, em cima de seu altar, a única devoção que ele recebe: flores.

POSFÁCIO

Conheci Sam anos antes de conhecer Roger.

"Os seguidores dele o chamavam de Mahasamatman e diziam que ele era um deus. No entanto, ele preferia deixar de lado o 'Maha' e o 'atman' e dizia que se chamava Sam. Nunca afirmou ser um deus. Mas, ora, tampouco afirmou não ser um."

A primeira vez que li essas palavras, foi em *Things to Come*, o boletim promocional mensal do Science Fiction Book Club. O ano era 1967. Eu era universitário, estudando Jornalismo na Universidade Northwestern. Fazia cinco anos que Zelazny publicava. Os primeiros contos dele tinham saído em 1962, nas páginas das revistas *Amazing* e *Fantastic*, e sua fama tinha sido meteórica. Em 1963 "A Rose for Ecclesiastes" saiu e lhe rendeu sua primeira indicação ao prêmio Hugo. Em 1966, ele levou o Hugo para casa (o primeiro de cinco que receberia ao longo da carreira) pelo romance *... And Call Me Conrad* (que se tornou *This Immortal*). Naquele mesmo ano, também venceu *dois* prêmios Nebula, pela novela *He Who Shapes* e pelo conto "The Doors of His Face, the Lamps of His Mouth". Como aquele foi o primeiro ano em que o prêmio foi concedido, houve um breve período em que metade de todos os prêmios Nebula entregues pertenciam a Roger Zelazny, um indicador de como seu trabalho era tido em alta conta pelos membros fundadores da Science Fiction Writers of America.

Aqueles foram anos de tumulto e mudança no mundo. Na ficção científica, houve os anos da Nova Onda. Na

Inglaterra, Michael Moorcock tinha assumido as rédeas editoriais da principal revista britânica de ficção científica, a *New Worlds*, e aberto suas páginas a todo tipo de experiência literária. Nos Estados Unidos, Harlan Ellison editou uma enorme antologia que exerceu muita influência chamada *Dangerous Visions*, dedicada a esmagar os velhos tabus das revistas *pulp*. Foi uma época de fermentação e controvérsia, à medida que novas vozes se faziam ouvir e começavam a desafiar todas as velhas presunções sobre o gênero da ficção científica. Roger Zelazny foi uma dessas novas vozes e alguns diriam que a mais eloquente.

Na época, eu não sabia de nada disso, apesar de ler ficção científica com voracidade desde o ensino fundamental, quando um amigo da minha mãe tinha me dado de Natal uma edição de capa dura novinha de *Have Space Suit, Will Travel*, de Robert A. Heinlein.

Li aquele livro pra caramba e logo depois dele saí atrás de mais, mas eu era um menino pobre de Bayonne, em Nova Jersey, Estados Unidos, e não tinha como bancar mais livros de capa dura. Em vez disso, alimentei a febre com brochuras que encontrava na loja de doces na esquina da First Street com a Kelly Parkway, em um mostrador de metal giratório que ficava logo ao lado dos gibis. Misturados aos livros de Mickey Spillane e Zane Grey, eu encontrava os livros em brochura da Signet com capas surreais de Richard Powers e, melhor ainda, da Ace Double com lombada vermelha e azul e duas capas maravilhosas criadas por Ed "Emsh" Emshwiller para cada livro (uma na frente e outra atrás), dois "romances completos" por apenas 35 centavos (três gibis e uma barra de chocolate Milky Way, da maneira como eu compreendia o dinheiro).

Logo descobri outros escritores que me emocionavam quase tanto quanto Heinlein: havia Andre Norton e Andrew North (que se revelaram ser a mesma pessoa), Jack Williamson, Murray Leinster, Arthur C. Clarke, Wilson Tucker, Jerry Sohl. Urrei de tanto rir com *Space Willies*, de Eric Frank Russell; tremi de medo com "The Colour Out of Space", de H. P. Lovecraft; fiquei eletrizado com os contos de Conan e Solomon Kane, de Robert E. Howard... mas conhecia pouco dos escritores mais novos. A loja de doces na Kelly Parkway não tinha nenhuma das revistas de ficção científica da época, e era nas páginas daquelas revistas mensais que as estrelas em ascensão de então faziam seus lançamentos... como acontece hoje em dia.

Mas eu tinha achado o Science Fiction Book Club graças a um daqueles anúncios irritantes que vêm encadernados no meio de um livro em brochura. O especial introdutório era difícil de resistir: por uma moedinha de dez centavos, a gente recebia três livros *de capa dura*, e as seleções mensais regulares ainda custavam menos de um dólar. Foi por meio do clube do livro que fui apresentado a Isaac Asimov e sua *Fundação*, a Alfred Bester e Gully Foyle, a A. E. van Vogt com suas lojas de armas e mutantes. Claro, mesmo a menos de um dólar por livro, as seleções deles custavam quase a mesma coisa que dez gibis, então eu era bem seletivo em relação ao que comprava. Na maior parte dos meses, mandava de volta o pequeno cartão-postal e pedia que não enviassem os livros, principalmente se o autor fosse algum de quem eu nunca tinha ouvido falar... E, em 1967, apesar do Hugo e dos dois Nebula, eu nunca tinha ouvido falar de Roger Zelazny.

Só que...

"Os seguidores dele o chamavam de Mahasamatman e diziam que ele era um deus. No entanto, ele preferia deixar de lado o 'Maha' e o 'atman' e dizia que se chamava Sam. Nunca afirmou ser um deus. Mas, ora, tampouco afirmou não ser um."

Havia algo naquelas palavras. Pareciam ecoar na minha cabeça. Havia... uma *poesia* nelas que eu nunca tinha encontrado na obra de Murray Leinster e Jerry Sohl... nem de Heinlein e Asimov, aliás. E esse personagem, esse Sam que nunca afirmou ser um deus e tampouco afirmou não ser um, eu também queria saber mais a respeito dele. (Estilo e caracterização eram duas coisas que a Nova Onda estava lutando para levar à ficção científica, mas eu não sabia disso na época. Só sabia que queria ler aquele livro.) Não coloquei o cartão-postal no correio. Algumas semanas depois, *Senhor da Luz* chegou à porta da minha casa em Bayonne.

Foi um livro desafiador, diferente de qualquer coisa que eu tivesse lido antes. Eu não sabia nada sobre os deuses hindus nem sobre os mitos associados a eles, então o mundo que Zelazny pintou era alienígena e exótico, abarrotado de nomes, visões e cheiros desconhecidos. A prosa dele era rica e multifacetada, estonteante... mas eu estava acostumado a livros em que o que estava acontecendo era sempre muito claro (bom, à exceção de A. E. van Vogt, mas deixa para lá). Zelazny preferia sugerir, deixar pistas, fazer com que a gente desvendasse a verdade das coisas. A estrutura do que ele escrevia não era uma simples progressão linear do começo ao fim, mas alternava entre o tempo presente e o passado, exigindo do leitor que encontrasse sentido na cronologia. E Sam era um tipo estranho de herói, mais elusivo e complexo do que os protagonistas a que eu estava acostumado; deus ou não, ele era completamente humano, e adorei esse fato.

Quando terminei de ler *Senhor da Luz*, ele virou meu novo livro preferido. Depois, procurei tudo de Zelazny ao meu alcance, do mesmo jeito que tinha feito com Heinlein alguns anos antes. *He Who Shapes* e *This Immortal*, "A Rose for Ecclesiastes" e "The Keys to December", "Dilvish, the Damned" e... mais tarde... *Nine Princes in Amber* e suas sequências. Na época em que comecei a vender meus próprios escritos (que foi mais ou menos em 1971, para quem estiver anotando esse tipo de informação para uma cronologia), Roger Zelazny tinha se tornado meu escritor preferido de ficção científica.

Alguns anos depois, ele também se tornou meu amigo.

Para dizer a verdade, eu não lembro onde e quando encontrei Roger pela primeira vez. Foi em alguma convenção de ficção científica, isso eu sei, mas qual? Talvez a Worldcon de 1974 em Washington, D.C. Roger era o Convidado de Honra lá, a maior honraria que o gênero tem a oferecer, um dos escritores mais jovens a receber esse reconhecimento. Talvez tenha sido antes, em alguma outra convenção, mas, seja lá quando tenha acontecido, nosso primeiro encontro sem dúvida não passou de um aperto de mão e um balbucio: "Gosto muito do seu trabalho, senhor Zelazny". O próprio Roger provavelmente também não disse muita coisa. Apesar de ser tão brilhante, era um homem tímido, ainda mais na frente de desconhecidos.

Foi em 1976 que eu tive de fato a chance de conhecê-lo um pouco. Naquele ano do bicentenário [da Independência dos Estados Unidos], a Universidade de Indiana patrocinou uma oficina de verão para escritores aspirantes de ficção científica e levou Roger para dar aula. Eu também fui contratado, mas como assistente dele, e passamos uma semana memorável em Bloomington avaliando contos e conversando sobre o ofício. Pouco tempo depois, peguei um avião para El Paso, no Texas, como Convidado de Honra em uma pequena convenção chamada Solarcon (a primeira vez que tive um compromisso assim), e Roger também estava lá. Ele e a esposa, Judy, tinham se mudado para Santa Fé, no Novo México, no ano anterior, e estavam a caminho do México, de carro, para comprar azulejos, parando na convenção no caminho. Roger e eu fizemos alguns painéis juntos e ele me convidou para uma visita, caso eu passasse por Santa Fé algum dia.

Fiz mais do que isso. No final de 1979, eu *me mudei* para Santa Fé para me tornar escritor em tempo integral. Roger e Judy eram as únicas pessoas que eu conhecia na cidade quando cheguei, mas foram gentis com o recém-chegado. Houve almoços, jantares, convites para festas e passeios de carro até Albuquerque para a First Friday, um almoço literário mensal estabelecido por Tony Hillerman. A viagem demora uma hora em cada sentido, então tínhamos tempo de sobra para conversar. Passei a adorar as First Fridays.

Depois disso, minhas lembranças de Roger se transformam em uma legião. Parece que foi ontem que ele estava sentado no meu sofá, lendo uma comédia musical que tinha acabado de escrever, meio cantando e meio entoando as músicas para a sala cheia de convidados, cativando a todos. Ainda consigo enxergar o rosto dele, ouvir sua voz...

Também me lembro de jogar com ele nos últimos anos de sua vida. Os personagens que ele desenvolvia para o grupo que criamos para jogar eram tão fascinantes quanto os de seus livros... Um poeta guerreiro chinês que declamava, com a voz ribombante, poemas ruins enquanto caminhava por uma estrada enlameada sem fim... Um capelão de nave espacial explicando evolução e ética solenemente a um alienígena cada vez mais confuso... Um petroleiro de Oklahoma mascando tabaco e trocando piadas com piratas espaciais e mosqueteiros ao mesmo tempo.

E eu também me lembro de Roger em outra convenção, no início da década de 1980, fumando seu cachimbo enquanto observava o filho Trent atormentar alguns atores de *Star Wars*. Trent usava uma camiseta que dizia: "Meu pai escreveu *Senhor da Luz*".

Não acho que a escolha daquele livro tenha sido acaso. *Senhor da Luz* era especial para Roger. Apesar de ter orgulho de toda a sua obra, assim como todos os outros escritores, ele tinha certos favoritos. Adorava *The Dream Master*, apesar de preferir a novela ao romance. Amber e seus príncipes belicosos também eram especiais para ele (e costumava dizer que jamais desejaria que outra pessoa escrevesse qualquer outra coisa naquele universo). O último livro que terminou antes de morrer, *A Night in the Lonesome October*, foi escrito em um estado febril, e a alegria que Roger tinha com sua criação era palpável, contagiosa e empolgante... Mas ele sempre soube que *Senhor da Luz* era sua obra-prima. De tempos em tempos, algum editor procurava Roger para lhe pedir que escrevesse uma sequência. As ofertas eram lucrativas, algumas *muito* lucrativas, mas Roger sempre recusava. Tinha contado a história que queria contar e terminou onde queria que terminasse. Não ia bagunçar aquilo por uns trocados.

E tem mais uma coisa a respeito de *Senhor da Luz*... o trocadilho.

"Mas qual trocadilho?", você pergunta. Obviamente, não leu o livro. Pode acreditar no que estou dizendo: você vai saber quando vir. Vai fazer você ranger os dentes e resmungar, mas nunca mais vai esquecer. Roger *adorava* o trocadilho. Uma vez, faz tempo, em Santa Fé, ele me contou que o livro inteiro surgiu daquele trocadilho. Eu me recusei a acreditar nele. *Senhor da Luz* é uma das maiores obras do nosso ramo, um clássico, prova positiva de que a ficção científica é capaz de aspirar a ser ótima literatura. Não tem como tudo isso ter partido de um trocadilho. Roger insistiu, veja bem... mas acho que ele devia estar querendo me enrolar. Por baixo da face séria e erudita que ele mostrava ao mundo, Roger Zelazny era sempre um tanto maroto, e tinha aquele brilho no olhar quando me falou do trocadilho. Tenho quase certeza de que estava brincando... quase... mas, tratando-se de Roger, não tinha como saber com certeza.

Roger nos deixou em 1995, e isso aconteceu cedo demais. Ainda sinto saudades dele, além de saudades de todas as maravilhas que ele nos teria proporcionado se o universo tivesse lhe concedido só mais alguns anos. Mas sou grato por todas as histórias que ele chegou a nos contar e por todas as pessoas que deixou para nós em seus livros. Render, o mestre dos sonhos. O cachorro de Jack, o Estripador, Snuff. Croyd Crenson, que nunca aprendeu álgebra. Francis Sandow, Billy Blackhorse Singer, Dilvish the Damned, Hell Tanner, Jack of Shadows e tantos outros.

E Sam. Sam, mais do que todos, Sam, em primeiro e último lugar. Nós perdemos Roger, mas Sam sempre estará conosco enquanto ainda houver gente lendo ficção científica.

George R. R. Martin

SOBRE O AUTOR

Roger Zelazny nasceu em 1937. Seu primeiro conto foi "Passion Play", publicado em *Amazing Stories*, em 1962, o mesmo ano em que concluiu seu mestrado em Artes na Universidade Columbia. Durante os cinco anos seguintes, Zelazny foi um escritor prolífero, às vezes sob o pseudônimo de Harrison Denmark. Logo ganhou destaque e recebeu o prêmio Nebula, em 1965, pela novela *He Who Shapes* (publicada em 1966 como *The Dream Master*) e pelo conto "The Doors of His Face, the Lamps of His Mouth". A esses se seguiu um prêmio Hugo em 1966 pelo livro *This Immortal* (originalmente intitulado ... *And Call Me Conrad*). Em 1967, ele começou a escrever em tempo integral. Naquele ano, publicou *Senhor da Luz*, que viria a ganhar um prêmio Hugo em 1968. Seu livro *Damnation Alley*, de 1969, foi adaptado para o cinema com o mesmo título em 1977. Durante a década de 1970, ele começou a se concentrar mais na sequência de fantasia que lançaria, a série The Chronicles of Amber, apesar de nunca ter parado de escrever ficção científica. Suas obras continuaram a ser aclamadas; recebeu um prêmio Hugo e um Nebula pela novela *Home is the Hangman* em 1976, e outros prêmios Hugo por *Twenty-Four views of Mount Fuji, by Hokusai,* em 1986; "Unicorn Variation", em 1982; e "Permafrost", em 1987. Faleceu em 1995.

TIPOGRAFIA: Media77 - texto
Druk - entretítulos
PAPEL: Golden 78 g/m² - miolo
Couché 150 g/m² - capa
Offset 150 g/m² - guardas

IMPRESSÃO: Ipsis Gráfica
Abril/2025